L'ODYSSÉE DU MARSOUIN

Du même auteur

Le Bizarre Incident du chien pendant la nuit
(NiL éditions, 2004 / Pocket Jeunesse, 2005)

Une situation légèrement délicate
(NiL éditions, 2007 / Pocket, 2008)

Vacances à l'anglaise
(NiL éditions, 2014 / Pocket, 2015)

NiL

L'ODYSSÉE DU MARSOUIN

Mark Haddon

TRADUIT DE L'ANGLAIS
PAR ODILE DEMANGE

ROMAN

Titre original : The Porpoise

Traduction française : NiL éditions, Paris, 2021

Création graphique de la couverture : © Manon Bucciarelli
ISBN : 978-2-37891-045-7
Dépôt légal : janvier 2021
NiL éditions – 92, avenue de France 75013 Paris

Pour Suzanne Dean et Simon Stephens

J'ignorais
que le prix à payer
pour entrer dans une chanson était de perdre
le chemin du retour

Ocean Vuong, « Seuil », trad. Marc Charron

Sa fille, sans égale en beauté,
Avec lui encore demeurait.
Mais quand homme possède richesse à l'excès,
La chair est faible et souventefois s'abandonne,
Cette fille tendre et bonne,
Qui dans les chambres de son père logeait,
L'apprit et l'éprouva sans tarder :
Poussé par le désir et la concupiscence
Sans discernement de la conscience,
Le père aveuglé par la lascivité
Tourna tous ses projets
Vers le viol de sa propre couvée.

John Gower, *Confessio Amantis*

J'ai vu les marsouins bondir et faire la culbute.

William Shakespeare, *Périclès*, trad. F.-V. Hugo

SOMMAIRE

L'AVION

Maja est enceinte de trente-sept semaines. On ne l'autoriserait pas à monter dans un avion de ligne, mais ils sont allés rendre visite à des amis qui ont des vignes à Bellevue, juste à côté de Champillon, et un autre invité, Viktor, venu à bord de son Piper PA-28 Warrior, a prévu de regagner Popham le lendemain matin. Sa Land Rover l'attend à l'aérodrome et il peut parfaitement déposer Maja à Winchester en descendant sur la côte sud. Rien de plus simple. Son mari, Philippe, rechigne à confier Maja à un autre, d'autant qu'il ne le connaît que depuis deux jours, mais les pièces du puzzle s'agencent si parfaitement qu'il est presque impossible de refuser. Lui-même regagnera Paris en voiture, il la laissera à l'appartement, prendra l'Eurostar pour Londres et sera à Winchester le lendemain.

En plus, Maja adore les petits avions. Les voyages sont devenus trop faciles. On s'endort à Istanbul et on se réveille à Pékin. Elle aime voir défiler les kilomètres – les deltas, les cercles d'irrigation, les nuages qui se forment et s'enroulent sur le flanc des montagnes. Elle conserve le souvenir vivace d'avoir survolé le fjord d'Oslo quand elle était petite, île après île, maisons de vacances, quais, bateaux, le reflet du soleil rasant l'eau, une révélation ineffable sur la relation entre échelle, évasion et surface terrestre. De plus, les nausées matinales qui se sont anormalement prolongées pendant sa grossesse se sont enfin atténuées ; elle découvre la fameuse plénitude dont on parle tant et meurt d'envie de profiter de la liberté qui l'accompagne avant de consacrer son existence à un petit être humain très exigeant.

L'angoisse de Philippe est justifiée. Viktor a sa licence de pilote privé mais n'a pas passé l'examen de qualification de vol aux instruments. Cela n'aurait pas d'importance s'il n'avait pas d'autre passager que Rudy, son fils de neuf ans. Ils seraient partis de très bonne heure et si la météo ou d'autres contingences avaient changé, il aurait pu repousser son départ au lendemain ou se détourner vers un autre aéroport pour peu qu'ils aient déjà décollé. Mais Maja se réveille tard, elle petit-déjeune sans se presser et prépare ses bagages tranquillement. Elle a égaré un collier de corail que l'on pourrait, insiste-t-elle, lui renvoyer en Grande-Bretagne, mais qui n'en fait pas moins l'objet de fouilles minutieuses et vaines dans ce qui est une très grande maison. Ils ont fini de déjeuner quand elle est enfin prête. Si Maja était moins séduisante, Viktor n'aurait aucun scrupule à la houspiller, mais voilà : lui qui n'avait pas été très emballé par son image à l'écran se surprend en sa présence à avoir l'impression d'avoir retrouvé ses quinze ans – d'épais cheveux blonds, des yeux bleus, mais bleus ! Jolie comme une héroïne de dessin animé, un côté désordonné tout à fait charmant, ronde juste ce qu'il faut. Elle a une cicatrice sur la joue, souvenir d'un corbeau qui est entré par la fenêtre de sa chambre quand elle avait dix ans. La tocade de Viktor est plaisante, mais vaguement inquiétante pour un homme habitué à tenir une salle d'audience – et n'importe quelle salle au demeurant – dans sa main.

Le collier sera retrouvé six mois plus tard par Bruno, le jardinier, terni et crasseux, dans un bosquet de peupliers à la limite de la propriété où les Beaufour se hasardent rarement, et leurs invités moins souvent encore. La seule explication qu'ils trouveront est qu'un animal, attiré par sa couleur vive, l'aura chapardé au bord de la piscine et traîné à l'autre bout de la pelouse, jusqu'aux arbres, avant de prendre conscience de la vanité de son effort. Ils envisageront de l'expédier à Winchester, mais il faudrait y ajouter un message et ils ne trouveront pas les mots qui conviennent. Ils le rangeront donc au fond d'un tiroir où il restera de longues années.

Viktor appelle l'aéroport pour consulter la météo une dernière fois avant de quitter la maison. Le bulletin n'est pas rassurant, mais ils décolleront pour lui, cela va de soi. Il constate avec étonnement que loin de l'agacer, le retard de Maja la rendrait plutôt plus attachante encore. Comme il ne veut surtout pas lui donner l'impression qu'il est angoissé ou mal préparé, il endosse le costume métaphorique qui lui prête une confiance totale dans l'exactitude de ses propres allégations, et l'azur du ciel pourrait faire croire que le temps est aussi accessible que n'importe quel jury à la force de sa personnalité.

Ils franchissent le tarmac et Rudy monte immédiatement dans l'avion. Maja regarde Viktor procéder à la vérification extérieure de l'appareil, le plaisir visible qu'elle éprouve à suivre les opérations ressuscitant en lui un peu de l'excitation qu'il ressentait autrefois avant de voler. Il grimpe dans le cockpit et prend place sur le siège du pilote avant de l'aider à monter. Il se penche au-dessus d'elle pour refermer la porte, lui explique le fonctionnement de la ceinture de sécurité et lui donne un casque audio. Ils font le plein puis stationnent, face au vent. Il serre les freins, constate que l'alimentation en carburant est raccordée au réservoir le plus vide, sélectionne le plein et effectue les contrôles moteur. Magnétos, carburateur, compensateur, mouvement libre, volets et câblage électrique. Ils rejoignent la piste et attendent qu'un Hawker 600 décolle, vire à droite et se dissolve dans le bleu.

Ils n'ont pas quitté le sol que Rudy est déjà endormi sur le siège arrière, bercé par le ronronnement et les cahots. Il n'est pas à l'aise en compagnie de la plupart des autres enfants, mais comme il est parfaitement autonome, ces vacances ont été pour lui un petit paradis avec accès illimité à la piscine, un réfrigérateur deux portes bien garni et une boîte de trente-deux crayons de couleur Caran d'Ache pour continuer *Les Chevaliers de Kandor*, son épopée en bande dessinée. Son meilleur souvenir est d'avoir nagé sous la pluie, la piscine pour lui seul, crépitement de gravillons à la surface et silence bleu au-dessous. Il fréquente un internat où les autres garçons le harcèlent d'une manière trop imprécise et trop nébuleuse pour qu'il puisse se plaindre mais qui ne le ronge pas moins. Comme il ne lui reste que trois jours de vacances, il profite du temps limité qu'il a à Bellevue, se couchant tard et se levant tôt. Du coup, il est épuisé. Mais il ne retournera pas en classe. Dans deux heures, il sera mort.

— Tour de Prunay. Golf Alpha Sierra en attente, prêt à décoller.

— Golf Alpha Sierra. Autorisé au décollage, piste zéro un. Vent zéro, deux, zéro degrés. Cinq nœuds.

Viktor a eu tendance à être négligent ces derniers temps, mais comme Maja est assise à côté de lui, il respecte tous les protocoles d'urgence, récitant la ritournelle pour lui-même pendant qu'ils prennent de la vitesse sur la piste. « En cas de panne moteur, je coupe la commande des gaz et je m'arrête. En cas de panne moteur juste après le décollage et si j'ai la place, je coupe la commande des gaz et me repose sur la piste. Si je ne peux pas me poser sur la piste, je choisis la zone la plus sûre dans un rayon de trente degrés à gauche et à droite de la ligne centrale et je m'y pose. »

Trente miles à l'heure, quarante, cinquante… Ils décollent et Viktor prend son cap pendant l'ascension. Il fera route vers le nord-ouest, en direction du Touquet, puis longera la côte plein nord jusqu'au cap Gris-Nez avant de traverser la Manche du côté du phare de Douvres. Ils se stabilisent à six mille pieds, et Maja commence à lui parler d'un cheval qui s'appelle Bombardier et qu'elle monte dans les South Downs – le Clarendon Way, Ashley Down, Beacon Hill… Bavardage purement superficiel, mais elle semble se satisfaire de quelques grognements d'approbation bien placés, et il apprécie le son de sa voix. Elle renonce finalement à lutter contre le ronflement du moteur et consacre son attention au paysage qui défile au-dessous d'eux ; il peut ainsi se tourner vers elle de temps en temps et l'imaginer nue.

Cinq mille pieds en contrebas s'étend un parquet inextricable de champs, la moitié labourée, l'autre verte, des taches de forêts au-dessus de Saint-Gobain et de Noyon, le serpent replet de la Somme qui dessine des boucles en descendant vers Amiens. Le ciel est plus nuageux à présent, le bleu s'estompe, l'atmosphère est un peu plus agitée. Il se branche sur Lille Information : une poignée de nuages à mille pieds, nuage fragmenté à mille cinq cents, couvert à cinq cents. Ce n'est pas idéal, mais puisque de toute façon ils vont vers Le Touquet, il n'y a pas de décisions majeures à prendre, et puis Maja s'est remise à parler, des défauts de son mari cette fois, d'une manière triste et drôle et aussi étonnamment gentille, entraînant Viktor dans un univers de complicité dont il a été exclu toute la semaine. Associée à leur proximité physique, cette sensation lui inspire un plaisir si intense qu'il ne prête pas assez attention à la lente dégradation des conditions météorologiques. Au-dessus d'Abbeville, la couverture nuageuse s'épaissit soudain. Il perd tout contact visuel avec la terre et constate que sur l'avant, sa visibilité est tellement réduite qu'il ne distingue plus l'horizon. Il sait très bien ce qu'il devrait faire – exécuter un virage prudent à cent quatre-vingts degrés et se dégager aussi vite que possible d'une situation potentiellement catastrophique. Si Maja paraissait inquiète, c'est effectivement ce qu'il ferait, mais loin de comprendre qu'ils sont en danger, elle a l'air ravie.

— On pourrait imaginer que c'est la Turquie, là en bas. Ou la Finlande. Très Antoine de Saint-Exupéry, tout ça.

Il n'a jamais rien fait de plus bête. Leur sécurité – la sécurité de Maja, celle de Rudy – passe avant toute autre considération, mais dans son cerveau, une partie homme des cavernes se refuse viscéralement à donner une image d'incompétence à qui que ce soit, surtout à une femme, et plus encore à une femme qui lui plaît. Retourner ces pensées dans sa tête a retardé de cinq, puis de dix, puis de quinze secondes la manœuvre de dérobade qu'il aurait dû entreprendre et l'a convaincu que puisqu'il est sur sa trajectoire, il n'a qu'à conserver son cap. Avec un peu de chance, il ressortira bientôt de l'autre côté du nuage.

Une étude américaine systématiquement citée dans la formation pour la licence de pilote privé estime que l'espérance de vie moyenne d'un pilote qui s'enfonce dans un nuage sans formation aux instruments est de quatre-vingt-dix secondes. Il y a toujours vu une exagération stratégique. *Entrée interdite. Attention aux monstres.* Ou peut-être la mesure du nombre de fermiers crétins du Kansas profond qui pilotent leurs avions d'épandage comme des quads. C'est la rapidité avec laquelle il doit lire et réagir aux instruments qui l'abasourdit, et la difficulté d'ignorer les messages de son oreille interne.

Maja regarde par la fenêtre, imperturbable.

Cela fait moins de trois minutes qu'ils sont entrés dans le nuage. Il est incroyablement fatigué et il a la tête qui tourne, son cerveau cherche si désespérément un point fixe susceptible de démentir tous ces signaux trompeurs d'ascension, de virage, de chute et d'embardée qu'il commence à halluciner et à distinguer des formes sombres devant lui. L'avion tangue et s'incline latéralement. Il surcorrige. Il faut qu'il perde de l'altitude. Peut-être réussira-t-il alors à passer sous la couverture nuageuse. Pourvu qu'il puisse apercevoir le sol, tout ira bien. Il réduit légèrement les gaz et pousse doucement le manche à balai. Deux mille pieds, mille pieds, huit cents pieds.

Si ses efforts pour maintenir l'avion droit et conserver une trajectoire rectiligne ne réclamaient pas toute sa concentration, il prendrait peut-être conscience de l'erreur élémentaire qu'il est en train de commettre. L'altimètre est réglé sur le niveau de la mer. Il ne survole pas la mer. Il survole la terre. Quatre minutes. Cinq. Le nuage ne se dissipe pas. Il n'est pas du tout exclu qu'ils s'écrasent au sol. L'idée de sa propre disparition le laisse froid, mais il ne peut pas supporter l'idée de causer la mort de son propre fils, il ne peut pas supporter l'idée de causer la mort d'une jolie femme et de son enfant à naître.

Rudy rêve qu'il joue avec Babu, son ami imaginaire. Ils sont de retour à Bellevue. C'est la nuit. Ils ont sorti des portions de Vache Qui Rit du frigo, se sont préparé de grands verres de grenadine et ont allumé l'éclairage de la piscine, transformant l'eau en dalle turquoise de lumière liquide qui oscille dans le noir.

Maja se tourne et voit le visage de Viktor ruisselant de larmes. Il murmure d'une voix bizarrement contrainte, «Je suis vraiment, vraiment, désolé». Elle est malade de peur pendant une dizaine de secondes, puis le brouillard à l'avant de l'avion s'assombrit une fraction de seconde avant qu'ils ne heurtent le flanc d'un silo à blé. Ils volent à soixante-dix miles à l'heure. Comme le silo est vide, ils traversent le toit en tôle ondulée. Le pare-brise en Perspex se fend et s'arrache de son cadre, l'arête décapitant proprement Viktor. Ils emboutissent le mur du fond, le défoncent lui aussi puis plongent, nez en avant, dans la terre durcie. Les roues s'effondrent, l'avion s'incline vers l'avant et le bloc moteur vient écraser les jambes de Maja.

Le hasard veut qu'un médecin allemand, Raphael Bhatt, roule lentement sur une petite route de campagne entre Gapennes et Yvrench quand il voit la lumière verte d'une aile droite descendre, à gauche de sa voiture. Le brouillard est si épais qu'il ne saurait dire si c'est un Cessna ou un Airbus. Il freine, de crainte que l'avion ne vire en lui coupant la route, mais la lumière file tout droit, au-dessous de la cime des arbres, et disparaît. Il ne connaît pas bien la région, mais il est presque certain qu'il n'y a pas de terrain d'aviation dans les parages. Il a la vague impression d'entendre une explosion, mais peut-être n'est-ce que le fruit de son imagination. Il ralentit, roule presque au pas, attendant la lueur des flammes, mais il n'y a devant lui que la route qui se dissout dans la blancheur. Il se demande si ses yeux ne l'ont pas trompé, comme on s'interroge après des événements insolites qui ne laissent aucune marque sur l'environnement.

Il accélère. Quelques centaines de mètres plus loin, il prend à gauche sur un chemin de terre qui conduit à une ferme délabrée. Un tracteur rouillé. Un tas de vieux pneus. Il se dit qu'il doit se tromper d'endroit, que l'avion s'est posé ailleurs, ou bien qu'il a repris de l'altitude et est déjà à des kilomètres. Il sort tout de même de sa voiture. Il n'entend que les grognements de nombreux cochons, assourdis par le brouillard, et l'odeur de leurs excréments est presque suffocante. La porte de la ferme s'ouvre, un triangle de lumière découpe la cour boueuse et une femme corpulente – chignon, tablier à fleurs, chaussons – trotte vers lui en criant « Venez ! Venez ! », comme si elle était soulagée de voir qu'il est enfin arrivé. Elle lui fait signe de contourner la ferme dont le pignon se réduit à une bâche de plastique noir maintenue par des lattes entrecroisées. Un détecteur de mouvements s'allume quand ils passent dessous en courant. Le mari de la dame est devant eux, immobile, pointant le faisceau d'une torche électrique sur sa gauche comme une ouvreuse de cinéma qui s'ennuie. Ils contournent une grange.

Raphael n'a jamais rien vu d'aussi extraordinaire de sa vie, et de loin. Le nez de l'avion est fiché dans la terre, les ailes, cassées net, se sont effondrées vers l'avant, tandis que la queue est recourbée comme celle d'un scorpion. Un grand bâtiment métallique que l'appareil semble avoir traversé se dresse juste derrière, mais l'éclairage de film d'horreur empêche de bien voir les détails. Il court. À travers le verre brisé, il distingue une petite femme blonde en pull à col roulé crème. À part cela, il ne saurait dire à quoi elle ressemble parce que son visage est étoilé de lacérations. Elle est visiblement enceinte, presque à terme. Il oublie dans quel pays il est. Il dit « *Keine Panik, ich bin Arzt* ». Il tourne la poignée de la portière, pose le pied contre la carcasse de l'avion et tire vers le haut. La porte s'ouvre en grinçant à la troisième tentative, éraflant l'aile voilée dans un crissement. Il constate à présent que les jambes de la femme sont coincées entre le siège et le tableau de bord. Aux bruits qu'elle fait, on pourrait croire qu'elle est très saoule et cherche à communiquer un message important sans parvenir à articuler. Il faut la désincarcérer, lui administrer des antalgiques, examiner la partie inférieure de ses jambes pour évaluer l'importance d'une éventuelle hémorragie. Rien de tout cela n'est possible. À cet instant seulement, il se rend compte que ce n'est pas elle le pilote. Le pilote est assis plus loin, de l'autre côté. Il n'a plus de tête. Ce détail ne sera pas publié dans la presse mais à l'Arbre de Mai, en ville, on racontera que le vieux Moreau l'a retrouvée dans un champ voisin le lendemain.

Le métal déchiré de l'avion grince et bouge. Raphael fait un bond en arrière et attend que la structure reprenne son équilibre. Le verre brisé a ouvert un profond sillon dans la chair de son bras, mais il n'en a absolument pas conscience. Il y a beaucoup de choses dont il n'a pas conscience. Plus tard seulement, dans les flash-back qui le hanteront pendant presque deux ans, il s'inquiètera à l'idée que l'avion prenne feu. Il attrape la lampe torche du fermier et retourne vers la femme et ce n'est qu'au moment où le faisceau lumineux balaye la cabine obscure qu'il aperçoit un garçon allongé sur le plancher au pied des sièges avant. Il fait éclater la petite vitre triangulaire de l'arrière avec le culot du boîtier pour glisser le bras à l'intérieur. Il serre l'épaule du garçon sans que celui-ci réagisse. Il appuie deux doigts sur son cou. Rien. Il tourne la tête du garçon vers lui et soulève ses paupières supérieures, la gauche, puis la droite. Aucune dilatation. Fracture du crâne, certainement.

Derrière lui, la femme du fermier prie doucement pour elle-même : « Pardonne-nous nos offenses comme nous pardonnons aussi à ceux qui nous ont offensés. »

La femme blessée tient son ventre gonflé. Le travail aurait-il commencé ? « Tenez bon, lui dit-il. Les secours sont en route. » La tête de la femme roule d'un côté à l'autre. Il ne sait même pas quelle langue elle parle, mais à la lueur de la torche, il discerne l'os à nu d'un fémur brisé. Il retire sa cravate et confectionne un tourniquet de fortune. Elle semble ne pas avoir conscience de ce qu'il fait. Ses gémissements inarticulés d'ivrogne s'affaiblissent peu à peu. Sa tête n'esquisse plus qu'un balancement de métronome. « Tenez bon. Nous nous en sortirons ensemble, vous et moi. »

Il serre le garrot de toutes ses forces et le fixe par un double nœud plat. Il ne peut rien faire de plus. Attendre, c'est tout. Il touche son ventre. Le bébé bouge. Les minutes suivantes sont les plus bouleversantes de ce qui sera la nuit la plus bouleversante de sa vie, à attendre l'arrivée des urgences, à prononcer des mots rassurants qui semblent de plus en plus ineptes, à vouloir désespérément que la femme et l'enfant restent en vie. « Vous pouvez y arriver. Les secours sont en route. »

Le temps s'écoule, dix minutes, ou peut-être une heure, et puis la tête de la femme retombe en avant et elle cesse de bouger. C'est fini, il en est sûr. Il sait maintenant ce qu'il a à faire. Il peut au moins essayer de sauver l'enfant.

Il déboucle la ceinture de sécurité de la femme et l'enjambe. Il est à califourchon sur son ventre. Il y a du sang partout. La main du pilote est figée en l'air, index dressé, comme s'il avait été interrompu en plein discours.

Raphael attrape le nez de la femme et fait basculer sa tête en arrière. Il pose ses lèvres sur sa bouche et souffle avec force. Son thorax se soulève. Il s'interrompt et recommence. S'il arrive à insuffler suffisamment d'air dans ses poumons et à éviter que son cœur ne cesse de battre, il réussira peut-être à faire parvenir assez d'oxygène au bébé. Il se redresse, pose ses mains sur le sternum de la femme et appuie énergiquement. Un… deux… trois… quatre… cinq… Reprendre le bouche-à-bouche. Attrape, bascule, souffle. Une immobilité sinistre pèse sur toute la scène. Le métal tordu, le brouillard, le grognement des cochons, le rythme de ses mains. De temps en temps, l'avion grince. Ou bien ce sont les débris de tôle arrachés du bâtiment qui les domine. Il s'imagine sur un bateau d'acier au milieu d'un océan fuligineux. Ils pourraient être, l'enfant à naître et lui, les seules créatures vivantes au monde.

Il ne porte pas de montre en vacances, alors il compte, parce que le SAMU voudra savoir. Cinquante cycles de RCP. Vingt-cinq minutes, approximativement. Il entend des sirènes, des vrombissements de moteurs, des voix masculines et soudain, il se retrouve en plein film de science-fiction, vacarme et lampes à arc, casques et combinaisons. Il y a un gros véhicule tel qu'il n'en a encore jamais vu, peut-être un camion de pompiers d'un terrain d'aviation militaire. Deux mains gantées l'attrapent par les épaules et l'aident à s'extraire du cockpit. Il s'éloigne avant de se retourner pour embrasser toute la scène du regard – les silhouettes en ombres chinoises, le crucifix tordu de l'avion, «CA-956» en jaune sur vert forêt, des lumières bleues qui clignotent, le crépitement de cierges magiques des chalumeaux. On dirait une immense toile Renaissance représentant un nouveau mythe. Puis il se dit, pour la première fois, que c'est probablement une famille. La mère est morte, le père est mort, le fils est mort. Et si le bébé survit… ? Il se passe alors quelque chose qui ne lui est jamais arrivé en dix-sept ans de carrière. Une rafale de grêle violette traverse son champ de vision, et il voit la boue de la cour de ferme s'élever gracieusement à la rencontre de son visage sans défense. Quand il réintègre son corps, il est assis sur un fût en plastique avec une petite tasse ébréchée de cognac à la main tandis que la femme du fermier lui tend un paquet de Pépitos entamé. Quelque part, un bébé vagit.

L'ENFANT

Le regard de Philippe traverse l'avenue du Président-Kennedy en direction de l'île aux Cygnes. À cette hauteur, la tour Eiffel est entièrement visible, ce qui la fait ressembler à un des modèles réduits que vendent des marchands ambulants au pied de la vraie. Une rame de métro vert menthe de la ligne 6 franchit le pont de Bir-Hakeim. Ils sont sûrement venus pour une autre raison. S'il réussit à trouver cette raison avant qu'ils arrivent à l'appartement, ils ne lui diront pas que Maja est morte. C'est comme éviter de marcher sur les joints des pavés. Mais il n'arrive pas à trouver d'autre raison. S'il en existait une, c'est à son avocat qu'ils s'adresseraient, à son comptable, ou bien à Hervé. La Seine est un ruban kaki criblé de trous qui glisse vers l'ouest. La porte vitrée s'ouvre et Hervé les conduit sur le balcon. L'homme est un inspecteur de la Police judiciaire. Uniforme noir, deux chevrons. Il a un teint d'une pâleur anormale et un grain de beauté sur la joue, semblable à un raisin sec. Une femme corpulente se tient juste derrière lui, vêtue d'un pull beige informe et d'un coupe-vent violet.

On ne pénètre pas dans l'espace privé de Philippe sans y être invité. Hervé et les autres membres du personnel sont chargés d'éviter ce genre de situations. L'inspecteur présente sa collègue. Elle travaille au bureau d'aide aux victimes. Ce n'est pas possible. La mère de Philippe est morte brutalement d'un infarctus en faisant du ski à Lech Zürs. Son père a passé le dernier mois de son existence dans une villa de Céphalonie entouré d'infirmières qui l'aidaient à entrer et à sortir de la mer. Philippe n'est pas naïf au point de croire que l'argent peut transformer les dures réalités de la vie, mais il a toujours pensé qu'il est capable de les retarder et de les adoucir.

L'inspecteur est navré de devoir lui annoncer une mauvaise nouvelle. Il ouvre un petit carnet pour vérifier les faits. « L'avion a heurté un bâtiment agricole. » La femme admire ouvertement la vue. Ou bien cherche-t-elle simplement à éviter le regard de Philippe ? Comment pourrait-elle aider qui que ce soit ? Le policier précise que le pilote et le petit garçon sont morts. Philippe est content. Il n'aurait pas supporté de savoir que Viktor avait tué Maja et que son fils ou lui s'en étaient sortis. La femme s'approche et incline la tête sur le côté pour donner l'impression de compatir. Elle ressemble, en plus grosse, plus vieille et moins séduisante, à une présentatrice de télévision dont Philippe a oublié le nom. Ses propres pensées semblent appartenir à un autre, défilant comme une bande de téléscripteur sous la scène qui se déroule devant lui.

— Elle est restée prisonnière de l'épave.

Dix étages plus bas, un chaland se fait haler vers l'amont, l'eau se plisse autour de la proue relevée du remorqueur. Pourquoi lui donnent-ils ces détails ?

— Mais la bonne nouvelle… Le policier s'interrompt et inspire un grand coup. Pardonnez-moi. La formule est malheureuse. Il inspire encore. « Votre fille est en vie.

Philippe tient le garde-fou en acier brossé et contemple la douve de buissons épineux qui sépare l'immeuble du trottoir en contrebas. Il avait complètement oublié que Maja était enceinte. Comment est-ce possible ? De la vapeur s'élève d'une grille encastrée dans le sol. A-t-elle accouché avant de mourir ou l'ont-ils découpée comme une pièce de viande pour sauver l'enfant ? S'il se penchait un peu plus, la gravité affirmerait ses droits. Rien de plus facile. Comme se laisser tomber sur son lit.

Hervé est au volant. C'est le factotum et le garde du corps de Philippe, un des rares qui restera proche de son employeur au cours des années à venir, alors qu'il se débarrassera de tous les autres. Philippe ne veut pas passer trois heures en présence de quelqu'un qu'il ne connaît pas, et il n'est pas en état de conduire lui-même. Il regarde défiler la campagne cruelle. *Choc* n'est pas le mot juste. Il est hors de son corps, en suspension, en roue libre, vide. Ils avaient choisi un nom mais il ne le prononcera pas, même dans le sanctuaire de son esprit, de crainte de la rendre réelle. Il ne veut pas de fille, mais il ne veut pas non plus qu'elle meure. Il veut remonter dans le temps et l'échanger contre Maja. Et si l'enfant a manqué d'oxygène ? Et si elle souffre de lésions cérébrales ? Et si elle est handicapée ?

Hervé déboîte et double un semi-remorque de Dentressangle, une langue de toile orange sale détachée claquant si rapidement sur son flanc qu'elle chante. Hervé mesure un mètre quatre-vingt-quinze, il pèse cent sept kilos sans un gramme de graisse. Il porte en toutes circonstances une chemise blanche sans cravate sous un costume anthracite. Son crâne rasé brille comme une pomme lustrée. Il se parfume à l'eau de Cologne Wood Sage & Sea Salt de Jo Malone. Il ne s'intéresse pas à autrui sauf si cela affecte ses propres projets, ses besoins et son bien-être personnels. Il écoute le plus souvent du disco des années soixante-dix et quatre-vingt dont il possède une connaissance encyclopédique – Rose Royce, A Taste of Honey, le Love Unlimited Orchestra. Il est poli et prévenant envers ceux avec qui Philippe a besoin qu'il soit poli et prévenant. Mais quand il est mécontent, son visage peut prendre une expression suffisamment déstabilisante pour qu'il n'ait eu à recourir à la violence physique qu'en deux occasions. Nikki, la secrétaire de Philippe, est convaincue qu'il tuerait si on le lui demandait et qu'il n'en éprouverait aucun remords.

Le commissariat de Boulogne est situé à l'angle d'un carrefour miteux, en face d'un salon de tatouage. À l'intérieur, un homme en gilet jaune fluo, coiffé d'un chapeau de pirate, se plaint de son propriétaire d'une voix avinée. Il dégage une odeur de fromage rance. Un policier baraqué, qui a enfilé une paire de gants bleus jetables, l'expulse du bâtiment.

Philippe n'a pas fait la queue ni attendu dans un lieu public depuis ses études à Cambridge.

On les conduit à la morgue où il identifie le corps de Maja. On dirait qu'elle a été tabassée. La notion d'âme lui a toujours paru risible, mais son corps paraît… vide. La même pensée lui viendra à propos de l'appartement de l'Alfama, des Dubuffet, des ris de veau et de la laitue de mer du Mirazur, de Tribune Bay, comme si Maja était la lampe qui avait jusqu'alors éclairé le monde.

À l'hôpital, sa fille dort dans une boîte en plastique transparent. Le berceau est percé de deux hublots sur les côtés pour qu'on puisse glisser les mains à l'intérieur, et Philippe pense à des scientifiques gantés manipulant des barres de plutonium derrière une vitre en verre au plomb. Sur le dos de chaque menotte, un cathéter disparaît sous une croix suisse de sparadrap microporeux, lui donnant l'air d'une marionnette au repos. Hervé prend une photo pour le passeport. Une infirmière la pose doucement dans les bras de Philippe. Il n'a jamais tenu de bébé. Elle a son teint – daim, café. Des mèches de cheveux noirs humides sur la tête. Elle ouvre les yeux. Ils sont étonnamment foncés. Cette enfant est la plus belle chose qu'il ait jamais vue. L'infirmière lui tend un biberon de lait maternisé et il la nourrit. Angelica. Il l'appellera Angelica. Il ne se rappellera jamais le nom qu'il avait choisi avec Maja.

Hervé leur réserve des chambres dans un modeste hôtel de Château Cléry pendant qu'Angelica reste en observation pour la nuit. C'est la première fois de sa vie que Philippe descend dans un trois étoiles; Hervé embauche des nounous et engage la procédure de demande de passeport. Il appelle le père de Maja à Göteborg et lui annonce l'affreuse nouvelle. Il explique que Philippe est trop retourné pour parler. Il apprend à M. Söderberg que sa femme et lui ont désormais une petite-fille, ajoutant qu'il espère que cela pourra un peu compenser la disparition de leur fille. M. Söderberg a l'air hébété. Se pourrait-il qu'il soit ivre ? Hervé appelle les Beaufour.

Le lendemain matin, Hervé rencontre la nounou. Venue de Côte-d'Ivoire, suppose-t-il. Elle s'appelle Océane. Elle est grande et d'une beauté remarquable. Philippe refusera la compagnie d'une créature aussi outrageusement gâtée par la nature. Hervé lui donne deux cents euros en liquide et demande à l'agence de leur envoyer quelqu'un de plus quelconque. Il va à Intermarché où il achète des vêtements et de la nourriture pour bébé, un siège auto, des tâches nettement inférieures à son niveau de rémunération, mais il tient à ne pas élargir le cercle.

Les examens médicaux se prolongeant, Philippe et Hervé restent dans la salle d'attente de l'hôpital. Philippe oublie sans cesse que Maja est morte, puis le souvenir revient, la même embardée nauséeuse à chaque fois. Une vieille bique obèse passe devant eux en pantoufles et en robe de chambre en nylon, poussant une potence à roulettes à laquelle se balance un sac rempli d'un liquide jaune pâle. Une femme tatouée a la tête entourée de pansements comme Philippe n'en a jamais vu que dans des bandes dessinées.

Ils regagnent le service, mais le chef de clinique est toujours occupé. Philippe remarque avec effarement qu'attendre occupe une grande partie du monde des gens ordinaires et que c'est très difficile à supporter. Il y a cinq autres bébés en couveuse dans le service. Quatre sont des prématurés – des petites créatures fripées qu'on imaginerait facilement endormies au fond d'un chêne creux dans un conte de fées. Ils sont allongés sur des couvertures de cachemire et coiffés de minuscules bonnets de laine tricotés à la main. L'un doit être originaire d'Inde, pense-t-il, ou de quelque part par là. De longs poils noirs soyeux sur les épaules et sur les bras.

Un interne les rejoint au bout de vingt-cinq minutes et leur annonce qu'il reste de la paperasserie à faire. Ce qu'il ne leur dit pas, parce que la situation est déjà assez pénible, c'est qu'il va falloir s'assurer que Philippe est bien le père. Hervé lui tend une carte et se contente de lui faire savoir que l'avocat de son patron se mettra en relation avec eux. Puis ils prennent Angelica et s'en vont, manifestant une assurance telle qu'elle n'autorise aucune velléité d'opposition.

Philippe insiste pour se rendre sur le lieu du crash. Hervé trouve cela déraisonnable, mais il limite ses veto pour qu'ils conservent leur efficacité. Il reste dans la voiture avec le bébé. Philippe descend l'allée boueuse qui mène à la ferme. Il remarquera plus tard que ses chaussures sont crottées et y verra une pénitence. Le bâtiment agricole dont il est question dans le procès-verbal de police est un haut silo cylindrique de tôle ondulée noire. Il a été coupé en deux en son milieu et s'effondre sur le côté comme le chapeau cabossé du méchant dans un spectacle de Noël du XIXe siècle. La terre est creusée d'ornières, sans doute les traces de l'avion quand on l'a remorqué avant de le hisser sur un camion à plateau pour l'évacuer. Il l'imagine dans un hangar, quelque part, des hommes en chemises à manches retroussées prenant des photos et griffonnant des données relevées sur des cadrans fracassés. *Elle ne se sera rendu compte de rien.* Est-ce vrai ? Il y a des taches sombres sur le sol, un liquide que la pluie de la nuit n'a pas lessivé. De l'huile ? Du carburant ? Du sang ?

Une vieille lui crie quelque chose. Elle appartient à un autre monde. Au-dessus de lui, le ciel est d'un bleu uniforme interrompu seulement par deux traînées blanches parallèles qui s'étalent et glissent. Une voie ferrée pour des anges. Il n'y a rien ici pour lui.

Dans la voiture, Hervé reçoit un coup de fil de Paris. Des journalistes assiègent l'appartement. Il faut trouver un autre logement pour Philippe et Angelica en attendant l'arrivée du passeport.

Ils font la connaissance de la nouvelle nounou à l'hôtel. Elle a l'air d'une caissière de Carrefour – la quarantaine, trapue, un vestige de tatouage sur l'avant-bras droit. Agathe Guérin. Philippe est à la fois soulagé et jaloux de l'aisance et de la chaleur avec lesquelles elle manipule sa fille, des bêtises faciles, naturelles qu'elle lui dit. *Un, deux, trois, nous irons au bois. Quatre, cinq, six, cueillir des cerises…*

Philippe dit qu'il veut voir la mer. Souvenirs d'enfance, peut-être, ou simple réconfort d'un caprice qu'on lui passe. Ils confient Angelica à Agathe et Hervé les conduit à Fort-Mahon-Plage où ils se tiennent sur la promenade par un soleil éclatant et un vent froid. Des familles intrépides sont blotties sous des parasols plantés dans le sable. Au loin, les lames criardes de cinq chars à voile – rose, blanc, orange, orange, blanc – filent au-dessus du marécage marin. Et s'il bazardait tout – l'argent, les maisons, les investissements, les œuvres d'art, les voyages ? S'il prenait un emploi salarié et vivait avec Angelica dans une maison ordinaire d'une ville ordinaire ? Un garçon est debout sur la plage, les yeux rivés sur lui. C'est Rudy. Si Rudy est vivant, il est possible que Maya soit vivante. Il regarde derrière lui pour attirer l'attention d'Hervé mais quand il se retourne vers la plage, le garçon est parti. Et soudain, il a peur que Rudy se soit rematérialisé à l'hôtel et ne s'apprête à faire quelque chose d'horrible à Angelica.

— Il faut rentrer.

Ils emménagent dans une grande villa près de Cavaillon. Hervé embauche une cuisinière, une femme de ménage et trois nounous locales supplémentaires qui se relaieront par roulement de huit heures. Philippe a beau adorer Angelica, ses propres parents n'étaient ni très attentifs ni très affectueux, et il a un goût limité pour le babillage. Il ne sait pas comment être père. L'acte brut du deuil mobilise une grande partie de son temps. Il ne cesse de penser à Maja – des scènes de leur vie commune, des scènes de téléfilms, des images cauchemardesques de sa mort, des images cauchemardesques de la naissance d'Angelica. Il lui arrive d'entendre sa voix et il se retourne pour découvrir un seuil désert ou un oiseau au bord de la piscine. Il a eu un calcul biliaire il y a quatre ans à New York, une douleur si dévorante qu'elle l'a rendu temporairement aveugle. Cette fois, il n'y a pas de morphine. Il ne lui reste qu'à se mettre à quatre pattes et à essayer d'en venir à bout. Hervé prétend pouvoir se procurer des médicaments, mais Philippe craint que seule la douleur fasse écran entre lui et un vide immense dans lequel il risque de basculer irrémédiablement.

Des notices nécrologiques paraissent dans le *New York Times*, *Le Monde*, la *Süddeutsche Zeitung*. L'*Aftonbladet* consacre deux pages à Maja. Il les lit et les relit. La première fois qu'il l'a vue, c'était dans *La Forêt*, une série télé qui l'aurait fait ricaner si quelqu'un d'autre qu'elle y avait joué. Il s'est tapé les deux saisons en deux semaines, en se disant que c'était un béguin puéril jusqu'au jour où il l'a googlée et a vu une interview dans laquelle elle citait longuement Christopher Smart dans un anglais aussi courant que le sien. *Je prendrai le cas de mon chat Jeoffrey. Car il est le serviteur du Dieu Vivant, qu'il sert dûment et quotidiennement. Car à la première lueur de la Gloire de Dieu à l'Orient, il l'adore à sa manière.* Il est allé à Stockholm en avion pour la voir jouer dans *John Gabriel Borkman* au Kungliga Dramatiska Teatern et l'a attendue en coulisses avec des fleurs, comme si on était en 1954.

Il a organisé sa vie de façon à n'avoir pas besoin de faire quoi que ce soit. Des gouvernantes se chargent de ses cinq propriétés. Nikki surveille ces employées, paye les factures et s'occupe de l'entretien. Maine, le cabinet d'experts-comptables qu'a conservé sa famille, sous-traite avec un gestionnaire de fonds, Quadrant, pour administrer un portefeuille à risque moyen dont le taux de rendement dépasse régulièrement celui de l'inflation. Il a travaillé sept ans dans le commerce de thé jusqu'à ce que la hausse des prix de la main-d'œuvre indienne l'oblige à mentir et à causer du tort à des gens, des agissements que son associé Lem appelait *rentabiliser* et *dégraisser* et qui étaient une seconde nature pour lui si bien qu'il s'est glissé dans le gros fauteuil de cuir de Portugal Street aussi aisément que si Philippe n'avait fait que le tenir au chaud pour lui. Et maintenant ? Comment faire éclore, au sein d'une vie aussi facile, ces tâches intéressantes, complexes, nécessaires qui prêtent aux jours forme et sens ?

Il regarde chaque soir un épisode de *La Forêt* sur DVD. Ça a terriblement vieilli, mais cette boîte magique contient encore Maja, et elle est vivante, elle est jeune, elle est belle. Hervé repasse commande de tous les livres que Philippe a laissés sur la pyramide branlante près de son lit à Winchester, mais il est incapable de lire quoi que ce soit de plus exigeant que Fred Vargas et Arnaldur Indriðason, le bien qui triomphe du mal en trois cent cinquante pages faciles. Il y a des bicyclettes dans l'abri de jardin. Il part faire de longues balades. Il lui arrive de devoir s'arrêter au bord de la route pour pleurer. Il fait la planche dans la piscine et a attrapé de sacrés coups de soleil. Si seulement il souffrait d'une maladie plus grave.

Il ne répond à aucun appel, aucun e-mail, aucune lettre d'amis et de connaissances qui lui présentent leurs condoléances. Ce n'est pas que l'idée de paraître faible ou de faire appel à la bonté de ses pairs le rebute ; c'est simplement une transaction à laquelle il n'a jamais été initié. Peut-être serait-il plus exact de dire que ce ne sont pas des amis dans le sens que d'autres pourraient donner à ce mot. Il n'a jamais vécu à un seul endroit. Il changeait d'école tous les deux ans – Sir James Henderson School à Milan, l'Institut auf dem Rosenberg et Aiglon College en Suisse, la Philips Exeter Academy dans le New Hampshire… Quand les relations, le climat politique ou le régime fiscal devenaient inconfortables, il se remettait en route comme son père, comme son grand-père avant lui. Dans sa vie d'adulte, il a choisi de consacrer son temps à des gens qui partagent ses goûts et dont il apprécie la compagnie. Pourquoi faire autrement ? Quand il leur est arrivé d'avoir des problèmes – maladie grave, toxicomanie, un ado en délicatesse avec la loi –, il leur a accordé la distance qu'il aurait lui-même désirée s'il avait été à leur place. Il se rend compte maintenant qu'il aimait Maja parce qu'elle était la seule dont il avait besoin. Avec le recul, cela paraît évident, comme un certain nombre des rudes leçons qu'il est en train d'apprendre.

L'enquête française sur l'accident aérien se referme sans remettre en question l'explication qui s'est imposée quelques heures seulement après le crash. Le parquet conclut à un homicide par imprudence, le dossier de police est clos et le corps de Maja restitué à la famille.

Hervé organise des obsèques à Göteborg. C'est un désastre. La presse n'a pas été invitée, mais l'information transpire et on assiste à une rixe inconvenante entre un photographe et le frère de Maja. Quand on présente Angelica à la mère de Maja, elle s'évanouit, comme les personnages de films à qui l'on annonce une nouvelle bouleversante. Le père de Maja, Hervé le constate alors, manifeste les premiers symptômes de la maladie d'Alzheimer. Voilà qui explique son ébriété apparente lorsqu'il l'a eu au téléphone l'autre jour et la distraction qui lui a fait oublier de transmettre ce message pourtant capital. Pendant la réception, le vieux monsieur passe beaucoup de temps à réclamer Teddy Lindholm, un nom qui ne dit rien à sa femme. Il disparaît un instant, et on le retrouve derrière le bâtiment, en larmes, à genoux près d'une grive morte. L'agent de Maja prononce un éloge funèbre qui ressemble à sa page Wikipédia devant une assistance qui regroupe deux Oscars, deux Laurence Olivier Awards et un Chevalier du Royaume. Et pendant tout ce temps, il pleut sans discontinuer.

Philippe est content. La mort de Maja a été un désastre et il lui paraît juste que son enterrement soit désastreux. De toute façon, il n'a jamais beaucoup aimé sa famille. Des brasseurs et des soldats. Son cousin est député des soi-disant Démocrates de Suède. *Bevara Sverige Svenskt* peut aller se faire foutre, et tous les autres aussi. Le père de Maja était le seul qu'il appréciait. Cette étincelle rebelle. Traduit en cour martiale pour avoir fourré deux chats et un feu d'artifice allumé dans un char où se trouvait un officier supérieur. Son Alzheimer, par bonheur, préoccupe suffisamment la mère de Maja pour qu'elle n'essaie pas de coincer Philippe en réclamant le droit de voir Angelica avant qu'ils ne s'engouffrent dans la limousine qui les attend.

Antioch, dessiné par Amyas Connell en 1937 pour le grand-père de Philippe, porte le nom de la ville antique située à l'extrémité sud du littoral méditerranéen de la Turquie. Occupant une vingtaine d'hectares, la propriété est nichée dans un vallon entre deux collines boisées dominant le village de Braishfield, à treize kilomètres à l'ouest de Winchester. Le bureau et les logements des domestiques relégués aux confins de la propriété sont masqués par des arbres si bien que même depuis le toit-terrasse de la maison principale, on ne distingue aucun autre bâtiment. L'écran des coteaux crée un microclimat où la température est toujours légèrement supérieure à celle de la campagne environnante et des palmiers, si peu anglais qu'ils en sont revigorants, poussent avec bonheur autour de la longue pelouse en pente. Quand il y a du soleil, on pourrait se croire dans la Loire, sinon tout à fait en Provence.

Connell était un disciple de Le Corbusier mais ici, il a un peu adouci les lignes abruptes du maître. Il y a beaucoup de béton, de nombreuses lignes droites et pas mal de demi-cercles, mais tout est peint en blanc et les grandes baies vitrées créent un effet plus Côte d'Azur que Cité radieuse. La maison est classée et, plusieurs fois dans l'année, un amateur d'architecture culotté remonte l'allée dépourvue de grilles électroniques parce que Philippe trouve cette mode vulgaire. Il regagne la maison cinq semaines après l'enterrement, Nikki ayant assuré à Hervé que les journalistes les plus persévérants eux-mêmes ont levé le camp depuis longtemps. Il y passera dix-huit mois avec Angelica.

Avant l'accident de Maja, Philippe lisait énormément, il voyageait beaucoup et collectionnait des œuvres d'art, toutes ces activités reflétant le même appétit du monde, comme si la planète entière était un immense festin à dévorer gloutonnement. Le spectacle de la Voie lactée depuis l'entrée d'une yourte dans les dunes d'Elsen Tasarkhai, le portrait de Soutine par Modigliani, le Danube de Leigh Fermor… les frontières entre le monde vécu et le monde écrit si poreuses que, parfois, il ne se rappelle plus s'il a vu un lieu, une toile ou un bâtiment de ses propres yeux ou à travers les mots d'autrui. Il lit sans difficulté dans quatre langues et peut mener des conversations rudimentaires dans sept, mais il a toujours trouvé ces langues et leurs littératures respectives plus fascinantes que leurs locuteurs vivants, recourant par exemple à des modernisations bancales de latin et de grec qui confondaient et amusaient ses interlocuteurs en Italie et en Grèce. Et maintenant ? Ces peintures, ces temples, ces archipels, ces minuscules avions traînant leurs rubans rouges à travers tant de pages de l'atlas ressemblent au piètre numéro qu'un prestidigitateur pourrait exécuter à une fête d'enfants pour masquer qu'en vérité, il n'y a pas de magie en ce bas monde.

Il ne peut pas voyager sans Angelica. Même à Londres, il est obsédé par des cauchemars où il la voit plongée dans un bain d'eau bouillante par une nounou crétine ou rouler d'une table et se fracasser le crâne sur le sol de la cuisine. Deux jours à Bonn sont une torture. Il ne peut pas non plus voyager en traînant une nounou derrière lui, l'absence de son épouse constamment persiflée par une remplaçante mal fagotée, entachant le souvenir enchanteur d'un pays après l'autre. Il reste donc cloîtré et laisse le carnaval impitoyable du monde se poursuivre au-delà des arbres.

De temps en temps, ceux qui ont téléphoné en vain, qui ont envoyé des e-mails et des lettres demeurés sans réponse se présentent à l'improviste, parce qu'ils passaient par là, parce qu'ils sont sincèrement inquiets ou parce qu'ils sont intrigués. Philippe suppose qu'ils viennent tous voir Angelica. C'est une telle merveille à ses yeux qu'elle l'est forcément à ceux de tous les autres ; une des nounous est donc chargée de l'amener pendant que Philippe et ses visiteurs prennent le thé et cherchent à entretenir la conversation. Un jour, Hannecke, la femme de Viktor et la mère de Rudy, frappe à la porte. Elle a essayé à plusieurs reprises de joindre Philippe et les fins de non-recevoir courtoises d'Hervé et de Nikki n'ont pas réduit la fréquence de ses tentatives. Paola, la gouvernante du moment, lui débite le même conte qu'aux journalistes qui débarquent épisodiquement : Philippe vit en Turquie. Il l'observe depuis une fenêtre de l'étage tandis qu'elle regagne la Range Rover blanche garée de biais sur les graviers. Il s'attend à ce qu'elle s'assoie au volant et reprenne ses esprits avant de démarrer et de repartir. À sa surprise, elle ouvre la portière du côté passager et attrape un petit extincteur rouge. Elle se dirige vers la Mercedes de Philippe et le balance au milieu du pare-brise qui éclate en une cible de givre. Il ne comprend pas. Si quelqu'un a des raisons d'être en colère, c'est lui. Elle abandonne l'extincteur qui jaillit du rectangle de verre fracassé et s'en va. Hervé lui conseille de ne pas porter plainte et son instinct est juste, car c'est la dernière fois qu'elle essaie de prendre contact.

La mère de Maja téléphone à plusieurs reprises ; elle voudrait organiser une visite pour revoir sa petite-fille. Hervé prend un crayon et note de vagues dates, qui ne sont jamais confirmées. Elle est, se doute-t-il, de plus en plus préoccupée par la santé déclinante de son mari. Sans qu'on sache vraiment pourquoi, elle renonce un beau jour à appeler.

Pour un petit nombre de gens, la mort de Maja est devenue une obsession, alimentée et encouragée par Internet dans lequel Philippe ne voit qu'une grande machine destinée à connecter tous les cinglés et furieux du monde. Alors, cinq matins par semaine, Angelica va à une crèche locale sous un nom d'emprunt. Une fois qu'elle est partie, Philippe fait cent cinquante longueurs de piscine anesthésiantes. Il n'a pas envie de parler de sa tristesse à quelqu'un. Il ne veut pas partager son chagrin ni le diviser en deux. Il ne peut pas davantage renoncer à cette peine qu'aux vêtements de Maja, à son piano, à ses prix. Il écoute la musique qu'elle aimait (*Simon Boccanegra, Tristan et Isolde, Katja Kabanova...*) sur les enceintes encastrées dans les murs de la maison et fait comme si elle était dans la pièce d'à côté. Il voit quelquefois Rudy, debout au fond d'un couloir, ou au crépuscule sous les palmiers. Ça ne l'étonne pas. Il lui paraît naturel que les lois de la biologie et de la physique aient été fondamentalement altérées par le choc qui lui a fracassé le cœur.

Il fait de longues randonnées dans les Downs, là où Maja partait à cheval. Le Clarendon Way, Ashley Down, Beacon Hill. Il trouve un certain apaisement dans la nature inhumaine avec ses longs rythmes lents et ses millions de verts différents, le vent dans les hautes herbes, des buses dans le ciel. Dehors, il ne voit pas Rudy. Le garçon est un phénomène intérieur, un produit des vibrations que les êtres humains font tinter dans les briques, le verre et l'acier.

Angelica rampe, puis marche. Elle parle tard ; son premier mot est « eau » et Philippe n'a pas conscience que c'est pour le moins bizarre. Elle entend son père parler des tableaux accrochés aux murs de la maison et dit de ses premiers dessins – une forêt de boucles à la Twombly – qu'ils sont « apsrais ». Elle aime tous les fruits sauf les oranges et déteste tous les légumes sauf les épinards. Alors elle prétend que les oranges sont des légumes et les épinards des fruits parce qu'elle n'aime pas que les catégories se chevauchent. Pendant plusieurs années, elle dira que ce recouvrement contrariant « brunit tout », parce que c'est ce qui se passe quand on laisse les gouaches se mélanger. Elle donne à ses vingt-deux peluches des noms qui commencent par les lettres successives de l'alphabet, depuis un lapin qui s'appelle André jusqu'à un orang-outan qui s'appelle Very Very. Elle aime les *Barbapapa*, les *Madeleine*, *Dear Zomo* et *Peepo !* Elle aime *Le Renard et l'Enfant*, *Les Indestructibles* et *Le Petit Poucet.* Ses rondeurs enfantines s'effacent. Elle est grande pour son âge et maigrichonne de surcroît, le teint sombre qui avait frappé Philippe à l'hôpital de Boulogne mis désormais en valeur par des cheveux acajou lustrés. Philippe pourrait passer des heures à la contempler, mais d'autres adultes lui trouvent un physique dérangeant, ces yeux extraordinairement sombres, si sombres qu'on a l'impression de ne pas voir quelqu'un mais *dans* quelqu'un. Philippe explique à Angelica que sa mère était une actrice, que des gens qui ne l'avaient jamais rencontrée l'aimaient beaucoup, qu'elle s'est envolée et n'est jamais revenue. Ces informations se mélangent dans l'esprit d'Angelica qui imaginera toujours Maja comme une créature féerique empruntée par le monde matériel avant d'être rappelée dans son domaine.

Philippe a des maisons au Sri Lanka, à Berlin et sur Skiathos. Elles sont louées, moins par souci d'économie que pour maintenir le personnel sur le pont. En revanche, la villa proche d'Antakya reste vide. Il ne supporte pas l'idée que des étrangers habitent ce qui a toujours été considéré comme la demeure ancestrale. Sa famille est, dit-on, propriétaire de ce domaine depuis qu'il existe des archives écrites. Selon leur propre mythe privé, ils étaient déjà là quand Antakya était Antioche, ils étaient là depuis la fondation d'Antioche, survivant à la multitude de révoltes, de sièges, de conquêtes et de séismes qui ont suivi. Au centre même de la maison se trouve une pièce à l'éclairage tamisé où des reliques archéologiques du lointain passé de la ville sont conservées derrière une vitre – coupes, amphores, sept dés romains, deux tétradrachmes de Domitien d'une rareté évanescente provenant de l'hôtel de la Monnaie de la ville, un important fragment de sol en mosaïque qui devrait en principe être exposé au musée de Hatay. L'histoire est-elle vraie ? Tout ce qui compte peut-être est que leur famille s'est toujours enorgueillie d'appartenir à l'aristocratie mondiale, résolument laïque mais avec des racines musulmanes, chrétiennes et juives, des citoyens du monde non par ambition mais de fait, tout simplement.

Les anniversaires d'Angelica sont aussi ceux de la mort de Maja. Philippe les ignore aussi bien les uns que les autres. Pour ses trois ans, cependant, Paola, la gouvernante, inaugure la tradition d'un après-midi au Legoland de Windsor, et Philippe est trop obsédé par ses propres souvenirs pour être hanté par des images de sa fille tombant du grand huit ou enlevée par un inconnu.

À l'occasion du quatrième Noël après la mort de Maja, Philippe essaie de se faire pardonner son égocentrisme en organisant une fête pour Angelica et quelques petits camarades de son école maternelle. La température chute inopinément la nuit précédente et lorsque les invités arrivent, les palmiers et l'herbe sont saupoudrés de neige, de gros flocons sur un ciel sombre, nacré. À en juger par le volume sonore, les invités s'amusent bien, filant de pièce en pièce tel un banc de poissons piaillards. Une seule petite fille se tient à l'écart, elle parcourt la salle comme font les chats, en suivant un sentier invisible aux autres. À un moment, elle grimpe sur le large manteau blanc de la cheminée où elle s'assoit, trônant tel un lutin, jusqu'à ce que sa mère l'aide à en descendre pour manger son flan, et Philippe ne peut s'empêcher de la soupçonner d'être de mèche avec Rudy, d'en être l'émissaire, le lieutenant. Hervé n'est pas à l'aise en compagnie des enfants. Il ne rôde en périphérie qu'à cause des risques évidents de catastrophe. Deux pères adressent la parole à Philippe sans se présenter et il se rappelle, tardivement, qu'il les a rencontrés à une manifestation locale plusieurs années auparavant, du vivant de Maja. Un certain nombre de parents ne sont visiblement venus que pour voir la maison et le parc et passent leur temps à regarder par-dessus la tête des enfants et à inspecter la vue depuis les fenêtres comme s'ils envisageaient d'acheter la propriété. Il faut en extraire un d'une chambre à coucher. Les enfants mangent des feuilletés à la saucisse et des mini-pizzas à l'ananas et au jambon. Ils boivent du punch magique avec les glaçons dans lesquels sont emprisonnés des nounours à la guimauve. Ils jouent à la queue du dragon, à la chandelle et à l'élastique. Nikki a fait venir Safari Sam qui arrive avec un boa constrictor, un iguane, une tarentule, un gros mille-pattes noir et douze cafards que les enfants sont invités à se poser sur le visage pour faire hurler leurs parents. Un des pères passe presque une heure assis dans sa voiture avant de se laisser convaincre que les bestioles ne sont plus là.

Toute la fête resplendit des couleurs vives d'un conte populaire, comme si elle se déroulait dans une de ces maisons qui surgissent au solstice, à la porte desquelles frappe le voyageur fourbu que l'on prie d'entrer et qui trouve à l'intérieur une bonne flambée, un repas délicieux et du vin doux. Angelica est heureuse, et Philippe ne saurait imaginer plus grande félicité qu'être ici, en cet instant, en compagnie de ces gens, sa tristesse dissipée, sa bougeotte apaisée, la neige, les palmiers, la musique. Mais comme dans tous les contes, vient un moment où l'abondance bascule dans l'excès et où s'abat une ombre impalpable. Il en veut à tous ces invités qui semblent pouvoir apporter à sa fille un bonheur que lui-même ne peut lui donner. Il a peur qu'ils la fassent disparaître par enchantement, pas aujourd'hui et peut-être pas littéralement, mais que tout de même, ils l'escamotent.

Il demande à Paola de mettre rapidement fin à la fête dès l'heure prévue, mais elle lui tient tête, ce qui n'est pas dans ses habitudes. C'est la fête d'Angelica et la petite s'amuse bien. Hervé exfiltre Philippe sous le prétexte fictif d'un appel téléphonique important. Il le fait monter dans le bureau du premier, dont les fenêtres donnent sur les bois blancs déserts à l'arrière de la maison et où le bruit est suffisamment amorti pour être couvert par le *Troisième Quatuor à cordes* de Bartók interprété par Julliard. Avant de se retirer, Hervé jette un coup d'œil par la fenêtre et aperçoit, sur la bande de pelouse enneigée qui sépare le chemin de gravier de la lisière des arbres, un chevreuil à l'arrêt, roux comme un renard. Il attend qu'il s'effarouche et file d'un bond, son postérieur blanc projetant un dernier éclat tandis que son corps disparaît dans les feuillages, mais l'animal reste complètement immobile. Les deux hommes l'observent pendant une minute, deux minutes, trois. Philippe se demande s'il est malade. On dirait un symbole, mais il serait bien en peine de le décrypter. Peut-être est-ce à cause de son insolubilité que cette image restera présente aussi longtemps dans son esprit et avec une telle acuité. Hervé se dit que peut-être le chevreuil croit qu'on ne le voit pas tant qu'il ne bouge pas. Le cas échéant, cela veut dire qu'ils lui font peur. Hervé se détourne et regagne la fête. Quand il regarde au-dehors depuis la fenêtre de la cage d'escalier, l'animal a disparu.

À quel moment les caresses de Philippe transgressent-elles les limites de l'innocence pour prendre un caractère plus ténébreux ? A-t-il même conscience d'avoir franchi une frontière ? Ou y avait-il d'emblée une certaine compromission dans sa façon de la tenir et de jouer avec elle ? Si Philippe doit lui donner un nom, il parle d'amour. Il éprouve pour elle une passion inconditionnelle que nul autre ne pourra jamais éprouver. Ils ont besoin l'un de l'autre, encore plus que Maja et lui. Elle est faite de son corps à lui, du corps de Maja. Comment pourrait-il y avoir la moindre barrière entre eux ? La seule femme qu'il ait jamais aimée lui a été arrachée violemment, et il a reçu ce cadeau en échange. Il adoucit parfois le cauchemar récurrent de l'accident d'avion en pensant non pas qu'Angelica ressemble à Maja mais que, par quelque artifice obscur,

Angelica *est* sa mère, qu'au cours de ces terribles et ultimes secondes, une étincelle vitale est passée du corps mourant au corps vivant afin de rester au monde. De même, lorsqu'elle grandira, il ne pourra pas supporter l'idée de partager Angelica avec un autre homme. Les images, les sons, les sensations que cette éventualité fait naître dans son esprit lui donnent la nausée. Et c'est un monde dangereux qui s'étend au-dehors, surtout pour une jeune fille aussi naïve qu'Angelica. Qui d'autre pourrait la protéger aussi bien que lui ? Il s'abstiendra de rapports complets jusqu'à ses quatorze ans. Il y voit une faveur.

Sait-il, dans quelque repli de son cerveau, que ce qu'il fait est mal ? Ou bien, pour peu que vous n'ayez jamais rencontré d'interdit absolu, que vous n'ayez jamais essuyé les remontrances sévères de quelqu'un dont l'opinion vous importe vraiment, que vous n'ayez jamais eu à affronter les conséquences de vos propres erreurs, la voix désapprobatrice, contrariante qui chuchote tout bas dans votre tête s'affaiblit-elle de plus en plus jusqu'à n'être plus audible ?

Angelica ne résiste pas à ses avances. Il lui arrive de devoir la cajoler, mais il n'a jamais besoin de la menacer. Cela ne suffit-il pas à attester de son intégrité ? N'est-ce pas à cette aune que l'on mesure toute relation ?

Le personnel sait et ne sait pas qu'il se passe quelque chose de louche. Hervé ne s'en soucie pas outre mesure. Il n'a pas beaucoup de sympathie pour Angelica. Hervé, Philippe serait choqué de l'apprendre, n'éprouve pas beaucoup de sympathie ni pour elle ni pour lui. En vérité, la mort de Maja lui a fait plaisir en lui offrant un problème suffisamment complexe pour le mettre enfin à l'épreuve. Quand il ne travaille pas et qu'il est en compagnie de sa partenaire et de ses amis, il se livre à des imitations féroces et fidèles de la famille et de son cercle. S'il fait bien son travail, c'est précisément grâce à son indifférence. Aucune émotion ne vient jamais troubler son objectivité. Nikki s'en soucie, elle, mais elle a avalé l'appât financier déposé par Andrew Maine et s'est vu présenter la preuve de ses détournements de fonds malhabiles au cours d'une entrevue dont Philippe ignore tout et où Andrew lui a fait un vrai numéro, glissant théâtralement dans un coffre-fort une enveloppe brune cachetée bourrée de documents compromettants. C'est un stratagème dont il a usé discrètement pour un certain nombre de riches clients, un piège que lui a appris son père – simple, niable et, jusqu'à présent, infaillible. La loyauté de Nikki, espère-t-il, est désormais assurée.

Les cuisinières, les gouvernantes, les femmes de ménage, les jardiniers… certains ne sauraient pas mettre le doigt sur le problème, d'autres pensent avoir compris, mais que faire d'une telle information sinon la partager avec des amis et des proches qui la transmettent eux-mêmes à des amis, de sorte qu'elle finit par se fondre dans l'aura de fantasmes qui entoure toujours les riches, les puissants, les solitaires ?

Dans la journée néanmoins, Philippe traite Angelica avec une froideur affectée et ne la touche jamais avant que le personnel ait quitté la grande maison. Il veille à ce qu'elle regagne toujours son propre lit. Il lui dit que cela doit rester leur secret, que les autres pourraient ne pas comprendre. Il lui dit qu'ils seraient jaloux s'ils savaient, qu'ils chercheraient à les séparer, que cette vie facile, luxueuse, connaîtrait alors une fin terrible, irrémédiable. Il invoque le spectre de Maja et imagine qu'elle bénit leur union à titre posthume.

Il lui arrive d'avoir chaud. Quand elle a six ans, une institutrice la surprend en train de frotter l'entrecuisse d'une poupée en disant : « Tu sais combien je t'aime ? » Il déroge alors à ses habitudes pour assister à une réunion dont il est lui-même le sujet. Il est scandalisé par les insinuations d'inconvenance. On caresse les chiens parce qu'on les aime, on caresse les chats parce qu'on les aime, on caresse les gens parce qu'on les aime. Comment une fillette de l'âge d'Angelica pourrait-elle savoir que certaines parties du corps sont frappées d'interdit ? Ce sont leurs propres récits lubriques que lisent ces gens-là dans des gestes inoffensifs. Il n'en retire pas moins Angelica de l'école et ils partent pour Vancouver où il loue un luxueux appartement.

La classe fait une sortie au zoo d'Aldergrove quand Angelica voit une gazelle en érection et dit : « C'est comme papa. » La directrice de sa nouvelle école est plus insistante et l'argument de Philippe prétendant qu'Angelica fait simplement remarquer que les hommes ont des pénis ne la convainc pas. Ils quittent le Canada. De retour à Winchester, il retire purement et simplement Angelica de l'enseignement public et fait venir des précepteurs à la maison. Elle a huit ans. Il lui explique qu'elle a une telle avance scolaire sur les autres enfants qu'elle exige une attention particulière et des cours conçus sur mesure pour ses talents peu communs. Elle a passé tellement de temps en compagnie d'adultes que ce n'est pas entièrement faux et que, déjà, les autres enfants sentent qu'elle n'est pas comme eux et se tiennent instinctivement à distance. Aussi la perspective de vivre dans la solitude ne l'inquiète-t-elle pas, tandis que la suggestion flatteuse que sa supériorité intellectuelle en est la cause ne fait que dorer une pilule qu'elle ne demandait qu'à avaler.

Philippe n'imagine pas un instant qu'il puisse se faire prendre, qu'on puisse l'accuser d'une faute quelconque. C'est inconcevable. Et cette trépidation anxieuse qui traverse constamment les murs et les sols comme la vibration d'un moteur de bateau ? Ces moments où l'on est réveillé, au petit matin, par la certitude qu'un inconnu monte l'escalier… ces sensations ne sont-elles pas universelles ? Ne sont-elles pas simplement le prix de l'humanité ?

Elle ne voit rien d'aberrant, d'abord, dans ce que son père lui fait. Comment pourrait-elle savoir ? Elle ne s'interroge pas non plus quand il insiste pour qu'elle garde le secret et n'en parle à personne. Ce n'est pas une menace. C'est comme ça, un point c'est tout. Certaines des choses qu'il lui fait faire sont dégoûtantes, certaines sont douloureuses, mais c'est le propre du corps humain. Il y a tellement de choses dégoûtantes, tellement de choses qui font mal et qu'on est bien obligé de supporter. Ce n'est qu'en grandissant qu'elle éprouve l'impression croissante que ce n'est pas normal.

Son père ne lui permet pas de regarder la télé et il n'y a pas d'accès à Internet dans la grande maison. En fait, elle a appris à considérer qu'Internet est dangereux. Cela n'a pas grande importance. Elle a grandi dans la certitude que les problèmes trouvent toujours une solution et les questions des réponses, grâce à un personnel obligeant et efficace. Elle n'a pas de téléphone portable et pas d'amis à appeler. Elle lit des journaux et des revues depuis qu'elle est petite, mais les histoires horribles d'hommes dérangés qui s'en prennent à des enfants qu'il lui arrive d'y parcourir n'ont rien à voir avec ce qu'elle vit. Il s'agit de beaux-pères, d'enseignants, de voisins, d'étrangers. Son père ne la frappe pas. Il ne la séquestre pas. Il l'aime. Il le lui dit si souvent.

Elle ne parle à personne de son malaise. Son père est un homme bon. On le respecte. Elle n'a jamais entendu la moindre critique à son sujet. Il est ce que sa vie contient de plus grand. Il ne peut pas mal agir. C'est donc forcément elle qui est en faute, et ne pas savoir de quoi elle est fautive ne fait que rendre son trouble grandissant plus accablant. Et puis d'abord, à qui pourrait-elle en parler ? Elle est proche de certaines employées – Paola, et puis Nikki qui est allée jusqu'en Chine à vélo, de Mariam aussi, l'alpiniste de Tbilissi, et de Dotti qui sait jongler et porte des tee-shirts de heavy metal sous son uniforme – mais ce sont des membres du personnel et elles restent rarement longtemps, sentant, comme tant d'autres salariés de son père, que quelque chose a complètement dérapé.

Elle sait également que la menace de son père est réelle. Si quelqu'un d'extérieur à la famille découvre leur secret, cette vie enchantée risque effectivement de prendre fin – ses plats préférés qu'on lui prépare quand elle veut, des vêtements propres tous les jours, des vêtements neufs tous les quelques mois, des bains chauds en veux-tu en voilà, un jardin arboré où ce monde et l'autre se fondent si aisément, la possibilité d'ouvrir l'atlas au hasard et que dès le lendemain soir, ils visitent les grottes de marbre du lac du Général Carrera ou fassent une excursion en bateau dans la gorge de Qutang, sur le Yangtsé. Et ce qui lui manquerait le plus, c'est la bibliothèque d'Antioch.

Si son père et elle étaient séparés, si elle était confiée à des étrangers et obligée d'habiter ailleurs, comment survivrait-elle ?

Quatorze, quinze ans. Elle ne résiste jamais, ne se plaint jamais. Elle laisse faire, et la marge entre consentement et encouragement est très étroite. Plus cela se prolonge, plus elle se sent complice. Seize ans sans un murmure. Cela ne revient-il pas à dire que cela vous a plu, que vous l'avez voulu ?

Alors elle lit. Pour avoir de la compagnie, pour trouver du réconfort, pour s'évader. Elle a des lectures qui ne sont pas de son âge. Elle parle moins de langues que son père mais partage son appétit insatiable d'autrefois pour le mot écrit. En même temps, elle est encore capable, comme quand elle était petite, de rester longuement assise sans bouger et de se perdre entièrement dans un monde de fiction. Pas de livres pour enfants, pas de romans contemporains. Elle refuse que les visions d'autres vies qu'elle pourrait mener viennent la narguer. Elle ne lit pas non plus de poésie. La poésie l'effraie, avec ses aperçus de l'abîme qui s'ouvre entre les planches du pont qui tangue. Les histoires qu'elle préfère sont celles d'autrefois, celles qui font résonner comme des cloches des vérités profondes, celles qui prennent les matières premières du sexe et de la cruauté, du destin et du hasard et les mettent en sûreté en les emprisonnant dans de beaux mots. Et toutes les nuits, quand son père entre dans sa chambre, elle se récite tout bas les mots magiques qui prêtent vie à l'un de ces autres mondes et elle s'y promène, loin du corps qu'il utilise pour son plaisir.

Elle regarde Arjuna tendre le grand arc d'acier et tirer une flèche dans l'œil du poisson mécanique pour obtenir la main de Draupadi. Elle voyage toute une journée avec Gilgamesh dans le tunnel du Soleil qui passe sous le mont Mashu pour rejoindre le jardin des Dieux. Elle sourit en voyant le Nain Tracassin qui file la paille en or et finit par exploser de colère. Elle est effrayée par le chevalier qui pénètre dans la cour de Gengis Khan sur un cheval de bronze magique, portant un miroir qui lit dans les esprits, une bague qui traduit le langage des oiseaux et une épée qui inflige des blessures mortelles que seul le contact de la même épée peut guérir.

Elle n'a personne avec qui partager ces histoires. Elle est à la fois narratrice et auditrice. Elle oublie parfois où s'achève la page et où commence son esprit. Elle se raconte ces histoires dans ses heures d'oisiveté, les transformant un peu à chaque fois inévitablement et elle finit par croire que, par quelque prodige, ce sont des récits de sa propre invention, que c'est elle qui fait naître ces existences, comme si elle était une des Parques, ces créatures fabuleuses qui filent et coupent le fil de la vie. Elle est Hélène enlevée, assise tout en haut de la citadelle troyenne, occupée à tisser *une grande étoffe, un manteau éclatant*, la tapisserie sur laquelle elle représente *maint combat de Troyens dompteurs de chevaux et d'Achéens vêtus de bronze*[1] et nul ne saurait dire si elle décrit les scènes qui se déroulent au pied de la fenêtre de sa chambre ou si elle les invente. Qui, au demeurant, sait ce qui est réel ? La guerre de Troie, la tapisserie d'Hélène ou cette autre chambre silencieuse où nous recréons ces scènes en esprit ?

Il y a des contes plus noirs à propos de femmes qui tissent des histoires. Arachné, par exemple, la fille d'un berger qui prétend que ses ouvrages peu communs ne sont pas un don des dieux mais le fruit de son propre apprentissage. Elle lance un défi à Minerve outragée et l'on installe deux métiers à tisser pour qu'elles puissent s'affronter. Minerve, qui commence, tisse un portrait des douze dieux de l'Olympe assis en majesté, observant Minerve en personne frapper le sol de la pointe de sa lance et faire naître l'olivier. Dans les angles de sa tapisserie, elle représente des mortels condamnés à être métamorphosés pour avoir défié les dieux – Hémos et Rhodope mués en chaînes montagneuses, la reine des Pygmées changée en grue, Antigone de Troie transformée en cigogne, Cinyras dont la fille a été pétrifiée.

Arachné riposte par une tapisserie où l'on voit Jupiter prendre la forme d'un taureau pour violer Europe, celle d'un aigle pour violer Astéria, d'un cygne pour violer Léda, d'un satyre pour violer Antiope, d'une pluie d'or pour violer Danaé, d'un serpent tacheté pour violer Cérès…

Constatant que cet ouvrage est supérieur au sien, Minerve le lacère et frappe Arachné avec sa navette de buis. Trop fière pour supporter pareille humiliation,

1. *L'Iliade*, chant III, trad. E. Lasserre.

Arachné se pend mais refusant de la laisser mourir, Minerve la transforme en araignée, condamnée à rester suspendue à une corde pour l'éternité et à tisser à jamais, frappée de métamorphose exactement comme les personnages représentés sur sa propre tapisserie.

La maison est impeccablement tenue et Angelica ne risque pas plus d'y croiser une toile d'araignée qu'une souris morte, mais il lui arrive d'en découvrir dans le jardin, tendues entre des branches, rehaussées aux premières heures du jour par les gouttelettes restées accrochées aux filaments, et elle se demande chaque fois si elles sont l'œuvre d'une femme punie pour avoir dit la vérité.

Pour l'essentiel, les anciens amis ont renoncé à garder contact. Il y a de brèves rencontres dans des hôtels et des restaurants, mais à l'approche de l'adolescence, Philippe réduit ces sorties. Elle a perdu sa gaucherie, c'est une jeune fille désormais et il constate avec douleur que quand elle entre quelque part, les hommes se retournent pour la regarder et ont du mal à en détacher les yeux. Ils le complimentent parfois sur la beauté de sa fille. Ils complimentent parfois Angelica elle-même. Sans l'énoncer clairement, ils disent *J'ai envie de coucher avec ta fille.* Angelica ne peut pas le comprendre. D'une alarmante candeur, elle est flattée par leur attention. Elle agit comme si elle vivait dans un conte de fées, comme si elle était une princesse et eux ses chevaliers servants. Il lui arrive d'avoir des réactions qu'on pourrait dire enjôleuses, si elle savait ce qu'enjôler veut dire. Il trouve cela insupportable, mais le plus insupportable est une hypothèse qu'il ose à peine exprimer, qu'elle soit à la recherche d'un paladin qui la hissera sur sa selle pour l'emmener loin, très loin.

Ils partent donc en vacances dans des lieux reculés, séjournent dans des villes où il ne connaît personne et restent chez eux. Des rumeurs circulent cependant sur la ravissante mais inaccessible fille d'une célèbre actrice, des rumeurs rendues plus convaincantes encore par leurs détails inquiétants. Angelica parle rarement, dit-on. Certains vont jusqu'à suggérer qu'elle ne sait pas parler. Se pourrait-il qu'en dépit de sa beauté, elle souffre de difficultés d'apprentissage ou que le traumatisme de sa naissance lui ait laissé des séquelles cérébrales ? D'autres, qui l'ont entendue parler, notent qu'elle est d'une naïveté troublante, mélange déconcertant de sophistication et de puérilité. Est-il possible qu'elle soit mentalement dérangée ? Ce ne serait pas tellement surprenant si l'on songe à son enfance recluse et privée de mère. Certains se posent des questions plus inconvenantes, mais vont rarement au-delà de remarques incidentes sur le fait qu'il n'est jamais très bon qu'un père soit aussi proche de sa fille. Être plus explicite les obligerait à reconnaître qu'ils savent et ne font rien. Il est tellement plus facile de fermer les yeux et de n'y voir qu'insinuations sans fondements et ragots de gens qui s'ennuient.

Bobby Koulouris est un galeriste spécialisé dans les gravures du XXe siècle – Käthe Kollwitz, Otto Dix, George Grosz, Louise Bourgeois… Il vend des œuvres à Philippe et lui en achète occasionnellement. Il est pour Philippe ce qui se rapproche le plus d'un véritable ami, et leurs transactions relèvent de la conversation autant que du commerce. Il a un fils dépravé, Darius, qui fait son désespoir et dont il s'est plaint à maintes reprises, un garçon vaniteux et paresseux, qui s'est fait mettre à la porte de deux établissements scolaires, a fait la fine bouche à l'idée d'aller en fac, a envisagé sporadiquement de prendre un emploi rémunéré et mène à présent une vie dissolue parmi d'autres rejetons de la petite aristocratie européenne et de bénéficiaires de fonds de placement tout aussi vaniteux et paresseux que lui. Évidemment, il se contrefiche de l'art et se complaît dans son ignorance. Mais le jour où son père succombe brutalement à une pneumonie en Thaïlande, Darius prend l'initiative de passer en revue le contenu des appartements paternels d'Athènes et de Berlin, où des œuvres font escale au cours de leurs voyages entre vendeurs et acheteurs, dans l'intention de distraire quelques pièces de prix, hors comptabilité. Ce faisant, il tombe sur un échange de mails entre son père et Philippe dans lequel le premier dit espérer arriver à mettre la main sur une série complète et signée des eaux-fortes qu'Hockney a réalisées pour illustrer les contes des frères Grimm. Il se trouve que Darius a posé les yeux dessus quelques instants auparavant et que, une fois n'est pas coutume, il les a reconnues.

Se rappelant les rumeurs qui circulent sur la belle et inaccessible Angelica et espérant pouvoir associer la résolution d'un mystère à une petite aventure personnelle, il téléphone à Philippe sur la ligne directe dont très peu de gens ont le numéro. Philippe ignore les trois premiers appels mais Darius est tenace et quand Philippe finit par décrocher, sa contrariété est immédiatement ébréchée par l'annonce de la mort de Bobby.

Darius s'empresse de pousser l'avantage et ajoute que *par le plus heureux des hasards*, il avait l'intention de passer par le Hampshire dans les prochains jours et qu'il en profitera pour déposer un jeu de gravures. Puis il met poliment fin à la conversation avant que Philippe ait eu le temps de soulever la moindre objection.

Philippe n'éprouve plus le même appétit qu'autrefois pour ces œuvres – il n'éprouve plus le même appétit pour aucune œuvre –, mais cet achat lui apportera tout de même une certaine satisfaction puisqu'il possède déjà des séries complètes de Cavafy et du *Rake's Progress*. Il y voit par ailleurs une petite réparation différée à l'égard d'un ami dont il a laissé les derniers messages sans réponse.

Trois après-midi plus tard, Darius arrête sa BMW 3 Series blanche en effectuant un dérapage contrôlé de frimeur dans les graviers devant Antioch, arborant une chemise en jean vintage délavée et apportant pour soixante-quinze mille euros d'œuvres d'art dans un carton à dessin accroché à son épaule, exactement comme s'il venait livrer une poignée d'aquarelles de poneys New Forest torchées le matin même.

Hervé sort pour jeter un coup d'œil à l'intrus et permettre à l'intrus de *lui* jeter un coup d'œil et d'enregistrer qu'il sera présent dans le bâtiment pendant toute la durée de sa visite. Jugeant le jeune homme inoffensif, il le fait entrer dans la maison.

Philippe s'est trompé dans ses calculs et quand Darius arrive, il découvre qu'il a bien dix ans de moins qu'il ne croyait. Son arrogance le surprend également, assortie de juste ce qu'il faut d'autodérision pour séduire tout le monde, sauf la personne qui monopolisait l'attention avant que Darius ne fasse son apparition. Quand il serre la main de Philippe, c'est avec une poigne entre énergie et domination et Philippe se sent vaincu dans une compétition dont les règles tendent à lui échapper. Il envisage d'annoncer qu'un imprévu professionnel l'oblige à filer, mais il voit déjà ce jeune homme incroyablement sûr de lui lui jeter un regard ironique et refuser purement et simplement de le croire. Pourtant, pendant qu'ils traversent la maison, Darius lance quelques remarques enthousiastes et compétentes sur l'œuvre d'Amyas Connell («Il est né en Nouvelle-Zélande, si ma mémoire est bonne») qu'il a googlé en chemin pendant qu'il déjeunait dans un pub, si bien qu'au moment où on leur apporte une théière de Darjeeling première récolte et des tranches de gâteau à la rhubarbe et aux pistaches, Philippe est en train de revenir sur ses a priori. Il pose les questions de rigueur sur le décès de Bobby et Darius s'appesantit légèrement sur les détails morbides.

Entendant le doux crissement de gravier qui accompagne l'arrivée de Darius, Angelica s'approche de la fenêtre pour regarder; les visiteurs sont une distraction rare. Le jeune homme qui descend d'une voiture de sport et sort un carton à dessin du coffre est plus distrayant qu'elle n'aurait pu l'espérer. Ce n'est manifestement pas quelqu'un qu'emploie son père – un juriste, un banquier. La maison et le jardin ne paraissent pas l'impressionner le moins du monde; à le voir, on pourrait croire qu'il est propriétaire des lieux. Pourrait-il s'agir d'un ami de la famille?

Son physique est sans importance. Il est jeune et riche, il vient du Grand Ailleurs et il a une allure qui donne l'impression qu'en sa compagnie, tout peut arriver. Il se trouve qu'en prime, il est d'une beauté presque comique – hanches étroites, chevelure épaisse et ondulée couleur café noir, corps d'une grâce féline. Elle a lu que Lydia Bennet s'était enfuie avec George Wickham, que Marie Melmotte était tombée amoureuse de sir Felix Carbury, cet élégant idiot, mais elle ne sait pas grand-chose du monde et il n'est pas toujours facile de reconnaître les histoires quand on les vit. Voilà pourquoi au moment où elle trouve Darius assis avec son père dans le soleil à claire-voie du toit-terrasse, elle est déjà l'esclave d'un avenir imaginaire dans lequel il l'arrache à tout cela. Savoir que ce fantasme est ridicule ne suffit pas à aigrir sa douceur addictive.

Les poils de Philippe se hérissent dès qu'elle apparaît. S'il avait eu un peu plus d'informations sur Darius, il l'aurait explicitement bannie de cette entrevue. Il dit sans réfléchir « Tu n'as rien à faire ici », car il ne doute pas un instant de sa docilité. En la provoquant ainsi en présence du fils de Bobby, il commet, il le comprendra plus tard, une erreur fatale.

Plus rien ne bouge pendant un moment. On entend le tac-tac d'un pic quelque part dans le jardin. Darius s'adresse à Angelica, calmement mais sur un ton qui ne tolère aucune contradiction. « Asseyez-vous avec nous. J'ai tellement entendu parler de vous », et, pour une fois, Angelica pense que son père peut aller au diable. Elle se sert une tasse de thé, prend une tranche de gâteau et l'on ne saurait dire si ses mains tremblent d'excitation ou de peur, parce qu'elle regarde Darius et sait qu'ils sont tous les deux ligués contre son père.

« À quel lycée allez-vous ? » demande Darius bien que tout ce qu'il a entendu dire l'ait persuadé qu'elle n'a sûrement pas mis les pieds dans un établissement scolaire depuis longtemps. « Ou êtes-vous déjà à la fac ? » Il émane d'elle quelque chose de sexuel et en même temps de complètement asexuel qui l'intrigue. Elle n'a pas l'air d'avoir seize ans. Plutôt vingt. Ou douze. Les rumeurs sur sa beauté sont exactes. Ces yeux extraordinaires.

— Je ne vais pas au lycée.

— Vous restez donc coincée ici avec votre vieux. Il regarde Philippe et lui adresse un sourire chaleureux, complice, dont les deux hommes savent que c'est pure provocation.

— Darius a perdu son père il y a deux mois, dit Philippe à Angelica, cherchant à reprendre la situation en main. Robert Koulouris ? Tu te souviens sûrement de lui. Darius a eu la délicatesse de m'apporter des œuvres d'art que j'avais chargé Robert de dénicher pour moi.

Darius ne regarde pas Philippe. Darius regarde Angelica. Elle se grise de son attention. Il y a dans l'expression du jeune homme quelque chose qu'elle n'a encore jamais vu d'aussi près, quelque chose d'anarchique, de joyeux. Il l'apprécie beaucoup, elle le voit, elle le sent. Elle ne sait rien de la manière dont ces choses se font. Et s'ils sautaient dans sa voiture, faisaient demi-tour sur le gravier, descendaient l'allée dans un vrombissement de moteur et ne revenaient jamais ?

Darius dit : « Puis-je vous inviter à faire un tour en voiture ? » Est-il donc si facile de lire dans ses pensées ?

« Il fait un temps superbe. Nous pourrions être à la plage en une heure. » Il ignore à quelle distance est la mer et à quoi peut bien ressembler une plage dans cette région. Promenades à dos d'âne et transats ? Raffinerie de pétrole ?

Angelica prend une légère inspiration pour contrôler sa voix avant de répondre, calmement : « J'en serais ravie. » Elle pourra le lui dire pendant le trajet. Pas la vérité – elle ne sera jamais capable de lui dire la vérité – mais une proche cousine de la vérité. Juste ce qu'il faut pour qu'il sache combien elle lui est reconnaissante et pour s'assurer qu'il ne la ramènera pas.

Mais l'intérêt sexuel de Darius reflue déjà. Il voit bien qu'elle manque d'affection et qu'elle est fragile. Une heure en sa compagnie pourrait être divertissante, trois seraient un enfer. Les sentiments d'Angelica, cependant, n'entrent pas en considération pour le moment. C'est la réaction de son père qui sert de moteur à ce petit drame. Darius ignore peut-être tout de Kokoschka ou de Balthus mais à sa manière, il est aussi bon négociant que son père et refuse de sortir d'un affrontement sans pouvoir s'en dire vainqueur.

— J'ai bien peur que ça ne soit pas possible, objecte Philippe.

— Pourquoi ? demande Angelica. Son imagination s'emballe, prise de vertige. Elle se voit avec Darius devant un feu de bois en Norvège ou dans les Highlands d'Écosse, un de ces lieux froids, humides, que déteste son père. De l'autre côté de la fenêtre, un grand aplat d'eau argentée s'étend entre des montagnes brumeuses. Darius a posé un bras autour de ses épaules.

Philippe n'a pas l'habitude d'être en colère et moins

encore de devoir contrôler cette colère devant des étrangers à la maisonnée. Il envisage d'appeler Hervé, mais ce serait un aveu de défaite trop flagrant pour ce jeune frimeur. « Il faut que tu nous laisses, maintenant. »

Angelica a envie de pleurer. On lui retire son cadeau avant qu'elle ait eu le temps de l'ouvrir.

— Papa…

— Tais-toi. Il se lève.

Darius se livre à une petite pantomime, remuant sur son siège, se calant contre son dossier pour s'installer encore plus confortablement. Philippe se calme. Ce freluquet prendra son temps, mais il partira. Il n'a rien à faire ici.

— Papa, pourquoi est-ce que tu fais ça ? Angelica a si peu d'armes à sa disposition.

— Votre père est jaloux. Ce n'est qu'en prononçant ce mot, ce mot précis – pas *protecteur*, mais *jaloux* –, que Darius prend la mesure de son exactitude. Jalousie sexuelle. C'est comme s'il enfonçait la main dans un coffre obscur et touchait quelque chose de froid, d'humide et de vivant.

— Monsieur Koulouris… Ça sonne faux. Darius… Philippe s'approche un peu, il n'est plus qu'à un centimètre des orteils des bottines Chelsea marron cirées du jeune homme. Philippe l'a-t-il mal jugé ? Pourraient-ils en venir aux mains ?

Darius regarde Angelica. Elle est au bord des larmes. Ce n'est pas le genre d'aventure qu'il cherchait. Il y a dans cette maison quelque chose de franchement glauque et s'il reste plus longtemps, il risque de s'y engluer. Il se lève. « Philippe… » Ses yeux vont du père à la fille. « Angelica… J'ai été ravi. » Il soutient son regard pour lui faire clairement comprendre que cette phrase ne s'adresse qu'à elle. « Je suis absolument navré de ne pas pouvoir rester plus longtemps. » Il se retourne vers le père. « Je vous laisse les gravures. Prévenez-moi si vous changez d'avis. Je vous enverrai la facture plus tard. » C'est un dénouement parfait – cavalier, confiant, imperturbable, qui n'appelle pas de réponse. Mais il faut qu'il parte avant qu'Angelica ne gâche tout en éclatant en sanglots. « Inutile de me raccompagner. »

Il roule jusqu'à la mer. Pas de raffinerie, pas d'ânes, pas de transats. Lepe Country Park – quelques voitures, une rangée de pins sylvestres, un ciel gris et un vent froid bienvenu pour lui éclaircir les idées. Il y a un café cubique, bleu layette, avec de grandes fenêtres rectangulaires qui donnent sur la plage. Il prend une tasse de ce que ses amis anglais appellent un « thé de maçon », du thé noir, très fort, accompagné d'un sandwich œuf-mayonnaise. Il a besoin d'une dose de saine normalité qu'il mépriserait d'ordinaire. Il n'est pas question de laisser ses pires fantasmes se préciser. Ces choses-là arrivent dans les internats et les foyers brisés. Pas dans son milieu.

Il prend une chambre au Viceroy de Winchester. Rococo de salon de thé provincial, mais la clientèle laisse un peu à désirer. On n'est pas forcé de mal s'habiller pour paraître décontracté, une nuance à laquelle le monde est devenu aveugle. Au bar, il voit deux clients qui portent des maillots de l'Arsenal dans une abominable matière synthétique. Sa chambre donne sur une pelouse où trois putti urinent dans une auge de marbre circulaire, tandis qu'une canette de Carlsberg vide se promène de l'un à l'autre. Il prend une douche, se change et descend. Le menu est un peu ramenard (il prend du pigeon aux asperges, aux pêches et aux algues), mais la cuisine est de qualité. Après le dîner, il s'assied sur un banc au bout de la pelouse, et fume des Sobranie Black Russian. Il avait pensé envoyer des mails à des amis, poster quelques photos de la demeure légendaire – et peut-être même de la sirène légendaire – sur son compte Instagram privé, puis, en l'absence plus que probable de toute vie nocturne locale, profiter d'une bonne nuit de sommeil avant de prendre l'avion du matin pour Athènes. Il regrette à présent de n'avoir pas rejoint Heathrow directement pour repartir tout de suite et se laver définitivement les mains de cette affaire. Mais une adolescente souffre, et il constate que pour une fois, il lui est impossible de se défiler. Ce regard désespéré qu'elle lui a jeté quand il a fait demi-tour. Il s'est conduit indignement et, en réalité, loin d'être une victoire, son départ a été un aveu honteux de défaite.

Il s'envoie un double expresso en guise d'antidote au malbec, et ce n'est qu'une fois au volant qu'il commence à se demander un peu plus précisément ce qu'il fera une fois sur place. Il n'a pas encore répondu à cette question lorsqu'il se range au bord de la route, au bout de l'allée. Tout est outremer, les couleurs s'effacent l'une après l'autre tandis que le monde s'enfonce dans l'obscurité. Il demandera à parler à Angelica en tête à tête. Et si Philippe refuse… ? Comme le gravier crisse sous ses bottines, il se coule sous les arbres. Une grande toile d'araignée se drape autour de son visage. Il tressaille et l'écarte de la main. Quand les battements de son cœur ont repris leur rythme normal, il continue à gravir la pente, un zigzag régulier entre les doux troncs des pins, se repérant presque exclusivement au toucher. Il y a de longues balafres de ciel mauve devant lui. Il s'engage sur la pelouse. Quatre rectangles citron brûlent comme des portes de four ouvertes dans la silhouette de la maison. Les palmes sont des épées noires au-dessus de sa tête. Il sent une odeur d'ajoncs, de créosote et de fosse septique. Il reste à la limite de l'herbe, prêt à se réfugier sous le couvert des arbres si ses mouvements déclenchent une batterie de projecteurs. Il gravit les douze marches de béton. Les seuls bruits sont le souffle de sa respiration et le léger frottement du sable sous ses pieds.

Il sursaute encore. Angelica est assise sur le patio, adossée au mur, dans le coin d'ombre entre deux grandes fenêtres éclairées. Elle tient sa tête entre ses mains. Elle n'est pas sortie respirer l'air de la nuit; elle a été jetée dehors, ou bien elle se cache de son père. «Hé», chuchote-t-il. Pas de réaction. Il répète, plus fort cette fois. Elle lève les yeux, s'étrangle et s'éloigne de lui en crabe, à croupetons. Il s'avance en pleine lumière. «Angelica, c'est moi.» Il tend ses deux mains écartées. «Pardon. Je ne voulais pas vous faire peur.» Elle se rassoit. Il s'approche de quelques pas et se baisse comme si elle était un chat qu'il craint d'effaroucher. «Je suis venu vous prier de m'excuser pour tout à l'heure.» Il s'interrompt. Il n'est pas venu lui demander de l'excuser. Il faut qu'il ait les idées claires. Il dispose peut-être de très peu de temps. «Je voulais m'assurer que vous alliez bien.» Il s'assied contre le même mur qu'elle, à environ un mètre, une distance amicale, espère-t-il, sans être intrusive. Il constate à présent qu'elle ne va pas bien du tout parce qu'elle a une plaie visqueuse sur le côté de la tête. Elle a glissé ses cheveux derrière son oreille pour qu'ils ne se collent pas dans le sang coagulé. « Il vous a frappée. » Il n'y a qu'une imperceptible lueur humaine par-delà les collines. Ils pourraient être à cent kilomètres de n'importe où.

— Je suis tombée.

— Il vous a frappée. Il parle plus doucement cette fois, pour lui faire comprendre *Vous pouvez tout me dire.*

Elle a pourtant dit la vérité. Philippe ne la frappe jamais. Il n'est pas fou. Il est entré dans sa chambre près d'une heure après le départ de Darius. Il l'a traitée de pute, de conne. Elle n'a rien dit. Elle ne dit jamais rien. Sa tactique est immuable : se faire petite et silencieuse et attendre que l'orage passe. Son père lui a demandé pardon. Il a dit qu'il était en colère et ne devrait pas passer ses nerfs sur elle. Il a dit que c'était sa faute, il n'aurait pas dû laisser *ce frimeur prétentieux* mettre les pieds chez eux. Il a dit « Tout va bien maintenant », il a passé les mains autour de sa nuque et a essayé de l'embrasser.

En forçant Darius à quitter la maison un peu plus tôt, son père avait renoncé à quelque chose de précieux. Il avait clairement montré à Angelica qu'il ferait tout ce qui était en son pouvoir pour l'empêcher d'avoir ce qu'elle voulait plus que tout au monde. Elle avait senti bouillonner des émotions qu'elle ne pouvait ni nommer ni évacuer. C'était comme une forte fièvre. Elle s'était griffé les bras avec ses ongles ; elle avait trouvé un certain réconfort dans la douleur et dans les éraflures tuméfiées et aussi dans le sang qui s'était mis à perler quand elle avait fini par déchirer la peau.

Alors plus tard, quand son père avait cherché à l'embrasser, elle s'était tortillée pour lui échapper, ce qu'elle n'avait encore jamais fait. Il l'avait rattrapée par l'avant-bras et avait sifflé, « Tu n'as pas idée de ce qui est en jeu », la hargne qu'il avait dignement domptée se déchaînant de plus belle. Elle s'était dégagée une nouvelle fois, avait trébuché et s'était heurté la tête à la colonne de bois à l'angle du lit, perdant brièvement connaissance pour revenir à elle, le visage appuyé contre un tapis ensanglanté.

Et voilà que Darius est revenu et que loin de s'en réjouir, elle a peur et ne sait que faire. Ces bouleversements et ces revirements sont l'étoffe de la vie d'autrui. Que vient-il faire ici ? Son père est dans la maison, sans doute occupé en cet instant précis à essayer de nettoyer le tapis maculé de son sang, maladroitement, avec une cuvette d'eau savonneuse et des torchons, dans l'espoir que le personnel n'y verra que du feu.

— Angelica… ?

Elle pose la main sur la plaie de sa tête. « Ça ne fait rien. » Il faut saisir l'occasion. Celle-ci a mis seize ans à se présenter et si elle laisse passer sa chance maintenant, elle ne se représentera peut-être plus jamais.

— Vous allez m'aider. Mi-supplique désespérée, mi-simple demande. Elle ne reconnaît pas sa propre voix.

« Oui. Je vais vous aider. » Dans quoi s'est-il fourré, grands dieux ? Il faut qu'il réfléchisse, et vite. Il va la conduire à l'hôpital. Il doit y en avoir un à Southampton. L'amie d'une amie, Francine, est avocate à Londres. Il peut facilement se procurer son numéro. Elle lui donnera un coup de main ou connaîtra quelqu'un qui pourra le faire.

— Venez. On va s'en sortir. Il lui tend la main.

À sa propre surprise, Angelica fond en larmes.

— J'ai cru que vous m'aviez abandonnée.

Darius éprouve un doute soudain, lancinant. Elle est fêlée ou quoi ? C'est peut-être la blessure qu'elle s'est faite ? Ou se pourrait-il qu'on la tienne à l'écart du monde parce qu'elle est incapable de l'affronter ?

Mais elle se ressaisit, elle lui prend la main, se relève et dit avec une parfaite lucidité : « Je sais que ce sera difficile et dangereux pour vous, mais franchement, je ne crois pas pouvoir rester ici. » Il n'est plus question de rester passive. Toute sa vie tourne autour de cet instant. Ils y arriveront ensemble, Darius et elle. Ils se débrouilleront. « Il faut faire vite parce que si mon père n'est pas déjà à ma recherche, cela ne va pas tarder. »

Darius ne voit pas son visage. Il se découpe, noir, devant la lumière de la fenêtre, mais il l'entend retenir soudain son souffle et comprend qu'il se passe quelque chose avant de percevoir le léger cliquètement d'un loquet derrière lui, suivi du chuintement ophidien d'une porte coulissante. C'est sûrement son père. Qui d'autre cela pourrait-il être ? Il se retourne lentement, dans une démonstration de flegme. C'est une erreur. Philippe brandit déjà quelque chose au-dessus de sa tête et Darius n'a que le temps de lever le bras droit pour se protéger. Ce que tient Philippe est le tisonnier en fer forgé de la cheminée du salon. Il l'abat de toutes ses forces et ils peuvent tous entendre le bras de Darius se briser sous le choc, à mi-chemin entre le coude et l'épaule, l'angle de l'os cassé parfaitement visible sous sa chemise. Il n'a pas encore mal, mais il ne peut plus bouger le bras. Philippe relève le tisonnier pour porter un deuxième coup. Angelica hurle « Non ! » et le temps ralentit, comme il le fait durant tous les événements effroyables – la voiture qui fait un tonneau, suspendue en plein vol, l'enfant qui tombe du balcon au-dessus de la rue. Elle voit Darius reculer d'un pas, mais il est trop tard pour l'avertir et elle ne peut que regarder son pied manquer le bord du patio en béton ; il perd l'équilibre et, incapable de tendre les bras pour se retenir, il culbute et dévale en roulant la pente jusqu'à l'étendue plate de la pelouse obscure. Son père marque un arrêt avant de se précipiter au pied du talus lui aussi, tisonnier en main.

Darius est plus coriace que sa beauté précieuse ne pourrait le laisser croire. Trois adolescents qui prétendaient le délester de son portefeuille et de son téléphone dans le Marais l'année précédente ont battu en retraite, meurtris et sanglants, mais à présent, il est sur le dos, un membre hors d'usage, et il n'a jamais affronté quelqu'un d'aussi déterminé à faire du mal à un autre être humain. Il entend Angelica crier. Elle paraît très loin. Philippe domine Darius de toute sa taille, se concentrant pour porter un second coup décisif à ce petit morveux qui se la pète et cherche à détruire deux vies pour la seule raison qu'Angelica ne sera jamais à lui. C'est à cause de lui que Philippe ne peut pas laisser Angelica sortir dans le monde, à cause de ce genre d'homme qui croit pouvoir mettre la main sur tout ce qu'il veut. La colère de Philippe est une ivresse.

Angelica hurle : « Papa, arrête ! Arrête, je t'en prie ! »

Darius décoche un violent coup de pied dans la cheville de Philippe et son aîné s'écroule sur le côté. Darius se hisse sur son bras valide et se remet péniblement sur ses jambes. La douleur commence à se faire sentir, l'obligeant à soutenir son bras cassé comme si c'était un panier d'œufs. Il s'arrête. Il a la tête qui tourne. S'il court, il tombera. Il ne faut pas qu'il regarde son bras. Philippe se relève. Vertige ou non, Darius n'a pas le choix. Zigzaguant mais debout, il détale vers les palmiers et les pins. Il atteint le bord de la pelouse quand il comprend qu'il est imprudent de reprendre le chemin par lequel il est arrivé tout à l'heure. Il ne connaît évidemment pas le jardin aussi bien que Philippe. Mais il est trop tard. Il s'enfonce dans l'obscurité entre les arbres et au bout de quelques pas seulement, il heurte un tronc de plein fouet et est projeté au sol sur le flanc. Maintenant, la douleur déferle. C'est du métal brûlant versé à l'intérieur de son os brisé. Ses yeux s'emplissent d'un pétillement d'éclairs, comme un vieux téléviseur mal réglé. Il s'absente un instant de cette terre et quand il revient, il entend un léger froissement de pas sur les aiguilles de pin. Il ne voit rien. Tout ce qu'il sait, c'est que Philippe est tout près. Les secondes s'égrènent. Le tisonnier ne s'abat pas. Le père d'Angelica a-t-il retrouvé la raison ou prend-il le temps de viser soigneusement ? Darius ne peut pas se relever sans rouler à plat ventre, ce qui le rendrait encore plus vulnérable. Il essaie de parler, mais quand il remplit ses poumons, il sent les extrémités de l'os cassé crisser l'une contre l'autre dans son bras et cette sensation le ravage intégralement.

— Espèce de sale petit merdeux arrogant, siffle Philippe. Tu es tellement content de toi. Tu ne sais rien de rien. Ni sur moi. Ni sur ma fille.

Il prend une profonde inspiration et Darius sait qu'il lève le tisonnier très haut au-dessus de sa tête comme une hache prête à fendre une bûche.

Elle est de passage en enfer. Elle va voir son père assassiner Darius en lui fracassant le crâne sous ses yeux, et elle ne peut rien faire pour l'en empêcher. Darius a une fracture du bras. Il ne peut en aucun cas sortir vainqueur d'un combat, quel qu'il soit. Mais voilà que son père tombe et que Darius se relève, et Angelica se dit qu'il a une chance de s'en sortir. Son père est debout lui aussi, et Darius disparaît dans les arbres au fond du jardin. Puis c'est le silence. Le monde est complètement immobile. Sans les battements fous de son cœur, elle pourrait croire qu'elle est sortie respirer l'air de la nuit. Darius ? Son père ? S'est-il vraiment passé quelque chose ? Elle est gênée, comme si elle racontait ce qui est arrivé à une quatrième personne que son imagination débridée ferait sourire. Ce genre de choses n'est pas possible, pas dans un endroit comme celui-ci, pas avec des gens comme eux.

Elle lève les yeux. Les nuages se sont dissipés pour laisser apparaître une lune qui sera pleine dans quelques nuits seulement. Les cratères, s'agit-il de volcans éteints ou de trous laissés par des météorites ? Elle l'a su un jour mais ne s'en souvient plus. Si seulement son cœur pouvait cesser de battre aussi vite. Un renard glapit dans le lointain. Darius était venu pour l'emmener loin d'ici. Elle est incapable de rattacher ce fait à quoi que ce soit.

C'est alors qu'elle entend le bruit, un bruit sourd venant des arbres au fond du jardin. Puis un deuxième bruit sourd, un troisième. Un tisonnier frappant un tronc d'arbre pourrait faire ce bruit. Un tisonnier défonçant un crâne humain pourrait faire ce bruit. Elle se plie en deux et vomit sur le patio. C'est vraiment bizarre. Elle ne se sent pas nauséeuse. Elle ne sent rien. Elle ne pense pas. Son corps réagit à quelque chose que son esprit refuse d'admettre.

Un moment s'écoule avant que l'obscurité, de l'autre côté de la pelouse, s'épaississe pour dessiner la forme d'un homme qui se dirige lentement vers la maison. Serait-ce Darius ?

C'est son père. Si Angelica était une autre femme, elle pourrait fuir, mais fuir est une compétence qu'on ne l'a jamais laissée acquérir. Pour fuir, il faut avoir un endroit où fuir. Elle est incapable de s'imaginer ailleurs et seule. En cet instant, ce qui s'étend au-delà de ces collines enténébrées pourrait aussi bien être le Nunavut. Ou la côte des Squelettes. Épaves rouillées et cadavres tannés par le soleil. Persépolis ou Éphèse.

Une tristesse affreuse l'accable, c'est comme si elle était allongée sous un matelas et qu'on empilait des pierres par-dessus. Elle est tellement épuisée. De sa manche, elle essuie un dernier filet de vomissure de sa bouche.

Son père monte les marches de béton, il tient toujours le tisonnier. Sa chemise blanche est déchirée et souillée. Il va la tuer, elle en est convaincue. Tout ce qu'elle espère, c'est qu'il fera vite. « Monte dans ta chambre. » Quand elle y repensera, elle y verra la pire des cruautés, laisser sa vie se poursuivre exactement comme avant. Elle ne bouge pas. « Monte », répète-t-il, plus sévèrement cette fois. Elle se retourne et franchit la porte vitrée. Son père la suit à l'intérieur. Elle s'engage dans le couloir. En montant l'escalier, elle entend son père dire au téléphone : « Hervé ? J'ai besoin de vous… Oui. Maintenant. »

Elle ouvre la fenêtre de sa chambre et s'appuie au rebord. La pleine lune projette l'ombre noire de la maison sur la pelouse de derrière ; au centre de cette ombre, la lumière de sa chambre dessine un trapèze oblique et dans ce parallélogramme oblique se dessine l'ombre d'une fille. On ne saurait dire laquelle des deux est la plus réelle, la fille de chair ou la fille d'ombre. Des chauves-souris glissent dans le noir, trop rapides pour être suivies du regard, leurs nuits embrasées de cris aigus et d'échos. Le monde du son qui vit à l'intérieur du monde de lumière. Il ne se passe rien pendant longtemps. Au loin, elle entend des pneus sur le gravier. Des portières claquent. Silence. Des portières claquent encore. Des pneus sur le gravier.

Darius est mort, ou bien il a pu s'échapper et il s'est enfui. Elle ne sait pas ce qui est le plus affreux. La police ne fera rien, même si on l'appelle. Comme les médecins, comme les avocats, les policiers sont des bureaucrates. Elle a déjà vu comment cela se passe. La loi plie devant la richesse. Ainsi marche le monde. Elle voudrait pleurer, mais elle se sent décapée, à vif et vide.

C'est la première nuit depuis très longtemps que son père ne la rejoint pas dans sa chambre. Elle devrait en être soulagée. Au lieu de quoi, elle est effrayée et se sent abandonnée. Ce sentiment la dégoûte. Elle n'arrive pas à dormir. La plaie sur le côté de sa tête a formé une croûte, mais la douleur pulse encore au même rythme que son cœur. Elle éteint toutes les lumières et se blottit dans l'interstice entre l'armoire et le mur, serrant ses genoux contre elle et se balançant doucement d'avant en arrière pour s'apaiser. La maison craque et grince. Le renard glapit de nouveau. Des lambeaux de nuage éclairés par la lune changent de forme en filant à travers la fenêtre sans rideaux. De temps en temps, le feu de navigation de l'extrémité de l'aile d'un avion passe en sens inverse et elle a la même idée que lorsqu'elle était enfant, elle pense que c'est sa mère que Dieu a transformée en étoile.

L'aube point. Le personnel arrive à huit heures. Elle est épuisée et malheureuse, mais se sent suffisamment en sécurité à présent pour descendre prendre son petit déjeuner. Elle dit à Dottie qu'elle est tombée dans la salle de bains la veille au soir et s'est cogné la tête. Dottie acquiesce. N'importe qui d'autre comprendrait que Dottie n'en croit pas un mot, mais Angelica n'a pas appris à entendre l'histoire qui court sous une conversation. Elle mange des œufs brouillés sur un toast de pain au levain et boit un café noir. Elle dit qu'elle a mal à la tête. Dottie lui donne deux comprimés de paracétamol. Son père entre et Dottie s'esquive, déclarant qu'elle aura à faire ailleurs. Il dit à Angelica qu'il regrette profondément, sans préciser pourtant ce qu'il regrette.

Il la rejoint dans sa chambre le soir. Il la déshabille. Il lui dit qu'il l'aime. Elle laisse son corps derrière elle. Ce n'est, après tout, qu'un animal qui abrite l'esprit. Elle est assise au sommet de la citadelle, dominant les armées qui se font la guerre dans la plaine, en contrebas. Elle tisse un autre monde. Et juste ici, dans l'angle de la tapisserie, il y a Darius, qui serre son bras blessé contre son flanc et descend l'allée en trottinant jusqu'à la route, où peu s'en faut qu'il ne se fasse renverser par le pick-up bringuebalant d'un fermier qui s'arrête de biais devant lui dans un crissement de freins. Des moutons bêlent. Des sabots griffent le métal.

Une brindille casse net à proximité. Les deux hommes se figent. Darius est par terre. Philippe brandit le tisonnier au-dessus de sa tête. Quelqu'un – ou quelque chose – d'immense se tient tout près d'eux. Odeur de cheveux brûlés et de cave humide. Respiration profonde, régulière, comme celle d'un poumon d'acier. Cette chose est trop grande pour être humaine, mais évidemment, le plus immense des cerfs aurait déjà déguerpi. Darius se moque de ce que cela peut être. Tout ce qui compte, c'est l'instant de distraction de Philippe. Il s'agrippe à une branche basse de son bras gauche valide. Il y un mur de flammes qu'il pourra traverser s'il se donne à fond, s'il fait vite. Il gémit comme un haltérophile et se hisse. La douleur est spectaculaire. Il est debout. Il serre son bras cassé contre son flanc et passe entre les arbres. Il est sur le gravier. Il trottine vers la route.

Il ne pourra pas conduire. Il est à huit kilomètres de Winchester et il est presque minuit. Il faudra qu'il frappe à une porte ou se cache dans un champ. Comme en réponse à son besoin éperdu, cependant, une lueur éclaire la haie de l'autre côté de la route. Il presse le pas, craignant d'arriver trop tard, il atteint la grille, se précipite sur la route où peu s'en faut qu'il ne se fasse renverser par le pick-up bringuebalant d'un fermier qui s'arrête de travers dans un crissement de freins. Il entend bêler des moutons et des sabots qui griffent le métal.

Le conducteur se penche par la vitre – cigarette, casquette de base-ball, une vague plaie au coin de la bouche. « Monte. » On dirait un père fatigué qui vient chercher son fils ado à une soirée. Comme Darius est incapable de convaincre son bras droit de renoncer à son rôle d'attelle du gauche pour ouvrir la portière du côté passager, le chauffeur descend, secouant la tête avec lassitude. Des petites figures en fourrure apparaissent derrière la grille d'aération à l'arrière du véhicule. « Vas-y, mon gars. » Le chauffeur tire une dernière bouffée de sa cigarette et l'expédie dans les ténèbres rurales. Darius fait passer ses jambes l'une après l'autre à l'intérieur de l'habitacle. Le fermier claque la portière de Darius et refait le tour du capot éclaboussé de boue. Par la vitre du côté conducteur, Darius aperçoit une ombre qui descend rapidement l'allée dans leur direction. Est-ce Philippe ou la créature invisible décidée à lui faire ce qu'elle vient peut-être de faire à Philippe ? Il l'ignore. Le fermier monte dans le véhicule, claque sa propre portière et fait redémarrer le moteur asthmatique. Quelque chose d'ensanglanté et de terrible rôde brièvement de l'autre côté de sa tête casquettée, les vitesses grincheuses s'engrènent et ils démarrent dans un cahot, les moutons grattant et bêlant derrière eux.

Le conducteur lui jette un coup d'œil et glousse : « Tu as eu une soirée un peu agitée, on dirait. »

Darius se demande si l'homme a bu. « Merci. Merci de vous être arrêté. » Il se laisse aller contre l'appuie-tête en similicuir crevé, se détache du monde et n'a plus conscience de grand-chose hors du cercle enflammé de la douleur avant de se retrouver allongé sur un brancard et transporté dans une alcôve entourée de rideaux aux urgences de l'hôpital de Southampton. Des anneaux glissent bruyamment le long d'une tringle métallique et une infirmière dodue se penche sur lui. Elle a les cheveux violets et a rasé trois petites bandes dans son sourcil gauche. Darius regarde autour de lui. Les seules traces de son bon samaritain sont une légère odeur de fumier et quelques taches de nature agricole sur le pantalon posé sur le dossier d'une chaise en plastique orange, avec sa chemise qui a l'air d'avoir été découpée. Une Louis Vuitton à deux cents livres.

L'infirmière demande :

— Alors, qu'est-ce qui vous est arrivé ?

— Quelqu'un a cherché à me tuer.

— Pas très sympa, dites-moi.

Il se demande si c'est une spécialité locale. Elle lui administre quatre giclées de diamorphine nasale et un médecin fait son apparition. C'est un savant fou – sommet du crâne chauve, cheveux bouclés, lunettes rondes, accent polonais ou autre. Il examine la fracture du bras de Darius, hochant la tête d'un air approbateur de sorte que Darius se sent vaguement fier de pouvoir exhiber une blessure correcte. Il devrait prévenir la police, mais la diamorphine fait son effet et le temps s'est transformé en caramel mou. Une autre infirmière surgit avec un chariot. On va lui plâtrer le bras avant de l'opérer. On lui tend un masque et on lui dit d'inspirer aussi profondément et aussi souvent que possible pendant qu'ils réduisent la fracture, alors il inspire et souffle, il inspire et souffle et un grand ballon blanc le transporte dans les airs, d'où il contemple le monde entier comme si c'était le plus grand et le plus complet des trains électriques de l'histoire. Tout en bas, un

Darius miniature est couché sur un lit d'hôpital miniature. Le savant fou miniature tire sur le poignet du Darius miniature comme un docker halerait un cordage pour rapprocher un remorqueur du débarcadère, pendant que la deuxième infirmière mouille des bandes de plâtre dans un récipient métallique en forme de haricot rempli d'eau et les enroule autour du bras du Darius miniature. Ça lui rappelle l'atelier de papier mâché à l'école. « C'est presque fini. »

On lui retire le masque, l'air sort du ballon et Darius descend rapidement, les deux Darius se refondent et il est pris de terribles nausées. Il vomit dans un bol de carton gris bon marché qu'une infirmière tient sous son menton. Pigeon, asperges, pêches et algues. Il perd toute notion du temps. À un moment, on lui administre une prémédication et on le conduit au bloc où le savant fou discute avec un autre médecin des chances de victoire respectives du Real Madrid et du Bayern Munich à la Ligue des champions de l'UEFA. L'autre médecin glisse une canule dans le creux du coude du bras intact de Darius et lui suggère de compter à rebours de dix à un, alors que Darius avait toujours cru qu'on ne faisait ça qu'au cinéma. Il arrive jusqu'à sept et reprend conscience aussitôt, terrifié à l'idée que l'anesthésie ait été inefficace et qu'ils soient sur le point de l'ouvrir; mais le plafond n'est pas le même, la salle n'est pas la même, et son bras est désormais scellé à l'intérieur d'un tube de moquette gris ardoise pétrifiée. Il y a un troisième médecin. Il est tout en noir et il sent la sauge et le sel de mer. Une légère alarme résonne tout au fond du cerveau de Darius. Il s'efforce de traverser des strates de sommeil laiteux. Il ne se rappelle pas comment dire à son corps de s'asseoir. Crâne rasé, chemise blanche, costume gris. Le secrétaire particulier-garde du corps qui l'a accueilli dans l'allée. Bon sang ! Il se réveille en sursaut. Le type a dévissé le bouchon de la poche de sérum physiologique suspendue à la potence et y verse le contenu d'un petit flacon brun.

Darius balance son bras plâtré. Ce n'est guère plus qu'une palme rudimentaire mais elle est lourde et elle est dure. La potence bascule, la canule est arrachée, le long tuyau jaillit vers le plafond comme la ligne d'une canne à pêche qu'on lance, un arc de liquide sanglant en suspension dans son sillage. Le type au crâne rasé reste impassible. Darius balance de nouveau son bras, mais le type recule comme on reculerait sur la plage pour éviter que la prochaine vague ne trempe vos chaussures. « À plus tard. » Il se retourne et sort.

La douleur dans le bras de Darius est franchement désagréable. Il se rappelle qu'il y a à l'intérieur du plâtre un os fracassé par un tisonnier. Il attend que la douleur reflue légèrement. La chambre tourne dans le mauvais sens, pas comme un manège mais comme une grande roue. Il s'accroche à la tringle métallique jusqu'à ce qu'elle ralentisse et finisse par s'arrêter. Son autre bras saigne à l'endroit où la canule a été arrachée. Il y a un lit vide à sa droite, deux autres contre le mur d'en face et de nombreux appareils médicaux dont il ne sait absolument pas à quoi ils peuvent bien servir. Il y a un doux ronronnement d'équipement scientifique. Le contenu de la poche de sérum continue à se répandre sur le carrelage. Il se lève, chancelle, s'assied, attend, se relève et fait quelques pas précautionneux sur le sol mouillé. De sa main valide, il détache un petit extincteur rouge de son support mural. C'est le seul objet de la pièce qui puisse servir d'arme. Il reste aux aguets quelques instants devant la porte de la chambre puis l'ouvre sur un couloir désert. Des voix lointaines, le bourdonnement d'un néon. Une fenêtre donne sur des plantes mortes dans une petite cour miteuse. Il fait jour. Il a dû rester inconscient plusieurs heures. Il y a cinq tableaux abstraits atroces au mur – des balafres orange sur des fonds bleus, des balafres bleues sur des fonds orange. Il tourne deux fois à angle droit et se retrouve dans le couloir principal de l'hôpital. Oncologie et Pédiatrie. Peignoirs râpés et blouses blanches. Trois vieilles dames aux chevilles bandées à l'identique caquettent comme des sorcières. Pas le moindre type au crâne rasé. Il pose l'extincteur contre un mur et essuie le sang qui ruisselle de son bras. Ses clés de voiture et son portefeuille sont dans son chino. Dieu seul sait où est le chino. Ce n'est pas le moment de s'inquiéter de ce genre de choses. Il faut filer d'ici, et au plus vite. Il prendra un taxi pour rejoindre le Viceroy. Il empruntera le prix de la course à la réception de l'hôtel. Et il fera tout cela vêtu en tout et pour tout d'une chemise d'hôpital crème ouverte dans le dos. Il se rappelle le type au crâne rasé, son expression vide, le petit flacon brun. Il n'a pas le choix. Il franchit avec assurance la porte d'entrée de l'hôpital qui donne sur le parvis.

Harbour Cars. La silhouette d'une goélette à trois mâts derrière le nom, sur la portière côté passager. Il doit débourser trente livres en plus du trajet pour endormir les scrupules du chauffeur, qui hésite à véhiculer un passager visiblement dérangé, mais le Viceroy monte dans l'estime de Darius quand on lui prête sans sourciller l'argent de la course. Alors qu'il traverse le hall de l'hôtel, il jette un coup d'œil vers le salon et distingue, dans le renfoncement de la fenêtre en saillie, le type au crâne rasé en train de choisir un scone sur un mini ziggourat de petits plateaux argentés que lui tend un serveur. L'homme lève les yeux. Le même regard vide. Pas le moindre étonnement. Cinq, six secondes. L'homme baisse les yeux vers la table et met du beurre sur son couteau. Darius gravit l'escalier quatre à quatre, verrouille la porte de sa chambre et s'assied sur son lit. Il a un passeport mais pas de portefeuille. Sa voiture est à quinze kilomètres dans un sens, les clés à la même distance, dans l'autre sens. Deux hommes veulent le tuer. L'un est très riche, l'autre possède des pouvoirs qui frisent le surnaturel. Un choucas est perché sur une branche qui s'agite et se balance de l'autre côté de la fenêtre. Corps noir, petit capuchon gris, mi-nonne, mi-pilote. Il tourne la tête, son œil minuscule brille et Darius a du mal à se défaire du soupçon que l'oiseau cherche à lui transmettre un message. Il se frotte le visage. Il va appeler l'avocat de son père. Il faut qu'il rentre chez lui. Ils feront fi de leurs profonds différends historiques parce qu'il y a des enjeux plus importants. Stephano lui réservera un vol. Et veillera à sa sécurité. Plusieurs costauds solidement entraînés ne le quitteront pas d'une semelle jusqu'à ce qu'il ait embarqué. Il a fait ça à plusieurs reprises pour le père de Darius. Philippe et son sbire ne sont tout de même pas de taille à abattre un Airbus. Dès qu'il sera arrivé à Athènes, il n'aura plus rien à craindre.

Il se lève et s'approche de la table sur laquelle le téléphone de l'hôtel est accroupi comme un crapaud noir.

Il est sur le point de soulever le combiné quand, baissant les yeux vers les putti qui urinent, il découvre une scène extraordinaire.

Il remonte la fenêtre à guillotine et siffle maladroitement. Helena interrompt sa conversation avec ses deux collègues navigateurs, lève les yeux, penche la tête sur le côté comme un chien qui analyse un bruit ténu mais intéressant, et s'apprête sûrement à lancer une blague caustique sur la tenue succincte et le bras cassé de son ami quand Darius pose l'index sur ses lèvres et lui fait signe de monter, levant neuf doigts pour lui indiquer le numéro de la chambre. Helena lui répond par un mini salut *À vos ordres capitaine* et jette sa cigarette dans la fontaine.

Elle porte un tee-shirt de Sonic Youth – *I stole my sister's boyfriend, it was all whirlwind heat and flash* – et un pantalon de treillis avec des genouillères carrées noires et des fermetures Éclair plus nombreuses que nécessaire. Elle a la peau couleur noix et des cheveux blonds tellement raidis par le sel et emmêlés par le vent qu'elle donne toujours l'impression de plisser les yeux sous un soleil éclatant et par une forte brise de mer. Elle ne commente pas le hasard de leur rencontre pour le moins inattendue. Elle aborderait avec le même flegme une invasion d'extraterrestres ou un pneu crevé. Elle est venue chercher un schooner rééquipé pour un riche client dont, pour une fois, elle ne peut vraiment pas lui donner le nom. « Le *Marsouin*. 1972. Trois mâts. Pas de fibre de verre. Vingt-quatre mètres. Cinq cabines. Un moteur neuf. Il n'est pas rapide, mais il est vraiment cool. »

L'histoire de Darius est assez insolite pour qu'Helena garde un sourcil haussé pendant cinq bonnes secondes avant de répondre : « Je pense qu'on devrait pouvoir régler ce problème. »

Elle aide Darius à enfiler ses vêtements les plus chauds – déchirant une nouvelle chemise Vuitton pour loger son bras plâtré – et dix minutes plus tard, ils dévalent l'escalier pendant qu'Anton, le collègue d'Helena, détourne l'attention d'Hervé. Celui-ci demeure pourtant incrédule devant ce grand Russe qui prétend le reconnaître. « À Francfort, peut-être. On ne s'est pas vus à Francfort ? Vous étiez bien à Francfort en avril, non ? » Le type empêche Hervé de voir ce qui se passe dans le hall de l'hôtel, or Hervé tient à garder un œil sur le hall de l'hôtel. D'où une altercation qui échappe rapidement à tout contrôle et met en scène, dans ses dernières phases, une théière bouillante, des meubles renversés et une fourchette à gâteau émoussée, Dieu merci, par un siècle de gâteaux au gingembre et de brioches de Chelsea. Elle s'achève par la fuite d'Anton de l'hôtel, une main posée sur une plaie sanguinolente au cou, Hervé à ses trousses.

Anton hurle « Grouille » et bondit dans la Toyota Yaris de location par la portière arrière ouverte. Marlena, dernier membre du groupe, pousse des cris hystériques, Helena embraye et l'homme au crâne rasé cogne si fort sur le toit de la voiture que la bosse est visible de l'intérieur. Ils démarrent et prennent plusieurs virages, presque sur deux roues mais pas tout à fait, avant de rejoindre la M3 et de filer plein sud en direction de Poole Harbour.

LE *MARSOUIN*

Darius tient toute sa science des yachts de haute mer d'une semaine de croisière sur la Baltique avec Helena et quelques amis communs. Cela se résume à peu de chose près au souvenir de gueules de bois et de mal de mer, et de toilettes tellement exiguës qu'il est impossible de fermer la porte une fois qu'on est assis. Il n'en est pas moins conscient de la beauté du *Marsouin* – chêne ciré, cuivres astiqués, avec de petits éclats de soleil qui font tout chanter. Un gouvernail avec des poignées saillantes devant lequel on pourrait jouer à être Barberousse ou Vasco de Gama, des voiles de toile crème qui se gonflent, ondulent et claquent, des hublots et des treuils, de vrais filins en sisal torsadé.

Ils larguent les amarres et sortent au moteur de la marina pour s'engager dans Poole Harbour. Comme le vent arrière est régulier, ils hissent une seule voile qui contribuera à les pousser vers l'océan proprement dit. Le pont s'incline quand la voile enfle, de quelques degrés seulement, mais qui suffisent à rappeler à Darius combien sa physiologie est peu adaptée à ce mode de transport. En cet instant, pourtant, il consentirait à se laisser soulever par les serres d'un aigle géant pourvu qu'il prenne la bonne direction et qu'aucune solution plus confortable ne se présente.

Sur leur gauche, au-dessus de la plage, se dresse une rangée de demeures ridicules – une pièce montée, une maison bourgeoise bleu layette style New England, un avant-poste planétaire de *La Guerre des étoiles*. « Entraîneurs de foot, DJ et présentateurs télé », commente Marlena.

Darius remarque alors que Marlena boite légèrement, ce qui ne semble pourtant pas entraver ses acrobaties. « Une altercation en Sicile », explique-t-elle, sans plus de détails. Le cou d'Anton saigne encore, mais Helena soutient mordicus que les embruns salés et la brise fraîche éviteront l'infection. Le soleil danse sur l'eau et des mouettes leur font escorte. Un catamaran Condor se dirige lentement vers l'entrée du port dans un bruit de tonnerre, attendant de prendre de la vitesse dès qu'il sera au large, en route pour Jersey. Il a la taille d'un gratte-ciel couché. Des passagers minuscules agitent la main au bastingage.

Le *Marsouin* fait une embardée et dévie à l'instant où ils pénètrent dans le sillage du ferry. Maintenant qu'il commence à se détendre, Darius peut s'avouer à quel point il a eu peur ces douze dernières heures. Quelqu'un a essayé de le tuer. *Quelqu'un a essayé de me tuer*. Il prononce la phrase à haute voix et se met à rire, puis à sangloter un peu. Il pense à Angelica. Il refuse de penser à Angelica. Il ne pourra pas l'aider s'il est mort. Pour le moment, il va se concentrer sur comment éviter d'être mort. Il s'assied contre la paroi de la cabine et soulage le poids de son bras qui le lancine.

La marée est montante et au moment où ils atteignent le goulet, à l'endroit où le ferry à chaîne relie Sanbdbanks à Studland, l'eau comprimée et bousculée se masse et tourbillonne sous la coque. Des bateaux qui entrent au port les croisent à toute allure en profitant du courant – des yachts blancs dodus aux voiles larguées et aux proues biseautées dressées, un bateau de pêche rempli de casiers à homards, deux Jet-Skis geignards, un bateau de plaisance jaune qui souffle – *Maid of the Islands* –, tout droit sorti de 1974. Leur propre vitesse relative par rapport à la terre prend des airs de flânerie. Un bus à impériale bleu monte sur le ferry en attente à l'extrémité de sa petite route de navette, du côté de Studland. Darius est presque sûr qu'il y a des hommes nus sur la plage, encore que cela paraisse peu probable en Angleterre.

Cinq minutes plus tard, ils sont en pleine mer. Ils coupent le moteur, et Anton blessé tient la barre pendant qu'Helena et Marlena hissent les trois autres voiles. La houle est plus forte ici, et elle a une plus grande longueur d'onde. Cette eau est une substance différente. Le ciel est immense.

Il aurait dû appeler ses parents. Il imagine la voix de son père au bout du fil. *Μπα, ο άσωτος υιός μου τηλεφώνησε.* Il se rappelle que son père est mort. Qu'il l'ait oublié le trouble presque autant que cette mort elle-même. En quête de réconfort, il regarde la surface dansante, festonnée de la mer. Il ignore encore les détails du testament de son père. Le vieux aimait mettre sa progéniture sur le qui-vive. Trop tard pour lui cirer les pompes maintenant. L'éventualité bien réelle que Darius doive gagner sa vie se dessine. Il y a des types qui font du kitesurf au loin. Il se demande s'il leur arrive de s'emmêler en plein ciel. Il aurait vraiment dû travailler un peu plus à l'école.

Son regard est attiré par une forme dans l'eau. Il se retournera et se dira qu'il avait l'esprit troublé, que ce n'était qu'un jeu de lumière, mais il n'en sera jamais parfaitement convaincu. Ce n'est pas un dauphin, ni un morceau d'épave. C'est le corps d'une femme, à un mètre environ sous la surface de l'eau. Cheveux brun foncé, teint brun clair. Elle ne dérive pas comme un objet qui flotterait simplement dans l'eau. Pendant dix bonnes secondes, quinze même, elle avance parallèlement au bateau. Sa première pensée est qu'elle s'est prise dans un de leurs cordages, mais aucun cordage ne traîne par-dessus bord. C'est difficile à dire parce que son image est brouillée et déformée par la surface de l'eau, pourtant il n'arrive pas à se défendre tout à fait de l'idée qu'elle nage.

L'air devient plus doux alors qu'ils font voile vers le sud. Les villes côtières semblent plus petites et plus espacées – pas de pylônes, pas de cheminées, seulement le panache occasionnel de la fumée d'un feu de bois. Les étoiles sont du verre pulvérisé sur du velours. Dans l'eau, les poissons se font plus nombreux – maquereaux, tarpons, requins bordés, espadons, marlins, thons jaunes –, mais Darius ne connaît leurs noms que parce que Marlena les lui désigne. Un après-midi, un banc de harengs bouillonne autour du bateau pendant près d'une demi-heure et ils ont l'impression de chevaucher un grand tambour d'argent. Des bataillons de mouettes plongent à maintes reprises dans la masse scintillante et ressurgissent, le bec serré autour de leur prise argentée. Juste avant que les harengs ne se dispersent, un bref éparpillement paniqué se produit et une baleine à bosse perfore le banc, poissons et eau se déversant du monumental seau noir de sa mâchoire inférieure cannelée. Une nuit, ils traversent une plaque de plancton lumineux, telle que les autres n'en ont jamais observé. Darius n'y voit rien que de normal, partie intégrante d'une croisière en haute mer, modeste compensation de la nausée et de son bras douloureux. Helena, Marlena et Anton, en revanche, sont conscients de l'anomalie de cette abondance. Aucun caprice météorologique, aucune modification des courants marins ne peut expliquer pareille fécondité. Marlena dénombre trente-six espèces d'oiseaux marins – pétrels, albatros, frégates, fous de Bassan, puffins, petits pingouins…

La radio tombe en panne. Ils ne décèlent pourtant aucun dysfonctionnement. Puis le signal GPS s'évanouit. Les bandes de fréquence sont aussi claires que l'eau transparente sous la coque qui ne contient plus de débris de plastique ni de nappes iridescentes de pétrole. Ils passent devant des barques de pêche à rames et aux voiles cousues à la main, qui ressemblent à celles des villages côtiers de Guinée-Bissau et de Gambie.

Helena, Marlena et Anton ont beau ne pas être du genre à s'inquiéter pour un rien, ils ne sont pas tranquilles. Ils naviguent à l'ancienne, avec cartes et boussoles, et il manque des villes entières le long du littoral. Ils envisagent d'accoster, mais se sentent plus en sécurité au large. Quand Anton lance « On est en plein

Zombie Apocalypse », ce n'est ni drôle ni moins rationnel que toutes les explications qu'ils peuvent forger.

Le bras de Darius commence à enfler. Sa main est blanche et il ne peut plus remuer les doigts qu'au prix d'une grande souffrance. Anton coupe le plâtre avec son couteau de poche Gerber Scout. Ça prend un temps fou, et plusieurs estafilades ensanglantées apparaissent là où la lame incise les derniers millimètres de plâtre avec une facilité inattendue.

Helena, Marlena et Anton ne disent rien à Darius de la nature inquiétante des modifications de leur environnement. Il en a déjà assez bavé et la situation est tellement étrange que, même en groupe, ils hésitent à reconnaître leurs angoisses de crainte de passer pour fous.

Deux nuits plus tard, cependant, ils sont à l'ancre dans une crique isolée juste au-dessus de la frontière espagnole et s'endorment bercés par le claquement des vagues contre la coque et par les cris des puffins. Au petit jour, Darius est réveillé par des bruits qu'il ne peut ni identifier ni s'expliquer – grincements, coups sourds, grattements. Il sort de son lit. Le mouvement du bateau est différent, un roulis plus ample, plus lent. Il sent une odeur de goudron et de bois mouillé. Il a envie de réveiller les autres, puis il songe que c'est une bonne occasion de restaurer un peu de sa virilité gravement compromise. Il monte l'escalier, se prépare à l'action, repousse l'écoutille et grimpe sur le pont.

Un homme se dresse devant lui, un pourpoint de cuir crasseux sur son torse nu. Sur un de ses bras musculeux, un tatouage représente un griffon aux serres dressées, un autre, figurant une boussole, lui occupe le milieu de la poitrine. Ses cheveux noirs sont rassemblés en tresse et il est tellement sale qu'il est impossible de se faire une idée de la couleur de sa peau. Il a les yeux bridés, mongols peut-être. L'odeur de quelqu'un qui dort dans la rue, se souille et ne change jamais de vêtements. Mêlée à celle d'une haleine de chien et de l'encens. Un vieux couteau à manche de bois est glissé dans la corde qui retient son pantalon. Il a l'air d'un homme pour qui il est facile, voire habituel, de tuer d'autres gens. Il sourit à Darius. Quelques dents jaunes sont disposées au petit bonheur dans sa bouche. Darius suppose que c'est un sourire ironique qui signifie que toute tentative de résistance serait d'une inefficacité hilarante. « Ça va. Retourner dormir. » L'accent est indéchiffrable, un peu Dublin, un peu Bangkok, mâtinés de Dieu sait où. Darius a du mal à respirer. Ce type n'est sûrement pas seul. Deux comme lui, et ils vont se faire balancer par-dessus bord, au mieux. Il y a des gens qui sont restés prisonniers pendant des années sur des bateaux-citernes encalminés au large de Mogadiscio. Mieux vaudrait peut-être sauter immédiatement par-dessus le bastingage et partir à la nage, mais il n'a qu'un bras valide et aucun souvenir de la distance où ils se trouvent par rapport à la côte. Il observe la longue déchirure de noir absolu entre les étoiles et le tranchant des vagues éclairé par les astres, et c'est alors qu'il voit ce qui s'est passé pendant qu'il dormait.

« Bordel de merde ! » Cette exclamation s'accorde si bien avec ses sentiments qu'il la croit sortie de sa bouche, mais Anton le rejoint sur le pont. Il ne regarde pas l'inconnu mais en l'air. « Putain de bordel de merde ! »

Darius lève les yeux. Les voiles sont différentes. Les voiles sont immenses, elles sont carrées, et beaucoup trop nombreuses. Le pont se déplace inopinément. En fait, il ne *bouge* pas vraiment, il… *se dilate*. Darius trébuche. Anton tombe. La tête d'Helena surgit de l'écoutille ouverte. Elle n'est plus comme avant, mais Darius ne saurait pas mettre le doigt sur ce qui a changé en elle. « Putain, vous êtes qui, vous ? » Elle s'adresse à leur assassin potentiel tatoué.

L'homme rit comme s'il s'agissait d'une vieille blague qu'ils ont échangée bien des fois, tous les deux. « Ça va. Ça va. » Il se baisse et aide Anton à se relever.

Le bateau est plus grand. Rien n'est astiqué, rien ne chante plus dans la lumière. Il y a des tonneaux, il y a de vrais canons – tubes de fer noir, bases de bois, solides roues en bois. Il y a un deuxième homme que Darius n'a jamais vu, lui non plus. Il a une épaisse barbe rousse et une jambe de bois qui a tout d'un pied de chaise qu'on aurait scié. Deux guigues bordées à clin sont arrimées au pont par des cordes. Darius est confondu par la facilité avec laquelle le terme de *guigue* lui vient à l'esprit.

Mais le plus perturbant, en réalité, se passe à l'intérieur de sa tête. Il éprouve une envie dévorante d'être à terre, dans un monde où on peut aller se coucher et où au réveil, on retrouve tout exactement comme quand on a fermé les yeux. Comme ce n'est pas possible, il se laisse glisser sur le long toboggan qui traverse les années à reculons, jusqu'au moment où il est assis dans le petit belvédère circulaire au sommet de la tour est. Son singe familier est accroupi au-dessus d'un bol de pistaches, choisissant les fruits l'un après l'autre, cassant les coquilles exactement comme Darius le lui a appris, grignotant l'amande et jetant les coques par-dessus la balustrade, le grelot de son collier rouge tintinnabulant à chacun de ses gestes. Le singe s'appelle Kremnobatès. C'est l'hiver et une faible bruine tombe sur le cercle de toits de terre cuite qui l'entoure. Derrière eux, une mer grise s'estompe imperceptiblement dans un ciel gris. Un livre à reliure de cuir est ouvert sur ses genoux, parchemin plus que papier. Ces mots sont écrits tout en haut de la page :

Talia jactanti stridens Aquilone procella
Velum adversa ferit, fluctusque ad sidera tollit.

Il les traduit sans effort :

À ces mots l'Aquilon s'entonne dans les voiles ;
Pousse avecque fureur les flots jusqu'aux étoiles[1].

Sauf que Darius n'a jamais appris le latin, jamais eu de singe domestique, jamais vécu dans une demeure avec une tour. Et pourtant, ces images sont parfaitement convaincantes – les pistaches, le grelot. Pire, elles s'inscrivent dans un monde plus vaste, qu'il connaît avec autant de détails. Sous la trappe sur laquelle il est agenouillé, un escalier en colimaçon descend jusqu'à la longue galerie avec sa terrifiante tapisserie représentant Phaéton incapable de maîtriser le chariot du soleil. À l'étage inférieur, sa sœur apprend à jouer du cistre, son précepteur acariâtre fendant l'air de ses mains osseuses

1. *Énéide*, livre I, trad. M. de Segrais.

comme s'il découpait une saucisse. *Et un et deux et…* Son père balance entre rage et tristesse. Les courtisans s'inclinent, flattent et se soumettent. Les esclaves s'écartent précipitamment de la présence royale comme des cafards fuyant la lumière. Partout et nulle part, le fantôme de sa mère, plus présent que quiconque.

Darius s'efforce de bannir ces images de son esprit et de s'accrocher au passé réel, de faire surgir l'endroit où il s'est toujours senti le plus en sécurité, où il a toujours été le plus heureux, la villa de Kozani où la famille Koulouris se retirait tous les étés, la fraîcheur du vestibule dallé, la chouette empaillée et l'odeur de cigarette dans le bureau de son père, le clown de Rouault sur le mur de la salle à manger. Mais la maison est engloutie par une fine brume grise. Il cherche à évoquer le visage de sa mère et rien ne vient…

Il est de retour sur le bateau. C'est la nuit. Allongé sur le pont, il est agité de tremblements irrépressibles. Il a toujours eu l'esprit solide. Il aurait pu s'éviter quelques ennuis s'il avait éprouvé un peu plus d'appréhension avant de se lancer dans certaines activités, et un peu plus de regrets après. Il n'a jamais vraiment cru à la maladie mentale, ce qui l'a conduit à commettre de graves impairs en plusieurs occasions. Il comprend maintenant ce que perdre la tête veut dire. Il se sent emporté par un flot sombre. Il n'y a aucune planche de salut à laquelle il pourrait s'accrocher, et il reste bien peu de Darius qui puisse s'y accrocher.

L'homme tatoué approche l'embout métallique d'une outre des lèvres de Darius, il la relève et appuie. Le liquide a un goût de latrines et de feuilles de laurier, il contient du sable qui crisse entre ses dents.

L'homme à la barbe rousse écarte brutalement la gourde et la remplace par une bouteille. Darius avale une lampée. Il n'a jamais bu d'essence, mais ce n'est sûrement pas très différent de ce machin-là. Il en prend deux lampées et se cramponne à la bouteille de crainte qu'on ne la lui retire.

Son esprit n'a plus de centre. Il n'est que rafale de sensations et de sentiments. Rien ne les relie. Il est une nuée d'oiseaux, il est une prairie, il est la séquelle d'une explosion, les éclats qui volent en tous sens. Des bras le soulèvent. Il n'a plus de forces. On le descend sous le pont, enveloppé dans une peau de mouton, on le dépose dans un hamac ; le tord-boyaux et le roulis de la coque le bercent dans l'obscurité apaisante.

Il se réveille dans la grande cabine. Des images de la chouette empaillée et du clown de Rouault s'attardent un instant, aussi évocatrices et troublantes que les volutes évanescentes de n'importe quel cauchemar. Il a la tête lourde. Il a sûrement bu. Il se lève. Les rayons du soleil pénètrent par la longue fenêtre percée à travers toute la largeur de la poupe. Il y a une armoire et une commode, et un fauteuil en hêtre à dossier bas et aux pieds écartés. Il y a des sabliers de trois tailles différentes. Il y a un astrolabe, un quadrant et une arbalète. Il y a des tables de déclinaison du soleil, des cartes astronomiques et toute une étagère de cartes maritimes serrées en gros rouleaux par des rubans bleu passé. Étalée sur la table, ses coins rebiqués maintenus par quatre poids de fonte, il y a une carte de la Méditerranée sur vélin.

Il s'appelle Périclès, prince de Tyr, et il est ici chez lui, dans l'errance, sans communication avec le monde extérieur, à plusieurs centaines de lieues de ces salles glaciales et mélancoliques que réchauffaient et éclairaient jadis la générosité et la bienveillance de sa mère. Deux ans ont passé depuis sa mort prématurée, laissant à son père toute latitude de donner le pire de lui-même mesquin, furieux, avorton de la portée de son propre père, petit homme doté d'un trop grand pouvoir. Un tiers de la cour s'empresse de satisfaire ses moindres caprices, un tiers se terre, le dernier en profite pour exploiter le chaos à son propre avantage, un peu comme les hommes tiennent en laisse des chiens agressifs et les excitent à attaquer les autres, ses sœurs devant leur unique sauvegarde au fait qu'étant femmes, elles ne possèdent guère de valeur et ne réclament pas plus d'attention.

Dix jours encore, et il sera de retour dans ce palais perdu. On ne saurait rester éternellement en mer, et il a des devoirs à l'égard du peuple sur lequel il régnera un jour, sinon à l'égard de l'homme à la mort duquel il prendra lui-même la couronne. Est-il lâche d'espérer qu'un violent affrontement entre eux l'autorisera à retourner promptement à cette existence itinérante de voyage et de commerce ? À supposer que la ville n'ait pas été dévorée par le chancre de la fureur de son père, ou ne soit pas tombée aux mains d'un roi voisin profitant de ce que tous les regards étaient tournés vers l'intérieur. Et si tel est le cas, qu'il en soit ainsi.

Il s'éclaircit les idées en s'aspergeant le visage avec de l'eau froide contenue dans le pot d'étain posé près des lieux d'aisance, puis détache sa vareuse d'un crochet et franchit la porte. Le timonier consulte la boussole, montée sur cadran dans son coffret de teck. Il se redresse, incline la tête rapidement mais respectueusement. « Monseigneur. »

Périclès lui rend son salut puis monte vers la lumière du jour et vers le vent frais qui caresse le pont de batterie.

Au-dessus de sa tête, les voiles ondulent et oscillent – perroquet, huniers, brigantine… Des hommes se déplacent dans les gréements comme des araignées. Il connaît le moindre centimètre de ce bateau, depuis la lanterne de proue jusqu'à la sirène de bois aux longs cheveux orange, aux lèvres peintes et aux seins de bois pleins mais légèrement ébréchés. Trois cent dix-sept tonnes à forte charge, dix-neuf affûts à canons, une cale regorgeant de biscuits, de fromages de Hollande, de langues de bœuf, de moutons, de citrons, de bons vins… et dissimulé dessous, l'or barbaresque qu'ils ont gagné en faisant le commerce de verreries vénitiennes.

Tout en se frictionnant le bras qui lui fait atrocement mal sans qu'il sache pourquoi, il grimpe sur la plage arrière et se tient à côté d'Hélicanus, qui lui demande s'il ne voit pas d'objection à ce qu'ils se remettent en route. Comme il n'en voit pas, ils lèvent l'ancre et virent de bord, s'engageant dans des eaux plus profondes pour profiter du courant propice avant de mettre cap au sud vers Lisbonne et l'embouchure du Tage.

Son capitaine, Hélicanus, a le teint couleur noix et des cheveux blonds raidis par le sel. Anormalement jeune et toujours imberbe, il n'en dégage pas moins une assurance supérieure à son âge. Ses deux seconds ont plus que fait leurs preuves dans des passes franchement difficiles tant lors de cette traversée qu'au cours des précédentes – Marlénus, dont l'agilité fait oublier la claudication que lui a valu une chute de cheval en Sicile, et Antonio, un costaud dont la blessure plus récente a bien cicatrisé dans l'air salé, malgré la balafre au cou qu'elle lui laissera et qui le rendra *persona non grata* dans les demeures respectables ou, au contraire, attirera l'attention, selon les sensibilités de la population féminine de telle ou telle cité. Les autres membres d'équipage ont été embauchés à Tyr ou ramassés en cours de route. Un homme est passé par-dessus bord dans une tempête sur le Dogger Bank, un autre a disparu dans les bouges de Copenhague et un troisième est mort de la fièvre. Une moyenne raisonnable pour un aussi long voyage.

Ils contournent le cap de Sagres et se dirigent vers Cadix. Les bateaux se multiplient alors que le trafic océanique de l'Atlantique oriental s'intensifie à proximité du détroit de Gibraltar. Quand ils s'engagent en Méditerranée, Darius s'attend à se sentir davantage chez lui – faibles marées, moins de tempêtes, des cartes plus précises, des langues qu'il comprend – et pourtant quelque chose le tourmente, une épine dans le pied de son esprit. Il a une tâche à accomplir, il en est sûr, mais son nom et sa nature lui échappent. Il reste éveillé la nuit, le sommeil le fuit. Ils doublent les Baléares, ils doublent la Sardaigne, ils se ravitaillent en eau douce à Syracuse. Il y a une pluie de météores la nuit, fugaces égratignures de lumière blanche éblouissante très haut au nord-ouest qui envoient les marins les plus crédules dans la cale par crainte d'une contagion.

Il s'endort et rêve qu'il est dans un bois, grièvement blessé. Un homme se tient au-dessus de lui, brandissant une arme qu'il n'identifie pas. Cheveux brûlés, cave humide, un bruit comme de l'air qui entrerait et sortirait d'un immense soufflet.

Ils passent entre Cythère et Cydonia, ils passent devant Rhodes. Ils contournent la côte sud de Chypre quand il aperçoit, nageant parallèlement au bateau, à une vingtaine de mètres, un dauphin albinos d'un blanc immaculé. Ou un marsouin peut-être, jumeau éponyme du bateau. Il a envie d'avertir Hélicanus, ou plutôt Marlénus qui semble avoir une connaissance encyclopédique des créatures marines, mais il craint que l'équipage ne prenne l'initiative de le harponner. Il le suit des yeux tandis qu'il progresse à la même allure que le bateau pendant un quart d'heure peut-être. Il ne déchire pas les vagues et ne s'approche pas assez de la surface pour qu'il puisse le voir plus distinctement. Puis Hélicanus l'appelle, il se retourne un instant et quand il porte à nouveau le regard sur l'eau, l'animal a disparu.

Juste au large de Tyr, ils repèrent un petit cotre royal à l'ancre. Le cœur de Périclès se serre. L'embarcation s'apprête probablement à accueillir en grande pompe la flotte de quelque petit potentat attendue dans les prochains jours. Le palais tout entier sera emporté par une grande farandole d'ostentation frivole durant la semaine à venir. C'est précisément le genre de futilités qui l'ont conduit initialement à prendre la mer.

Il se trompe. On n'attend pas d'ambassade étrangère. Au contraire, on a eu vent de son arrivée et on tient à l'aborder avant qu'il n'arrive à quai. Lorsque les deux navires sont proches, le cotre envoie une petite guigue, huit rameurs conduisant un dignitaire âgé. Hélicanus ralentit le *Marsouin* pour que la guigue puisse les accoster. Se pourrait-il que son père soit mort ? Il n'imagine pas d'autres nouvelles qu'il faudrait lui communiquer avant qu'il ne s'engage dans le port. Est-il roi ? Un poids terrible l'accable soudain. Toute sa vie s'est dirigée inexorablement vers cet instant, mais il a obstinément refusé de regarder dans cette direction, tel un homme qui, emporté vers une cascade, ne voit que les oiseaux au-dessus de sa tête, les poissons qui bondissent, les arbres qui bordent la berge.

Il s'accroche au bastingage et observe la guigue qui s'immobilise. Il reconnaît le vieil homme. Alkaios, c'est bien ça ? Il n'est visiblement pas à l'aise sur l'eau et a encore moins l'habitude de grimper au flanc d'un navire, ce qui l'oblige à subir l'indignité de se faire aider par plusieurs mains qui soutiennent son postérieur enculotté. Arrivé sur le pont, il met une bonne minute à reprendre son souffle. « Monseigneur… Oh, grands dieux… Accordez-moi quelques instants… Monseigneur, je vous demande pardon… Soyez le bienvenu, bien sûr, bien que je sois contraint de renoncer aux gracieusetés diplomatiques habituelles pour vous communiquer… des nouvelles alarmantes. »

Périclès s'est trompé pour la deuxième fois. Son père n'est pas mort. C'est sa propre vie qui est en danger.

— Il y a trois jours, une frégate d'Antioche a mis à quai alors qu'on ne l'attendait pas. Le capitaine, un homme gigantesque, vêtu de noir et arborant un crâne rasé, s'est présenté sous le nom de Kallios. Il a demandé audience à votre père et a prétendu vous avoir rencontré au cours de vos voyages. Il était venu, a-t-il dit, sur votre invitation et a été surpris d'apprendre que vous n'étiez pas encore rentré. Ses informations à votre sujet et sur votre navire étaient suffisamment détaillées pour convaincre votre père que vous étiez en effet amis, vous et lui. L'étranger a présenté ses excuses et a dit qu'il vous ferait signe lorsqu'il repasserait par Tyr, mais votre père, grandement réjoui de savoir que vous aviez pris le chemin du retour, a insisté pour qu'il soit son invité jusqu'au moment où ils pourraient retrouver l'un l'ami, l'autre le fils.

— Et qu'est-ce qui vous a conduit à intercepter mon navire pour m'annoncer cela ? Le nom de Kallios ne dit rien à Périclès, mais il n'est pas impossible qu'il ait lancé pareille invitation, un jour qu'il avait trop bu.

— Monseigneur, bien sûr, acceptez encore toutes mes excuses. J'en arrive à la partie fâcheuse de mon message…

Le lendemain, le chef des espions du roi demanda une entrevue particulière. Dès qu'il fut seul avec le souverain, il ouvrit une sacoche de cuir dont il sortit un petit flacon brun enveloppé d'une bande de velours vert. « Voici ce qui était enfoui dans une des malles de voyage de notre invité. » Il leva la main pour contenir l'indignation du roi. « Quelques instants suffiront, me semble-t-il, pour justifier à vos yeux cette atteinte à l'étiquette. » Il émit un sifflement strident et un des chiens de chasse du roi franchit la porte en trottinant. Redoutant la suite, le roi s'inclina pour tapoter le museau de l'animal. En vérité, il chérissait ses chiens plus que tout habitant humain du palais, mais si son chef des espions avait raison, le problème était plus grave que la mort d'un chien. « Espérons, Strider, que notre ami ici présent fait erreur. »

Le chef des espions sortit une petite tranche de cheval du sac et enfila une paire de gants de fauconnier. Il tourna le minuscule bouchon de liège pour ouvrir le flacon dont il versa précautionneusement six gouttes sur la viande. Il reboucha la fiole et jeta la friandise sur les dalles. Le chien mordit dedans à belles dents et fut pris de convulsions avant que les gants et le flacon enveloppé n'aient retrouvé leur place dans le sac, nuque, dos et queue sauvagement hérissés, membres trémulants, yeux révulsés dans leurs orbites. Il mourut peu après, du sang s'échappant de tous les orifices de son corps. Ce spectacle et ses implications furent si éprouvantes pour le roi que les hurlements et le fracas en provenance d'autres parties du bâtiment lui donnèrent l'impression que le monde entier exprimait tout naturellement l'horreur que lui-même éprouvait. Mais le chef des espions était déjà à la porte. « Fermez le verrou, conseilla-t-il, et ne laissez entrer personne qui ne soit capable de vous donner le nom du chien. »

Kallios avait dû poser un petit caillou sur le couvercle de sa malle ou mémoriser la disposition des livres qui s'y trouvaient. Flanqué de ses lieutenants, il rejoignit le port en jouant des poings avec une vigueur si prodigieuse que plusieurs témoins de la bagarre qui accompagna leur fuite jurèrent que c'étaient des diables. Plusieurs hommes de Tyr moururent. Un seul membre d'équipage du navire d'Antioche perdit la vie et son dernier acte avant de basculer dans le port fut de colleter son assassin et de l'entraîner à la renverse, de sorte qu'ils se noyèrent ensemble. Le lendemain, quand les deux corps furent hissés hors de l'eau, la main du démon enserrait encore le poignet de sa victime et il fallut en briser les doigts l'un après l'autre pour la détacher.

Le vieux conseiller – Ampélios, c'est ainsi qu'il s'appelle, cela lui revient maintenant – demande tout bas à Périclès s'il a une idée des raisons pour lesquelles quelqu'un lui veut du mal. « Je vous pose la question au nom de votre père. » Manifestement, il répugne à être indiscret, surtout s'agissant des affaires d'un jeune prince qui a disparu de l'horizon, sans doute pour faire les quatre cents coups loin des regards désapprobateurs.

Périclès se demande si ce ne serait pas une manigance de son père désireux de le garder à distance pour des motifs qui lui échappent. Mais sans doute ni son père ni ce vieillard n'ont-ils l'imagination assez fertile pour inventer pareille histoire. À en juger par l'expression d'Hélicanus et de Marlénus, ils ajoutent eux aussi foi au récit du courtisan. Mais ce qui achève de convaincre Périclès est plus étrange et plus personnel. S'il ignore complètement qui peut vouloir sa mort, au fond de ses os, il s'y attendait depuis un certain temps. Et loin d'être effrayé ou perplexe, il se sent curieusement ragaillardi.

Hélicanus le dévisage, intrigué par ce changement d'humeur ostensible. « Monseigneur… ? »

Périclès l'entend à peine. La nouvelle lui apparaît comme la réponse à une question qu'il avait posée sans même le savoir. Le malaise qui l'a taraudé la semaine passée ressemble, rétrospectivement, aux battements de cœur inquiets avant un départ en voyage, à la traction de la corde d'un cerf-volant, à la courbure de l'arc que l'on bande.

« Il faisait nuit quand ils ont quitté le port, reprend Ampélios. Ils n'avaient pas de lumières. Nous les avons perdus presque immédiatement, ce que je regrette sincèrement. La seule arme que je puisse vous donner est une description détaillée du navire et de l'équipage. » Le conseiller lui tend un petit rouleau qui a manifestement été plié, mouillé et séché maintes fois. « Il nous semble préférable que vous poursuiviez votre périple et évitiez, dans un proche avenir, tous les lieux où l'on vous connaît. Ayant vu ce Kallios de mes propres yeux, je ne juge pas ces précautions excessives. »

Périclès se tourne vers Hélicanus. « Dans ce cas, il ne nous reste plus qu'à nous remettre entre les mains de Dieu, à fermer les yeux et à piquer une épingle sur la carte du monde. »

Angelica cesse de parler. Cela se produit deux jours après la visite de Darius. En milieu d'après-midi, son père la trouve dans un des fauteuils, près de la cheminée. De la musique de cour élisabéthaine résonne doucement en bruit de fond. Luths et violes. Il lui propose qu'ils partent en voyage – San Francisco, Lisbonne, Sydney, un de leurs lieux favoris, une destination nouvelle… où elle veut.

Angelica n'a aucune envie de loger dans un hôtel d'une ville étrangère avec son père. Chez eux, la présence du personnel l'oblige à garder ses distances, au moins durant la journée. Mais comment refuser sans provoquer sa colère ?

— Qu'en penses-tu ?

Elle tourne les yeux vers le jardin. Des nuages comme du duvet de cygne arraché à un oreiller déchiré par un enfant qui s'ennuie. Ils seraient beaux s'ils ne flottaient pas au-dessus de ces arbres et de cette maison.

« Angelica ? »

Elle s'en est toujours remise à son père, elle a toujours fait ce qu'il lui disait, mais dans ce silence qui se prolonge, la balance commence à pencher dans l'autre sens. C'est une impression si nouvelle qu'elle ne l'identifie pas immédiatement.

« Angelica, dis-moi ce qui ne va pas. »

Elle regarde son père en face. Il est de l'autre côté d'une vitre épaisse, comme un tigre dans un zoo, un grand singe, un serpent. Il ne peut pas la toucher.

Il rassemble ses pensées. « Excuse-moi. Je me suis conduis comme un égoïste. Tu es ce à quoi je tiens le plus au monde. Je préférerais tout perdre plutôt que toi. Nous avons tous du mal à être rationnels quand notre bien le plus précieux est menacé. »

Elle se lève et s'approche de la fenêtre. Une femme chante. *Dona nobis pacem.* Dehors, un rouge-gorge se pose au bord de la vasque à oiseaux en béton blanc, il plonge son bec dans l'eau puis s'envole.

— Je comprends que tu sois fâchée.

Elle s'éloigne sans dire un mot. C'est grisant.

— Angelica ?

Elle va dans sa chambre. Elle enfile des chaussettes de randonnée et sa veste à capuche en shetland beige, celle qui a des boutons en bois, et elle sort. Elle rejoint le hamac rayé d'où l'on ne peut pas voir la maison et où le seul bâtiment qu'on aperçoit est la tour basse de l'église Sainte-Marie de Michelmersh. Abritée du vent par un épais bosquet de buis et de sorbiers, elle a juste assez chaud pour rester allongée là pendant une heure et quitter le monde au gré d'un doux bercement. Elle est venue lire ici tout l'été et ce lieu est encore indissociable des intrigues des *Trois Mousquetaires,* du *Docteur Jivago,* des *Boutiques de cannelle...* Mais il n'y a qu'une histoire qu'elle a envie de raconter à présent.

... la beauté du Marsouin *– chêne ciré, cuivres astiqués, avec de petits éclats de soleil qui font tout chanter. Il y a un gouvernail avec des poignées saillantes devant lequel on pourrait jouer à être Barberousse ou Vasco de Gama, il y a des voiles de toile crème qui se gonflent, ondulent et claquent...*

Philippe vient dans sa chambre cette nuit-là. Elle est en train de lire dans son lit. Il s'assied à côté d'elle et écarte les cheveux de son visage. Elle porte une chemise d'homme dix fois trop grande pour elle, d'une couleur qui n'est ni tout à fait rose ni tout à fait orange. Elle fait comme s'il n'existait pas. La forme de ses seins sous les draps l'excite, mais quand il commence à déboutonner la chemise et qu'elle ne réagit pas, il a l'impression, pour la première fois, d'être observé par un tiers et d'avoir l'air ridicule, pathétique, pervers aux yeux de ce tiers. Il retire ses mains. Il se rappelle que les choses ont très mal tourné la dernière fois qu'il a laissé sa colère prendre le dessus. Il lui dit « Il va te falloir un peu de temps, je crois ». Il se lève et sort.

... un gamin squelettique est debout dans les hauts-fonds au large de la petite plage de galets et se sert d'un bâton aiguisé pour attraper les minuscules poissons qui le

nourrissent depuis la mort de ses parents, mais il est faible, il a les mains qui tremblent, le soleil est brûlant et il n'a qu'une envie, s'allonger dans une pièce obscure et dormir. Il lève les yeux. La silhouette d'un bateau se dessine à environ une lieue au large…

Elle arrive avec des rats qui ont voyagé clandestinement dans une cargaison de céréales de Sidon. La peste noire. *Yersinia pestis*, qui bloque la digestion des puces infectées si bien qu'après avoir mordu dans la chair d'un hôte, elles régurgitent le sang absorbé, introduisant ainsi la bactérie dans la plaie.

Trois des marins sont malades avant même d'atteindre Tarse, des bubons gros comme des pommes à l'aine et aux aisselles. Des talents changent de main et on jette les sacs de céréales sur le quai brûlant, le capitaine s'attardant suffisamment pour ne pas éveiller de soupçons avant de larguer les amarres et de se diriger vers l'ouest, vers Myre, où il prendra un nouveau chargement.

Les deux premiers hommes atteints travaillent aux docks. Les victimes suivantes sont celles qui les soignent – épouses, mères, filles. Il y a des rats partout à présent, sous les toits, dans les placards, dans les fosses d'accumulation des eaux usées, ils lèchent la poussière dans les recoins sales des greniers vides. Là où il y a des rats, il y a des puces, et là où il y a des puces, il y a la peste. On peint une croix rouge sur la porte de toutes les maisons touchées par le mal. Les membres indemnes d'une famille atteinte surpris à l'extérieur de chez eux sont condamnés à verser une amende. Les membres infectés d'une famille atteinte surpris à l'extérieur de chez eux sont exécutés. Les maisons des familles mortes sont brûlées. Ceux qui rendent visite aux malades – les charlatans, les prêtres, les bonnes âmes, ceux qui convoitent leurs biens et les risque-tout qui gagnent quelques sous en enterrant les morts – portent une baguette rouge pour qu'on puisse les éviter dans la rue. Seuls ceux qui sont trop faibles pour sortir de chez eux se voient épargner tout contact avec la maladie, mais ils sont déjà en train de prendre congé du monde par une autre voie, plus lente.

Et si les marchands de Tarse avaient su quelle cargaison invisible leur était livrée en même temps que le grain, auraient-ils renvoyé le navire ? La ville est affamée. Il n'a pas plu depuis quatre mois. Les citernes et les canaux d'irrigation sont à sec et les puits les plus profonds eux-mêmes ne fournissent plus que quelques tasses d'un liquide fétide, visqueux. Les récoltes ont été désastreuses. Les marchés sont vides alors qu'ils devraient regorger de pommes et de nectarines, de farine d'épeautre, de graines de sésame, de pois chiches, de beurre… Il y a du poisson, mais il est réservé aux familles de pêcheurs, à leurs riches clients et à ceux qui sont assez hardis pour délester les unes ou les autres sous la menace du couteau. La plupart des caravanes d'ânes en provenance du plateau d'Anatolie qui passent par les Portes ciliciennes sont prises en embuscade, les commerçants sont égorgés, leurs marchandises, précieuses parce que rares, vendues aux plus offrants à Tyane ou Issos, ou échangées contre de l'or par des intermédiaires qui font du marché noir avec la famille royale terrée dans la citadelle et occupée à brûler de l'encens pour couvrir l'odeur des égouts que personne ne récure et de la chair brûlée qui s'élève des toits de chaume entre les remparts et la mer.

Les pauvres vivent de glands et de vesce amère. Les chiens ont été dévorés depuis longtemps. Il ne reste plus de viande pour faire des sacrifices aux dieux. La rumeur prétend que des jeunes gens meurent dans des rixes et que leurs corps disparaissent avant qu'on ait eu le temps de les enterrer.

Le ressentiment croissant des citoyens n'est émoussé que par leurs forces qui vont diminuant. Une échauffourée avec les gardes du palais se solde par quelques plaies superficielles, aucun camp n'ayant l'énergie suffisante pour infliger de graves blessures. Les gardes, en tout état de cause, meurent de faim et n'ont aucune envie de sacrifier leur vie pour protéger des maîtres qui font glisser œufs de caille et galettes avec du vin doux de Khirokitia et de l'eau fraîche contenue dans des outres en cuir de vachette.

On n'aperçoit pas de voiles sur la mer qui oscille et scintille au-delà du port. Tout le monde, de Rhodes à Jérusalem, sait désormais qu'il convient d'éviter ce coin maudit du détroit de Cilicie. Les seuls visiteurs sont les mouettes de plus en plus hardies qui ne s'égaillent plus quand les gens cherchent à les empêcher de se repaître des morts ou des presque morts qui jonchent les rues.

Le roi Cléon n'éprouve aucune pitié pour ses sujets. Ils sont comme des feuilles ou du bétail, aucune génération ne se distingue grandement de la suivante. L'architecture, l'histoire, la famille, le rang de la ville dans le vaste monde, voilà ce qui compte et pour la première fois de sa vie, ils sont en danger. Dionyza, sa reine, et lui sont jeunes, mais sans enfant. Cléon n'est pas seulement terrifié par la perspective de mourir, mais par celle de disparaître sans laisser d'héritier, encore que si les dieux leur restent hostiles, un éventuel héritier n'aura plus rien à hériter. Il traverse les cours en enfilade du jardin clos, avec leurs ouvrages de pierre en filigrane et leurs carreaux colorés d'une symétrie vertigineuse, leurs mosaïques figurant des batailles navales, des dieux, une chasse au rhinocéros. Les fontaines et les cours d'eau sont taris, les citronniers et les plaqueminiers sont morts. Seuls les cactus de la quatrième cour survivent, trônant dans leurs nuages d'épines furieuses. Cléon imagine le palais dans vingt ans, ses arceaux effondrés, les temples en ruine, la citadelle servant de perchoir aux étourneaux, des renards fauves trottinant lestement sur les éboulis de pierres. S'emporter contre les dieux, c'est risquer d'aggraver encore sa disgrâce, alors il s'emporte contre ses conseillers, ses courtisans et ses serviteurs, à propos de la qualité de la nourriture, de la propreté des draps, de l'incapacité de ses inférieurs à conserver leur bonne humeur.

Dionyza est le cactus. Elle méprise son mari en silence et n'ignore rien de la faible estime qu'il inspire à ceux sur qui il exerce du pouvoir. De temps en temps, elle prend des décisions cruelles pour s'assurer que leur emprise demeure immuable – le cuisinier dont elle fait trancher les pouces quand il est surpris à chaparder de la nourriture pour sa famille, la fille de cuisine dont elle fait couper la langue quand on l'entend envisager que leurs supérieurs pourraient être renversés.

Enfin, au bout de trois mois, ayant atteint son apogée, la peste reflue. Les trois quarts de la population sont morts. S'il y avait de quoi manger et de l'eau propre, la plupart des survivants récupéreraient, mais il n'y a pas de nourriture et cela fait maintenant sept mois qu'il n'a pas plu. Les gens sont cadavériques et léthargiques. Au nord des Portes ciliciennes, les routes sont désertes, les brigands s'étant mis en quête d'un trafic plus riche sous d'autres cieux. L'approvisionnement du palais se tarit, et la fureur agressive comme la cruauté arbitraire sont impuissantes à faire surgir un repas du néant. Une ambassade envoyée à Kition ne revient pas. Cléon n'ose pas en dépêcher une autre. Il est question de prendre la route, mais l'idée de voyager, et plus encore de mourir, comme un marchand ambulant est inconcevable.

Le principal conseiller de Cléon, son ministre des Finances, rend l'âme. Il est maigre comme un clou, ils le sont tous d'ailleurs, mais il ne paraît pas atteint d'un autre mal. On le découvre un matin agenouillé dans un angle de sa chambre, comme s'il cherchait une pièce de monnaie égarée. Son corps est déjà raide.

Un gypaète barbu est posé sur le garde-corps devant les appartements royaux; il observe, il attend. Les gardes le piègent et le tuent. Cette piètre chère est offerte à Cléon et Dionyza. Elle mange, il s'abstient.

Un après-midi, le ciel se voile. Les habitants se massent sur le quai, le long de la digue, sur les rochers. Ils entendent rouler le tonnerre et voient une averse balayer l'océan au large, une épaisse colonne grise à l'endroit où le ciel se vide dans la mer. Une brise fraîche souffle pendant à peine plus d'une heure.

Puis le soleil ressurgit, le même bleu brûlant et impitoyable au-dessus de leurs têtes.

Dix jours plus tard, un gamin squelettique est debout dans les hauts-fonds au large de la petite plage de galets et se sert d'un bâton aiguisé pour attraper les minuscules poissons qui le nourrissent depuis la mort de ses parents, mais il est faible, il a les mains qui tremblent, le soleil est brûlant et il n'a qu'une envie, s'allonger dans une pièce obscure et dormir. Il lève les yeux. La silhouette d'un bateau se dessine à environ une lieue au large. Il n'y était pas la dernière fois qu'il a regardé. Il fait voile vers la ville, rapidement.

Il n'a pas encore parcouru la moitié de la distance que tous sont informés de son approche et que la plupart sont à l'affût. Cléon et Dionyza se tiennent sur un balcon de la citadelle. Malgré la hauteur, ils sentent le moment, déclenché par ceux qui ont la vue la plus perçante, où le soulagement collectif se transforme en peur collective. Le navire ne bat aucun pavillon, et ne professe donc d'allégeance à aucun souverain. Il ne peut s'agir que de pirates ; l'assurance et la vitesse avec lesquelles ils filent vers le port donnent à penser que la nouvelle de la situation périlleuse de la ville s'est répandue au loin. La peste a disparu et ils sont désormais des proies faciles.

Les dieux recommandent au *Marsouin* de prendre la direction de Tarse, bien qu'ils aient manifesté leurs intentions par un talent d'argent qu'on a fait tourner et non par des yeux bandés et une épingle. Hélicanus soupçonne que le pli de la carte dans lequel est figurée la ville a joué un rôle majeur dans cette intervention, mais il ne va pas contester une méthode de divination qui a aussi efficacement dissipé la maussaderie de son maître.

Au cours des longs quarts nocturnes, Périclès s'interroge sur l'identité de ce Kallios qui l'a pris en chasse. Qui a-t-il pu offenser assez gravement pour justifier une aussi violente réaction ? Il a tendance, certes, à être exubérant. Un homme posé pourrait le trouver impertinent. Mais l'effronterie a toujours été une prérogative de la jeunesse et un motif de récrimination de la vieillesse. Ceux qui aiment l'aventure l'apprécient parce qu'ils ont l'impression qu'en sa compagnie, tout peut arriver, et ils n'ont pas tort. Il a tué un certain nombre de personnes, de peu de valeur cependant. Et même la famille du comte corpulent qui l'a imprudemment défié à Xérès n'est certainement pas assez fortunée pour financer une expédition de représailles. Il y a eu des filles, bien sûr, il y a toujours des filles. Il n'est pas du tout exclu qu'il ait engendré des enfants, et il préfère ne pas y penser, car Dieu seul sait ce qu'ils sont devenus. Mais il s'est toujours efforcé de s'avancer avec prudence dans les parterres de fleurs, prenant soin de ne pas cueillir les filles de pères, les épouses de maris dont la colère pourrait se transformer en action. Aurait-il commis une grossière erreur dans l'appréciation du rang social d'une de ses conquêtes ?

Il contemple les éclats de lune dispersés sur l'eau agitée. Il écoute parler le vent et la toile. C'est une énigme déroutante, mais en vérité, elle n'a pas si grande importance. Ce qui compte, c'est ce qu'il a devant lui – écueils, ouragans, pirates. Derrière, il n'y a qu'un sillage qui s'évanouit rapidement dans le reste de l'océan infini.

Ils traversent la Méditerranée à vive allure, évitant tous les autres navires pour que Kallios perde leur piste. Comme ils ne s'arrêtent pas pour prendre de nouvelles auprès d'autres marins, ils ignorent tout du sort qui s'est abattu sur la ville située au terme de leur voyage. Aussi sont-ils déconcertés en approchant de Tarse, surpris tout d'abord par l'absence de voiles et de mâts dans le port, puis par la foule immense et dépenaillée qui s'est massée pour assister à leur arrivée, et enfin par la présence du roi et de la reine – si telle est bien l'identité du jeune couple somptueusement vêtu qui se tient sur le quai, soutenu par un chœur de nobles austères.

Hélicanus s'approche de Périclès et exprime tout bas la crainte de tous : « La peste ? »

Comme de nombreux jeunes gens riches, Périclès est convaincu que le monde doit se plier à sa volonté. Par ailleurs, et pour la première fois de sa vie, il a un but, l'impression qu'une mission encore innommée l'attend. L'heure de faire ses preuves aurait-elle sonné ?

Ils jettent l'ancre dans l'eau profonde de la baie et mettent une guigue à la mer. Tandis qu'Hélicanus assume provisoirement le commandement du *Marsouin*, quatre rameurs mènent jusqu'au rivage Périclès, accompagné de Marlénus et d'Antonio, ainsi que de quelques armes, si l'accueil n'était pas aussi bienveillant qu'il n'y paraît. Ils s'amarrent mollement, laissant deux hommes dans la guigue pour faciliter une prompte retraite si besoin était, puis gravissent les marches de pierre, l'odeur de putréfaction se renforçant au fur et à mesure qu'ils montent vers le quai pavé. Périclès se demande s'il est imprudent. Ils n'ont même pas de chirurgien de marine à bord. Il chasse cette pensée de son esprit. Il n'est plus question de faire demi-tour. Il ne veut surtout pas qu'on le prenne pour un lâche.

Les trois hommes se tiennent côte à côte, embrassant la foule du regard. Le couple royal est vêtu de soie, de linon et d'écarlate, et ne se distingue guère de tous les couples royaux que l'on pourrait rencontrer dans n'importe quelle cité-État le long de ce littoral. Le visage de la reine est envoûtant – une peau mate et immaculée, des cheveux de jais qui boivent la lumière, des yeux qui ne se détournent pas. Derrière elle, les nobles sont émaciés et sales. À l'arrière-plan, leurs sujets ont l'air de morts ressuscités, les têtes réduites à des crânes couverts d'insuffisamment de peau. Ils ont des pattes d'oiseaux, les mains comme des serres, le visage taché et moucheté de lésions. Sous leurs yeux, une femme s'effondre. Aucun de ses voisins ne fait mine de la relever. Quelque part, un enfant pleure. Des mouettes affamées patrouillent en périphérie.

Le prince s'avance hardiment et se présente. «Je suis Périclès, prince de Tyr.» Le roi met un genou en terre. La reine ne bouge pas. Des années plus tard, il repensera à cette scène et déchiffrera les avertissements auxquels il est resté aveugle sur le moment, absorbé par la mise en scène de son propre héroïsme.

Le roi prend la parole : «Je fus jadis le souverain d'une grande cité. Nous mangions du veau et du paon. Nous buvions du vin rouge de Gascogne et de la malvoisie de Crète. Les branches de nos oliviers se rompaient sous le poids des fruits. Les poissons étaient si nombreux qu'ils obstruaient les cours d'eau. Je ne suis plus que le roi de rien et de nulle part. »

La reine se tourne vers Périclès et soutient son regard.

— Il s'appelle Cléon.

— N'avez-vous pas entendu parler de la peste ? demande son mari.

— Non.

— Elle nous a pourtant elle-même abandonnés, en quête de meilleure proie. Désormais, seules la faim et la soif nous rongent les os.

Périclès rit de l'excellente occasion de manifester sa munificence que lui offre généreusement le ciel. Levant des mains bienveillantes, il déclare : « Nous ne vous voulons aucun mal. » Le silence se fait. Puis un soupir de soulagement parcourt la foule malodorante, telle une brise caressant les blés.

— Mon nom, intervient la reine, est Dionyza.

— Relevez-vous, dit Périclès à son mari. Ce retournement de l'étiquette le fait frémir de plaisir. Le roi se remet laborieusement sur ses pieds, comme s'il avait deux fois son âge. La reine a les yeux tournés vers le ciel. Son expression est indéchiffrable. « Nous avons un navire rempli d'eau et de nourriture. Nous mettrons tout à votre disposition. » Il n'y a pas de réaction. Périclès répète ce qu'il vient de dire.

— Pour quelle raison agiriez-vous ainsi ? interroge froidement Dionyza.

Il est obligé de réfléchir une seconde pour répondre exactement à la question. Il a l'impression d'être l'instrument d'une force qui lui échappe, mais ne sait comment mettre des mots sur ce sentiment sans paraître à la fois grandiloquent et naïf. « Si je repartais sans vous avoir aidé, je ne me le pardonnerais jamais. » Les nobles murmurent. Cléon pleure-t-il ? « Venez. » Il pose une main sur l'omoplate du roi et le pousse doucement vers les marches qui redescendent vers la guigue. La reine leur emboîte le pas. Un petit groupe de courtisans la suit. Périclès les escorte jusqu'au *Marsouin* où on leur sert à dîner avec toute la pompe à trois sous que le navire peut déployer.

Marlénus et Antonio restent à quai avec deux hommes en armes pendant que la guigue reconduite à terre livre des barriques de nourriture et d'eau. Quand elle accoste, il faut tirer au mousquet pour tenir à distance une foule déferlante, qui précipite une mère et son enfant dans l'eau du port. On donne un gobelet d'eau aux enfants, deux aux vieux et aux malades, trois aux femmes, et aux hommes quatre. On distribue à tous des biscuits et du pain dans les mêmes portions.

Marlénus et Antonio n'ont jamais rien vu de tel. Certains se jettent sur la nourriture comme des bêtes, d'autres ferment les yeux et savourent chaque bouchée, certains la contemplent comme s'ils avaient oublié ce qu'on peut en faire, d'autres pleurent, d'autres encore rient. Une vieille meurt, un croûton entre les mains, tuée peut-être par l'émotion de son propre salut. On donne à tous des citrons et de grosses parts de fromage de Hollande. Des mouettes enhardies arrachent la nourriture des mains des plus faibles et il faut les chasser à coups de bâton et par des cris.

À bord du *Marsouin*, Cléon et Dionyza sont régalés de vin du Rhin allongé d'eau, de bœuf salé et d'abricots. La fourchette d'argent tremble dans la main de

Cléon. Il est pris d'un haut-le-cœur et rend ce qu'il a mangé. Tous font comme si de rien n'était. On verse de l'eau pure dans sa chope d'argent, on pose des biscuits ordinaires sur son assiette d'argent. Dionyza fait à Périclès le récit des six derniers mois. Elle n'a pas un mot pour la population.

Tard dans l'après-midi, un édredon de nuages ventrus, gris tourterelle, glisse sur le ciel et une lumière nacrée annonciatrice d'orage baigne la ville. Les habitants repus qui s'étaient mis à l'ombre pour dormir sont attirés au-dehors par la clameur générale. Ils contemplent le ciel tels des fidèles attendant la venue d'un dieu. Un profond silence s'abat sur la cité. Le seul bruit est le pétillement des vagues qui s'enfoncent entre les galets, qui s'élèvent, qui retombent.

Les premières grosses gouttes s'évaporent immédiatement, aspirées par la terre brûlante, sèche, et par la pierre brûlante, sèche. Les suivantes éclaboussent et s'étalent. Des couleurs oubliées ressurgissent, des verts profonds, des bruns foncés. Sur les toits, les tuiles font de la musique. La surface de la mer est blanche, mouchetée, elle danse. L'air est frais pour la première fois depuis un an. Les caniveaux et les auges se remplissent. Les gens écartent les bras et penchent la tête en arrière pour recevoir la pluie sur leurs visages. Des odeurs depuis longtemps prisonnières sont libérées – thym et résine, goudron, algues. Le soleil impitoyable qui, hier encore, burinait toutes les lignes s'adoucit et le lointain disparaît dans un flou brumeux, derrière les barreaux de la pluie.

Cléon et Dionyza contemplent l'averse depuis la longue fenêtre de la grande cabine, les gouttes tambourinent sur les planches au-dessus de leurs têtes, l'odeur du chêne mouillé embaume toute la pièce. Périclès se tient sur la plage arrière pendant que des garçons disposent des rangées de tonneaux vides pour préserver ce don inattendu et généreux. Il tourne et retourne dans son esprit l'histoire dont il est le protagoniste. La fiole de poison à bouchon de liège, l'heureux hasard de son arrivée dans cette ville assiégée avec un navire aux cales pleines, ce déluge salvateur qui arrive à point nommé. Ces événements semblent vouloir dire quelque chose, mais leur sens dépasse le champ de son esprit.

Le tonnerre gronde dans les collines embrumées.

L'averse dure toute la nuit et la moitié de la matinée qui suit. Dès qu'ils peuvent le faire sans risquer l'indignité d'être trempés, Cléon et Dionyza se font reconduire jusqu'au quai puis ramener au palais, accompagnés de quatre charrettes de provisions livrées par le *Marsouin*. Cléon insiste pour que Périclès et ses trois lieutenants soient ses invités pendant au moins une semaine. Périclès a la mort dans l'âme, craignant d'être pris au piège de vaines et interminables cérémonies, mais un refus ferait affront à la courtoisie élémentaire aussi bien qu'aux impératifs politiques. C'est ainsi qu'Hélicanus, Marlénus, Antonio et lui se voient attribuer quatre chambres contiguës avec vue sur la mer, au-delà de l'hippodrome. Périclès fait sa toilette avec du savon parfumé venu de Gaule et des brocs d'eau chaude, il dort dans des draps de coton, mange ses propres provisions dans de superbes coupes peintes à la main et doit feindre une reconnaissance qu'il n'éprouve pas. Son rang de sauveur lui évite au moins l'obligation de se répandre en flagorneries et en courbettes, mais regarder les autres flatter et ramper est un piètre dérivatif.

La compagnie offre une certaine compensation. Cléon pourrait être un frère aîné studieux que la mort précoce de son père a empêché d'explorer le vaste monde et qui brûle d'entendre les histoires de voyageurs. Périclès lui parle de cannibales et de volcans, d'aurores boréales, de réducteurs de têtes et d'esprits qui apparaissent dans des miroirs d'obsidienne, de feux de Saint-Elme et de navires qui se fracassent sur l'échine de créatures géantes jaillissant des flots, et même s'il embellit quelque peu la réalité, il ne fait que suivre l'exemple des aventuriers dont les récits en latin, arabe, hébreu et grec remplissent la bibliothèque de Cléon. Le roi aime écouter de la musique et il aime en jouer. Il chante en s'accompagnant au cistre et si Périclès juge d'abord cette activité efféminée, il lui arrive d'éprouver un pincement au cœur en l'écoutant.

Ah, pauvre oiseau
Pourquoi chantes-tu
Dans les ombres
De cette heure tardive ?

Ah, pauvre oiseau
Prends ton envol
Loin au-dessus des ombres
De cette triste nuit.

Dionyza s'est dépouillée de l'armure qu'elle avait endossée pour se défendre contre l'attaque de l'année précédente. Elle révèle une douceur à laquelle il ne s'attendait pas. Elle refuse de sourire quand il lui sourit, mais il lui arrive de temps en temps de la surprendre en train de le regarder fixement. Elle met toujours quelques instants à se détourner. Il trouve ce comportement exaspérant autant que troublant. Le mari de Dionyza ne se rend compte de rien. Parfois, elle se tient un tout petit peu plus près de lui que ne l'autorise la bienséance, juste à l'intérieur d'une orbite invisible dont il n'a encore jamais été conscient. Dans ces cas-là, elle évite toujours de croiser son regard. Elle lui parle dans un langage que nul autre ne peut comprendre. L'intimité ne serait pas plus grande si elle le touchait. Il ne peut pas s'écarter sans paraître discourtois. Il n'a pas envie de s'écarter.

La nouvelle du rétablissement de la cité se répand rapidement et il ne s'écoule que quelques jours avant que les marchands ne soient de retour, chargés de figues, de poisson séché et de sacs d'orge. La cour se nourrit de barges et de pluviers, elle se nourrit de bœuf et d'antilope, elle se nourrit de massepain et de figues confites, et d'une maquette de son propre palais confectionnée en sucre coloré. Dans le port, la coque du *Marsouin* est calfatée et goudronnée, le bateau est récuré, intérieur et extérieur. Les cordages sont réparés. En ville, les maisons brûlées sont abattues comme des arbres morts et de nouvelles commencent à s'élever dans les espaces ainsi dégagés. On fait des sacrifices et l'on accorde aux morts les cérémonies dont leurs inhumations rapides les ont privés.

Périclès s'impatiente. La gloire et la gratitude, découvre-t-il, sont plus plaisantes à conquérir qu'à recevoir. Mais un départ inélégant est la seule autre possibilité. Il rêve de Kallios. Il regrette à présent qu'ils se soient débarrassés aussi facilement de leur poursuivant et qu'ils n'aient pas semé des miettes de pain derrière eux pour faire durer la traque un peu plus longtemps. Il imagine les combattants d'un autre monde que lui a décrits le conseiller de son père, et la main qui tient son épée le démange.

Il ne comprend pas encore que l'aventure est le plus accessible de tous les défis quand le monstre possède un visage et un nom, quand on peut poser sa botte sur son torse, en retirer cette longue lame trempée et savoir qu'il ne se relèvera plus. Il ne comprend pas encore qu'il y a des choses qui vous empêchent de dormir la nuit, des choses plus terrifiantes que les pirates et les écueils, et qu'on ne peut éviter en couvrant les lumières au crépuscule ni en se munissant d'une bonne carte. Il ne comprend pas encore que le monstre peut être les autres, que le monstre peut se tapir, invisible, dans votre propre cœur et qu'il peut être la réalité brutale du temps lui-même.

Son esprit dérive, mais il ne se tourne pas vers les anicroches et les escarmouches des deux dernières années, ni vers les visions extraordinaires dont il a été témoin au cours de ses voyages (en vérité, il n'a jamais, à sa connaissance, rencontré de cannibales mais il a effectivement vu une aurore boréale exceptionnellement loin au sud à Bergen, au Nouvel An). Il revisite en revanche des scènes de son enfance. Il se cache dans la coupole au sommet de la tour est, il se cache dans le petit temple au fond du verger, il se cache derrière les sacs et les jarres du cellier derrière la cuisine où Mustafa, le cuisinier, lui apporte des loukoums et du salep, affirmant aux nounous et aux précepteurs que non, il n'a vu le jeune maître nulle part. Il est troublé par la séduction de ces images, il est troublé par le fait qu'il se cache dans toutes ces scènes, troublé par l'idée que peut-être il était un lâche, que peut-être il est encore un lâche au fond de lui. Quelle différence y a-t-il entre un enfant qui se cache et un homme qui fuit ?

Il aimerait pouvoir parler à Hélicanus comme ils le font en mer où ils partagent une tâche commune et où le rang ne compte guère, mais ici, à la cour, Hélicanus est son inférieur et malgré les encouragements de Périclès, il n'est pas plus convaincant dans le rôle d'ami que dans celui de danseur de gavotte. En vérité, si Périclès apprend quelque chose durant ces interminables journées, c'est qu'il n'a pas de véritables amis, qu'il n'en jamais eu. Comment a-t-il pu demeurer aveugle aussi longtemps à cette indéniable vérité ?

Ce n'est pas un ami, pourtant, qui le sauve, c'est un ennemi. La rumeur paye aussi diligemment que n'importe quelle balle de laine et il s'écoule sur les marchés d'Alep des marchandises plus précieuses que l'ambre gris ou la soie chinoise. Seize jours. Il n'en faut pas davantage. Ils arrivent de nuit, ayant franchi les Portes ciliciennes dans le sillage des figues, des poissons et de l'orge. La paix engendrée par la rareté des biens à voler a rendu les sentinelles insouciantes et somnolentes. Armés d'une corde et d'un grappin, les étrangers escaladent en catimini les murailles puis se déplacent sans bruit dans la cité, accompagnés par les cris des engoulevents et des petits-ducs. Les ombres sont des trous poinçonnés dans le monde. Un chacal qui déchiquette quelque chose de mort s'arrête au bout d'une ruelle et les regarde passer, de minuscules bougies de clair de lune dans les yeux. Un gardien de nuit est allongé doucement dans son sang. Un autre meurt pareillement. Ils se glissent au-delà du gymnase et du temple d'Athéna, au-delà des bordels silencieux et des boucheries désertes, au-delà des échoppes d'orfèvres et de négociants en vin. Des flammes mourantes dansent paresseusement dans un unique braséro près de la pompe publique. Sous leurs pieds, la terre laisse place aux dalles et aux pavés tandis qu'ils gravissent lentement la colline en zigzags pour se diriger vers le cœur fortuné de la cité.

Périclès se réveille dans un silence suspect, une alarme retentit dans son sang. C'est le milieu de la nuit. Il sort du lit. Bas, tunique, bottes. Ils sont là, c'est une certitude. Pas de lune, une obscurité totale. Il a un poignard mais par respect, son épée est restée dans son fourreau, à bord du *Marsouin.* Il les entend maintenant, des cris lointains, de faibles échos du choc du métal contre du métal. Il a besoin d'un instrument qui puisse tenir un assaillant à distance. Bruit de pas dans l'escalier. Il y a un coffre, il y a une cruche d'eau, il y a une courtepointe sur le lit. Ces trois objets composent tout son arsenal.

La porte s'ouvre. Un homme pose le pied dans le triangle de lumière que projettent les chandeliers du couloir. Il est d'une taille surnaturelle et porte une barbe qui ressemble à du bois noir sculpté. Il a des épaules de taureau. Il est vêtu d'une cuirasse de bronze, d'une tunique noire et de jambières. Il tient un glaive dans la main droite et une chaîne serrée dans le poing gauche.

Périclès ne peut pas sortir vainqueur d'un duel contre cet homme avec un poignard pour toute arme. Il va devoir exploiter un autre avantage, qu'il repère en un instant. À la différence de son adversaire, il connaît la configuration de la pièce. Il attrape le couvre-lit. Ce n'est pas un filet plombé de gladiateur mais cela devrait faire l'affaire. Il le jette brusquement, emmaillotant l'épée de l'intrus juste le temps qu'il lui faut pour l'esquiver et refermer la porte d'une bourrade. Toutes les lumières s'évanouissent. Il enjambe le coffre d'un bond et prend position de l'autre côté. L'homme tourne lentement sur lui-même. Périclès perçoit une odeur de cuir, de graisse à épée et de sueur d'une fétidité d'oignons bouillis, et distingue une très vague silhouette de ses yeux accoutumés à l'obscurité. Son agresseur voit-il le coffre qui les sépare ? Attend-il que sa propre vision s'habitue aux ténèbres ? « Vas-y, viens », provoque Périclès bien que seuls les dieux sachent quelle langue parle cet homme. Périclès entend un tintement grave au moment où son assaillant brandit la chaîne au-dessus de sa tête et se met à la balancer. Le bruit fait penser aux battements d'ailes d'un grand oiseau. L'homme s'avance. Il n'a pas vu le coffre. Il trébuche et tombe dessus dans un fracas et un cliquetis de table couverte de vaisselle qui se renverse. Il ne pousse pas un cri de surprise ni de douleur. Périclès se jette sur le dos exposé, mais son poignard refuse de percer la peau. Cotte de mailles. L'homme se tord et se débat, obligeant Périclès à le chevaucher comme un taureau agacé. Il attrape le bas de son pourpoint, le retrousse et fiche son poignard dans la chair à nu. L'homme n'émet toujours aucun bruit. Est-il muet ? Périclès tourne le manche du poignard enfoncé dans un sens puis dans l'autre pour endommager le maximum d'organes internes. L'homme attrape les cheveux de Périclès dans une main et le mord à l'épaule ; ce n'est que plus tard, quand il nettoiera la plaie, que, devant la dimension et la forme de l'entaille laissée par ces dents, Périclès se demandera s'il n'a pas été déchiré par quelque créature inhumaine. Mais l'homme donne à présent de si violentes ruades que Périclès est désarçonné, le sol de pierre recouvert d'une couche de sang si épaisse qu'il dérape et glisse au moment de se remettre sur pieds. Le seul bruit en provenance de l'homme est le crissement du cuir et le grincement de la cuirasse de bronze sur la pierre. Le silence s'appesantit et soudain, il n'y a plus aucun bruit. Périclès ouvre brusquement la porte, plus grand cette fois, et la lumière du même chandelier éclaire une image qu'il n'oubliera pas de sitôt. Son agresseur est allongé dans une mare de sang, il n'est pas sur le ventre mais sur le dos, l'échine arquée, ne touchant le sol que par la tête et les pieds. Ses lèvres sont retroussées sur de longues dents jaunes en une grimace de chien qui grogne, et il a les yeux écarquillés comme si ce n'était pas le poignard qui l'avait tué, mais la vision d'un ange noir au-dessus de lui.

Périclès sort de la chambre pour découvrir un autre spectacle qu'il aura du mal à oublier. Marlénus est accroupi au-dessus d'Antonio. Il comprend immédiatement qu'Antonio est mort. Ils n'ont pas le temps de pleurer, pas le temps de parler. Hélicanus surgit à son côté et lui tend une épée d'emprunt, sa poignée collante de sang. Ils savent ce qu'ils ont à faire. Ils doivent se convaincre qu'ils sont la proie et que leur seule chance de salut est de regagner leur navire, en admettant qu'il n'ait été ni éventré, ni incendié.

Un deuxième escalier, plus petit, rejoint la cour à l'arrière du palais. Ils font demi-tour comme un seul homme et courent jusqu'au bout du couloir. À travers les arcades sur leur gauche, Périclès aperçoit les corps de deux gardes du palais allongés sous les mûriers du péristyle, bras et jambes écartés. Périclès a déjà oublié Antonio. Il est dans son élément. Il est le faucon déchaperonné, libéré du gant. Pur corps. Quand il voit l'homme qu'il a tué monter les marches quatre à quatre dans leur direction, il n'y voit pas un maléfice, mais seulement une nouvelle situation à affronter. Ce n'est pas l'homme qu'il a tué, pourtant, car deux autres le suivent et ils ont tous la même barbe noire, les mêmes épaules, monstres identiques nés de la même portée. Marlénus crie « Écarte-toi ! » parce qu'avec Hélicanus, il a soulevé un banc pesant et qu'ils se précipitent vers le haut de l'escalier. Périclès fait un pas de côté au moment où Hélicanus et Marlénus balancent le banc dans l'escalier où il fauche les jambes des barbus, les faisant basculer en arrière sans plus de bruit ni de plaintes que l'agresseur de Périclès dans la chambre.

Périclès, Hélicanus et Marlénus dévalent les marches, enjambent d'un bond le banc au dossier brisé, coincé entre les murs, puis lacèrent l'arrière des genoux des hommes tombés pour leur trancher les tendons avant de filer jusqu'à la cour. L'odeur de poussière et d'urine de renard, la petite musique des fontaines. Un loup hurle à quelques kilomètres. Le mur du fond est haut, mais ils se font la courte échelle, Périclès et Marlénus se baissant pour hisser Hélicanus à leur suite.

D'autres traqueurs barbus surgissent entre les arbres, tuniques noires, épées, jambières, chaînes. Mais ils filent maintenant à toutes jambes dans des ruelles pavées, comme on file quand on traverse une ville silencieuse la nuit, gagnant en vitesse grâce à la déclivité des rues de cette cité penchée vers la mer. Leurs poursuivants ont escaladé le mur, eux aussi, à moins que ce ne soient d'autres hommes qui débouchent au carrefour devant eux, obligeant Périclès, Hélicanus et Marlénus à s'arrêter brusquement, à remonter et à virer et tourner encore pour éviter de faire la même rencontre à l'intersection suivante. Le ciel se dilate lorsqu'ils traversent la place du marché et ils distinguent fugacement le cap noir, le scintillement des vagues et la coque du *Marsouin* posée sur une route de rayon de lune. Puis les ruelles les engloutissent de plus belle, jusqu'à ce que cinq rues escarpées les déversent sur la rive. Ils prennent à gauche sur le quai, espérant trouver la guigue amarrée en arrivant au bout. Ils sauteront dedans, couperont les amarres et décamperont. Mais à l'instant de s'engager sur le ruban de pierre qui s'incurve autour du port, ils aperçoivent quatre autres hommes qui les attendent à l'extrémité. Kallios est parmi eux. Périclès le sait immédiatement. Crâne chauve, pas de barbe, un peu plus petit, légèrement moins musclé mais pas moins imposant pour autant. Périclès crie : « À l'eau ! » La plupart des marins refusent d'apprendre à nager pour ne pas prolonger une mort atroce le jour où ils seront emportés par-dessus bord, mais Périclès a passé son enfance dans les ruisseaux et dans la mer. Les barbus portent certainement une armure dont ils seront obligés de se débarrasser avant de se jeter à l'eau. Il accélère l'allure, toujours flanqué d'Hélicanus d'un côté, de Marlénus de l'autre. Cela fait longtemps qu'il ne s'est pas senti aussi vivant. Il hurlerait de joie s'il avait du souffle à gaspiller.

Ils courent vers les quatre hommes et se rabattent à droite au dernier moment, arrivant au bout du quai où ils lâchent leurs armes et sautent depuis la saillie de pierre, bras tendus à la rencontre de la collision glacée de l'eau avant de s'enfoncer dans l'obscurité, les yeux fermés, nageant énergiquement sous la surface le plus longtemps possible jusqu'à ce que le besoin d'air les oblige à remonter dans un grand moulinet de bras. Périclès se retourne juste à temps pour apercevoir un éclair sur la pointe polie d'une lance qui vole vers lui et disparaît dans l'eau à une largeur de main de son épaule. Une deuxième manque sa cible. Il dénombre les silhouettes sur le quai. Toujours quatre. Aucun ne les a encore pris en chasse. Il pirouette et se remet à nager. Le *Marsouin* est nettement plus loin qu'il ne l'imaginait, l'eau plus froide qu'il ne l'aurait pensé et il ne nage pas aussi bien qu'il l'avait cru. Il n'a jamais eu à traverser une aussi vaste étendue aquatique et la crainte et la détermination ne peuvent compenser que dans une certaine mesure le manque d'entraînement. Déjà il ralentit. Il songe soudain qu'il n'y arrivera peut-être pas. Kallios le savait-il ? Laisse-t-il la nature finir le travail à sa place ? Hélicanus est à la peine, lui aussi, ses battements de bras mollissent comme une toupie sur le point de vaciller. Périclès ne voit pas Marlénus. Il se met sur le dos. Il faut qu'il se repose. Il flottera pourvu qu'il continue à remuer les bras. Mais le froid s'insinue dans ses os. Il ne peut plus remuer les bras. Il commence à s'enfoncer.

Hélicanus dit : « Regarde ! »

Périclès tourne la tête vers le *Marsouin*. Il distingue d'abord la voile de misaine hissée puis le hunier qui se lève. Sa première pensée est que l'équipage a décidé de partir sans eux. Puis il voit la lanterne qui oscille et localise la source des cris sur l'eau. La deuxième guigue se dirige vers eux. Il se remet sur le dos. Orion est au-dessus de lui, froid, vaste, indifférent. Il n'a rien d'autre à faire qu'à maintenir la tête hors de l'eau. Une seule tâche, simple. Le battement rythmé des rames devient l'oscillation d'une corde attachée à un chêne, puis le balancement d'un berceau. Et l'obscurité s'empare de lui.

Cathédrale de Southwark, ce jour-là. C'est le petit matin, la quiétude qui précède le premier visiteur, les rayons obliques du soleil et la poussière de la nuit soulevée par le courant d'air qu'a provoqué le gardien lors de sa première ronde du bâtiment, rien d'autre. Au nord de la nef, un Shakespeare de pierre grandeur nature dans une niche, la tête reposant sur sa main, comme un adolescent rêveur dans une prairie printanière, un effet renforcé par les vrais pétales que des fidèles ont répandus à ses pieds, par les brins d'herbe qu'ils ont glissés dans sa main et par la couronne de roses dont ils ont ceint sa tête. Il est de la couleur de l'albâtre sale partout sauf au niveau du coude, de la main qui tient les fleurs et du genou relevé, lesquels sont d'une pâleur crème due au frottement de milliers de caresses. En face de lui, de l'autre côté de la nef, il y a la tombe de John Gower, mort depuis longtemps au moment de la naissance de Shakespeare. Une effigie de l'aîné des deux poètes en bois peint de couleurs vives est abritée par un auvent de bois ouvert sur l'avant dans le style gothique perpendiculaire – panneaux rouge, or et vert, trois hauts arcs pointus. Ses mains sont jointes en prière et sa tête repose sur un oreiller très inconfortable fait de ses trois œuvres majeures, *Vox Clamantis, Speculum Meditantis* et *Confession Amantis – La Confession d'un amant*.

Personne ne touche Gower. Personne ne lui use les coudes à force de les frotter. Il est à peine ébréché par quelque petit accident occasionnel et terni par plusieurs siècles de soleil et de fumée. Fut un temps, cependant, où Shakespeare en personne aurait pu se tenir ici même. Le Globe n'était qu'à deux pas. Ce fut pendant un moment son église paroissiale et vingt shillings furent versés au Saint Sauveur – puisque tel était alors son nom – pour l'inhumation de son frère Edmund *avec un glas matinal du bourdon*.

Peut-être Shakespeare tendit-il le bras et posa-t-il la main sur le front de son célèbre prédécesseur, peut-être son regard parcourut-il le dos des trois volumes et peut-être *Confessio Amantis* s'ouvrit-il dans son esprit lorsqu'il se rappela la vieille histoire d'Apollinus de Tyr au début du livre 8.

> *... grete Antiochus,*
> *Of whom that Antioche tok*
> *His ferste name, a seith the bok,*
> *Was coupled to a noble queene,*
> *Et Andde a dowhter hem betwene*

Le grand Antiochus
Dont Antioche prit
Son premier nom, comme dit le livre,
Était l'époux d'une noble reine
Et ensemble ils eurent une fille.

La reine meurt et Antiochus, qui possède une immense fortune, un pouvoir incontrôlé et une entière absence de conscience, convoite sa propre fille et la viole. Après quoi, comme il ne peut ni se risquer à la donner en mariage ni risquer d'éveiller les soupçons en refusant de la marier, il publie une proclamation annonçant que tout jeune homme qui désirera sa main devra résoudre une énigme ou perdre la vie. L'énigme dépasse cependant la simple devinette. C'est la révélation du forfait d'Antiochus, flagrant pour ceux qui ont des yeux pour voir. Maints prétendants ont été impuissants à la résoudre et ont connu la fin affreuse qui leur avait été promise avant que ne se présente le prince Apollinus, attiré par la rumeur de la beauté de la princesse. Dès qu'il entend l'énigme, il comprend.

It toucheth al the privete
Betwen thin oghne child and thee.

Cela touche à toutes les choses privées
Entre votre propre enfant et vous.

Antiochus n'avait pas prévu cela. Apollinus doit mourir, cela va de soi, faute de quoi il exposera son infamie aux yeux du monde. En même temps,

Antiochus ne peut lui retirer la vie sur-le-champ, s'il ne veut pas que le monde pose quelques questions fort embarrassantes. Il accorde donc au jeune prétendant trente jours pour donner une autre réponse. Regagnant son navire, Apollinus lève l'ancre et fait voile vers Tyr, sa patrie. Antiochus envoie un assassin sur ses traces. Le prince parvient à lui échapper, évidemment, et ses aventures commencent. Il secourt une ville ravagée par la famine, il fait naufrage, il épouse une princesse. Celle-ci donne le jour à une fille en pleine mer alors qu'une tempête se déchaîne. La mère, présumée morte, est jetée par-dessus bord dans un cercueil scellé… Quant à la fille abusée d'Antiochus, nous n'en entendons plus parler, si ce n'est pour apprendre que son père et elle seront tués par la foudre dans un acte de vengeance divine, car ils sont pareillement coupables du crime d'inceste.

Est-ce en ce lieu que vint à Shakespeare l'idée d'emprunter cette histoire et de transformer Apollinus en Périclès ? Mais peut-être après tout n'était-ce pas Shakespeare. Car il n'a pas été le seul auteur de cette pièce. Les neuf premières scènes ont très certainement été écrites par George Wilkins, aubergiste, maquereau, petit délinquant, tourmenteur de femmes et auteur d'une autre pièce, *The Miseries of Enforced Marriage.* Peut-être fut-ce Wilkins qui trouva l'inspiration en ce lieu, la main posée sur le front de Gower, son regard courant sur les dos des ouvrages. Peut-être fut-ce Wilkins qui ne donna pas de nom à la princesse violée mais lui accorda deux vers creux pour accueillir Périclès. Peut-être fut-ce Wilkins qui qualifia le crime de son père d'« inceste » et maintint qu'elle était également à blâmer.

Méchante enfant, père pire encore.

Peut-être fut-ce Wilkins qui fit dire à Périclès à propos de la femme qu'il souhaitait encore épouser quelques instants auparavant et dont il vient d'apprendre les souffrances.

Beau miroir de lumière, je vous aimais et vous aimerais [encore,
Si le mal ne remplissait pas cette splendide cassette...
Je ne me soucie pas de vous.

Ce même Wilkins dort à présent dans la grande chambre à coucher de l'auberge-maison de passe dont il est le patron, à l'angle de Cow Cross Street et de Turnmill Street, à Clerkenwell. Dans cinq minutes, il sera mort car George est un buveur immodéré d'ale pure, un grand amateur de bacon et de douceurs et le descendant d'une longue lignée d'hommes emportés par leurs cœurs fragiles. Au fil des ans, des dépôts de cholestérol se sont accumulés sur les parois des principales artères de l'organisme de George et se sont durcies en masses calcifiées, dont beaucoup sont enflammées et ulcérées. Au cours des deux dernières années, il a subi des crises de douleurs thoraciques invalidantes de plus en plus fréquentes. Il a été victime d'un léger accident cérébral, qui a transformé sa main gauche en griffe, ou peu s'en faut. Il souffre quand il marche. Il lui est arrivé plusieurs fois de perdre connaissance et de s'effondrer. Il a beaucoup de mal à se rappeler le nom de certains objets – clés, seaux, chaussures…

La plus grosse de ces concrétions s'est fissurée récemment et a formé un épais caillot de sang gluant, coagulé. Le passage de sang plus fluide envoyé par les pulsations du cœur l'a progressivement détachée de la plaque qui l'attache à la paroi artérielle. Elle s'en décroche à présent et est emportée par cette marée rouge jusqu'à l'intérieur de l'aorte où elle vient boucher l'entrée de l'artère coronaire droite. La moitié des muscles du cœur de George sont maintenant privés d'oxygène.

En cet instant, George rêve. Des hommes plus doux que lui peuvent être visités nuitamment par les images des débauches qui leur sont interdites dans la vie quotidienne et auxquelles aspire obscurément une partie plus ténébreuse d'eux-mêmes, mais il n'est pas d'acte bestial que George n'ait pu accomplir ou faire accomplir pour son plaisir par des femmes et des filles qui avaient besoin de son argent ou de sa protection contre les bedeaux et les baillis. Alors George rêve au contraire de l'innocence et de la sobriété qu'il a perdues à jamais. Il est assis au bord d'un paisible méandre de la Wye, juste en amont de Bredwardine où il a été élevé par sa tante maternelle avant d'être placé en apprentissage chez un orfèvre de Londres. Il a sept ans, c'est dimanche, et ses grands frères ont obtenu la permission de baguenauder dehors deux heures avant le coucher du soleil. Richard et Robert relèvent et reposent leurs collets, mais George a besoin de ce bref répit avant que ne reprennent les taquineries et les chamailleries.

C'est le printemps et la rivière est en crue. Au milieu du courant, une aigrette s'est posée sur un rocher. Elle est d'un blanc saisissant. Elle se tourne vers lui et George ne peut s'empêcher de soupçonner que l'oiseau cherche à lui transmettre un message. Mais un grand poids lui écrase le sternum et soudain, il est de retour dans sa chambre où deux bracelets de feu descendent le long de son bras comme si quelqu'un l'écorchait de l'épaule au poignet.

D'importantes parties du cœur de George sont désormais irréversiblement abîmées. Un seul côté de l'organe bat encore. Le sang ne circule plus et la pression est insuffisante dans deux des quatre cavités. La paroi qui les sépare est mince, elle se dilate et s'affaiblit à chaque augmentation de la pression du côté qui fonctionne encore, jusqu'à ce que la chair finisse par céder et qu'il n'y ait plus quatre cavités, mais un seul réceptacle ravagé de chair palpitante dans lequel le sang s'accumule et clapote.

Cela se passe en 1618. George a de la chance. Il ne manque pas de façons déplaisantes de mourir dans le Londres jacobéen. Son oncle a été dévoré par un furoncle qui a commencé par un clou sur la tempe et a pris de telles dimensions que sa propre tête ressemblait à l'excroissance de la monstruosité. Le frère de George a passé deux ans à perdre la bataille contre une blessure au ventre que lui avait infligée un sauvage vêtu de peaux de bête dans les marécages d'Antrim. George lui-même se trouvait parmi la foule rassemblée devant la cathédrale Saint-Paul, à s'empiffrer d'une écuelle de moules en buvant une bouteille d'ale, quand les conspirateurs Grant, Bates, Wintour et Digby ont été pendus, dépendus, émasculés et éviscérés devant les spectateurs en liesse, et condamnés à voir leurs entrailles glisser sur le plancher grossier avant de rendre l'âme.

George, au contraire, est étonnamment paisible. La douleur a reflué. Il tombe dans un grand puits, levant les yeux vers un cercle de lumière de plus en plus éclatante au fur et à mesure qu'elle s'amenuise à l'intérieur d'une couronne noire qui va s'élargissant.

Il se demande soudain où cette longue descente aboutira. La réponse irréfutable est qu'il va en enfer. Il a passé sa vie à ignorer cette éventualité, ressassant parfois, dans ses gobelets, des idées radicales sur Dieu qui ne serait qu'une fiction née de terreurs enfantines, et sur le paradis et l'enfer, la carotte et le bâton destinés à enjôler ces ânes que sont les vrais croyants. Mais il a toujours su, dans la moelle de ses os, qu'il se ment à lui-même, qu'en réalité, il est un voyageur égaré qui se chante une chanson paillarde pour se donner du courage à la nuit tombée. Il brûlera, les flammes ne le consumeront pas et ne le réduiront pas en cendres, la souffrance sera infinie et il enviera son oncle monstrueux qui disait ses prières et qui est désormais assis à la droite de Dieu. George regrette de n'avoir pas compris cette vérité un peu plus tôt. La douleur est revenue dans sa poitrine. Il a peur, très peur.

La lumière devient une pièce de six pence. La lumière devient un petit pois. La lumière devient un grain de riz. La lumière devient une unique étoile. La lumière s'évanouit. Il touche le fond du puits. Il ouvre les yeux. À sa grande surprise, il ne flotte pas dans une mare de feu au milieu de démons ricanants qui lui assènent des coups de fourche. Il est revenu dans sa chambre, il est allongé dans son lit. La silhouette d'un homme se dessine à contre-jour devant la lumière crue du matin qui traverse les panneaux hexagonaux de la croisée derrière lui.

— Bonjour, George, dit la silhouette. Voilà qui doit indéniablement te surprendre.

Angelica ne parle pas pendant trois jours, pendant une semaine, pendant deux semaines. Les membres du personnel s'accommodent de la situation, car ils sont payés pour s'accommoder de tout. En tout état de cause, elle n'a pas grand-chose à leur dire et pour sa part, elle écoute toujours aimablement ce qu'ils ont à lui raconter. Peut-être sont-ils vaguement flattés par ce minimum d'attention dont elle prive son père. Constatant à quel point il en est piqué, certains l'encouragent en silence. Ses trois précepteurs s'adaptent rapidement. Elle est attentive, écrit parfaitement et prépare à l'avance ses devoirs qu'ils notent en sa présence avant de lui donner leurs impressions au moment de partir.

Elle dessine aussi, ce qu'elle n'avait pas fait depuis longtemps, recréant les images qu'elle crayonnait enfant – des châteaux, des palais, des petits villages –, envoûtée comme autrefois par la facilité avec laquelle on peut survoler des collines imaginaires créées par quelques coups de crayon seulement. Elle se rappelle l'histoire de Wu Daozi qui a été jeté en prison par un des empereurs Tang et a reçu l'ordre de réaliser une immense fresque pour le palais impérial – montagnes, cascades, grottes… Son œuvre achevée, il est entré dans une des grottes qu'il avait peintes et nul ne l'a plus jamais revu.

Philippe a envie de lui donner un bloc et de lui demander d'écrire un message, n'importe quoi, mais il redoute ce que ce message pourrait être. Maintenant qu'elle se tait, il craint plus que jamais ce qu'elle pourrait dire. Il a cessé de venir dans sa chambre la nuit. En vérité, l'idée de faire l'amour à Angelica alors qu'elle est complètement passive l'excite, mais dans ce fantasme, son excitation et sa fureur se confondent et il se voit commettre un acte que lui-même est bien obligé d'appeler *viol* et il est à la fois choqué et honteux de pouvoir imaginer s'avilir de la sorte.

Au terme de ces quinze premiers jours de silence, il entre dans le grand salon et la trouve lovée dans un fauteuil en train de lire près du feu. Les employés sont rentrés chez eux. Il lui dit de cesser ce jeu ridicule. Il crie. Il la traite d'ingrate, lui rappelle qu'il en a fait plus pour elle qu'elle ne pourrait le croire. Il s'approche de la fenêtre et pose le front contre la vitre froide.

« Si tu es malheureuse, tu n'as qu'à me dire pourquoi et nous verrons comment arranger ça. »

Elle tourne une page.

— T'ai-je jamais refusé quelque chose ? Il traverse la pièce et s'accroupit devant elle. Alors ?

Elle continue à lire. Il la gifle brutalement. Le livre tombe. Elle garde les yeux fermés quelques secondes, la tête inclinée par la violence du coup. Elle la redresse lentement, tend le bras par-dessus l'accoudoir du fauteuil pour ramasser son livre, retrouve sa page et reprend sa lecture. Il voit, déjà, l'empreinte de sa main qui rougit sur sa joue. Il regagne son bureau, il s'assied et pleure.

La marque est encore visible sur la joue d'Angelica quand elle descend pour le petit déjeuner le lendemain matin, si distincte qu'il peut deviner la forme de chacun de ses doigts. Dottie ne dit rien. Philippe annule les cours particuliers pendant une semaine, prétendant qu'Angelica est souffrante. Quand son père n'est plus dans la pièce, Dottie demande à Angelica ce qui s'est passé. Angelica tend le bras par-dessus la table et prend la main de Dottie, comme si c'était la gouvernante qui avait besoin de réconfort. Elles ne se sont encore jamais touchées. Dottie lui demande si elle doit en parler à quelqu'un. Angelica lui serre la main et la lâche. Dottie n'a pas envie de rester dans cette maison, mais elle sait qu'elle s'en voudrait terriblement d'abandonner Angelica. Elle sera la dernière gouvernante. Elle restera jusqu'au bout.

Angelica est plus détendue qu'elle ne l'a jamais été. Elle découvre avec surprise la force de cette arme, la plus simple de toutes, qui était à sa portée pendant tout ce temps, inutilisée. Elle occupe moins d'espace qu'auparavant, mais elle n'est pas diminuée. Elle a été compactée. Elle était une branche, elle est une lame à présent. Elle peut trancher n'importe quoi. Personne ne peut la briser.

Au bout de huit semaines, elle cesse de manger.

On sombre et on remonte à la surface trois fois avant que Neptune vous entraîne par le fond, c'est ce qu'on dit du moins. Ils voient Périclès disparaître et réapparaître deux fois, alors il n'y a pas de temps à perdre. Ils tirent une dernière fois sur les rames avec une énergie décuplée puis le font basculer par-dessus bord en l'attrapant sous les aisselles. Il a les yeux fermés, il ne peut pas parler et il tremble de façon incontrôlable. Ils l'allongent sur le ventre pour vider ses poumons. Ils hissent Hélicanus dans le bateau. « Marlénus, murmure-t-il, Marlénus », sans pouvoir ajouter autre chose. Petit Mobbs est convaincu d'avoir vu trois hommes plonger du quai, et ce garçon a des yeux de hibou. Ils brandissent la lampe et balayent les eaux de son faisceau, mais ils ne voient rien. Ce qu'ils voient, en revanche, c'est un petit bateau qui avance dans leur direction à grands coups d'aviron, alors ils font demi-tour et ne ménagent pas leur peine, parce que le tableau qu'a fait le conseiller des poursuivants démoniaques s'est emparé de l'esprit de l'équipage et qu'ils n'ont pas besoin qu'on les convainque que ce sont les mêmes hommes.

Dès que la guigue est à côté du *Marsouin*, Périclès et Hélicanus sont montés à bord à l'aide d'un treuil avec une remarquable vitesse et fort peu de dignité, comme des sacs de millet. La guigue est attachée avec un cordage et suit en poupe, car des tâches plus importantes les attendent. Ils font cap vers le large et tirent quatre salves de mitraille avec le fauconneau, moins dans l'espoir de toucher une aussi petite cible que pour faire clairement connaître leurs intentions. Mobbs prend la lunette et grimpe à la hune. Il estime que l'embarcation qui les a pris en chasse n'est qu'un bateau de pêche emprunté, quatre rames au maximum et pas de voile, mais le second préfère pécher par excès de prudence et ils naviguent sans s'interrompre pendant le restant de la nuit, jusqu'à ce que l'aube se lève sur une mer déserte.

Le lendemain matin, Hélicanus est suffisamment d'aplomb pour annoncer la mort d'Antonio à l'équipage, qui lui fait part à son tour de la disparition de Marlénus et de la fragilité avec laquelle le prince s'accroche à la vie. Hélicanus n'est pas sentimental – les capitaines sentimentaux ne font pas long feu –, mais la perte de Marlénus lui porte un coup. Il est le seul à connaître certaines histoires de son enfance – il sait que son père s'est heurté la tête en tombant et ne reconnaissait plus ses enfants, il sait qu'un de ses cousins vivait comme une femme. Il traitera cette blessure comme un os brisé. Il l'assujettira solidement avec une attelle et adaptera sa conduite pour qu'elle n'ait plus le moindre poids à porter. Il doit présumer qu'ils sont toujours poursuivis et que la chasse continuera même si le prince meurt. Il boit de la bière sucrée et s'assied au soleil sur la plage arrière, enveloppé dans une peau de mouton, réfléchissant à tout cela, dissimulé aux regards de ses hommes qui n'ont pas à voir leur capitaine pareillement affligé.

Bouleversé et fiévreux, Périclès parcourt la longue frontière entre la vie et la mort, hanté par des images visibles à travers le rideau diaphane qui sépare les deux mondes. Une femme jette un seau de harengs et d'eau froide sur un garçon endormi. Un nain file de la paille en or. Une grosse caisse bleue est posée sur la plage, sous des pins. Une jeune femme, belle jadis, gît dans un lit, des cordes souples, transparentes, qui sortent de son corps la font ressembler à une araignée tissant le monde environnant.

La vérité est qu'il serait plus facile de franchir ce rideau que d'entreprendre le long voyage qui le reconduit vers la lumière. Marlénus ne savait pas nager. Périclès ne l'ignorait pas, mais dans la fièvre de l'instant, il l'avait oublié. Il a ordonné à un homme de mourir afin qu'Hélicanus et lui puissent s'enfuir. Il conserve une unique image distincte de Marlénus en suspens dans l'air à côté de lui, noir sur le bleu sombre de la nuit, n'hésitant pas un instant. Puis les ténèbres glacées de l'eau profonde. A-t-il connu une mort rapide, transpercé par une lance projetée depuis le quai ? Ou a-t-il été pris de panique, barbotant désespérément comme un chien, luttant pour garder la tête hors de l'eau, ses forces déclinant jusqu'à la dernière tasse ? Jamais encore Périclès n'a éprouvé de véritables regrets, il a toujours été trop agité, n'a jamais eu le temps de forger ces liens qu'on ne saurait briser sans créer de dégâts durables. Il le ressent à présent pour la première fois, ce désir impuissant de remonter le temps, contraint de porter le seul fardeau qui ne puisse être posé à terre parce qu'il se porte dans le cœur. Il y a une fenêtre dans sa cabine. Il y a du soleil de l'autre côté de ces petits carrés d'épais verre bullé, mais il y a de la glace dans sa poitrine, sous sa peau, dans ses os.

Une cuiller glisse dans sa bouche un bouillon léger de pois et de mouton.

Il voudrait dormir très longtemps. Il voudrait se détacher complètement de la vie. Mais ces démons. Huile d'épée et sueur d'oignon, identiques comme des pièces d'échec ou des scorpions. S'il franchit ce rideau, le suivront-ils ? Le temps passe. Heures, jours, semaines ? Il ne sait pas. Son singe familier Kremnobatès est accroupi à côté de lui, il décortique des pistaches, le grelot de son collier tintinnabulant quand il jette les coques dans l'eau, minuscules esquifs de bois qui chavirent presque immédiatement et sont emportés au loin.

C'est la peur qui le réveille, comme elle l'a réveillé en tant d'occasions, le forçant à se lever et à s'habiller avant même qu'il ait compris pourquoi. Il ouvre les yeux et s'assied. Le navire tangue, la lanterne accrochée au plafond oscille follement. Il fait noir au-dehors. Une grosse vague gifle la fenêtre de la cabine, fracassant deux vitres. Hatem veille dans le fauteuil. Sa science des moutons, des chèvres et des bovins a fait de lui le médecin de bord faute d'un homme plus qualifié. Périclès balance ses jambes au bord du lit, il essaie de se mettre debout et titube sur le côté.

— Holà ! Hatem le rattrape.

— Il faut vous reposer.

— Non. Périclès se relève. Aidez-moi.

Est-ce sa propre faiblesse ou les mouvements du bateau qui rendent cette opération aussi difficile ? Il parvient à enfiler son haut-de-chausses et ses bottes. Ils rejoignent l'escalier principal. Abraham est à la barre. « Récifs à une demi-lieue. Grand vent de mer et artimon baissé. » Il est trop préoccupé pour s'étonner du rétablissement fulgurant du prince.

— Hélicanus ?

Abraham pointe le menton vers le haut.

— Vous n'êtes pas assez solide, objecte Hatem. Vous serez plus en sécurité en bas.

Il ignore son conseil, ce qui lui sauvera la vie. Il se cramponne aux rampes de part et d'autre de l'escalier principal et se hisse précautionneusement, marche après marche, il repousse l'écoutille et surgit dans la tempête hurlante. Des paquets d'écume s'abattent sur le pont, estompant la scène. Deux lanternes brûlent encore, comme par miracle. Hélicanus crie des ordres aux hommes qui cherchent à amener les voiles pour sauver le grand mât. Leur tâche est certainement impossible par un temps pareil, et même s'ils réussissent, il sera peut-être trop tard. Périclès distingue en effet la silhouette noire de falaises et un ruban flou de vagues bleu étoile qui se brisent dans un terrible fracas. Le navire fait une embardée à tribord. Vingt-cinq, trente degrés. Il s'accroche à la rambarde qui entoure la grande lucarne pour éviter d'être emporté. Un des hommes qui n'a pas pu en faire autant glisse sur toute la largeur du pont mouillé et disparaît dans le noir. Un grincement perçant et aigu que Périclès est incapable d'identifier se fait entendre au-dessus du rugissement de la tempête. Dans son état de confusion, il se demande si quelque créature marine s'apprête à engloutir le bateau. C'est le bruit du bois qui ploie et se tord jusqu'au point de rupture. Le grincement laisse place à un long craquement, une déchirure, le bateau tangue à nouveau de cinq degrés et le grand mât finit par se briser à son pied. Tout le navire vibre et Périclès voit la blancheur du bois fendu, une irradiation d'esquilles enchevêtrées de cordages s'enfonçant dans l'air comme un immense doigt furieux.

Maintenant que le vent a moins de prise, la coque devrait se redresser, mais elle ne le fait pas. La quille doit être coincée dans le sable ou les rochers.

Périclès lève les yeux et malgré l'obscurité et la distance, il est sûr de distinguer la silhouette d'un homme, debout au sommet de la falaise. C'est lui qui est responsable de tout ce drame, il s'amuse avec le bateau comme avec un jouet. Périclès est convaincu que l'homme est Marlénus, mais il ne comprend pas pourquoi Marlénus ferait une chose pareille. Une grande vague se brise sur la partie surélevée du navire, à bâbord, et les jambes de Périclès cèdent sous lui. Son poids au moment où il tombe n'est pas loin d'arracher ses doigts affaiblis à la rambarde. Il reprend pied et réussit à contourner la lucarne pour passer de l'autre côté. Le navire tangue à nouveau à tribord. Un homme est suspendu au cabestan par un bras. Trois autres dévalent le pont glissant et s'enfoncent dans l'enchevêtrement de filets à tribord. Il entend Mobbs crier quelque part.

Le pont est presque à la verticale maintenant, falaise de bois qui se dresse au-dessus de sa tête pour faire pendant à la falaise rocheuse contre laquelle tout le vaisseau se fracassera bientôt. Il est allongé sur le flanc bâbord de la lucarne. Une des guigues se détache et se brise en heurtant sa jumelle de l'autre côté. Il sent une série de grondements vibrants, sans doute les canons de bâbord qui roulent et s'écrasent sur le côté tribord du navire. Les lanternes sont éteintes à présent. Il ne voit plus Hélicanus. Il ne voit plus personne. Si le navire chavire pour de bon, il sera prisonnier sous la coque. S'il saute, il sera pris dans un méli-mélo bouillonnant de toiles et de cordes enchevêtrées. Il se rappelle pourquoi il était au lit. Il a failli se noyer dans l'eau calme d'un port. Marlénus ne savait pas nager, et maintenant, il se venge. Sous le pont, les cabines doivent se remplir d'eau, les hommes piégés se noyant l'un après l'autre. Si ce sont ses derniers moments ici-bas, il ne fera jamais pénitence et ne sera pas pardonné.

Il faut lâcher la rambarde et sauter, ne pas rester tapi et se faire prendre, il faut continuer la partie, poursuivre la lutte. Mais il est trop tard pour prendre cette décision car l'eau glaciale s'élance soudain et l'arrache à son petit perchoir. Il est sous les flots, il ne sait plus où sont le haut et le bas, où est le navire et où est la terre. Il ne sait pas vers où nager. Il doit compter sur la flottabilité de son corps pour refaire surface.

Il remonte, puis ne remonte plus. Une membrane rugueuse posée sur sa tête le maintient sous l'eau. De la toile. Il est coincé sous une voile. La chance a tourné. Il espère qu'il y a un autre monde.

Le soleil scintille sur une boucle d'oreille. « Will ? » George s'assied et protège ses yeux de cet éclair. « C'est pour une commande ? Ou bien tu viens tirer un coup ? » Il tousse pour expulser les mucosités de sa gorge et les crache dans le pot de chambre.

— Il est encore un peu tôt pour pareil divertissement, mais je suis certain que nous pourrons réveiller une des petites catins et la faire descendre.

— Reprends-toi, réplique Will, car c'est bien lui, et réfléchis un peu.

George réfléchit un peu. « Tu es mort. » Il se frotte le visage.

— Tu *étais* mort.

— Depuis deux ans. Je suis un peu vexé que tu l'aies oublié aussi aisément.

— Sans doute les récits qu'on nous a faits étaient-ils erronés. L'esprit de George n'est plus qu'épines et ombres.

— Les récits étaient véridiques. La typhoïde à Stratford après avoir évité tant de contagions ici.

George éprouve dans sa poitrine quelque chose qui n'est pas une douleur en soi, mais l'absence qui succède à la douleur, comme le silence qui résonne dans une rue après un coup de feu. Il a fait un mauvais rêve, un très mauvais rêve.

— Tu es une sorte de… ?

— Il me paraît oiseux à ce stade de chercher le mot susceptible de me désigner, coupe Will. Cette rencontre n'est pas de celles que tu pourrais être amené à narrer à tes amis au souper.

— Tu es encore fâché à cause de *Périclès* ? Un vertige spirituel nauséeux s'empare de George, qui ferait bon accueil à une explication solide et simple à la présence de Will. « J'avais des dettes. Les théâtres étaient fermés. La compagnie ne prévoyait pas, j'en suis convaincu, de publier elle-même la pièce. J'en ai fait un roman. Ce n'était pas du vol. À proprement parler. »

Will hausse les épaules. « Cela remonte à fort longtemps et c'était un livre médiocre qui ne s'est guère vendu. Ton échec ultérieur à écrire quoi que ce soit de nouveau me paraît être un châtiment suffisant. Et puis, rien de tout cela n'a plus guère d'importance. »

George s'inquiète.

— Alors, la raison de ta présence ici est…

— Viens. Je veux te montrer quelque chose.

George est réticent à s'approcher d'un homme qui se prétend mort.

— En vérité, je dispose très littéralement de tout mon temps, ajoute Will.

George attend une bonne minute avant de se lever à contrecœur. Il a mal aux jambes, il a mal à la tête. Il fait trois pas ankylosés à travers la chambre en direction de l'intrus importun. Will a l'air étonnamment en forme – les joues rougeaudes, le front plus lisse. Est-ce vraiment Will ou un acteur qui joue le rôle de Will ? George a provoqué la colère de suffisamment de gens pour justifier une vengeance sous de multiples formes, mais peu d'entre eux recourraient à un règlement de comptes plus raffiné que la violence. La ressemblance est indéniablement troublante.

— Tourne-toi.

— Je n'ai pas grande envie de présenter mon dos à un homme qui m'en veut.

D'un air las, Will relève les pans de sa cape pour prouver qu'il ne porte ni épée ni couteau. George se retourne alors et manque de s'étouffer en apercevant un homme allongé sur le ventre dans son lit. Il est gras et vieux et, d'après ce qu'il distingue du visage écrasé contre l'oreiller crasseux, il est franchement laid. Pire, l'homme a souillé son haut-de-chausses. Est-il possible qu'ils aient fait ribote ensemble la nuit dernière et se soient endormis dans le même lit ? Sa mémoire se trouble.

— Par Dieu, qui est-ce ?

— S'il te faut vraiment confirmation, répond Will, observe les deux grains de beauté près de l'oreille droite.

— Non.

— Regarde, te dis-je.

George fait quelques pas et s'approche du lit. Le monde tournoie autour de lui comme il tournoierait s'il devait monter au sommet de la flèche d'une église. La poitrine de l'homme ne se soulève pas. Sa peau est du bleu pâle des porcelaines les plus précieuses. George Wilkins est-il vraiment aussi laid ? Est-*il* vraiment aussi laid ? *Était*-il vraiment aussi laid ? L'odeur est innommable. Si ceci est l'enfer, l'enfer est moins douloureux mais plus troublant qu'il ne l'aurait cru. Il se tourne vers son visiteur. « Et maintenant, que se passe-t-il ? »

Will esquisse le plus vague des sourires, comme s'il savait précisément ce qui va se passer maintenant, comme s'il avait écrit lui-même ce petit drame. Des pas lourds résonnent dans l'escalier grinçant et la porte de la chambre s'ouvre sur une femme débraillée d'âge mûr tenant une boîte à briquet et une corbeille de petit bois. C'est Mrs Brokehill, la gouvernante.

Elle regarde le corps, secoue la tête et murmure tout bas « Cochon », avant de se tourner vers l'âtre. Elle jette un bref coup d'œil à Wilkins et à Shakespeare et esquisse un signe de tête. « Messieurs. » Elle semble tout à la fois les voir et ne pas les voir. Cela déconcerte George davantage que cela ne l'insulte. Elle ouvre la petite boîte, sort son équipement et fait naître une flamme entre ses mains en coupe. Puis elle s'immobilise. Est-ce l'odeur, ou la lumière a-t-elle enfin atteint son esprit matinal embrumé ? Elle pivote lentement sur elle-même puis éteint la flamme de son propre cri.

Une servante entre, suivie de deux prostituées aux yeux bouffis. « Le patron s'est chié dessus », remarque l'une d'elles en plissant le nez et en agitant la main devant son visage. Mrs Brokehill s'appuie au rebord de la fenêtre, reprenant son sang-froid. Un client, nu de la taille jusqu'aux pieds, franchit le seuil, vomit et bat immédiatement en retraite. La deuxième prostituée lance « Par les pouces du Christ ! » et un garçon les rejoint. Il ne doit pas avoir plus de neuf ou dix ans.

Un élan de compassion pour le vieil homme allongé sur le lit envahit George. C'est le premier sentiment sincère qu'il éprouve pour un autre être humain de toute sa vie d'adulte, ce qui explique indéniablement bien des choses.

Le petit groupe de spectateurs semble ne pas trop savoir quoi faire, comme s'ils étaient en présence de quelque obscur dignitaire. « Je crois qu'il est vraiment mort », remarque Mrs Brokehill tout en restant visiblement sur ses gardes.

Il y a tant de choses que George voudrait dire – *Soyez bons pour lui… Aidez-moi… Je regrette… Que se passe-t-il… ?* Il ouvre la bouche pour parler, mais c'est le cri d'un animal acculé qui s'en échappe. Mrs Brokehill se tourne un instant vers lui, comme si elle avait entendu une poutre craquer ou un oiseau taper au carreau. Un jeune garçon s'avance, sort de la poche de son pourpoint une cuiller en argent tordue, sans doute dérobée à un consommateur endormi. Hésitant, il s'en sert pour frapper légèrement le bras de l'homme allongé. Celui-ci ne réagit pas. Enhardi, le garçon lui tape sur la tête, encore, plus fort.

— Mort, conclut Mrs Brokehill.

— Mort, répètent-ils après elle, comme un chœur de sorcières.

Le garçon retourne la cuiller et en enfonce nonchalamment le manche dans l'œil de l'homme. George pousse un cri perçant parce que ça fait mal sans faire mal. « Stephen, pour l'amour du Ciel... », proteste Mrs Brokehill, mais quelqu'un rit, un autre applaudit et toute la maisonnée semble réunie dans la chambre. Will, debout, pose la main sur l'épaule de George. « Je pense qu'il est temps que nous nous retirions. »

Ils se fraient un passage à travers la petite foule dense comme ils se fraieraient un passage à travers les spectateurs d'un combat d'ours et de chiens, le public s'écartant mais gardant son attention rivée sur le divertissement. George et Will quittent la chambre au moment où une des femmes grimpe sur le lit, s'accroupit au-dessus de lui et urine abondamment sur sa tête à l'approbation générale.

En bas, dans l'arrière-salle, George enfonce ses pieds dans ses bottes et les deux hommes émergent à la lumière du jour dans Cow Cross Street. « Suis-moi », dit Will, et il prend la direction de Cripplegate.

LA FAMILLE

Le prêtre pose la pointe de la lame sur le cou du taureau, là où la peau palpite comme celle d'un tambour au rythme du cœur. Le pavot ajouté au grain du matin a rendu l'animal somnolent et docile. Ses cornes ont été décorées à la feuille d'or, qui sera discrètement retirée pour être réutilisée avant qu'il ne soit débité et brûlé. Trois aigles dessinent des spirales qui s'entrecroisent tout en haut dans le bleu immaculé, tandis que la brise transporte des parfums d'orange et de pin depuis les jardins royaux. Des édifices lointains ondoient dans la chaleur tels des drapeaux. Le prêtre adresse des prières à Jupiter, à Pallas Athéné, à Déméter, la divinité tutélaire de la ville. Dans la foule réunie, une toux est étouffée. Le frottement des sandales dans la poussière.

Le prêtre plonge le couteau puis le tire prestement vers le bas pour trancher d'un même coup l'artère et la trachée. Une expiration bruyante monte de la foule, faite d'effroi, d'excitation et de soulagement. Le sacrificateur recule d'un pas lorsque jaillit la langue de sang coruscante. Le premier assistant s'incline pour remplir un bol d'argent, sa main libre retenant sa robe blanche, mais pas assez pour éviter que son ourlet ne soit éclaboussé. L'animal tombe à genoux. Il ne peut plus meugler. L'air de ses poumons siffle et bouillonne à travers la plaie. Le sang gicle, fume et court dans les fissures qui séparent les dalles. Le boucher s'avance, un petit homme sec portant un tablier de cuir et une ceinture de couteaux. Il éventre la bête d'un geste assuré. Les entrailles se déversent, le cœur encore palpitant, les intestins se contractant et se relâchant. Il sectionne les vaisseaux menant au cœur puis tranche les tendons qui le maintiennent en place. Il pose l'organe sur un plateau de bois que lui tend l'aîné de ses apprentis ; puis il extrait le foie et un seul rein. Le prêtre emporte les offrandes, pendant que le boucher et ses apprentis débitent la carcasse et la chargent sur une charrette qui la transportera jusqu'aux cuisines royales. Sur l'autel, les offrandes sont brûlées et arrosées de vin. Des vieilles armées de brosses, de chiffons et de seaux d'eau nettoient la pierre souillée sur la place publique.

Tout près, sur la place du marché où un cercle de sable a été délimité par une corde, on vérifie l'absence de pierres pointues avant de ratisser le sol pour l'aplanir. Une foule houleuse se rassemble tandis que la famille royale prend place dans l'espace d'ombre oblique sous un auvent de toile rayée – Simonide de Pentapolis et sa reine Lucina, leurs trois fils et les épouses de leurs fils. Leur fille, Chloë, arrive la dernière, comme toujours, symptôme de l'esprit rebelle qui l'empêche d'avoir trouvé un époux, car elle a refusé tous les prétendants qui ne l'avaient pas eux-mêmes refusée lorsqu'elle s'autorisait à donner son opinion. Simonide, cependant, est indulgent. Ses fils ont scellé les alliances nécessaires, et il se sent vaguement responsable de l'opiniâtreté de sa fille car il lui a permis de lire des livres et de monter à cheval. La plupart des prétendants étaient, de toute manière, des jeunes gens ridicules qui auraient fait des gendres assommants.

Elle s'assied près de Démétrius. Elle ne ressemble à aucun membre de sa famille. Elle a d'épais cheveux blonds et des yeux bleus, mais bleus ! qui ont fait d'elle un objet de perplexité et de fascination à travers toute la région. Son unique défaut – si l'on peut parler de défaut – est une minuscule cicatrice en demi-lune sur sa joue, souvenir d'un corbeau qui est entré par la fenêtre de sa chambre quand elle avait dix ans.

— Tu ne respectes rien, grommelle son frère, qui n'est pas indulgent, lui, et aurait préféré servir à sceller une autre alliance.

— Espèce d'épagneul obséquieux.

— Petit toutou gâté.

— Je sais, acquiesce Chloë en se caressant le bras comme s'il était couvert de la plus douce des fourrures, parce que l'assentiment peut agacer autant que la contradiction, et à quoi bon avoir des frères si ce n'est pour les pousser à bout ? Il lève les yeux au ciel et secoue la tête comme s'il acceptait la compassion des dieux qui jugent cette fille aussi exaspérante que lui.

Le premier combat oppose le Saxon et l'Éthiopien. Tous deux princes, ils se dévisagent de part et d'autre de l'arène, sans ciller, inflexibles. Des serviteurs assujettissent les pagnes des combattants et enduisent leurs membres et leur torse d'huile pour priver leur adversaire d'une prise trop facile.

« Eh bien, voilà qui devrait être édifiant », remarque Chloë et pour une fois, son frère réussit à ne pas mordre à l'hameçon.

Le Saxon a la peau blanche, une chevelure blonde en broussaille et une barbe rousse. Ses épaules parsemées de taches de son ont la largeur d'un joug. C'est un ours sorti de la forêt, qui s'est aventuré dans un village humain. La tête de l'Éthiopien est rasée et emperlée de sueur. Le blanc de ses yeux est presque bleu. Les muscles de son dos roulent sous sa peau comme les muscles des flancs d'un bon cheval. Il est la nuit faite chair. Les deux hommes plongent leurs mains épaisses dans des sacs de craie puis les frappent l'une contre l'autre, et l'air devient fumée.

Debout au centre de l'arène, le préfet semble rétrécir à mesure que les combattants appelés approchent. Ils pourraient le déchirer en deux s'ils le voulaient. Il les invite à se pencher vers lui afin qu'il puisse leur répéter les règles fort simples en des termes qu'ils n'entendent ni ne comprennent, car le combat à venir occupe entièrement leur cœur et leur tête. L'Éthiopien est plus petit d'une main et demie, et il n'a pas de poids en excédent. La foule l'encourage, car il est presque son voisin contre cet ogre pâle originaire des marges supérieures de la carte. L'Éthiopien sautille d'un pied sur l'autre, le bruit de la foule réagissant à son mouvement comme s'il grattait délicatement les cordes d'un instrument de poumon humain. Le Saxon secoue la tête tel un taureau importuné par les mouches et crache, une grosse masse de mucosités qui retombe à côté de la jambe de l'Éthiopien.

Le préfet recule et tout le monde pense que les deux hommes vont se jeter l'un sur l'autre, mais ils se mettent à tourner sur place, ne se cramponnant l'un à l'autre que par un regard dur comme le bronze, pieds très écartés, cherchant l'unique fraction de seconde d'inattention où le corps de leur adversaire sera déséquilibré.

Entre les falaises et les citronneraies, il y a un cimetière qui accueille au moins un corps de plus chaque année, le temps étant trop chaud pour qu'on puisse renvoyer les cadavres chez eux sans qu'ils arrivent décomposés. Nuques brisées, hémorragies cérébrales, plaies ouvertes infectées. Il recevra deux autres hôtes avant le lendemain soir. Chloë bâille théâtralement. Démétrius lui jette un regard noir. Elle lui adresse un sourire suave.

Le public commence à s'impatienter. « Battez-vous… ! Allez… ! » Simonide s'avance jusqu'au bord de son siège. Lucina conserve le sourire parfait du diplomate intérieurement atterré.

Est-ce le cri d'un enfant, le passage d'un oiseau dans le ciel vide ? Les yeux de l'Éthiopien s'égarent brièvement. Le Saxon bondit. Son adversaire plus foncé l'imite prestement. On entend un claquement mouillé, vibrant au moment où la chair noire suante heurte la chair blanche suante. La foule explose. Épaules et cous à présent verrouillés, les deux hommes forment un énorme crabe humain. Le grognement du souffle, les mains qui frappent et agrippent. Le Saxon pivote et tire brutalement, cherchant à faire basculer son adversaire plus petit sur le côté, mais l'Éthiopien est plus rapide, ses jambes immuablement sous lui, triangle inamovible, les pieds alertes faisant voler le sable pendant qu'il danse. « Flanque-le par terre… ! » Voilà que

– c'est à n'y pas croire – l'Éthiopien tombe. Mais alors que les deux corps sont en l'air, tous constatent que ce n'est pas une chute. Il a laissé le Saxon le lancer, et il se tord comme un lynx si bien que les épaules du Saxon sont les premières à toucher terre. Les spectateurs entendent le bruit sourd et grave du choc contre le sol, puis le sentent dans leurs plantes de pied, puis le voient se propager comme une onde dans la chair du lutteur. Cloué à terre, il garde les bras agrippés au torse de l'homme noir, mais il reste une main libre à l'Éthiopien et le Saxon n'a aucun moyen de protéger son visage.

Simonide se penche encore un peu, le protocole lui interdisant toute acclamation audible. Chloë inspecte ses ongles. Lucina regarde les combattants mais ce qu'elle voit, c'est la fontaine au cœur du labyrinthe de troènes en spirale dans le jardin du haut. C'est un talent qu'elle a acquis de bonne heure et sur lequel elle s'est amplement reposée depuis.

Le public a soif de cruauté mais comme il n'est pas permis de crever les yeux, l'Éthiopien pousse la tête de son adversaire en arrière jusqu'à ce que son nez plie sous sa paume. Le rouge du sang est excitant contre la peau blanche. La foule rugit de plaisir. Le Saxon hurle de douleur, relâchant momentanément son étreinte, ce qui permet à l'Éthiopien de briser le carcan des bras musclés de son rival et de se remettre sur ses pieds. La foule hurle. Il ne reste à l'Éthiopien qu'à porter le coup de grâce. Genoux en premier, il pèse de tout son poids sur les épaules du Saxon, le clouant à terre. « Un… ! » crient les spectateurs. « Deux… ! Trois… ! » L'Éthiopien s'écarte en roulant et s'allonge sur le dos, les yeux rivés sur le bleu accablant, les hurlements joyeux déferlant sur lui. Sa peau huilée est recouverte de sable. Il a la couleur du poivre noir moulu.

Des serviteurs aident le Saxon à se relever et à s'éloigner, la démarche raide, ours ensanglanté. On aperçoit déjà sur sa peau le coup de soleil qui rougira dans le courant de la soirée et cloquera dans la nuit. L'Éthiopien se retourne et se relève. Il s'approche de Simonide avant de tomber sur un genou. Le roi le félicite pour sa bravoure, lui souhaite bonne chance contre son adversaire de la prochaine manche et se réjouit de le revoir au banquet du soir. L'Éthiopien jette un regard oblique on ne peut plus fugace à la fille du roi, et il ne lui en faut pas davantage pour lui confirmer qu'elle est à la fois exceptionnellement belle et qu'elle a les yeux obstinément fixés ailleurs.

Un Libyen se bat contre un Crétois. Un Irlandais se bat contre un Espagnol. Une traduction bâclée brouille un message important et le Scythe qui combat le frère aîné de Démétrius, Kimon, lui fracture l'avant-bras, ignorant qu'il s'agit du fils du roi. Seule l'intervention de Simonide évite une explosion de violence généralisée.

Chloë fait des efforts pour éprouver un peu de compassion. Il faut s'attendre à ce genre d'accident un jour ou l'autre quand on se bat contre des Scythes musclés, et elle n'a jamais beaucoup apprécié son frère. Surtout, elle s'ennuie. De sa voix chantante la plus enjouée, elle annonce à son père qu'elle désire se retirer parce qu'elle ne se sent pas bien. Démétrius la tance. Que penseront les gens s'ils voient l'autorité de leur père publiquement bafouée? «Ils me trouveront libéral et affectueux», rétorque Simonide qui aime voir Chloë jouir de libertés que lui-même ne peut s'autoriser. Il se tourne vers sa fille. « Va. Va vite, avant le début du prochain combat. »

Mais Chloë ne part pas car son regard se pose sur un lutteur que l'on est en train d'enduire d'huile pour l'assaut suivant. Le regard du lutteur se pose sur elle au même instant. C'est un jeune homme, vingt ans peut-être, le même âge qu'elle ou à peu près, pauvre cependant à en juger par les serviteurs qu'il a dû emprunter à la maisonnée royale. Il s'agit sans nul doute d'un de ces êtres inférieurs que son père laisse concourir pour prouver sa générosité et savourer occasionnellement le spectacle de potentats étrangers gravement blessés par des hommes qui, pour gagner leur vie, gardent les pourceaux ou fabriquent des tonneaux. L'instant s'étire. Le lutteur ne détourne les yeux qu'au moment où son entraîneur d'emprunt l'attrape par le menton, l'oblige à tourner la tête, le regarde bien en face et lui adresse des paroles cinglantes que Chloë n'entend pas.

Intrigué par le départ différé de sa sœur, Démétrius suit sa ligne de mire et, tout benêt qu'il soit, comprend sur-le-champ. Il se moquerait d'elle s'il était moins consterné par ce que cela sous-entend. La perspective que sa sœur épouse un homme ne le trouble guère, mais l'idée qu'elle puisse éprouver des désirs sexuels lui donne la nausée, et qu'elle en éprouve en cet instant précis pour un étranger sans le sou ne fait qu'ajouter à son dégoût. Il lui lance sèchement : « Si tu ne pars pas, au moins, assieds-toi. » Elle s'assied et, pour une fois, s'abstient de toute réplique piquante. Elle est à peine consciente de la présence de son frère. Le lutteur lui paraît trop séduisant pour être pauvre, encore qu'elle ait vu bon nombre de rois ressembler à des ânes.

Il a une curieuse façon de plastronner tout en se moquant de lui-même, comme s'il se livrait à un jeu extrêmement divertissant. Elle a la curieuse impression de le connaître, ce qui n'est certainement pas possible.

Le Marocain qu'il a pour adversaire a une épaisse queue-de-cheval noire, la tête enfoncée dans les épaules et des petits yeux furibonds. Elle a peur pour celui qu'elle considère déjà comme *son* lutteur. Son père se retourne. « Tu es restée. » Elle se contente de hocher la tête, consciente que la moindre parole pourrait la trahir.

Le préfet réunit les hommes au centre du cercle. Le public veut la victoire de l'étranger qui n'a pas de suite. Le traité de paix conclu avec le Maroc est plus pragmatique que fraternel et les relations sont épineuses. Les spectateurs savent qu'ils ont de bonnes chances d'être déçus. Il est rare que les indigents l'emportent contre ceux qui ont des cuisiniers et des entraîneurs. Nombre d'entre eux ont été enterrés sur la colline, ce que tout le monde, sauf les familles qui dépendaient de leur travail, considère comme un grand honneur.

Le préfet recule et le Marocain se précipite en avant, mais à la surprise générale, l'étranger esquive si bien que le Marocain, ne rencontrant que de l'air, doit tendre les deux mains en avant pour éviter de se retrouver le nez dans le sable. Il se retourne et regarde fixement l'étranger, poussant un juron dans un arabe guttural. Ses yeux sont des clous fichés dans le mur de son visage. Il se précipite et, à nouveau, l'étranger l'évite lestement. Cela se reproduit une troisième fois et la foule se met à taper lentement dans ses mains. La tactique de l'étranger commence à lui paraître lâche. Les spectateurs apprécient les combattants que l'on donne perdants, mais ils apprécient plus encore la violence, ainsi que les blessures et la mort, si possible. Le Marocain tremble de rage. Il marche sur l'étranger. Les huées sont audibles à présent. Si cela continue, la foule prendra elle-même les choses en main – pas maintenant, pas devant le roi peut-être, mais plus tard, au moment où l'étranger cherchera à s'éclipser. Cela s'est déjà produit par le passé et dans ces cas-là, la victime ne finit pas au cimetière entre falaises et citronneraies.

Mais voilà que tout bascule, car l'étranger fait quelque chose que nul n'a encore jamais vu. Il bondit brusquement en l'air, pirouette et décoche un coup de pied contre la tempe du Marocain. Le public se tait. Le Marocain regarde son adversaire, titubant légèrement, la tête vibrant comme un gong, surpris, outragé et gravement endolori. Sans lui laisser le temps de se ressaisir, l'étranger exécute une pirouette en sens inverse. Encore étourdi par le coup précédent, le Marocain lève les bras pour protéger sa tête, mais l'étranger lance son pied plus bas cette fois et le frappe latéralement au genou. Les jambes du Marocain se dérobent et il chute sur le côté.

La foule est en liesse. Chloë bondit sur ses pieds et acclame le lutteur, chose qu'elle n'est absolument pas censée faire. Mais personne ne regarde la princesse. Les spectateurs n'ont d'yeux que pour le Marocain assommé et prostré, qui roule lourdement au sol et se relève à quatre pattes comme un chien. Un jeune garçon crie : « Arrache-lui la tête ! » Qui aurait pu imaginer scène aussi palpitante ? On n'a jamais vu quelqu'un se battre ainsi.

L'étranger paraît sourd aux recommandations de ses nouveaux admirateurs. Le Marocain a du mal à se redresser. Toujours à quatre pattes, il oscille, visiblement sonné. C'est le moment de porter le coup fatal, sans aucun doute. Mais l'étranger dirige son regard vers Chloë comme pour lui demander conseil. Ou est-ce le fruit de son imagination ? Il se retourne vers le Marocain, pose un pied sur son épaule et le pousse doucement. Le Marocain bascule, il heurte le sable et roule sur le dos, les deux épaules collées au sol sans contestation possible pendant une… deux… trois secondes. Des acclamations discontinues s'élèvent du public et s'affaiblissent comme l'air qui s'échappe d'un soufflet abandonné. Indifférent, l'étranger s'approche de Simonide et met un genou à terre. Il est d'un sang-froid incroyable pour un homme qui ne possède pas d'esclaves. Simonide lui demande son nom. L'étranger lève les yeux et attend, juste le temps de donner l'impression qu'il invente un pseudonyme *ex abrupto*. « Je m'appelle Appolinus. »

Il ne se bat plus, ses adversaires des deux manches suivantes se désistant sous prétexte de blessures reçues lors de leurs précédentes victoires. Le risque de perdre un combat contre un égal est une chose ; la certitude de se faire assommer d'un coup de pied à la tête par un paysan en est une autre. Les spectateurs auraient adoré l'étranger s'il s'était fait vaincre – ou même tuer – lors de l'ultime combat. Mais sa victoire par défaut a gravement ébranlé leur solidarité. Son flegme aussi. Ils veulent des bûcherons baraqués et des bouchers vitupérants qui flattent le public au nom duquel ils se battent symboliquement contre tous ceux qui vivent confortablement du labeur d'autrui. L'étranger ne leur a pas jeté un regard.

Il ne leur reste donc qu'à attendre la course du lendemain – les moyeux qui accrochent les piliers, les roues qui s'emmêlent dans la ligne droite, les hommes écrasés sous les sabots, les jantes de bronze et les rayons fracassés. Presque tous se sont déjà éloignés quand l'étranger s'approche de Simonide une deuxième fois pour recevoir son prix.

Chloë aimerait bien savoir comment contourner le protocole draconien et obtenir qu'un roturier soit invité au banquet de ce soir. Mais Démétrius se doute déjà de quelque chose, et il y a des limites tant à la générosité de son père qu'à ses propres talents diplomatiques, pourtant redoutables. D'où sa stupéfaction lorsque son père lance spontanément l'invitation. Est-ce la discordance entre l'embarras qu'inspire à Simonide la modestie du prix traditionnellement offert aux combattants issus du peuple et l'aisance qui émane de cet homme ? L'étranger ne manifeste visiblement qu'une admiration de pure forme devant les boisseaux de blé et le cratère d'argile peinte. Ou n'est-ce qu'une nouvelle boucle du fil doré qui s'est broché dans l'étoffe quand leurs regards se sont croisés, un peu plus tôt ?

Il continue de se tisser durant toute la soirée tandis que leurs yeux se rencontrent d'une extrémité à l'autre d'une table chargée de pièces de bœuf, de vin doux d'Andalousie et de bancs de poissons de sucre luisants tournant dans des jattes de verre. Plus tard, quand elle le voit se glisser sur le balcon, elle se met elle-même sa laisse pour le suivre au-dehors. Sa silhouette se dessine, accoudée à la balustrade tandis que derrière lui, les vignobles décorent les collines de bandes noir et turquoise. Il ne se retourne pas quand elle prononce son nom. Peut-être a-t-il dépensé toutes les réserves d'énergie nécessaires pour alimenter le raffinement qu'il a su mobiliser pendant le reste de la journée. Elle dit :

— Il est extrêmement grossier de me tourner le dos.

— J'espère que vous voudrez bien accepter mes excuses. Il ne se retourne toujours pas.

Elle éprouve pour lui une compassion soudaine. Elle imagine sa vie si leurs situations étaient inversées et qu'elle se trouvait dans une cabane sordide entourée d'enfants sales et braillards alors que des chèvres bêlent de l'autre côté de la cloison. Elle frémit de dégoût. « Je ne reconnais pas ton accent. Je ne peux que supposer que tu es marin. » Il ne dit rien. « Ou une sorte de marchand. »

Il a épuisé son crédit. Insister compromettrait sa dignité. Elle est sur le point de pivoter sur ses talons et de s'éloigner crânement quand il se retourne. Il pleure. C'est la dernière chose à laquelle elle s'attendait. « Je suis marin, en effet. Mes amis étaient marins eux aussi. »

Il lui faut quelques instants pour assimiler le sens de ces mots.

— Je suis vraiment désolée.

— Cela faisait deux jours que nous avions quitté Tarse…

Il lui raconte tout – son mystérieux poursuivant, la peste, son impatience, la mort d'Antonio, la traversée nocturne à la nage…

Dans la grande salle, le banquet se poursuit. Personne ne se met en quête de la princesse. Ses départs imprévus sont généralement dus à un accès de mauvaise humeur qui transforme ses absences en une forme de soulagement. Quant à l'étranger, on suppose qu'il est reparti, ou bien qu'il a trop bu et s'est perdu dans un bâtiment dont les dimensions ne peuvent que le désorienter.

Sur le balcon, Périclès explique qu'il a réussi à se dégager de la voile qui le maintenait sous l'eau, qu'il s'est agrippé à une planche et a tourbillonné dans l'écume glaciale. À un moment, il a été projeté sur un rocher bombé et la grande vague s'est retirée autour de lui. Il s'est laissé glisser le long du flanc de basalte rugueux et a senti du sable sous ses pieds. Conscient de n'avoir que quelques secondes pour gagner un terrain plus élevé avant que la prochaine déferlante ne l'arrache à son bloc, il a couru, suivant la pente ascendante de la plage jusqu'à atteindre une brèche rocheuse dont il lui était impossible de gravir les parois abruptes et mouillées. Il s'est accroché aussi fermement qu'il le pouvait entre les murs de son étroite prison et a écouté le mugissement de la mer dans les ténèbres impénétrables qui s'étendaient derrière lui. Puis la vague est revenue, frappant le rocher dans une grande explosion creuse. Il a eu de l'eau jusqu'à la taille. La seconde vague a atteint sa poitrine, la troisième ses genoux. Il a compté trois cents vagues. Cinq cents vagues. Les vagues ne l'atteignaient plus. La tempête s'apaisait. Huit cents. L'aube n'était pas loin.

Ils l'ont découvert en cherchant des épaves. Il était assis sur un replat herbeux au-dessus de la laisse de haute mer et se séchait sous les faibles rayons du soleil quand il avait entendu un chien aboyer et s'était retourné pour voir deux femmes et un garçon chargés du fauteuil de hêtre à dossier bas de la grande cabine. Le prix paraissait correct en échange d'une vie humaine. Ils l'ont conduit à une chaumière surplombant la crique voisine et lui ont servi du merlu, des moules et des salicornes.

Il vient soudain à l'esprit de la famille royale de Pentapolis d'établir un lien entre les deux places vides autour de la table, et on se lance dans une recherche éperdue pour retrouver Chloë avant qu'elle n'ait été violée dans une alcôve.

— Autrement dit, ton père est roi de Tyr, conclut-elle.

— Personne ne doit le savoir, à part ta famille, répond Périclès. Aussi longtemps que le monde me croit mort, je suis en sécurité.

C'est Démétrius qui, le premier, fait irruption sur le balcon par la double porte. Il brandit une épée, mais elle est courte et essentiellement décorative ; alors, quand il se précipite en avant en criant, « Écarte-toi de ma sœur », l'étranger ne bouge pas et sa sœur réplique : « Oh, ne fais pas l'enfant, Démétrius. » En cet instant, il se souvient très précisément de ce que l'étranger a fait au Marocain dans l'après-midi et préfère ne pas insister. La reine surgit derrière lui, Chloë présente Périclès à sa mère qui est tour à tour horrifiée, amadouée, étonnée, charmée puis soulagée que, pour la toute première fois, sa fille n'insulte pas un prétendant, à supposer qu'il *soit* un prétendant, ce qu'elle espère vivement parce que ce serait une excellente union, encore qu'elle soit disposée désormais à accepter n'importe quel homme qui la débarrassera de sa fille. Simonide lit mieux que quiconque dans le cœur de Chloë et lorsqu'il arrive, il constate que l'union est pour ainsi dire chose faite et son sentiment dominant est une profonde tristesse à l'idée de perdre la seule personne du palais qui soit capable de le taquiner, de désobéir à ses ordres, de le faire rire et avec qui il puisse parler en toute liberté.

La vérité sur l'identité du prince est un secret soigneusement gardé au sein de la proche famille. S'il venait à être éventé, les indiscrétions se répandraient comme du sang dans ces eaux tièdes, et Périclès ne veut pas que Kallios apprenne que sa tâche n'est pas encore accomplie.

Chloë est follement éprise. Ce prince sort tout droit d'un livre de contes, ce qui est à la fois palpitant et triste. S'il n'est pas lui-même grand consommateur de littérature, il ne s'en exprime pas moins très bien, il est gentil et, surtout, c'est un grand voyageur. Elle a passé sa vie claquemurée dans ce palais à découvrir à travers ses lectures des lieux fantastiques – Gizeh, Alger, Olympie, Jérusalem – qui sont soudain devenus des endroits réels où ils pourraient se rendre ensemble si… si… L'ardeur de son désir l'effraie. Vouloir quelque chose avec une telle force lui fait l'effet d'une corde passée autour de son cou. Alors elle succombe et regimbe, succombe et regimbe. Elle le regarde au fond des yeux, elle s'en veut et se moque impitoyablement de lui pour se racheter. Elle aspire désespérément à être avec lui, et tout aussi désespérément à être seule.

— Je ne me sens vraiment chez moi qu'en mer.

— Je ne peux y voir qu'une insulte.

— Vous m'avez mal compris.

— Je vous comprends fort bien. Vous préféreriez être au milieu de l'océan qu'assis en ce lieu.

— Ce n'est pas exact.

— Non que cela ait grande importance. Vous vous ennuierez bien assez tôt et n'aurez d'autre idée que de repartir.

— S'il est une chose que vous n'inspirez pas, c'est indéniablement l'ennui.

— Les hommes accusent les femmes d'être inconstantes, mais leurs esprits à eux changent au gré du vent.

Périclès n'a jamais connu de femme comme elle. En vérité, il n'a jamais connu de femme, si connaître quelqu'un veut dire essayer de vous mettre à sa place, vous demander à quoi ressemble le monde à travers ses yeux, vous demander à quoi *vous* ressemblez à travers ses yeux. Indéniablement, il n'a jamais connu personne dont la compagnie exige autant d'efforts, mais cette compagnie le consume entièrement. Ce n'est que lorsqu'ils sont ensemble qu'il réussit à ne plus penser à Hélicanus, à Marlénus, à Antonio, à l'équipage, à la destruction du *Marsouin*. Personne n'a jamais retenu son attention aussi entièrement. Est-elle amoureuse de lui ? Est-il amoureux d'elle ? Jamais il n'a rencontré d'énigme plus difficile à résoudre, ni dont la réponse importe autant.

Il l'épousera. Tous le savent, même si eux l'ignorent. La reine est ravie. C'est une snob, mais elle s'inquiète, aussi, du sort d'une princesse sans époux lorsqu'ils ne seront plus là. Chloë aura la vie dure à la cour de ses frères. Démétrius lui-même hésite entre déclarer que Périclès va enfin la mater ou conseiller au malheureux de filer au plus vite avant que les mâchoires du piège ne se referment sur lui. Et Simonide ? Que peut faire son père sinon laisser leurs propres jeux retarder le jour où Périclès lui demandera audience et lui posera la question officiellement ? Il apprécie le jeune homme. Et il n'a jamais su refuser à sa fille quelque chose qu'elle voulait vraiment. Il n'aura jamais rien accompli d'aussi difficile. Il n'a jamais perdu d'objet précieux qu'il ne pouvait remplacer.

Périclès demande une audience. Simonide accorde sa bénédiction mais impose au couple d'attendre cinq semaines jusqu'à la prochaine date de bon augure, afin de différer son inévitable dépossession. On n'envoie pas de message à Tyr. Une lettre interceptée, un navire pris à l'abordage, une parole échappée signerait la perte du prince. Les jeunes époux feront le voyage incognito plus tard.

Aux femmes qui l'ont nourri de merlu, de moules et de salicornes, Périclès envoie, anonymement, une caisse de bœuf salé, de la pâte d'amandes et vingt bouteilles de vin doux accompagnées d'un portefeuille de cuir scellé rempli de pièces d'argent.

Cinq semaines n'en sont plus que quatre.

Périclès est agité, il se sent captif. Pentapolis possède des attraits inconnus de Tyr et de Tarse, mais l'amour est épuisant et son aveu était sincère – il ne s'est jamais senti vraiment chez lui si le sol ne tangue pas légèrement sous ses pieds. Il languit de la lumière, de l'espace et du mauvais temps, et de la grande absence de contacts de l'océan avec le monde extérieur. Alors il part, parfois, à cheval dans les collines derrière la ville, suivant les traces des forestiers qui montent à travers des bois plus denses, plus verts et plus humides au fur et à mesure que l'altitude augmente. Trembles, chênes, peupliers, sorbiers des oiseleurs. Sans être très bon cavalier, il n'a pas grand mal à se débarrasser de son escorte. Il escalade un rocher et contemple la plaine littorale en contrebas, le bleu qui lui fait signe au-delà et il sent dans sa poitrine quelque chose qui se dénoue et respire. Et puis, surgies de nulle part, il éprouve une terrible solitude et la certitude que Chloë court un mystérieux danger, alors il s'inquiète pour elle, tout en étant fâché contre lui-même parce qu'il s'inquiète, et fâché contre Chloë parce qu'elle l'inquiète, et fâché contre le père de Chloë qui ne leur permet pas de venir ici ensemble. Il regagne le palais, se sentant plus agité et plus captif que quand il est parti.

Quatre semaines n'en sont plus que trois.

Une dispute éclate entre Périclès et Chloë, d'une intensité et d'un volume tels que tout le palais en profite. Leur querelle est due à la tiédeur coupable avec laquelle il a admiré une paire de sandales qu'elle porte. Les sandales n'y sont pour rien, en vérité. C'est le danger qu'il y a à mettre le restant de votre vie entre les mains d'un autre être humain qui provoque cette fâcherie. La crainte de ne pas être suffisamment aimé. Ils se détestent pendant tout un après-midi.

Trois semaines n'en sont plus que deux.

Chloë tricote une robe de mariage en laine blanche avec l'aide substantielle de ses suivantes car elle n'est ni patiente ni soigneuse.

Périclès lui raconte les histoires qui ont tant diverti Cléon – les volcans et les aurores boréales. Elles n'ont plus la même force. Chloë est un nouveau monde en soi, en regard duquel l'ancien paraît exigu. Elle sait immédiatement que les cannibales sont une affabulation.

— Un enjolivement.

— Une invention.

— Une histoire transmise par une source tout à fait honorable.

— Que tu ne peux pas citer.

Elle est incapable de comprendre les épreuves qu'il a traversées, les épreuves que chacun doit traverser pour acquérir le droit de raconter pareilles histoires. Il a envie de lui parler des bordels, du garçon qui s'est fait dévorer par un requin, de l'homme qui est entré dans sa chambre à Tarse et n'en est pas ressorti vivant. Il veut la blesser. Il veut qu'elle sache qu'il a vécu un jour une vie dans laquelle elle n'aurait eu aucun pouvoir. Il dit : « J'ai tué mon ami. Il s'est noyé. Mais c'est moi qui l'ai tué. » Elle pleure, elle lui demande pardon. Il pense : *Il n'était pas mon ami. Je suis un menteur.*

Ce n'est pas qu'elle ne soit pas impressionnée. Elle refuse de se laisser impressionner. Elle a honte de n'avoir pas, elle aussi, d'histoires à raconter, contrariée d'avoir été condamnée à rester dans ces salles silencieuses pendant que les fils et les pères, les marchands, les diplomates, les soldats et les explorateurs filaient jusqu'à l'horizon et en revenaient avec la cargaison invisible qui fait la richesse de la vie des hommes. Périclès sera son histoire. Ils vivront des aventures ensemble. Elle surmontera ses objections aussi sûrement qu'ils surmonteront les tempêtes. Sa froideur n'est pas cruauté. Elle a peur qu'il sache combien ces choses lui importent, c'est tout. Elle n'est ni sans cœur ni sans imagination. Elle comprend que les histoires exigent de la souffrance. Comment pourrait-il en être autrement ?

Mais elle ne comprend pas, pas plus que quelqu'un qui n'a jamais mis la main dans une flamme ne comprend que le feu brûle. Avant la fin de l'année, cependant, elle aura une histoire à raconter, aussi terrifiante que toutes celles de son mari, et elle voudra, plus que tout, que le temps revienne sur ses pas et qu'elle puisse regagner ces salles où des rideaux de lin s'agitent sous la brise tiède, où des esclaves chassent les mouches des plateaux de friandises et où il n'y a rien d'important à faire.

Deux semaines n'en sont plus qu'une.

Périclès et Chloë se sont épuisés dans une acceptation lasse, délirante de leur amour réciproque, et un soulagement général accompagne un modeste mariage dont le reste de la ville ne sait pas grand-chose et dont les cités plus lointaines ignorent tout. Il serait dangereux de laisser les curieux s'interroger sur l'identité de ce nouveau gendre royal et il n'y a, pour le moment, pas de belle-famille à flatter ni à éblouir. Chloë elle-même accepte cette discrétion et se console en songeant que le secret confère à ce mariage plus d'importance que les sommes considérables dépensées dans des royaumes voisins lors des noces extravagantes de ses frères.

La nuit qui précède le mariage, ils se font des présents – un anneau d'ivoire, un anneau d'or. Chloë apporte une robe d'enfant bleue et une boîte à musique dans la cour du figuier, à l'arrière du palais, et les dépose dans le sanctuaire consacré aux divinités domestiques, ces deux petits hommes mal peints qui ont toujours dansé au-dessus d'un gecko aussi mal peint dans la petite alcôve du fond. Plus tard, une servante les emportera et les brûlera discrètement pour les dieux.

Le jour des noces arrive. Chloë enfile sa robe de laine blanche. Le petit-fils du premier conseiller de son père, âgé de sept ans, allume une torche et conduit Chloë, ses suivantes, ses parents, ses frères et leurs épouses dans une pérambulation symbolique autour du palais, jusqu'à l'aile où est logé Périclès. Deux prêtres sont chargés de rhytons d'or remplis d'eau sacrée. Ils s'arrêtent dans la cour, devant ses appartements. Simonide frappe doucement à la porte, pendant que, faute de membre du voisinage personnel de Périclès, Chloë donne une pièce de cuivre à l'un des esclaves domestiques qui s'est fait beau pour l'occasion.

La porte s'ouvre, Périclès sort. À son côté, un garçon identique portant une torche identique.

«*Aquae et ignis communicatio.*»

Les rhytons sont vidés dans la fontaine et les torches déposées côte à côte pour qu'elles continuent à brûler sur la margelle du bassin. Les suivantes de Chloë la soulèvent et lui font franchir le seuil des appartements. Elles la reposent à terre. Elle dit : «Où tu es Gaïus, je serai Gaïa.» Il dit : «Où tu es Gaïa, je serai Gaïus.» Ils joignent leurs mains.

Tous les autres se retirent dans le petit temple de l'enceinte du palais où deux truies sont sorties pour être égorgées et offertes à Junon, déesse du Mariage. La seconde truie voit ce qu'on fait à la première, et cela ne lui plaît pas. Elle se débarrasse de sa corde et il faut qu'un prêtre la pourchasse dans une robe qui n'est pas faite pour la chasse au cochon dans un espace exigu. Des vases sont brisés, le prêtre se tord la cheville, la truie est acculée. Sa fin n'est pas jolie. Paradoxalement, la seule personne que cela aurait pu divertir est Chloë, à qui l'on tait soigneusement cet événement de mauvais augure.

Dans la chambre de Périclès, les volets sont clos conformément à la tradition et la robe de laine est lumineuse dans la pénombre. Il n'est pas innocent et elle n'est pas ignorante, mais ils ne savent pas encore s'ils sauront communiquer dans cette langue. S'ils étaient les enfants de bergers ou de charpentiers, ils se seraient peut-être déjà explorés dans quelque clairière sylvestre, mais leurs actions sont trop lourdes de conséquences pour de telles libertés.

Une courtepointe neuve a été confectionnée pour le lit, brodée de scènes de la cour et du mariage de Pélée et Thétis – Pélée qui baisse les yeux, admiratif, vers la nymphe marine depuis le pont de l'Argo qui fait voile vers la Colchide à la recherche de la Toison d'or, des invités mortels et immortels (Chiron apportant des fleurs des Alpes en présent, Pénée des arbres entiers…), Pélée et Thétis dans la pénombre de leur propre chambre, Thétis donnant naissance à Achille.

Chloë a imaginé maintes fois l'acte sexuel, tantôt avec horreur, tantôt avec excitation. Elle s'est imaginée allongée, nue et grincheuse, sous quelque prétentieux prince voisin plantant sa graine en elle. Elle s'est imaginée en train de faire des choses – trop scandaleuses pour qu'elle puisse les dire – avec une multitude de princes infiniment plus séduisants qui, curieusement, ne sont jamais venus demander sa main. Maintenant, cela va se produire pour de bon, dans une vraie chambre, il y a un faucheux sur la colonne de lit et un âne qui braie au loin, et elle est un peu ballonnée à cause du plantureux petit déjeuner que sa mère lui a fait ingurgiter comme si elle s'apprêtait à faire une marche forcée. Il y a deux personnes en jeu et Périclès n'est pas une figure du théâtre de marionnettes de son esprit, il a les mains posées fermement en coupe sous ses seins, et sa virilité la pousse doucement, comme un manche à balai.

Il est nerveux. Jamais encore il n'a cherché à donner de plaisir à une femme. Le plus souvent, il a payé pour faire ce genre de choses, bien qu'il s'efforce de ne pas penser à ce genre de choses comme à ce genre de choses. Et le plus souvent, il devait surtout son plaisir à son incognito, à la possibilité de se dépouiller de son identité royale en même temps que de ses vêtements. À présent, il est complètement lui-même, plus nu qu'il ne l'a jamais été.

Sa nervosité à elle déborde en rire devant la gaucherie de cet homme si accompli à tant d'autres égards et devant le silence sacré qui entoure cette chose ridicule que les taureaux font aux génisses pendant qu'elles cherchent à manger du foin.

Il est fâché. Elle lui a donné l'impression d'être un idiot. Le manche à balai décline.

« Pardon. Viens. » Elle le prend par la main et le conduit jusqu'au lit. Elle s'allonge, lui laissant la place de se coucher à côté d'elle. Elle relève la robe de laine blanche qui ne se retire pas si facilement. Elle est nue en dessous et déjà humide parce qu'après tout, ça n'est pas forcément différent de ce qui se passe dans sa tête. Elle peut lui faire faire ce qu'elle lui a déjà fait faire cent fois en imagination. Elle lui prend la main, elle s'écarte de l'autre main, pose les deux doigts de Périclès contre cette moiteur et les déplace légèrement en leur faisant dessiner un petit huit. « Voilà. Comme ça. » Il n'est pas facile de déchiffrer son expression dans l'obscurité, mais il est sûrement un peu choqué. Elle espère qu'il est un peu choqué. Elle dit : « Les après-midi au palais sont très longs, et on ne peut pas passer tout son temps à lire des livres. »

Il a pris le rythme maintenant, alors elle lui lâche la main, ferme les yeux et cambre le dos, tendant le bras pour le serrer contre elle. « Continue. »

Ils trébuchent dans la lumière du jour le lendemain matin, endoloris d'amour, plissant les yeux devant l'éclat aveuglant du monde qu'ils ont laissé derrière eux (la robe blanche désormais souillée partira en fumée comme la boîte à musique). Un banquet est organisé dans l'après-midi, de dimensions modestes mais opulent par le contenu, tout un petit zoo rissolé, farci, rôti, frit et glacé, pourtant Périclès et Chloë se seraient contentés de gruau d'avoine et d'un pichet de bonne bière. Le pendule d'ombre sous l'auvent écarlate qui recouvre la grande table carrée oscille avec une lenteur exquise d'ouest en est. Il y a des musiciens, des acrobates et des danseurs. Un homme à la peau marron foncé et aux yeux bleu pâle crache des flammes et jongle avec une perche enflammée aux deux extrémités. Il y a des bénédictions sérieuses, des discours généreux et des chansons grivoises. Une autre truie meurt. Un autre taureau meurt.

Chloë et Périclès sont hors du temps. Ils longent le circuit des murailles crénelées, les yeux tournés vers l'océan, les vignobles, les falaises, le cimetière, les citronneraies. Ils se voient différemment, recouverts du secret de leur nudité. Ils regagnent sa chambre de bonne heure dans la soirée et font encore l'amour, plus doucement, prenant leur temps cette fois, commençant à se convaincre que c'est un présent qui leur a été donné pour toujours.

Ils ont reçu un autre cadeau, également, car ces petits nageurs se sont faufilés jusqu'à un ovule fertile et Chloë porte son propre Achille féminin – une cellule qui en devient deux, qui en deviennent quatre, qui en deviennent huit… une petite fille, dont la vie ne sera ni aussi violente ni aussi illustre que celle du grand guerrier achéen, mais qui sera plongée intégralement dans le récipient de potion magique, ce qui, cependant, ne sera prouvé qu'à travers des épreuves que nul ne devrait avoir à subir, et une jeune fille moins que quiconque.

Ils assistent à une représentation d'*Amphitryon* de Plaute. Ils assistent à une représentation d'*Électre* de Sophocle. Périclès va à la chasse au sanglier avec Démétrius. Chloë refuse de se rendre aux jeux organisés dans le modeste amphithéâtre sous prétexte qu'ils sont trop horribles et Périclès constate qu'à présent, le spectacle d'hommes qui se battent jusqu'à la mort l'écœure lui aussi. Ils lisent Horace, et Périclès remarque avec étonnement qu'il en est ému. *Vides ut alta stet nive candidum Soracte…* Le ventre de Chloë commence à grossir. Ils jouent aux latroncules. Les parents de Chloë exigent qu'elle se fasse porter en litière et elle donne la preuve que le mariage n'a pas réduit sa faculté de se montrer bruyamment intraitable. Elle se promène dans les collines avec Périclès. Ils se font accompagner d'une petite suite armée et il s'habille en garde du corps pour détourner les soupçons si jamais ils venaient à se faire repérer. Dans leur chambre, ils jouent leur propre drame privé dans lequel une princesse a une liaison avec son garde du corps.

Cent vingt-huit, deux cent cinquante-six, cinq cent douze…

Ils sont agités tous les deux maintenant, ils aimeraient pouvoir être ailleurs, Chloë enfermée dans son corps qui se dilate, tous deux enfermés dans le palais. Les jours passés en compagnie de sa femme se ressemblent de plus en plus et n'ont plus le pouvoir de distraire Périclès des sentiments qui affluent et refluent comme la marée, de la tristesse que lui inspirent ses camarades, de la honte que lui instillent ses propres actions. Chloë et lui se disputent pour un motif si futile que tout souvenir de la teneur de ce différend est immédiatement balayé par le choc d'une telle querelle aussi peu de temps après leur mariage. Il découvre avec étonnement que ses parents lui manquent.

Chloë est enceinte de quatre-vingt-treize jours quand Périclès apprend qu'une petite flotte de marchands de Tyr est à quai dans le port. Il a faim de nouvelles du lieu qu'il se surprend de plus en plus souvent à appeler *chez lui*, il a faim aussi de halva et de raisins secs. Par un intermédiaire du palais, il fait parvenir un message au capitaine du *Pélican* et organise une rencontre à la capauna, à l'enseigne des poulies doubles.

Il enfile une tenue effacée de petit fonctionnaire et sort du palais par une porte des cuisines. Il n'en parle pas à Chloë, moins parce qu'elle le jugera imprudent que parce qu'elle voudra s'échapper avec lui. C'est une journée étrangement maussade pour un début d'été, le soleil méridien paré d'une rougeur de crépuscule. Du sable du désert emporté par le vent, dit-on, qui tombera plus tard en pluie orange. Des nuées d'étourneaux s'envolent bruyamment et s'agitent au-dessus des toits, troublés par l'affaiblissement soudain de la lumière.

Le capitaine est assis dans l'angle le plus reculé de la pièce enténébrée, sous la lueur vacillante d'une lampe à huile. Il a une tache de vin brun foncé sous l'œil gauche, conformément à la description qu'on lui a faite. Périclès s'assied en face de lui devant la table à tréteaux. L'homme le regarde et hoche la tête avec une expression qui n'est ni amicale ni hostile. Périclès se demande s'il s'est trompé d'interlocuteur. Le capitaine se lève et s'écarte. Un autre homme se glisse à sa place. C'est Kallios.

Après trois ou quatre jours sans nourriture, Angelica ne peut plus lire correctement. Son attention s'égare, elle doit s'y reprendre à deux ou trois fois pour arriver au bout des phrases un peu longues, elle perd le fil des intrigues et des discussions. C'est allongée qu'elle se sent le mieux et tenir longuement un livre au-dessus de sa tête lui est devenu pénible. Elle peut dessiner, mais ne dessine pas assez bien pour en faire une activité satisfaisante et s'il lui arrive parfois de mettre de la musique, elle se limite le plus souvent à un bruit de fond. Alors qu'une autre fille de son âge pourrait regarder la télé, elle a fait siens les préjugés de son père à ce sujet comme à bien d'autres, et les quelques bribes qu'elle a saisies au vol sur le petit téléviseur portable que la cuisinière dissimule dans le placard à côté des mixeurs n'a pas fait grand-chose pour modifier ce jugement.

Il y a un grand écran dans le petit salon à l'arrière de la maison, mais il ne sert qu'à regarder la collection de DVD rangés par ordre alphabétique derrière le panneau coulissant du mur opposé, de *Nosferatu* à *Magnolia*, de *Lagaan* à *Un prophète.* Elle se surprend un après-midi à caresser le dos des coffrets, assoiffée de distraction, de quelque chose de divertissant, de peu exigeant. Elle n'a pas envie de se retrouver assise sur le bout des fesses au bord de son siège, ni d'avoir le cœur serré.

Elle est sur le point de renoncer quand ses yeux se posent sur la boîte, tout à droite, sur l'étagère du bas. Elle a fait coulisser ce panneau bien des fois déjà et ne l'a jamais vue, comme elle a réussi à ne pas voir beaucoup de choses au fil des ans. C'est une relique d'un autre monde, le carton brun clair tout usé aux angles et déchiré en plusieurs endroits par des manipulations maladroites, *Cannings Removals* imprimé à l'encre bleue bon marché sous une mouette qui plane. Elle sait très bien ce qu'il y a dedans.

Elle prend la boîte et la pose sur le tapis. Les quatre rabats sont adroitement imbriqués les uns dans les autres comme les pétales en spirale d'un objectif photographique. Elle les écarte. Sous le couvercle, des feuilles de papier journal suédois sont roulées en boule, déjà un peu jaunies par l'âge. Elle en retire plusieurs poignées, incline la boîte sur le côté et fait glisser le châssis métallique noir du vieux lecteur de VHS, la prise et les câbles cliquetant à sa suite. Elle plonge la main dans le carton et en sort quatre cassettes dans leurs boîtiers de plastique bas de gamme.

Elle ne les a jamais regardées. À part une scène de temps en temps, elle ne s'est jamais assise pour regarder aucun des sept films rangés sur les étagères du haut dans lesquels joue sa mère, et personne ne lui a jamais suggéré de le faire. On s'accorde à penser que l'expérience serait trop bouleversante pour elle. Au contraire, les scènes qu'elle a vues ne lui ont inspiré que de l'embarras, car elle a été incapable de ressentir la moindre émotion forte. Mais pourquoi devrait-elle essayer de provoquer cette émotion ? Pourquoi rechercher la souffrance ?

Si elle ressent un lien avec sa mère, c'est dans des lieux imprévisibles et incompréhensibles pour autrui – les lumières à l'extrémité des ailes des avions qui traversent le ciel nocturne, le trottinement d'une bête invisible sur le toit, des couchers de soleil éclatants, compliqués… vestiges de fantasmes enfantins qu'elle n'a jamais partagés et donc jamais eu besoin de réécrire.

Elle branche l'appareil dans les prises, derrière l'étagère du bas. À sa surprise, il fonctionne, le mot *stand-by* clignotant avec empressement en lettres vertes anguleuses sur le petit panneau noir. Cet effort infime suffit à lui faire tourner la tête et à lui couper le souffle. Elle s'allonge cinq minutes les yeux fermés avant de se rasseoir, de glisser la première cassette dans la fente et d'attendre que le mécanisme bruyant s'en empare et l'avale. A-t-elle raison de faire cela ?

Des lignes noires verticales ondulent dans une tempête de sable de bruit blanc, suivies d'un rectangle instable de bandes arc-en-ciel et de chiffres qui apparaissent et disparaissent trop vite pour qu'on puisse les lire. Nous suivons à présent à tire-d'aile un corbeau qui s'élève en flèche au-dessus de collines couvertes de bois touffus dans ce qui doit être le nord de la Suède, le vert des arbres s'effaçant devant la roche nue sur les crêtes et les sommets. Un piano mélancolique. *Maja Söderberg* en caractères jaunes surannés. Le corbeau plonge et s'éloigne en virant, laissant la caméra s'enfoncer à travers le feuillage et émerger dans la lumière de cathédrale des profondeurs de la forêt. *Henrik Ivarsson* dans la même police d'écriture. La caméra se glisse entre les troncs, elle les esquive, elle jaillit des arbres à l'air libre au-dessus d'un lac avant de fendre les vagues et de s'immerger dans les ténèbres vertes bouillonnantes. *SKOGEN* en lettres plus grandes, tout en majuscules. Le piano mélancolique s'estompe, mais nous traversons toujours rapidement l'eau sale translucide. La séquence dure juste un peu trop longtemps pour qu'on soit parfaitement à l'aise quand, surgie de nulle part, une forme émerge de l'obscurité en bas de l'écran. Un navire englouti ? Un cadavre ? Une bête qui nage ? Elle n'apparaît que pendant une fraction de seconde, avant un changement de plan. L'image suivante montre les mains d'une femme sur une roue de gouvernail sous un soleil radieux, un seul doigt tapotant le cuir noir en mesure tandis qu'une chanson pop pleine d'entrain passe à la radio.

Sa mère.

La Saab bleue file sur une autoroute, puis sur une chaussée à une voie à travers des terrains agricoles et enfin sur une toute petite route qui serpente à travers un paysage sylvestre ondulant. La femme a l'air épuisée et inquiète. Elle allume une cigarette. Angelica découvre avec étonnement que sa mère fumait et doit se rappeler qu'elle fait semblant d'être une autre.

Tout à coup, la femme freine brutalement et la voiture s'arrête dans un crissement de pneus, les roues dans le gravier entre macadam et fossé. La femme sort de la voiture et commence à remonter la route en sens inverse, laissant la portière du côté conducteur ouverte. Elle tire une dernière bouffée de cigarette et jette son mégot par terre avant de s'engager entre les arbres. Fougères, buissons bas, rochers moussus. Il y a quelque chose dans le sous-bois, de la taille d'un gros chien, à environ cinq mètres de la route. Comment a-t-elle réussi à le voir depuis la voiture ? Elle s'accroupit. La fourrure de la créature est feutrée de sang et il y a un trou gros comme le poing dans ce qui a l'air d'être la tête, un morceau de chair enfoncé ou arraché. La femme ne bronche pas. Elle retourne le corps. La créature a des yeux de fille mais un museau de chien, une petite canine jaune qui appuie sur la lèvre inférieure. La femme pose la main sur le front de l'enfant-chien et soulève une paupière. Le globe oculaire est couleur ambre, la pupille une balafre noire verticale comme celle d'un chat.

Nous observons la suite depuis un point de vue enfoncé plus profondément dans le bois. Des branches floues encadrent la scène. Regardons-nous à travers les yeux de quelqu'un d'autre ? La femme sort un téléphone de sa poche. Pas de réseau. Elle regagne la route.

En ce qui concerne Angelica, l'actrice pourrait être n'importe qui, mais l'histoire a quelque chose d'agréablement gnangnan, la façon dont on peut presque, mais pas tout à fait, prédire le rebondissement suivant. La femme est une inspectrice de police, évidemment. Avec un passé trouble, évidemment, car sa propre fille est morte dix ans plus tôt dans des circonstances mystérieuses. Quand elle revient avec la police locale à l'endroit où elle a trouvé la créature surnaturelle, celle-ci a, évidemment, disparu. Les policiers la prennent pour une folle. Elle croit qu'ils lui cachent quelque chose. Elle entreprend de régler la succession de son défunt père. Sur ces entrefaites, des plongeurs qui travaillent sur l'ancienne digue découvrent sous l'eau une étrange construction qui ne figure sur aucun plan.

Le paysage a quelque chose, aussi, qui attire l'attention d'Angelica – une lumière lacustre entre les troncs de bouleau, ces gros blocs agencés de façon extravagante parmi les arbres là où des glaciers les ont déposés il y a bien longtemps, ces vallées hantées par les corbeaux. Un endroit où son père n'aurait jamais l'idée d'aller.

Trois épisodes d'affilée… Dottie glisse la tête par la porte. « Je t'ai cherchée partout. » Angelica refuse, naturellement, le sandwich et la boisson qu'elle lui propose, mais l'inquiétude grandissante de Dottie est un peu atténuée par l'image de la fille plongée dans une activité qui la fait ressembler à une ado comme les autres.

Quatre épisodes, cinq… Peut-être est-ce la faiblesse due au fait qu'elle ne s'alimente plus, tout se brouille et se chevauche maintenant qu'elle n'a plus l'énergie mentale qu'il faut pour tracer des lignes claires. Peut-être certains schémas n'apparaissent-ils que lorsqu'on s'écarte de la ruée enivrante du monde. Elle commence à reconnaître, non pas sa mère, mais quelque chose de plus nébuleux, une succession d'images qui fait résonner de façon réitérée un accord enfoui, si bien qu'elle éprouve l'impression croissante de regarder une version codée de sa propre vie – les enfants morts qui pressent le nez au carreau de leur ancienne maison au crépuscule, le riche aristocrate qui joue du piano dans sa vaste demeure et sculpte de minuscules figurines de bois représentant tous les habitants de la ville, des oiseaux qui apportent des messages, la construction sous-marine dans les tunnels de laquelle plusieurs plongeurs de la police ont disparu pour ne plus jamais revenir.

Angelica est épuisée. Elle appuie sur *pause* et se cale contre le dossier de son fauteuil. Elle a été tellement absorbée par le film qu'elle n'a pas vu que le temps avait changé. Le soleil a disparu, la pluie tombe depuis un nuage gris et bas. Le soir approche. Angelica se sent vaseuse. La seule lumière de la pièce est celle de l'écran où un plan fixe tremblote encore. L'enfant-chien est sous une tente à oxygène dans une chambre de l'hôpital local. Des tuyaux s'enfoncent dans ses deux bras et elle a un masque à oxygène sur le visage. L'image est en noir et blanc, de mauvaise qualité. Ce que nous voyons est la retransmission d'une caméra de vidéosurveillance installée en hauteur dans un angle de la chambre. La femme est debout à côté de la tente à oxygène. Au pied de l'image court ce sous-titre : «*Es-tu ma fille ?*»

— Mon employeur est mort, annonce Kallios.

— Comment m'avez-vous retrouvé ? demande Périclès.

— Vous pouvez rentrer chez vous. L'homme prend une moule dans la jatte posée devant lui et sépare les deux moitiés de la coquille violacée.

— Qu'est-ce qui vous autorise à me dire ce que je peux faire ou ne pas faire ?

— Cela m'a paru courtois, c'est tout. Kallios détache à la fourchette le petit morceau de chair et le glisse dans sa bouche.

— Si je n'étais pas venu, vous auriez peut-être attendu des années avant d'avoir l'audace de reprendre la mer.

— Vous m'insultez.

— Et vous auriez passé le restant de votre vie à apercevoir l'éclat d'une lame dans chaque couloir obscur.

Périclès prend le temps de réfléchir. Il a trop de questions à poser. Par ailleurs, l'autre a raison. S'il était plus courageux et si Kallios était un homme ordinaire, il le traînerait à travers la table et le tabasserait.

— Qui est votre employeur ?

— Ils se trouvaient dans un char quand la foudre les a frappés. De façon parfaitement imprévisible. C'est ce qu'on m'a raconté.

— Ils ? Qui ça, ils ?

— Il est vrai que les gens du peuple aiment les drames et s'empressent d'enjoliver de telles histoires.

— Je vous ai demandé leurs noms.

— Le père et la fille ? Leurs cadavres empestaient au point que les prêtres eux-mêmes ont refusé de les inhumer. Ce dont je doute également. La foudre n'estelle pas du feu ? Ne sommes-nous pas de la viande ? L'odeur, me semble-t-il, aurait dû être étrangement plaisante. En revanche, s'ils avaient été enfermés dans une petite pièce surchauffée et y avaient été abandonnés pour mourir de faim et pourrir…

— Quel père ? Quelle fille ?

Kallios le regarde avec le sourire de celui qui sait qu'il ne court strictement aucun danger. Il décortique une autre moule. « Il y a eu tant de filles, n'est-ce pas ? Tant de pères. » Il introduit le mollusque dans sa bouche et mastique.

— Je pourrais n'être que l'un de tous ceux qui ont été chargés de restaurer l'honneur d'une famille. Mais je serais déçu de n'être pas le plus persévérant.

— Vous ne sortirez pas d'ici vivant.

— Détrompez-vous. Kallios glisse la main sous sa cape et en sort un couteau qu'il pose devant lui sur la table ; la lumière de la lampe caresse une lame huilée qui semble plus aiguisée que toutes celles que Périclès a jamais vues. Sa partie supérieure est crantée de petites dents festonnées sur la longueur d'un pouce, d'une forme si précise qu'il paraît impossible que ce travail ait été réalisé par la main de l'homme. Le manche strié est fait d'un matériau qu'il ne reconnaît pas. Sa couleur est extraordinaire, le genre d'orangé vif qu'on trouverait sur la queue d'un paon ou sur la carapace d'un coléoptère, mais recouvrant tout l'objet, sans le moindre défaut. La surface présente l'éclat terne de la cire, mais le matériau est manifestement plus dense que du bois de vie lui-même, à en juger par la manière dont son propriétaire l'a tenu et au bruit qu'il a fait en heurtant le plateau de la table. Périclès meurt d'envie de tendre la main et de le saisir, par pure curiosité.

— Comment puis-je savoir que vous ne mentez pas ?

— Comment sait-on que quelqu'un ne ment pas ? Kallios le regarde droit dans les yeux. Périclès n'y lit qu'indifférence vide, animale. Les épaules de Kallios s'affaissent légèrement et il change de ton. Il paraît soudain humain. « J'aurais pu vous tuer quand vous étiez à la chasse avec Démétrius. » Il se lève. « J'aurais pu vous tuer quand vous vous promeniez dans les montagnes avec votre jeune épouse. » Il rengaine son couteau. « C'est une très jolie femme. Je vous souhaite beaucoup de bonheur à tous les deux. » Il enjambe le banc, ajuste sa cape et se dirige vers la porte.

Il n'y a évidemment plus personne au moment où Périclès se précipite au-dehors. Le vieux marché est un dédale de ruelles et toute poursuite serait vaine, mais Périclès soupçonne que l'homme aurait disparu avec autant de facilité si le bâtiment s'était dressé, isolé, sur un marais salant.

Périclès n'en parle à personne pendant deux jours. Il lui faut du temps pour admettre la vérité. Une tension musculaire dont il n'avait pas eu conscience jusque-là commence doucement à se relâcher. Il se sent plus léger, plus jeune. Le monde paraît soudain plus vaste et plus attirant. Il annonce à Simonide que si le roi veut bien leur prêter un navire, Chloë et lui partiront immédiatement pour Tyr. Simonide et Lucina, cependant, estiment l'un comme l'autre qu'il n'est pas raisonnable qu'une femme entreprenne un voyage, et surtout une traversée en mer, dans un état de grossesse aussi avancé. Mais en cet instant, ni Périclès ni Chloë ne sont prêts à écouter le moindre conseil. D'ailleurs, fait remarquer Périclès, cela fait plus d'un an qu'il n'a pas vu ses parents. Ils ignorent si leur fils est vivant ou mort. Maintenant qu'il est sur le point de devenir père lui-même, il commence à comprendre la peine que son absence leur aura causée. Il doit rentrer chez lui. Tel est son devoir.

Les craintes de Lucina sont justifiées. Un long voyage alors que la date de l'accouchement est aussi proche n'est franchement pas recommandé, mais Périclès n'en prend véritablement conscience que deux semaines plus tard, alors qu'ils sont encalminés à mi-chemin entre Pentapolis et Tyr et que Chloë entre en travail avant le terme.

Il se tient au bastingage, les yeux rivés sur l'implacable miroir de la mer. Les voiles pendent mollement, il n'y a pas une ride à la surface de l'eau, pas un nuage dans le ciel. Il regagne leur cabine. À terre, il resterait à la porte et les suivantes lui feraient le récit du déroulement de l'accouchement, mais il ne supporte pas de rester éloigné de son épouse, sans personne pour la réconforter hormis une vieille nourrice, Lychorida, et le chirurgien qui les a accompagnés sur l'insistance de Lucina. Chloë a eu des contractions toute la journée et ce qui a commencé comme un événement ordinaire de la vie humaine se déroulant en un lieu peu approprié s'est transformé en situation de plus en plus alarmante, car le jour décline, Chloë est épuisée et ni la nourrice ni le chirurgien ne parviennent plus à dissimuler leurs craintes.

Il serre la main de sa femme. « Sois forte. L'enfant est presque né. Il sera bientôt dans tes bras. »

Elle a à peine conscience de sa présence. Elle a la peau blême et luisante, l'étreinte de sa main est faible. Il prend un linge de batiste et essuie les gouttes de sueur qui emperlent son front. Quand elle ouvre les yeux, son regard semble incapable de se poser sur quoi que ce soit dans la pièce. Il ne supporte pas de la voir souffrir. Il se ferait volontiers couper le bras si cela pouvait la rendre à elle-même. Elle pousse un cri lorsqu'un nouveau spasme la déchire. Il a l'impression qu'elle ne pousse plus, que c'est elle au contraire qui est poussée, qu'il y a en elle une force qui appuie, qui tord, qui lui cause une souffrance intolérable. Il ne l'a jamais vue faible. La Chloë qu'il connaît est difficile, ombrageuse, obstinée, déterminée, elle a des idées bien arrêtées. Elle est en train de perdre ce combat, et il en est terrifié.

Le chirurgien pose la main sur son épaule et l'invite à le suivre hors de la chambre. Périclès hésite à laisser Chloë sous la seule garde de Lychorida, mais les traits du chirurgien sont empreints d'une gravité irrécusable qui n'autorise aucun refus. Ils s'engagent dans le couloir. « Pardonnez ma brutalité, mais le temps presse. » Le chirurgien s'interrompt pour mobiliser toutes ses forces. « Je peux extraire l'enfant en le découpant. Je ne dispose pas d'équipement chirurgical, mais je suis certain que nous trouverons les outils nécessaires à bord. » Périclès croit avoir mal entendu. « Je peux aussi, je pense, sauver l'enfant aux dépens de votre femme. Mais si nous laissons les événements suivre leur cours sans intervenir, j'ai bien peur que nous ne perdions les deux. »

Périclès pose une main sur la poitrine de l'homme et le pousse si violemment que sa tête heurte la cloison derrière lui. « Aux dépens de ma femme ? » Pendant quelques instants, la colère l'aveugle. Une partie de son esprit torturé est convaincue qu'il peut acheter la vie de sa femme et de son enfant au prix de celle de cet homme. La colère reflue, son étreinte se relâche. « Pardonnez-moi. Je ne voulais… » Le chirurgien ouvre la bouche pour parler, mais Périclès lève l'autre main pour l'en empêcher. « Vous ne toucherez pas ma femme avec un couteau. Vous ne parlerez plus jamais de toucher ma femme avec un couteau. »

Mais quand ils regagnent la cabine, Lychorida annonce d'une voix fébrile : « L'enfant est presque là. » Périclès fait un pas en avant et aperçoit un globe ivoire souillé au milieu d'un fouillis de poils, de sang et de chair entre les jambes de sa femme. Il lui paraît anormalement gros. Il est pris de nausée. Le chirurgien se réfugie dans un coin de la pièce, s'inquiétant de ce que le prince pourrait lui faire s'il pose les yeux sur l'intimité de son épouse. La voix de Lychorida est une berceuse : « L'enfant arrive. Poussez, madame, poussez encore. » La tête sort un peu plus. La nourrice pose une main dessus, une main dessous et la balance doucement d'avant en arrière. Périclès voudrait lui dire de faire attention, de ne surtout pas faire de mal à cette toute petite personne, de prendre soin de sa femme, mais il n'entend rien à ces choses-là. Il est impuissant. « Poussez, madame, poussez encore. »

Une épaule ensanglantée surgit. D'une main, Lychorida soutient le poids de la tête du bébé, elle glisse un doigt de sa main libre en crochet dans la minuscule aisselle et tire. Le bras sort. La deuxième épaule suit, puis le second bras. « C'est bien, madame, l'enfant est là. » Le torse et les jambes sont expulsés, traînant le cordon ombilical au milieu d'une marée de boue rouge sombre. Il est rempli d'amour, de répulsion, de terreur et d'étonnement. La scène est aussi belle que répugnante.

Lychorida dit : « C'est une fille. » L'enfant pousse un grand cri de mouette, suivi d'un long gémissement aigu. Périclès est horrifié par la quantité de sang, sur le lit, par terre. Lychorida essuie l'enfant avec une serviette, le tourne sur le côté, l'enveloppe dans une autre serviette et le couche à côté du sein de Chloë. Sortant de son sac de toile une minuscule faucille de laiton, elle coupe le cordon et le noue aux deux extrémités. Chloë ne fait aucun effort pour tenir l'enfant. Lychorida constate que sa maîtresse n'est pas consciente. Elle fait un signe de tête en direction de la chaise libre et demande à Périclès de s'asseoir. Elle reprend l'enfant et le pose entre ses bras. « Vous l'appellerez Marina. » L'injonction serait d'une hardiesse choquante en toutes autres circonstances, mais c'est le domaine de Lychorida et son exigence possède une force qu'il ne saurait contredire. « Parce qu'elle est née en mer. »

Il baisse les yeux vers la minuscule créature que sa femme a portée pendant les huit derniers mois. La peau rouge, à vif, les tout petits poings, le coup de pinceau de cheveux noirs. Lychorida revient vers le lit. Le chirurgien est à son côté. Ils se penchent sur sa femme.

Il se passe quelque chose de grave. Il le sent dans ses entrailles.

Un souvenir lui revient à l'esprit. Il est tombé un jour de l'échelle de tangon quand ils étaient amarrés au large de Karchedon, sa vitalité mise à mal par son manque de discernement, et n'avait eu la vie sauve que grâce à un gros tas de voiles pliées, douze mètres plus bas. Moins d'une fraction de seconde s'était écoulée entre l'instant où son pied avait glissé et celui où son dos avait heurté la toile, mais il avait eu, semble-t-il, largement le temps de regarder autour de lui et d'observer le monde qui était sur le point de lui être retiré. Un petit bateau de pêche miteux rentrait au port sous une nuée de mouettes. Un acte sexuel s'accomplissait derrière la guigue à bâbord. L'été avait été long, chaud et sec et une forêt était en feu sur le promontoire.

Il se passe la même chose, mais cette fois, il n'y a pas de voiles pour amortir sa chute. C'est sa femme, et c'est sa fille. Il y a une sandale abandonnée, un pichet d'étain cabossé et une serviette trempée de sang. Voilà le monde précieux qui va lui être arraché. Il entend les mots « Elle ne respire plus » et essaie de se lever. Lychorida ramasse l'enfant par terre. Il a dû la lâcher. Il ne s'en souvient pas. L'enfant pleure. Sa femme est allongée, inerte, sur le lit. Il sent une odeur de sueur, d'excréments et de sang. Il y a dans la cabine des hommes qu'il ne reconnaît pas. Il faut que le chirurgien ramène sa femme à la vie, mais le chirurgien ne fait rien. Il s'emporte contre le chirurgien. Des hommes qu'il ne reconnaît pas l'entraînent hors de la cabine. Il cherche à leur résister, mais il n'en a pas la force. On le pousse sans ménagement par une étroite porte et on l'oblige à s'allonger sur un lit. Il essaie de frapper un des hommes au visage, mais l'air est comme de l'eau, et son poing se déplace trop lentement; l'homme s'incline simplement en arrière pour esquiver le coup. Puis le chirurgien est à côté de lui, il dit : « Buvez cela. Pour votre propre sécurité. » On introduit de force une cuiller en bois entre ses dents et on lui verse dans la gorge une sorte de mélasse amère. On retire la cuiller et le chirurgien dit : « Il se débattra encore quelques minutes », et c'est exactement ce qu'il fait; puis les différents éléments du monde commencent à se dissocier comme les perles d'un collier dont on étire le cordon, il est toujours furieux et terrifié, mais sa peur et sa colère s'écartent l'une de l'autre, jusqu'au moment où le cordon rompt et où les perles se dispersent.

Quand il revient à lui, il ne sait absolument pas combien de temps s'est écoulé ni, pendant un long moment, où il est. La mémoire, quand elle lui revient, est comme un os qui se brise. Chloë est morte. Le bateau tangue. Il entend, au-dessus de sa tête, le hurlement du vent, le grincement du bois sous pression et le craquement de la toile. C'est le vent qui aurait dû les pousser jusqu'à Tyr. Si seulement il avait soufflé quelques jours plus tôt. Il se lève. Il doit trouver le corps de sa femme. Mais ce qu'on lui a fait avaler de force avant qu'il s'endorme exerce encore ses effets. Tout tourne autour de lui, et le mur de la cabine heurte sa joue. Deux costauds le remettent debout et le capitaine surgit. Une cicatrice rose brillante court de son oreille à la commissure de ses lèvres. « Faites-le sortir, mais tenez-le fermement. »

Il fait jour, mais il ignore si cette faible lumière est celle du matin ou du soir. L'air est rempli d'écume et de pluie battante. Le corps de sa femme est allongé dans un cercueil sur le demi-pont. Il a été enveloppé dans un linceul. Deux marins tendent un lambeau de toile en l'air pour essayer de garder le corps et le cercueil au sec. La partie inférieure du linceul est maculée de sang. Ce n'est pas un vrai cercueil. C'est la caisse dans laquelle on avait empaqueté des épices rares, cadeau de Simonide et de Lucina à l'intention de ses parents. Un sac de curcuma éventré colore brièvement les planches d'orange avant que la pluie battante ne les lessive. Le capitaine l'attrape par les épaules et se penche sur lui. « Neptune est courroucé par la présence d'un cadavre à bord. » Périclès essaie de s'approcher de Chloë, mais ses jambes sont récalcitrantes et les deux hommes sont vigoureux. On dépose un petit sac de jute à côté du corps et on met le couvercle en place. Le capitaine dit : « C'est peut-être de la superstition, mais je dépends de la loyauté de mon équipage. Or il est d'humeur mutine. » Deux hommes clouent le couvercle de la caisse. Un troisième jette du goudron bouillant par-dessus pour l'étanchéifier, la substance poisseuse sifflant et fumant dans l'air froid. La tempête se renforce. Une barrique détachée bascule et roule à travers le pont. Le capitaine hurle aux hommes de l'arrimer correctement. On adresse des prières à Neptune. Comme on n'a pas le temps de faire brûler des offrandes, on répand une coupe de vin dans la mer. Le vent s'en empare avant qu'elle ne touche la surface de l'eau. Les hommes qui sont là veulent jeter sa femme dans l'océan. Périclès pourrait les tuer tous autant qu'ils sont.

On hisse le cercueil sur le bastingage. Quelqu'un crie « Par les dieux, qu'on en finisse ! », et le cercueil est balancé cul par-dessus tête dans les flots. Il s'enfonce puis remonte. Il s'écarte lentement du bateau. Il disparaît dans un vallon, entre les vagues. Un autre rouleau le hisse et le renverse. Il disparaît, apparaît, disparaît. Périclès pense : *Elle va avoir le mal de mer.* Il pense : *Elle doit être terrifiée… Et si le cercueil n'est pas assez bien scellé… ? Et si l'eau s'y infiltre et qu'elle se noie à l'intérieur de sa minuscule prison bringuebalante ?*

Il a regagné la cabine. Les deux marins costauds sont assis près de lui, chacun d'un côté. Dehors, la tempête s'est apaisée et la mer est calme. Il tient sa femme dans ses bras.

— Chloë, murmure-t-il, tu es revenue.

— Ce n'est pas Chloë, dit la nourrice. C'est votre fille, Marina.

Ils s'engagent dans la cité proprement dite à Cripplegate et se dirigent vers le sud, descendant Little Wood Street. Pour George, c'est une journée londonienne comme une autre. Les Wallons sont assis en demi-cercle, attendant de se faire raser à l'enseigne du Faisan. Un galopin crasseux avec un écureuil apprivoisé sur l'épaule mendie quelques pièces. À l'angle de Silver Street, une femme jette de l'eau sur un vagabond allongé sur son seuil. Comme il ne bouge pas, elle lui donne un coup de seau, sans plus de réaction. Il n'est pas du tout impossible qu'il soit mort.

— Où allons-nous ? demande George.

— Je n'en sais rien, répond Will. Nous le découvrirons, sans nul doute, quand nous arriverons.

— Par les dents du Christ !

— De façon générale, je suppose que je t'escorte hors de ce monde.

— Ça suffit, proteste George. Ça suffit. Il s'arrête et se frotte le visage.

Un homme se dirige vers eux, portant une petite cage qui contient un couple d'oiseaux chanteurs. Il a des bas bleu pastel et une barbe rousse taillée en carré. George attend que l'homme soit à leur niveau pour l'attraper par le bras. La sensation est bizarre, le bras est trop mou, trop léger. L'homme s'arrête pourtant. Il a l'air troublé. Il regarde George. Non, ce n'est pas tout à fait exact. Il regarde *à travers* George. Il a la même expression que Mrs Brokehill quand elle les voyait sans les voir dans la chambre à coucher. L'homme sent la lavande et la noix de muscade, il a peur maintenant. La cage tombe par terre dans un grand fracas et roule plusieurs fois dans la boue. L'homme ne s'en rend absolument pas compte. Les oiseaux pépient, leurs petites ailes heurtant les fins barreaux d'osier. L'homme se met à trembler. George a déjà vu cet air sur des hommes faibles marchant à l'échafaud. Une femme qui porte une couple de lapins jetée sur son épaule s'arrête et regarde, hésitant entre aider cet homme en difficulté dans ses bas ridicules ou s'en éloigner à toutes jambes. L'homme pleure à présent, les larmes ruisselant sur ses deux joues. George le lâche et il tombe sur ses genoux couleur bleuet, des éclaboussures de boue giclant sur sa chemise de nuit.

Celui-ci se tourne vers Will et plisse les yeux. « Qui *êtes*-vous ? »

Will hausse les épaules. « Je suis aussi surpris que toi de me trouver dans cette situation. »

Deux garçons se sont enfuis avec les oiseaux en cage. Un type déguenillé aide théâtralement le barbu à se remettre sur ses pieds et réclamera certainement d'être payé en retour.

« Suis-moi. » Will fait volte-face et poursuit sa route vers Cheapside. Ce qu'il a dit à George n'est pas l'entière vérité. Il n'a pas la moindre idée de la route qu'ils suivent, et pourtant, quand il met un pied devant l'autre, il sait qu'il avance dans la bonne direction. C'est une sensation étrange mais plaisante. Qu'il soit mort semble n'avoir pas grande importance. George réapparaît à son côté.

Ils traversent Cheapside. Il y a des oies et des chapons à vendre, des panais et des melons. Il y a des pyramides d'oranges disposées sur un grand coussin de velours. Un crémier creuse des petits morceaux dans un stilton. Sparrow le Boucher, un des clients réguliers de George jusqu'au jour où il a refilé la vérole à Charity, découpe une carcasse suspendue à une potence portative. Du sang destiné à la confection de boudin noir dégouline du cou tranché dans le seau disposé au-dessous.

En apercevant un chariot de tourtes, George a soudain faim, de petit déjeuner d'une part, et de l'autre, de la simple sensation d'avoir quelque chose de solide dans ses mains, dans sa bouche, dans son ventre. Sa cape d'invisibilité rendrait le larcin aisé, mais il craint que la tourte n'ait la même mollesse que le bras du passant. De surcroît, Will s'est engagé dans Bread Street et George doit presser le pas pour ne pas se laisser distancer. Il contourne une dame sur sa haquenée et rattrape Will.

À côté du Neptune, trois hommes vidangent des lieux d'aisances extérieurs. Ils ont des chiffons sales sur le visage et des chausses nouées autour de hautes bottes de cuir pour empêcher les rats de s'y introduire. Il y a une grande barrique de genièvre pour rafraîchir la fosse lorsqu'elle aura été curée et un garçon qui a l'air d'être intégralement fait de crotte, à l'exception de deux yeux blancs. L'odeur est tellement pestilentielle qu'elle vous fait monter les larmes aux yeux. Une charrette à hautes ridelles pleine d'excréments destinés à d'heureux porcs de l'Essex est rangée au bord de la rue. Ils passent devant Snelling le luthier et la maison brûlée où les petits Tweedy ont péri dans les flammes. Il se demande un instant s'il les rencontrera, maintenant qu'il est mort, lui aussi. Cette idée ouvre un abîme en lui. Il s'éloigne.

Ils longent All Hallows et St Mildred, deux églises qui lui ont imposé une amende pour absentéisme, l'une ou l'autre fois. À nouveau, les odeurs réconfortantes de la fumée de bois et du crottin de cheval. Ils traversent Pissing Lane pour s'engager dans Bread Street Hill. Il aperçoit l'éclat de l'eau derrière les toits. Il y a des mouettes dans le ciel et des relents d'algues et de bois pourri dans l'air. Ils prennent à droite dans Thames Street puis à gauche vers Broken Wharf, en face de St Mary Somerset. Le fleuve apparaît devant eux, la surprise de tout cet espace après l'exiguïté de la ville grouillante. Un vent froid, le battement des rames et une escadrille de cygnes au milieu du courant.

De l'autre côté de l'eau, il distingue les toits du Bear Garden, et l'arène des combats de taureaux. Il se voit fugitivement, là-bas, en train de manger des noisettes et un friand au lapin, une jeune fille tout droit venue de sa campagne à son bras. On conduit dans l'arène poussiéreuse un vieux cheval qui porte un singe sur son dos, les chiens l'attaquent jusqu'à le faire tomber et déchiquètent le singe qui piaille. Toute cette pâtée humaine joyeuse, tapageuse, vulgaire. Cela fait de longs mois qu'il n'a pas été suffisamment bien portant pour venir jusqu'ici. Il n'y viendra plus jamais. Une tristesse désespérée, nauséeuse, le submerge.

« Notre transport nous attend. » Will est à l'extrémité du quai et fait signe au pilote d'un bac, en contrebas. George n'a encore jamais utilisé pareille embarcation et il n'en a jamais vu sur la Tamise. Il n'y a pas de rames, et le bois de la coque est peint en noir, intérieur et extérieur. Les tapisseries des banquettes et le dais sont noirs, eux aussi. L'unique marinier se tient à la poupe, vêtu de noir et portant un capuchon si ample qu'on ne peut distinguer son visage. C'est une image de théâtre, destinée, sur scène, à vous glacer le cœur, mais qui serait presque comique ici dans l'animation d'une matinée ordinaire. George monte à bord du bachot qui fait une légère embardée sous son poids. Ragaillardi par l'espoir fugace que tout cela n'est qu'illusion théâtrale, il se risque à faire un peu d'humour. « Voici une manière admirablement virgilienne de quitter le monde. » Il s'assied sur le siège le plus éloigné de la banquette à deux places.

« Tu devrais t'en réjouir. Si nous partions sur le mode chrétien, tu brûlerais dans une fournaise pour l'éternité », remarque Will qui embarque derrière lui et tend deux pièces à leur pilote. « Je le suppose, du moins. » Il s'assied à l'autre bout du siège. « Je devrais sans doute savoir ce genre de choses, eu égard à ma condition actuelle ; malheureusement, je me trouve singulièrement ignorant. »

George aimerait bien poursuivre ce badinage, mais il est distrait par le bateau qui s'éloigne du quai sans moyen de propulsion apparent, comme s'il était arrimé sur le dos d'un énorme poisson. Se retournant, il voit le batelier debout derrière lui, impassible, indifférent aux secousses et aux oscillations croissantes de la coque tandis qu'ils s'éloignent pour s'enfoncer dans l'enchevêtrement de vagues.

Ils franchissent une épaisse haie de fumée douceâtre ; quatre oies prennent leur envol au-dessus de l'étrave du bachot et ils s'engagent dans le trafic du grand fleuve. Aucun passager, aucun pilote des autres embarcations ne se retourne sur la barque noire et sur son imperturbable Charon sans visage. George a l'impression qu'ils sont tout aussi invisibles sur l'eau que Will et lui l'étaient dans les rues. Mais la force, quelle qu'elle soit, qui meut leur embarcation les guide adroitement, sinon confortablement, dans les rares brèches qui s'ouvrent dans la masse compacte de bateaux insouciants.

Quand ils ont embarqué, George était convaincu qu'ils allaient traverser la Tamise, mais à sa surprise, ils se dirigent vers l'aval. Cela l'effraie davantage que ce qui aurait pu les attendre sur la rive sud, car il constate que le reflux est au plus haut, ces deux heures où le prix de la course est plus élevé et où les petits bateaux naviguent rapidement, et non sans péril, sur le couloir le plus puissant du courant. Celui-ci s'est emparé d'eux. George regarde sous son siège. Certains bachots, les plus coûteux, sont équipés de bouées de sauvetage en vessies de porc. Celui-ci n'en a pas. Il s'agrippe aux plats-bords. Quatre Africains torses nus manœuvrent les voiles d'un baleinier. Un fou transporte une vache sur une embarcation qui n'est guère plus solide qu'une barque. Sur leur droite, la barrique coiffée de chaume du théâtre de la Rose de Henslowe et le Globe, deux images douloureuses depuis que la muse l'a abandonné et que l'encre a séché. Tout là-haut, la rue aérienne du grand pont franchit le fleuve sur la pointe de ses dix-neuf pieds, en équilibre au-dessus des somptueux hôtels particuliers de drapiers et de merciers avec leurs terrasses et leurs jardins suspendus. Le grand jouet en bois de Nonsuch House. Il a envie d'être là, derrière ces bâtiments, au milieu de cette foule chaude et puante, de passer devant le White Horse, le Looking Glass et le Delphin and Comb. Il entraperçoit des têtes, des jambes et des fragments non identifiables de corps écartelés sur les piques qui se dressent sur le toit de la porte sud.

— Will, ce n'est pas raisonnable.

— Tu es déjà mort, George. Nous sommes morts tous les deux. Mourir compte indéniablement parmi les soucis dont nous sommes désormais dispensés. De plus, notre batelier paraît plus que compétent. Il comprend néanmoins ce que veut dire George. Un petit bateau qui file à toute allure sous le pont de Londres a de bonnes chances d'être réduit à quelques corps boursouflés et à une poignée de planches mouillées à son arrivée à Wapping.

— Doux Jésus, murmure George.

La surface de l'eau se dérobe quand ils approchent les proues des éperons qui coupent la Tamise en vingt gros rubans. Le bateau s'introduit obliquement dans la partie inférieure d'un chenal, entre les piles de pierre. Leur vitesse déjà prodigieuse double. Le ciel disparaît un instant. Ils s'enfoncent dans un rugissement rempli d'échos. Mille tonnes d'eau compressées. Le bateau émerge de l'autre côté du pont, il affronte le versant d'une vague verticale et retombe lourdement sur l'eau plus égale au-dessous, les courants de part et d'autre de leur bac se tressant et s'enroulant lorsque les rubans liquides se réunissent. George est grandement soulagé de constater que le bateau est droit et que lui-même n'est pas noyé.

Botolph's Wharf, Lyon's Key, Somar's Key, Billingsgate… la berge invisible derrière une forêt inondée de mâts, de voiles et de gréements. Caravelles et caraques, galères et galions. Des dockers hurlent et hululent. Sacs et caisses se balancent au bout de grues pivotantes. Le fracas des barriques vides lâchées sur les pavés. Fûts de vin et tapis turcs. La Tour qui se dresse à leur gauche, l'eau noire qui déferle dans la bouche ouverte de la Porte du Traître.

Ils contournent un chaland qui attend, à l'ancre, le retour de la marée, vingt et un troncs de chêne encordés sur le pont. Bermondsey, Shadwell, les fours à brique de Limehouse. De plus gros navires à présent, davantage de bachots, le fleuve trop large, le tangage trop violent. Des vagues commencent à passer par-dessus la proue.

George baisse les yeux. Ses souliers sont trempés. Vont-ils chavirer ? Quelle importance ? Il s'accroche au plat-bord et son siège est vraiment très dur. Il a le mal de mer et mal au cœur. Il jette un coup d'œil par-dessus son épaule. Leur batelier paraît totalement indifférent au mouvement du pont sous ses pieds, ne déviant jamais de la verticale à l'image du petit soldat de bois qu'avait donné à George son oncle menuisier quand il était enfant, et qui ne tombait jamais grâce au poids de plomb dissimulé dans ses pieds arrondis.

Redriff et Millwall Dock, les souches de pierre du pont romain de part et d'autre du fleuve, à Deptford. Les époques commencent à se chevaucher, comme une image reflétée se superpose à une scène vue à travers une vitre. Les vagues fantômes de drakkars profitant de la marée à Greenwich, où les Danois battirent Ealpheg à mort avec des os de bœuf il y a six cents ans. L'île des Chiens, les limiers courant pour l'éternité à la recherche de leurs maîtres noyés. Le fleuve fait un kilomètre et demi de large maintenant, les marécages monotones d'Erith, criques et bras de mer. Cages thoraciques d'épaves piégées dans la boue, à divers stades de décomposition. Un vaste ciel. George a passé toute sa vie d'adulte à Londres. À part de brèves traversées du fleuve, il a vécu trente ans confiné entre des murs d'une sorte ou d'une autre. Si cette vaste plaine était une prairie, il serait terrifié. Qu'elle soit faite d'eau l'emplit d'un effroi indicible.

Ils traversent une île flottante d'excréments, assez solide pour supporter le poids de deux mouettes au repos. Grâce à Dieu, elle n'est pas en feu, contrairement à l'île de même nature qui a descendu le fleuve durant l'été, suscitant grand divertissement parmi certains et en persuadant d'autres que la fin du monde était proche.

Ils passent devant les carrières de craie de Greenhithe. Le Black Shelf commence dans l'obscurité sous-marine, à cent pieds au-dessous d'eux. Les voici à Fiddler's Reach où, dit-on, les esprits des trois musiciens noyés font danser les vagues dans l'espoir de faire sombrer les marins, qui les rejoindront ainsi dans leur demeure froide et solitaire. Le fleuve s'incurve sur la droite et ils aperçoivent, au loin, Tilbury sur la rive gauche, où Elisabeth avait béni la flotte avant qu'elle parte affronter les Espagnols. *Nous avons été persuadés par certains qui sont soucieux de notre sécurité…* Puis Gravesend, où commence la compétence territoriale des pilotes fluviaux, le port de Cliffe-at-Hoo, l'île de Sheppey, Canvey Island où résident les Hollandais. Le fleuve mesure à présent huit kilomètres de large, ce n'est plus un fleuve en vérité mais le commencement de l'océan, une seule substance uniforme reliant leur minuscule embarcation au Groenland, à la Chine, aux marges vierges de la carte. Les comtés de Kent et d'Essex ne sont plus que des traits sombres séparant la terre et le ciel. George a terriblement envie de rentrer à la maison. C'est un sentiment qu'il n'a encore jamais éprouvé. Mais il n'a pas de maison, il n'a jamais eu de maison, depuis qu'il est petit. Il est au bord des larmes. Il est distrait par la certitude soudaine qu'il va se passer quelque chose. Il ne sait pas encore très bien quoi. Il regarde Will. Il regarde leur pilote en robe. Il n'y a pas de bateaux. Est-ce ce qui l'a alerté ? Cent kilomètres carrés d'eau et pas une seule voile. Leur navire est le seul. « Will ? »

Will le regarde avec une expression de… de quoi ? De compassion ? De chagrin ?

— Au revoir, George.

— Will… ?

George n'a jamais rien vu de tel. Will est assis à côté de lui, fait de chair et d'os, de futaine et de cuir. Puis George distingue la lueur du jour de l'autre côté de Will, comme s'il était en papier. Puis il aperçoit les dames de nage et l'horizon à travers le torse de Will. Puis Will est fait de fumée. Puis le vent emporte la fumée, Will se disperse au-dessus de l'eau grise et disparaît. George se retourne, espérant voir le batelier dont la compagnie ne lui offrait précédemment aucun réconfort. Le batelier devient translucide, puis transparent, puis fumée, et il est emporté par le vent.

George est seul dans un petit bateau à plusieurs kilomètres de la terre, sans moyen apparent de propulsion et sans personne à qui signaler sa détresse. Il est en souliers et en chemise de nuit. Il a très froid. Maintenant, il se met à pleurer pour de bon. Il sait qu'il n'y aura pas de secours. Il mourra une seconde fois et ce sera une mort solitaire, douloureuse et lente.

Il ferme les yeux et essaie d'imaginer qu'il est à terre, mais sans la distraction du monde visible, il est encore plus difficile d'ignorer le balancement de la coque. Il ouvre les yeux. Il frissonne. Il hisse le dais noir pour se protéger au moins un peu du vent, mais il l'empêche aussi de voir un éventuel vaisseau qui pourrait le secourir. Il baisse le dais. Le ciel est d'un blanc sale uniforme. Il n'a aucun moyen de savoir quelle heure il est.

Il n'y a toujours pas de voiles. Quelque chose ne va pas, quelque chose ne va pas du tout. La peur se répand en lui comme un feu de forêt. La lumière décline déjà, un obscurcissement général d'abord, puis le crépuscule spectral de la fin du jour. La température baisse encore. Il se demande ce qui sera le pire, mourir durant la nuit ou survivre à la nuit pour se découvrir au matin, toujours vivant et seul dans ce désert aqueux.

C'est à cet instant qu'elles émergent lentement de l'eau, l'une après l'autre, autour du bachot. Grêles, cheveux mouillés, peau blanchie par le sel. Les joues creuses et les yeux comme des charbons, des yeux sur lesquels votre regard ne se pose pas, mais dans lesquels il s'enfonce. Démons ? Fantômes ? Il ne peut pas respirer. Elles sont cinq, sept, neuf. Noyées mais vivantes, vêtues de linceuls trempés qui collent à leurs poitrines et à leurs épaules osseuses. Elles émettent un chuchotement sonore, les mots se chevauchant de sorte qu'on n'entend qu'un sifflement général. Dix, onze. Il se retourne. La foule mouillée, cadavérique, encercle complètement le bateau maintenant. L'une d'elles est Ann Plesington, ou un démon vêtu de son corps. Pas de pupilles dans le cachot noir de ses yeux, mais il sait qu'elle le regarde. Il sait que toutes le regardent. Il l'a frappée avec une lanière et un coup l'a touchée au visage, la balafrant pour toujours. Relâché par la cour de justice de Clerkenwell à condition de ne plus troubler l'ordre public.

Rebecca Chetwoode. Dorothy Lumbarde. Magdalen Samways. Joues caves, chair de poisson, de l'eau jusqu'aux chevilles comme si elles n'étaient qu'à cinq mètres de la plage. Vingt ? Vingt-cinq ? Il n'arrive plus à les compter et pourtant, il les reconnaît toutes. Judith Walton. Allison Packham. Susanna Medeley, à qui il a donné des coups de pied dans le ventre quand elle était enceinte. Le tribunal d'Old Bailey, cette fois. Ce n'est qu'à cet instant qu'il voit, à côté d'elle, l'enfant mort dans son sein, trop jeune pour se tenir assis, et pourtant debout dans l'eau, un crâne glabre en dôme au-dessus du corps nu d'un bébé oiseau, versions miniatures de ces mêmes yeux noirs le regardant fixement alors qu'ils devraient être clos. Joane Chatwyn, qu'il a prise de force. Isabelle Fletcher, qu'il a prise de force. Frideswide Chase qui est morte quand trois hommes ont joui de son corps. Lettice Alfraye, qu'il a vendue à Lord Buckleigh. Charity Cooper.

Le ciel s'enténèbre. Il tremble de froid. L'eau bat et secoue le bateau qui oscille sous lui, mais les femmes sont aussi immobiles que des colonnes. Est-ce un châtiment ? Il était déjà fort contrariant d'être conduit jusqu'ici par son ancien collaborateur scandaleusement prolifique, mais découvrir que le sexe trop faible pour exercer la moindre domination dans le monde physique possède des pouvoirs démoniaques dans l'au-delà est à la limite du supportable. Grands dieux, il a donné un emploi à plusieurs de ces femmes. Sans son commerce, elles auraient été à la rue, au mieux. Cette pensée est inutile. Il n'y a ici personne auprès de qui il puisse plaider sa cause, il le sait bien.

Le sifflement se tait. Leurs yeux sont rivés sur lui, mais leurs bouches ne remuent plus. Devant l'étrave, la foule de femmes se sépare, elles ne font pas un pas de côté mais s'éloignent l'une de l'autre en glissant souplement. C'est le dénouement. Depuis des années, tout se dirige inexorablement vers cet instant terrible. Il aimerait bien maintenant dériver tout simplement sur un petit bateau dans l'estuaire de la Tamise, avec la nuit qui tombe et une longue mort douloureuse qui l'attend.

Quelque chose – ou quelqu'un – nage sous la surface, empruntant la sente d'eau claire entre les femmes, une image brouillée mais qui se précise lorsque la forme atteint la surface. Une tête surgit, puis des épaules. Elle doit avoir seize ans environ, teint barbaresque, cheveux acajou. Les mêmes joues creuses, les mêmes yeux noirs, mais cette fille-là est différente. Il ne la reconnaît pas. C'est le genre de fille qui n'aurait jamais travaillé pour lui, le genre de fille que les michetons refusent parce que son origine les inquiète, qui porte du damas et du linon, qui dort dans des draps propres et lave ses douces mains entre deux passes.

Les autres femmes recommencent à parler, ce sifflement de vipère, leurs lèvres remuant plus vite à présent, quelque incantation de sorcière. La fille s'approche lentement de lui. Elle est belle, malgré la transformation qu'elle a subie. Le sifflement est plus fort à présent. Il pourrait tendre le bras et la toucher.

Qui es-tu ? Les mots se forment dans son esprit, mais il n'a ni le souffle ni le contrôle musculaire nécessaires pour les prononcer tout haut.

Elle ouvre la bouche. Au lieu des dents blanches comme neige qu'il s'attend à voir, ses gencives sont bordées d'épines comme la gueule d'une lamproie et ses lèvres s'écartent encore, jusqu'à ce qu'il ne distingue plus le reste de sa tête, juste un puits ourlé de couteaux. Elle se jette sur lui trop brusquement pour qu'il puisse réagir, s'accrochant à la chair de son visage, enfonçant ses dagues avec une telle vigueur qu'il est hissé sur ses pieds et tiré en avant, ses chevilles heurtant maladroitement la proue tandis qu'il est entraîné dans le froid et l'obscurité.

Le sifflement s'interrompt. L'une après l'autre, les femmes glissent dans l'eau. Les ondulations concentriques qu'elles laissent derrière elles se fondent rapidement dans les vagues et bientôt, il n'y a plus qu'un bachot vide qui roule et tangue à huit kilomètres de la terre, tandis qu'à l'ouest, la dernière lueur du jour s'éteint sur Londres.

Sa première pensée est pour le bébé. Elle tend le bras. Elle ne peut pas tendre le bras. Elle s'est emmêlée dans les draps et est incapable de bouger. Plus qu'emmêlée. Le drap est serré autour de son visage. Quelqu'un cherche à l'étouffer. Elle crie, mais l'étoffe assourdit sa voix. La chambre est bizarre. Complètement noire, pas une bougie, rien. Le lit se balance violemment. Ils sont en mer. Elle s'en souvient à présent. Le lit tangue plus violemment dans l'autre sens. Ils traversent sûrement une tempête. Elle cherche à s'asseoir. Elle ne peut pas s'asseoir. Son visage est coincé par une surface dure, plate. Elle glisse sur le côté et se heurte à un mur. Le lit se renverse. Elle heurte un autre mur. Elle n'est pas dans son lit. Elle est dans une caisse. Elle est en mer et elle est dans une caisse. Comment est-ce possible ? Elle ne sait pas nager. Elle ne peut même pas dégager ses bras. Elle va se noyer.

Son enfant. Elle a accouché. Elle s'en souvient à présent. Ensuite, elle ne se souvient de rien. Elle était épuisée. Elle a dû s'évanouir. L'atroce vérité commence à se faire jour. Le cercueil improvisé se retourne. Elle ne peut pas tendre les mains pour se protéger. Son visage percute le couvercle. Elle sent son nez se briser. La douleur n'est rien par rapport à la terreur. Périclès la croit morte. Tout le monde la croit morte. Ils ont poursuivi leur route. Personne ne viendra à son secours. Elle est forte, mais elle a été choyée toute sa vie. Elle n'a jamais eu aussi peur, elle a plus peur qu'elle ne l'aurait cru possible. Elle entend au-dehors le fracas et le hurlement d'un océan battu par le vent.

Le cercueil se retourne, avec plus de force cette fois. L'arrière de sa tête se cogne à la paroi de bois. Mais elle a réussi à dégager une de ses mains. Elle entreprend de se débarrasser du reste de ce qui doit être le linceul dans lequel on l'a enveloppée. Elle délivre son autre main. Le cercueil bascule encore. Elle libère ses bras. Maintenant seulement, elle peut sentir à quel point cette caisse est exiguë. Elle ne peut même pas lever les bras pour écarter le linceul de son visage. Le cercueil se renverse. Il se renverse encore. Elle ne peut pas protéger son visage de ses mains. Elle respire trop vite. Il faut qu'elle se calme. Elle est incapable de se calmer.

Il y a de l'eau dans le cercueil. Elle ne sait pas depuis combien de temps elle est enfermée ainsi, ni depuis combien de temps la caisse fuit. Elle arrive à écarter un peu les lèvres. Elle essaie de mordre le tissu, mais il est enroulé trop étroitement et elle n'a pas de prise. Elle essaie de chanter, pour se rassurer, pour éloigner une petite partie de son esprit de ce qui se passe. Elle connaît une centaine de chansons. Elle est incapable de se rappeler les paroles d'une seule. Le cercueil fait une embardée et un objet mobile vient frapper sa main droite. Elle l'attrape du bout des doigts. C'est un sac, il contient quelque chose de dur. Elle espère contre tout espoir que c'est un couteau. Le cercueil fait une nouvelle embardée et le sac lui échappe. Elle pleure. Le cercueil bascule. Elle retrouve le sac. Elle le tient plus fermement à présent. Elle palpe l'étoffe grossière. Des pièces de monnaie. Le sac est rempli de pièces. Elle tient dans sa main le prix de ses propres funérailles.

Le cercueil cesse de se retourner. Elle est allongée sur le ventre. Elle n'a aucun moyen de se remettre sur le dos ni de renverser le cercueil. Son mouvement est différent à présent. Il oscille lentement d'une extrémité à l'autre. Quand l'extrémité où se trouvent ses pieds se redresse, elle glisse et le haut de sa tête vient heurter le haut du cercueil. Pire, l'eau qu'il contient ruisselle vers le bas et son visage est brièvement submergé. La première fois, elle inhale de l'eau salée à pleins poumons et la recrache en toussant. La deuxième fois, elle tousse encore trop violemment pour avoir pu se préparer. La troisième fois, elle prend une profonde inspiration pendant que sa tête est hors de l'eau et la retient pendant que son visage est submergé. Encore et encore. C'est un soulagement quand les vagues déplacent le cercueil et qu'il roule à nouveau comme un rondin.

Elle se met à compter le nombre de fois où le cercueil se retourne. C'est la seule chose qu'elle peut contraindre son esprit à faire. Chaque fois qu'elle perd le compte, elle recommence depuis zéro. Elle ne dépasse jamais quatorze. Elle perd la tête, elle devient quelque chose d'animal, dépouillé, vidé. Est-ce ce qu'éprouve le lapin entre les mâchoires du renard ? Est-ce ce qu'éprouvent les hommes sur le champ de bataille, quand une lance s'enfonce dans leur poitrine ?

Le temps passe. Elle est sur le dos. Elle reste sur le dos. Le cercueil se balance mais ne se renverse pas. La mer se calme. Elle est allongée dans une eau peu profonde. Le roulis constant a desserré le linceul. Ses yeux et sa bouche sont dégagés. Si elle ne voit toujours rien, elle respire mieux. Elle cherche à repousser le couvercle, mais ne sent pas le moindre jeu. Le cercueil a été scellé assez solidement pour qu'on ne puisse pas l'ouvrir, mais pas assez solidement pour qu'il soit étanche. Si elle pouvait lever les bras au-dessus de sa tête, elle pourrait pousser simultanément avec ses mains et ses pieds. Et après ? Et si elle faisait un trou assez grand pour que l'eau entre dans la caisse, mais pas assez pour qu'elle-même en sorte ? Et si elle sortait ? Elle ne sait pas où elle est. Elle ne sait pas s'il fait jour ou nuit au-dehors. Elle ne sait pas quelles créatures entourent peut-être la caisse, sentant que quelque chose de comestible se débat à l'intérieur.

Elle reste immobile. Elle ne peut rien faire d'autre. Elle se rend compte pour la première fois qu'elle a atrocement froid. Elle peut serrer les jambes et joindre les mains. C'est tout. Elle claque des dents.

Lentement, l'eau monte. Elle lui lèche les oreilles. Elle recouvre ses oreilles. Elle ne sait pas combien de temps cela dure. Si le cercueil se renverse maintenant, elle sera allongée sur le ventre, le visage dans l'eau, sans pouvoir tourner sa bouche sur le côté pour atteindre la frange de plus en plus étroite d'air respirable.

Elle n'est plus dans le cercueil. Elle est à genoux près d'un petit sanctuaire dans la cour au figuier. Les deux petits hommes mal peints sont à califourchon sur le gecko comme sur un cheval et chantent à tue-tête : «*Aquae et ignis! Aquae et ignis!*» Elle est allongée sur un lit dans une chambre assombrie, Périclès est à côté d'elle. Elle est sur les créneaux et observe un aigle grand comme un char qui se pose sur le chemin, ses serres crissant sur la pierre. Il parle avec la voix de son père : «Quelle importance peut bien avoir un mois, alors que tu as différé si longtemps?»

Elle est de nouveau dans le cercueil. L'eau lui lèche les joues. Sa bouche se remplit. Elle recrache. L'eau lui monte jusqu'au nez. Elle soulève la tête pour inspirer. Elle repose la tête et expire à travers l'eau. Elle soulève encore la tête pour inspirer. Il est étonnant qu'elle soit toujours en vie. Peut-être n'est-elle pas en vie. Peut-être est-elle morte depuis longtemps. Peut-être est-ce comme cela quand on est mort.

Quelques minutes plus tard, le vent s'apaise; une demi-heure plus tard, ils sont assis sous un dais d'étoiles sur une mer étale, sous le souffle de la plus douce des brises. L'équipage estime que cela l'absout de toute culpabilité pour sa menace de mutinerie. Les marins se tiennent enfin tranquilles, obligeant le capitaine à tenir sa langue jusqu'à ce qu'ils soient au port où il disposera de forces plus nombreuses et plus loyales. De toute façon, il a un problème plus urgent à régler. Il enroule sa veste trempée autour de la cheminée du poêle de sa cabine, puis regagne, non sans inquiétude, la chambre du prince. Il n'est plus nécessaire de le faire maîtriser par la paire de robustes marins, mais il est toujours fou de chagrin, aveugle à ce qui l'entoure, et ses propos sont insensés. Le capitaine aimerait bien savoir si et quand Périclès retrouvera ses esprits et comment il appréciera alors la mort de sa femme, son inhumation et le traitement que lui-même a subi. Des décisions qui paraissent inévitables en mer peuvent être difficiles à justifier à terre devant un supérieur, et si Simonide est un homme juste, d'humeur égale, une petite-fille risque de n'être qu'une compensation insuffisante au fait que sa défunte fille ait été jetée par-dessus bord et que son gendre ait perdu l'esprit.

Ils font donc voile vers Tarse. Les allégeances changent au gré du temps dans cette partie du monde, mais leur royal passager trouvera certainement un accueil bienveillant dans la ville qu'il a sauvée. Et si les choses devaient mal tourner, obligeant le capitaine à prendre la fuite, mieux vaut commencer dans une ville qui ne soit ni Pentapolis ni Tyr.

En cet instant pourtant, le prince se sent moins que jamais digne d'une grande estime. La perte d'Antonio et de Marlénus avait ébranlé un fondement vital qui s'est désormais intégralement effondré. Il a été capable un jour de résister à n'importe quelle souffrance physique, d'affronter n'importe quel danger, de prendre des décisions rationnelles dans des situations où des hommes moins solides que lui auraient été anéantis. Maintenant, il veut mourir. Il y a toujours vu une preuve de lâcheté. Pourquoi choisir le vide éternel de l'autre monde alors qu'on peut lancer les dés encore une fois ? Il comprend à présent. C'est une décision qui ne se prend ni dans la tête ni dans le cœur, mais dans les tripes.

Il n'ose pas quitter son lit. S'il le fait, il ouvrira la porte, il montera sur le pont et se jettera dans l'océan. Des gens essaient de le faire parler – le capitaine, les deux hommes assis dans sa chambre, le chirurgien, la nourrice. Ils parlent la langue d'un pays qu'il a quitté il y a longtemps. Il ne répond pas. Il se rappelle parfois qu'il a une fille. Il ne veut pas de fille. Une fille n'est qu'un maigre substitut de ce qu'il a perdu.

Marina, en revanche, semble heureuse et en bonne santé, les événements qui ont détruit sa famille immédiate ne paraissent pas l'émouvoir. Lychorida arpente le pont avec la petite, en partie pour la calmer, en partie parce qu'elle-même souffre constamment du mal de mer et a besoin d'air et de lumière. C'est la première fois qu'elle met les pieds sur un bateau. Seul le drame de cette nuit fatidique a contenu temporairement ses nausées. Elle doit désormais affronter les embardées et le roulis incessants, tandis que ses yeux ne peuvent se poser sur rien, sinon sur l'eau qui paraît s'étendre en tous sens pour l'éternité. De temps en temps, elle cesse de marcher et dépose Marina dans une caisse recouverte d'un tapis avant de se pencher par-dessus bord pour rejeter le peu de nourriture qu'elle a réussi à avaler depuis le précédent haut-le-cœur.

C'est une femme bonne, et la mort de Chloë l'a émue, sans l'affliger pour autant. Les riches et les puissants jouissent de suffisamment de réconfort avant d'être enlevés au monde. Pourtant, à son corps défendant, elle est tombée amoureuse de Marina. Elle a le sentiment absurde qu'en un sens, l'enfant lui appartient. Cela ne peut pas bien finir. Dans quelques jours, la petite fille lui sera retirée et elles ne se reverront jamais.

Ce n'est pourtant pas ce qui se passe.

Peut-être est-ce sa présence constante sur le pont, peut-être est-ce le fait qu'elle est une femme et est donc invisible aux hommes qui parlent en sa présence comme si elle était un montant de porte ou un mouton, mais elle est la première à sentir que l'équipage éprouve le sentiment croissant de n'avoir pas été absout par l'apaisement soudain de la tempête. Un certain Joséphus les a convaincus que s'ils ne prenaient pas les choses en main, ils seraient tous passés par le fil de l'épée à leur arrivée à Tarse. Il a cinq poignards tatoués sous son oreille gauche, un pour chaque homme qu'il a tué, suppose Lychorida.

Terrifiée, elle demande audience au capitaine qui accorde, lui aussi, fort peu de poids aux propos des femmes et balaye ses soucis d'un revers de main, ce qui lui vaut de se réveiller cette nuit-là, juste avant le quart médian, les bras cloués au matelas, une main crasseuse sur la bouche tandis que Joséphus tranche une artère de son cou avec une lame rouillée.

Périclès est profondément endormi, il traverse le sous-bois enchevêtré d'une forêt obscure. Puis des cris et des bruits sourds résonnent au-dessus de sa tête, il est réveillé et le chirurgien se précipite dans sa cabine, verrouillant la porte derrière lui. Les robustes gardiens du prince sautent de leurs hamacs. L'envie de mourir est une chose, la perspective de se faire tuer en est une autre. C'est une danse que Périclès connaît bien et qui exige une parfaite concentration sur le moment présent.

Il bondit sur ses pieds et lance au chirurgien « Dites-moi tout », et s'il venait à ses deux gardiens l'idée de faire cause commune avec les mutins, la transformation du prince les ferait promptement changer d'avis.

Le chirurgien est terrorisé et son récit confus. Ce qui apparaît clairement, cependant, c'est que la majorité de l'équipage a lié son sort à celui de Joséphus. Le capitaine et le second sont morts. Il paraît raisonnable de supposer qu'il ne reste pas de marins loyaux vivants hors de cette cabine.

Le fer d'une hache traverse le panneau supérieur de la porte. Marina est dans la cabine voisine avec sa nourrice. Si les mutins ne se sont pas encore emparés d'elle, cela ne saurait tarder. Périclès n'a pas d'armes et les autres n'ont que les couteaux qu'ils portent toujours sur eux pour se dégager de cordages emmêlés avant que le nœud ne se resserre au risque de sectionner un pied ou une main. Ils entendent tous Lychorida hurler. Périclès suit les événements comme si c'était une partie d'échecs. Il n'est pas encore mat. Il lui reste des coups à jouer, pourvu qu'il les repère. La hache s'enfonce à nouveau dans la porte. Encore un impact, et leurs agresseurs pourront passer par la trouée déchiquetée. Il ouvre tout grand le poêle et se sert des pinces pour remplir le pot de chambre de tisons brûlants. « Ouvrez la porte. » Le chirurgien hésite. Les mains de Périclès brûlent. « Ouvrez la porte ou je vous jure que par les dieux… » Le chirurgien tire le verrou, le battant s'écarte et Périclès jette les charbons rougeoyants au visage de l'aspirant qui brandit sa hache pour porter un coup décisif. L'homme lâche l'outil et hurle, portant les mains vers son visage brûlé, son pourpoint fumant.

Par-dessus son épaule, Périclès voit la nourrice entraînée par le cuistot irlandais, sa petite fille pendant au bout du bras du lieutenant comme un lapin dans la main d'un braconnier. Il ramasse la hache par terre et les prend en chasse.

Ce qui suit est une histoire qu'il aurait pris plaisir, en d'autres temps, à raconter au dîner, une histoire qu'il aurait rangée à côté de maintes autres du même genre pour se divertir ou divertir autrui aux heures oisives que certains hommes emplissent de poésie. Cela n'a aucun sens à présent. Il sauve sa fille et la nourrice. La mutinerie est écrasée. Il tue sept hommes de sa propre main, deux avec la hache, cinq avec les épées de ceux qu'il a tués avec la hache. Les marins engagés pour surveiller le prince dans sa cabine se battent désormais à ses côtés, et trucident six autres hommes. Le coq et le lieutenant sautent par-dessus bord tels des démons rentrant chez eux après une incursion avortée dans le monde de la lumière. Joséphus et ses hommes de main sont solidement ligotés, mais Joséphus mourra de ses blessures avant qu'ils ne débarquent à Tarse.

La nourrice a un œil au beurre noir et trois doigts cassés, et le bras du bébé porte une estafilade. Périclès, qui devrait être soulagé, est assis sur le pont, adossé au plat-bord, ensanglanté et essoufflé, la fièvre refluant déjà, à nouveau captif de l'intervalle sans air entre un passé qu'il ne peut changer et un avenir dans lequel il a peur de s'engager. Le chirurgien nettoie et recoud les plaies, et les corps des mutins morts sont passés par-dessus bord. La lune est pleine. Certains disent que c'est un autre monde, un grand désert dans le ciel, des collines, des plaines, des vallées. Il y est déjà. L'aridité, la distance infranchissable.

En d'autres circonstances, Lychorida se serait réjouie qu'il soit encore de ce monde, elle l'aurait remercié de leur avoir sauvé la vie et aurait posé Marina dans ses bras, mais la férocité avec laquelle il s'est battu pour les secourir la terrifie presque autant que la brutalité de leurs ravisseurs. Elle a appris à ne pas se faire d'avis sur ses supérieurs de crainte qu'il ne se transforme en paroles irrévocables, mais elle pense que le chagrin du prince a fait de lui un monstre. Si Marina lui doit peut-être la vie, elle n'en mérite pas moins un meilleur père. Il leur faut trois jours pour rejoindre Tarse avec un équipage de quatre hommes manœuvrant une unique voile. Durant ce temps, le prince ne cherche pas une seule fois à voir son enfant. Lychorida en est soulagée.

Ils entrent au port sans s'être annoncés mais battant pavillon royal, ce qui provoque une agitation fébrile sur le quai d'où les pêcheurs et les marchands sont chassés tandis que l'on prépare hâtivement une cérémonie d'accueil *ad hoc* – bannières, pergolas, dignitaires, un trio de prêtres. Périclès n'éprouve qu'un vague intérêt pour tout cela. Ils pourraient aussi bien s'amarrer dans les Orcades ou au milieu du cours du Nil. Le chirurgien est maintenant le doyen des membres d'équipage et il ne lui appartient pas de houspiller et de réprimander un prince. Ce n'est que lorsqu'il apprend que le couple royal, Cléon et Dionyza, est sur le débarcadère que Périclès daigne monter à bord d'une guigue et se faire conduire à terre.

Ils rejoignent le quai au milieu d'un vacarme de trompettes importunes, Périclès flanqué du chirurgien et de Lychorida qui porte Marina dans ses bras. Les deux marins survivants les suivent, arborant tous deux des bandages et l'un boitant fortement. Personne n'a besoin de voir le regard vide de Périclès pour comprendre que la situation est grave. Ce sont les rescapés d'un massacre qui regagnent leur camp en titubant. Les trompettes se taisent l'une après l'autre, jusqu'à ce qu'il faille administrer une calotte à un jeune homme exubérant qui continue à jouer avec entrain, les yeux fermés.

« Nous n'avons reçu aucune nouvelle », observe Cléon qui n'a pas vu Périclès depuis la visite nocturne meurtrière. « Nous craignions que vous n'ayez péri. » Il serre Périclès contre lui dans une étreinte fraternelle et celui-ci répond par une piètre imitation de ce geste. Le chirurgien marmonne des excuses parce qu'il se permet de prendre la parole sans y être invité et garde les yeux rivés au sol, entre ses pieds. « Le prince a subi un grand malheur… » Il cherche à donner à son récit un semblant de conclusion optimiste en racontant comment Périclès leur a sauvé la vie lors de la mutinerie, mais ce tableau a le son creux d'une aventure puérile après la description de la mort et de l'inhumation de Chloë.

Cléon et Dionyza posent d'un même geste les mains sur les épaules de Périclès, comme s'ils étaient une seule personne désireuse de le consoler.

— Je suis profondément navrée, murmure Dionyza, et j'ai peine à imaginer votre tristesse.

— Venez, ajoute Cléon. Vous serez toujours chez vous ici.

Deux attelages conduisent les passagers au sommet du coteau à travers les rues pavées, rejoignant le palais où le prince est installé dans une suite d'une opulence railleuse, dans l'espoir que le temps dissipera le délire fiévreux de son chagrin. À la tête du lit, une tapisserie représente, inopportunément, le supplice de Marsyas écorché vif.

Les événements extraordinaires de la dernière semaine les ont tous ébranlés au point que les distinctions sociales s'effacent provisoirement. Le chirurgien, Lychorida et Marina se voient ainsi attribuer deux suites adjacentes composées de pièces modestes, et les deux marins qui, dans tout autre port, auraient été heureux de dormir sur n'importe quelle surface plate et sèche partagent une chambre d'invités donnant sur la cour du palais. Leurs draps sont changés tous les jours ; des esclaves leur apportent de l'eau chaude pour le bain du matin ; des pistaches, des anchois, des oranges et des pâtisseries locales saupoudrées de sucre sont disposés sur des plateaux sans cesse réapprovisionnés ; les pichets de vin se remplissent comme par enchantement. Les marins s'empiffrent et s'enivrent plusieurs jours durant jusqu'à la nausée, avant d'être discrètement transférés dans une taverne.

Le prince est invité à dîner avec Cléon et Dionyza le premier soir. Pluviers et pâtes d'amandes, espadon et ananas. Il les prie d'excuser l'incivilité apparente de l'absence de tout message de sa part après son départ précipité et sanglant. Il leur raconte leur course à travers la ville éclairée par la lune jusqu'au pied de la colline, le plongeon glacial, la tempête, le spectre de Marlénus, les salicornes, le lutteur marocain aux yeux furieux… C'est suffisamment éprouvant. Il ne peut en dire davantage sans pleurer.

Cléon lui apprend que les barbus armés de chaînes se sont évanouis dans la nuit, ne laissant derrière eux qu'effroi et cadavres, que le corps de Marlénus a été rejeté sur la grève le lendemain, qu'Antonio et lui ont reçu des funérailles dignes de héros et sont enterrés dans le cimetière du palais lui-même.

Le prince donne l'impression de ne regarder ni la pièce ni ses hôtes et de n'avoir d'yeux que pour quelqu'un ou quelque chose qui réside dans un monde superposé à celui-ci.

Dionyza dit : « Nous avons vécu une semaine mouvementée, nous aussi. » La formule est malvenue, mais elle n'en trouve pas de meilleure. « Nous avons eu nous-mêmes une petite fille. Elle a cinq jours. Elle s'appelle Phoebe. » La coïncidence est déjà troublante, mais seule la nourrice Lychorida, qui prendra plus tard la peine de faire le calcul, se rendra compte que les deux fillettes sont nées à la même heure du même jour. Pour des raisons qui lui échapperont, cette concomitance lui paraîtra dangereuse et elle ne la confiera à personne.

Dionyza espère que la nouvelle remontera le moral de leur invité, qu'elle le ramènera au présent, l'aidera à penser à la vie plutôt qu'à la mort, mais le sujet ne fait que le bouleverser davantage. Ils le voient entrecroiser ses doigts pour empêcher ses mains de trembler.

Le repas pénitentiel est écourté et Périclès rendu au réconfort de ses appartements. Le lendemain, Cléon lui adresse une invitation ouverte à venir dîner avec eux chaque fois qu'il en aura l'envie, à monter à cheval, à se promener dans les jardins, à prendre des bains de vapeur, à assister aux jeux de septembre qui débutent dans une semaine. Périclès envoie une réponse expliquant qu'il n'est de bonne compagnie pour personne. Il ne va pas voir sa fille non plus. Cela ne passe pas pour de la négligence. Dionyza elle-même confie son enfant à des nourrices pendant la plus grande partie de la journée, et Périclès n'est qu'un père. Il y a cependant d'autres manquements moins excusables. Il n'écrit pas à Simonide et Lucina pour leur annoncer la mort de leur fille. Il n'écrit pas à ses propres parents pour justifier son absence prolongée. Cléon doit se charger de ces deux obligations à sa place.

La rumeur que le prince de Tyr a perdu l'esprit commence à se répandre.

Perdre l'esprit serait une bénédiction. Les pensées de Périclès sont douloureuses et refusent de se laisser ignorer. Des souvenirs, surtout – l'aplomb avec lequel Chloë avait sauté sur la selle de l'étalon pommelé que son père prétendait qu'elle ne pouvait pas monter, sa cuisse contre sa cuisse pendant qu'ils grignotaient des cailles tandis que le cracheur de feu tenait tout le monde sous son charme, des échos de sa voix, si clairs et si précis qu'il la croit dans la pièce. Ils sont plus réels que cette chaise, que ce lit. Il voudrait s'en affranchir, mais quand les détails commencent à s'estomper, l'oubli est plus douloureux encore et il aspire à retrouver la blessure de leur clarté antérieure.

Presque chaque nuit, il est hanté par une variante du même rêve dans lequel il saute par-dessus bord derrière le cercueil improvisé. Il ne peut pas le voir. Ou bien il ne peut pas nager. Ou bien il ne peut pas l'attraper. Ou bien il le trouve mais ne peut pas l'ouvrir. Ou bien le cercueil s'enfonce lentement dans les ténèbres impénétrables sur une chaîne de bulles d'argent. Parfois, il s'accroche à la caisse qui s'abîme et au moment de se noyer, il se réveille, suant et tremblant, dans son lit solitaire éclairé par une bougie. Il s'approche de la fenêtre en titubant pour dissiper ses songes. Une vague fumée de bois et une lune crème.

Son corps le trahit. Il sent des blessures dont il se croyait remis – une douleur à la base de la colonne vertébrale, souvenir d'une chute à Karchedon, qui l'oblige à marcher comme un petit vieux quand il se lève d'une chaise, un pincement en dents de scie sous le bras droit, là où la lame d'un Français a effleuré son poumon, une sourde palpitation à l'arrière du crâne à l'endroit où il a reçu un coup pendant la mutinerie, un voile qui va et vient comme du brouillard dans son œil droit. Ce sont des punitions, il en est certain.

Il ne veut pas manger. Il ne boit que parce que son corps le réclame. Il passe la main sur le dos des livres de la bibliothèque, mais quand il ouvre un volume, son œil est incapable de retenir la page. Il oublie une ligne pendant qu'il lit la suivante. Rien n'a de sens, rien ne reste. Il se rend sur les tombes d'Antonio et de Marlénus. Il n'éprouve pas assez, il éprouve trop. Il se tient sur le balcon où les corneilles mantelées s'alignent le long de la balustrade de marbre pour échapper au flamboiement de l'après-midi et il est insensible à la majesté de la vue, les toits telles des mottes d'argile orange tournées descendant jusqu'au port, la forêt de mâts, les balafres de toile blanche, le miroitement de l'océan, le trio d'îlots. Il se promène un jour sur deux dans le jardin égyptien avec Cléon, pour ne pas paraître ingrat et indifférent à son hospitalité. Il regarde son hôte distribuer des graines de tournesol et des noix de macadamia à ses trois perroquets familiers, mais il ne dîne pas, il ne se montre pas en public. Il se transforme peu à peu de prince en visite en vieux chien proche de la fin, qu'on emmène faire un peu d'exercice de temps en temps mais qu'on laisse le plus souvent dormir sans le déranger.

L'aube vient de se lever quand ils voient la caisse. Ils rentrent au port, épuisés et de mauvaise humeur, alors qu'une nouvelle pêche médiocre a laissé les paniers à moitié vides près de la proue – girelle, brème, un jeune requin-tigre qui n'a pas l'air en bonne santé. Ils sont tentés de passer à côté sans s'arrêter. La caisse contient quelque chose, sûrement, car elle est très enfoncée dans l'eau, mais les dieux leur ont tourné le dos avec une telle obstination ces derniers mois qu'ils découvriront, ils n'en doutent pas, qu'elle est remplie de viande rance, de farine détrempée ou de poteries brisées. Elle n'en promet pas moins un léger divertissement, cependant, et nul ne peut résister à l'espoir ténu de découvrir un trésor qui transformera leur vie. Alors ils s'approchent à couple, glissent une corde sous chaque extrémité de la caisse et la hissent à bord.

Elle est très lourde, vraiment, probablement pleine d'eau de mer, mais ils se demandent pourquoi quelqu'un a pris la peine de l'enduire de goudron. Et si quelqu'un s'est donné le mal de calfater une caisse pareille, pourquoi l'avoir fait avec un tel dilettantisme ?

— Je me brise le dos pour un déchet qu'on a balancé à la baille.

— Tu as vraiment envie d'entendre un autre équipage se vanter d'avoir sorti de l'eau une caisse d'opales ?

— La voilà.

La caisse heurte durement le pont et se retourne. Il y a de l'eau dedans, c'est sûr, mais aussi une masse plus lourde qui clapote d'avant en arrière, quelque chose de gros.

— Ouvre-la donc.

Gaius attrape un couteau et le glisse à l'endroit où le couvercle rejoint l'angle, sous la couche noire poisseuse. Le bois vole en éclats. Levant un pied, il le pose sur le manche du couteau pour engager la pointe plus profondément dans l'interstice, comme s'il enfonçait une bêche dans de la terre dure. Le couvercle cède, et l'eau se répand sur le pont. Et avec l'eau retombe une main, pâle, menue, immobile. Tous reculent.

— *Neptuno has ago gratias meo patrono*, murmure Nonus pour lui-même, *qui salsis locis incolit pisculentis…*

— Et si ce n'est pas humain ? s'inquiète Nikolaos.

— Tu es un enfant, Nikolaos, dit Mettius. Fais-nous le plaisir de tenir ta petite langue.

Gaius enfonce le couteau dans l'angle opposé de la caisse. Le couvercle se détache entièrement, et le corps d'une femme retombe sur le pont, emporté par le reste d'eau. Elle est enveloppée d'un linceul trempé, contusionnée et ensanglantée, le nez cassé. Nikolaos fait un bruit de petit garçon effrayé. Ce scénario ne figurait dans aucun de leurs fantasmes. Mettius se baisse alors et ramasse un sac de jute trempé que les autres n'ont pas encore remarqué. Il le fend comme le ventre d'un lapin. Des pièces d'or s'entrechoquent sur le pont mouillé. Des tétradrachmes ? Ils n'en ont aucune idée. Ils n'ont encore jamais vu de monnaie de cette valeur. Mettius rejette la tête en arrière et se met à hurler comme un loup et tous perçoivent le changement d'humeur. Ils sont pauvres, ils ont tous un couteau à la ceinture et un accident est vite arrivé en mer.

— Passez-la par-dessus bord, ordonne Mettius. Personne ne bouge, personne ne parle. Elle ne sert plus à personne maintenant.

Mais Korax tient un morceau de parchemin qu'il a sorti du sac que Mettius a laissé tomber. « Nikolaos ? »

Nikolaos prend le parchemin. Quelque chose est écrit dessus, en grec, qu'il est capable de lire tant bien que mal. L'encre a coulé, mais le texte est encore lisible. Ses compagnons sont tous illettrés. S'il réfléchit assez vite, il réussira peut-être à inventer un message qui les ramènera tous au port vivants.

— Lis-nous ça, philosophe, lance Mettius tout en ramassant les pièces d'or une par une.

Le message est tellement insolite, pourtant, que Nikolaos ne pense plus à en changer la teneur. « ... *et employez cet argent pour lui accorder des funérailles dignes de la fille d'un roi.* »

Mettius lui arrache le parchemin des mains, le déchire en quatre morceaux qu'il jette à l'eau. « Qu'importe à présent qui elle est ! » Il brandit deux piles de pièces d'or entre ses pouces et ses index. « Voilà ce qui compte. » Il retient le regard de chacun des hommes pour s'assurer qu'ils ont compris. Il laisse tomber les pièces dans ses poches et attrape Nikolaos par le menton.

— Qu'avons-nous trouvé dans la caisse ?

— Le corps d'une femme.

— Si malin et si bête. Il gifle Nikolaos et lui reprend le menton.

— Qu'avons-nous trouvé dans la caisse, mon garçon ?

— Elle bouge. C'est Nonus.

Mettius lâche Nikolaos. Tous les yeux se baissent. La femme tressaille, puis se retourne, toussant et rejetant de la bile et de l'eau de mer sur le pont. Mettius se baisse et lui attrape un bras. « Flanquons-la par-dessus bord avant que vous ne commenciez à avoir des scrupules, bande de poules mouillées. »

Il l'a hissée par les aisselles au moment où Nikolaos le frappe. Le garçon n'est pas costaud et le coup digne d'une cour de récréation est maladroit, mais il suffit à déséquilibrer l'homme de plus haute taille, qui lâche la femme et tombe, tête la première, sur les planches. Gaius attrape la femme et la traîne sous l'abri en dur. Nikolaos n'a aucun plan, mais il n'arrive plus à réprimer la colère accumulée durant trois ans d'humiliation, c'est tout. Il tire son couteau de sa ceinture, et l'enfonce dans l'arrière de la cuisse de Mettius. Mettius pousse un rugissement. Korax et Nonus échangent un regard, puis se tournent vers Gaius. Ce qu'ils doivent faire tombe sous le sens, mais il faut qu'ils soient tous d'accord pour en partager la responsabilité.

Mettius ne tient plus sur ses jambes. « Aidez-moi ! »

Nikolaos lève à nouveau son couteau, mais les autres l'écartent. Il a déjà fait sa part. Chacun glisse une main sous les jambes de Mettius et ils le soulèvent ensemble, de sorte qu'il pivote au-dessus du tableau arrière et tombe à l'eau. Il se retourne et s'agrippe au gouvernail.

Korax brandit son propre couteau, obligeant Mettius à lâcher prise avant d'avoir les doigts tranchés. « Ramez ! » crie Korax. Nikolaos attrape un aviron. Mettius se débat dans l'eau. Il ne sait pas nager. Nikolaos et Nonius glissent les rames dans les dames de nage, s'asseyent sur le banc et souquent ferme. Gaius enveloppe la femme trempée dans un prélart.

« C'est moi qui ai l'or ! » hurle Mettius. Il brandit une des pièces en riant, comme s'il allait faire la bringue en enfer à leurs dépens. Korax hisse la voile. Mettius est submergé et refait surface une dernière fois. Puis il disparaît.

Ses anciens collègues sont à une heure du port, ce qui leur laisse le temps de peaufiner les détails de l'histoire de leur capitaine qui s'est noué une corde lestée autour de la cheville avant de se jeter par-dessus bord. Il ne paraît pas invraisemblable qu'un homme empli de tant de rage finisse par s'en prendre à lui-même. Et puis, personne ne posera de questions, sa femme moins que quiconque, quoiqu'ils auraient bien aimé avoir une ou deux pièces d'or à lui donner pour l'aider à nourrir ses enfants.

Chaque homme fait don d'un vêtement sec. La femme tremble de tous ses membres et elle est incapable de parler, mais elle est vivante. Aucun d'eux n'a encore vu de représentant d'une famille royale en chair et en os, et ils ne s'attendaient certainement pas à en découvrir un en aussi piteux état. L'épouse de Périclès de Tyr, à en croire le parchemin, mais ils ne peuvent le dire à personne, de crainte que quelqu'un ne s'enquière du reste du contenu du sac. Elle a l'air d'avoir perdu un long combat de boxe contre un adversaire bien plus costaud qu'elle. Était-ce un châtiment ou une erreur ?

Qui lui a fait cela, des parents ou des ennemis ? Les hommes vivent un conte de fées. Ils ont pêché une princesse dans la mer, pendant une minute entière, ils ont été riches au-delà de leurs rêves les plus fous, ils ont tué un homme et les revoilà pauvres. La perte fait l'effet d'une forme de dédommagement pour la vie qu'ils ont prise, mais ces pièces d'or scintilleront dans leurs rêves jusqu'à la fin de leurs jours.

LE *SERPENT*

Pendant des jours entiers, Périclès oublie qu'il a une fille. Peut-être est-ce aussi bien, dans la mesure où à chaque souvenir d'elle succède immédiatement celui de la chambre éclaboussée de sang et l'image de la caisse clouée, goudronnée et basculée dans la mer.

Cléon est attristé de voir son ami souffrir et déçu qu'ils ne puissent pas bavarder comme autrefois. Pas de volcans, pas de monstres marins. Les sentiments de Dionyza sont plus complexes, comme toujours. Elle est plus intelligente et plus compétente que son mari, mais on ne lui a jamais confié de tâche à la hauteur de ses capacités. Aussi doit-elle feindre la soumission et agir subrepticement sur le monde. Personne ne le dira, mais elle a su piloter la maison royale à travers la plus rude des tempêtes. Dans le repli de son cerveau qui n'obéit ni aux lois de la raison ni à celles de l'argumentation, elle pense que Périclès a été tout à la fois le sauveur de la cité et sa récompense personnelle. Il lui a ensuite été retiré. Et voilà qu'il est revenu, marié, veuf, détruit, en compagnie d'une enfant née en même temps que la sienne. L'univers se joue d'elle.

Et Marina ? Si elle n'a pas de père, elle a Lychorida. Il est entendu que la nourrice restera ici puis poursuivra sa route vers Tyr avec sa protégée lorsque le prince sera remis. On ne lui demande pas son avis à ce sujet. On lui demande rarement son avis sur quoi que ce soit. Elle a cinquante ans. Elle a gagné sa liberté à Pentapolis. Un an encore, et elle aurait partagé une petite propriété avec sa sœur et son beau-frère. Elle attendait avec impatience une vieillesse où elle apprendrait à se faire plaisir, à employer son temps à sa guise et à se faire des amis, à coudre ses propres vêtements, à cultiver des noix et des figues, à élever des poules, à admirer des couchers de soleil de la première à la dernière minute et à dormir après l'aube. Cela n'arrivera pas. Ces accords ne sont jamais écrits et il est impensable de rappeler à de nouveaux maîtres des obligations anciennes. Il y a des compensations. Elle ne lave pas de linges souillés, elle ne soigne pas un oncle incontinent au cerveau ramolli relégué dans une dépendance isolée. Elle a passé l'âge où son corps pouvait être utilisé librement par des jeunes gens titrés. Elle est profondément attachée à ce tout petit enfant qui a perdu le mauvais parent à sa naissance, et Marina est de plus en plus traitée comme une compagne de Phoebe, ce qui place Lychorida à l'intérieur d'un cercle enchanté. Elle est en sécurité, elle est au chaud, elle est correctement nourrie. Combien de femmes de son âge et de son rang pourraient en dire autant ?

N'obtenant pas de réponse du père de Périclès à Tyr, Cléon respecte un délai diplomatique avant de rédiger une seconde lettre, supposant que son précédent message aurait pu s'égarer. Une prompte réponse du préteur explique que « Le roi n'a pas été disposé à répondre à votre dernière lettre, affligé par l'absence prolongée de son fils. Mais il a été malade, et il l'est de plus en plus. Aussi est-ce moi qui vous écris, à titre privé et à l'insu du roi. Je crains fort que ses jours ne soient comptés. Je me permets donc d'exhorter le prince à rentrer chez lui aussitôt que possible ».

Périclès n'est pas très ému par le décès imminent de son père ni par sa propre accession au trône qui en découlera, mais le devoir et l'attente le contraignent. Cela fait trois ans qu'il doit entreprendre ce voyage. Qu'il en soit ainsi. Il demande à Cléon et à Dionyza de bien vouloir s'occuper de Marina. C'est un embarras dont il n'a pas besoin, ils sont de meilleurs parents qu'il ne le sera jamais et les dieux seuls savent comment une enfant aussi jeune supporterait l'anarchie dont Tyr sera le théâtre s'il ne réussit pas à neutraliser les chacals qui ne manqueront pas de se masser autour de la dépouille de son père.

Le *Serpent* et son équipage lui sont offerts en présent. C'est le moins qu'ils puissent faire, songe Cléon, sans pouvoir s'empêcher de considérer que c'est un prix raisonnable en échange de la disparition d'un nuage qui assombrit son propre esprit et le palais en général.

Périclès se cuirasse pour dire adieu à sa fille. Il est obligé de se faire indiquer l'emplacement de la chambre donnant sur la troisième cour où elle passe le plus clair de ses journées, ce qui donne la mesure de son manque d'intérêt. Elle est couchée sur un tapis en peau de mouton noir dans un tout petit fauteuil qui bascule d'avant en arrière quand elle se tortille. Les côtés de bois ciré représentent des silhouettes d'éléphants. La nourrice est inclinée sur elle, agitant des pois enfermés dans un tronçon de bambou scellé. Périclès constate avec soulagement que la fille de la reine et sa propre nourrice sont également dans la pièce. Leur présence prêtera un aspect formel à cette rencontre.

Son regard s'attache à celui de la nourrice. Lychorida. Son nom lui revient, maintenant. Il redoute que s'il contemple l'enfant, s'il prononce son nom, quelque chose de vital cède dans sa poitrine. «Je retourne à Tyr. Mon père est mourant. Je crains que le chaos soit inévitable… » Pourquoi est-il venu ici au lieu d'appareiller au plus vite? Voulait-il obtenir l'absolution de cette vieille femme? «Je ne suis de bonne compagnie pour personne. Je n'aimerais pas que ceux qui me sont proches soient rongés par ce qui me ronge.» Cet aveu le surprend. Pourquoi dit-il cela à une esclave? Peu importe. Il lèvera l'ancre dans la matinée. « L'océan sera une forme de quarantaine.» Il s'imagine poursuivant sa course, passant devant l'embouchure du port de Tyr, devant Cythère, Syracuse, entre les colonnes d'Hercule puis faisant cap vers le nord et remontant l'Atlantique jusqu'au point où les cartes s'arrêtent et où commencent les glaces.

Lychorida est furieuse de sa froideur, et craint qu'il n'en prenne conscience. En un mois, c'est la première fois qu'il se trouve dans la même chambre que son enfant. Même maintenant, il ne supporte pas de regarder Marina. En vérité, il ne regarde rien. Ses yeux sont vides. La colère de la nourrice se dissipe. Il n'y a personne contre qui se mettre en colère. L'homme qu'elle a devant elle n'est pas celui qui a quitté Pentapolis.

On dirait un corps mort – plus petit, plus pâle, plus vide. Il pourrait entrer dans une pièce sans que personne tourne la tête.

« Je viens prendre congé… »

Son départ se fait dans la plus grande discrétion. Cléon ne souhaite pas donner à la population l'occasion de se repaître de l'image d'un grand homme brisé. Il n'y a pas de cérémonie. Il pleut hors saison. Si ce n'était la présence du couple royal et de sa garde, le navire pourrait raccompagner un diplomate de rang modeste ou expédier une cargaison de carreaux peints vers les villes côtières d'Égypte. Des mouettes se chamaillent et sautillent. Un colosse torse nu débite un thon avec un fendoir. Un trio de marins marocains joue aux osselets sous une toile à moitié réparée soutenue par des avirons.

— J'ai été un invité fort ennuyeux et fort ingrat.

— Nous en avons reçu de bien pires, rétorque Dionyza mais personne n'a le cœur à rire.

Cléon lui assure qu'ils traiteront Marina comme leur propre fille.

— Je suis profondément navré. Périclès adresse ces mots au ciel.

— Nulle parole ne saurait faciliter ce départ. Nous ne pouvons que vous souhaiter bonne chance.

Tout le monde est soulagé quand Périclès se retourne et s'éloigne du dais sous la pluie fine. Un chien errant effraye un cheval qui se cabre et hennit à l'arrière de la très modeste assistance. Périclès s'engage sur la passerelle. Une légère secousse à l'endroit où elle refuse de reposer d'aplomb sur les galets. Un mince réconfort, quitter la terre dure et impitoyable. Le capitaine le salue.

Une peau sombre, tannée, une unique dent en or et un sourire de travers. Khalid. La main à plat sur sa poitrine et une infime courbette. Aucune idée du caractère de l'homme. Périclès a perdu la faculté de juger autrui. Arrivé au bastingage, il fait demi-tour et contemple la cité. Un coup de sifflet. Les cordages sont dénoués des cabestans du quai et jetés aux marins qui attendent sur le pont. La passerelle est rangée et le skiff du pilote attaché à la proue à l'aide d'une corde, dix rameurs prêts à haler le navire à travers l'étroite embouchure du port par ce jour presque sans vent. À l'aide de perches, on écarte la coque des buttoirs de chanvre qui bordent le quai.

Doit-il agiter la main ? Il craint que cela ne lui donne l'air d'un enfant. D'un autre côté, ne faire aucun geste paraîtrait impoli. Il s'apprête à lever le bras quand Cléon et Dionyza font volte-face et se dirigent vers l'attelage qui les attend, quatre courtisans marchant à leurs côtés pour maintenir le dais au-dessus de leurs têtes. Les rameurs prennent le relais et le pilote entonne d'une voix rauque la chanson qui imprimera le rythme aux avirons.

Il rentre chez lui.

Il mettra quatorze ans à comprendre que c'est la pire sottise qu'il ait jamais faite.

Arrivés à quai, Gaius et Nikolaos déchargent les paniers pendant que Korax et Nonus conduisent la femme chez le docteur, au sommet de la colline. Il n'est pas vraiment médecin mais il a des livres, ce qui constitue une recommandation suffisante dans cette petite bourgade. Ils ne parlent pas de l'or qu'ils ont trouvé puis perdu, mais demandent poliment s'il peut les tenir informés de l'état de la femme, et le vieux Kérimon promet de laisser un message au capitaine de port dans quelques jours. Il ordonne à ses esclaves domestiques d'envelopper la rescapée dans des couvertures propres et sèches et renvoie les deux pêcheurs avec la chemise durcie de sel, le gilet, le bonnet de laine, les chausses et les bottes dans lesquels ils la lui ont livrée.

En vérité, elle n'a pas besoin de médecin. Ses contusions guériront. Son nez se consolidera tout seul, très légèrement décentré néanmoins. Mais dans son esprit, quelque chose d'important s'est brisé qui ne guérira jamais entièrement. Elle ne dormira pas pendant de longs jours d'affilée, et par la suite, elle ne dormira jamais profondément, sachant qu'elle se réveillera dans le courant de la nuit pour se retrouver dans son cercueil flottant. Chaque fois qu'elle entrera dans une petite chambre ou qu'elle se trouvera au milieu d'une foule compacte, son cœur s'emballera, elle se mettra à transpirer abondamment, sera prise de nausées et aura du mal à respirer. Elle laissera toujours les portes ouvertes et si un battant claque derrière elle, elle fondra en larmes. Elle ne mettra jamais les pieds dans une grotte, une cave ou un tunnel. Elle acceptera, après bien des années, de prendre la mer, mais ce sera une épreuve, et elle ne le fera qu'une fois. Elle ne se sentira vraiment à l'aise qu'à l'extérieur, au grand jour, loin de la côte. Et même alors, il lui arrivera de céder à des instants de panique aveugle qui la submergeront sans avertissement ni explication.

Elle parle pour la première fois vers la fin du troisième jour. Elle remercie Kérimon de sa bonté et lui demande de remercier également les pêcheurs de sa part. Elle le prie de l'excuser si elle ne peut rien lui dire de la manière dont elle est arrivée ici. C'est un mensonge et, en même temps, ce n'est pas un mensonge. Il était une fois une fille de roi qui avait épousé un prince et ils s'aimaient au-delà de toute mesure. Cela s'était passé il y a fort longtemps, dans un pays lointain, et il n'existe aucun lien entre cette femme et celle qui est assise ici, sur la terrasse, sous la treille.

Elle dit : « Je m'appelle Emilia. »

Elle n'a passé que deux jours en mer, tout au plus, mais cela a suffi pour briser la carapace à l'intérieur de laquelle elle avait passé toute sa vie. Elle est ordinaire, désormais. La vie est frêle, et elle ne peut plus tenir quoi que ce soit pour acquis. Les journées sont tout ce qu'elle a, et elles peuvent être gaspillées ou chéries, aussi difficiles qu'elles soient parfois. Il est bon de marcher sur des pierres sèches et chaudes, il est bon de manger du pain frais, il est bon de boire de l'eau fraîche et pure. Si elle rencontrait aujourd'hui ce prince, qu'aurait-elle à lui offrir ? Qu'aurait-il à lui offrir ? Et son enfant ? Y penser est ce qu'il y a de plus cruel, une béance dans son ventre aussi douloureuse que l'accouchement qui a bien failli la tuer. Elle ne sait même pas si l'enfant a survécu. Si c'est le cas, il grandira choyé et dorloté, et n'aura rien de commun avec Emilia, à moins qu'il ne traverse un cercle de feu comparable, qui vous dépouille de tout privilège et de toute prétention. Qui pourrait souhaiter pareille chose à quiconque, et surtout à son propre enfant ? Mieux vaut que Chloë soit morte pour tous, pour son enfant, pour son mari et pour elle-même.

C'est un froid après-midi de novembre. Dans la lumière tamisée d'une vaste chambre, le corps d'un vieillard est allongé sur un lit, respectueusement couvert jusqu'à la taille d'un drap de lin. Des branches de cyprès et de pin sont disposées de part et d'autre des portes. Treize personnages en toges sombres entourent le lit. Deux jeunes femmes sont les plus proches du cadavre, une de chaque côté. L'air est d'une telle immobilité que la fumée s'élève en minces flûtes blanches à hauteur de tête depuis deux porte-encens. Le médecin fait alors un pas en avant, et quelques instants plus tard, elles se brisent en volutes et en nuages. Le médecin fait doucement rouler la tête de l'homme d'un côté. Discrètement, il enfonce une courte pointe d'ivoire dans la nuque, veillant à dissimuler cet outrage apparent aux regards de toutes les personnes présentes. Le mort ne réagit pas et la plaie saigne très peu. Le médecin retire la pointe, recouvre la piqûre d'un tampon plié et repose la tête de l'homme dans sa position initiale. Il adresse un signe de tête aux deux femmes, l'une après l'autre, puis se retire. La plus âgée s'incline pour baiser les lèvres de l'homme. Le geste est plus formel que tendre. Un silence embarrassant se fait, que finit par rompre une femme obèse, d'âge mûr, en prononçant tout haut le nom du mort. Un homme barbu, ridé, au teint de châtaigne et aux mains tremblantes, prononce tout haut le nom de l'homme. Deux autres membres de l'assemblée prononcent tout haut le nom de l'homme. Les deux femmes sont les dernières à se joindre à la mélopée générale. L'enthousiasme est fragile tout d'abord, mais une fois que les différentes plaintes commencent à se fondre dans le chœur général, celui-ci gagne en poids et en sentiment, sans atteindre peut-être la lamentation sincère, quelque chose se libère pourtant et prend voix. Les sœurs se taisent, et l'un après l'autre, les autres suivent leur exemple. L'aînée des sœurs dit tout bas, « *Conclamatio est* ».

Quatre esclaves solidement charpentés, vêtus de linge propre, rasés de près et demeurés invisibles jusque-là dans les angles de la pièce, soulèvent l'homme du lit et le posent par terre, exactement comme il a été soulevé par les bras d'une nourrice et posé par terre quand il est venu au monde. Un prêtre s'agenouille. Il est âgé et a les jambes raides. Il retire le bouchon d'un petit flacon de verre et verse quelques gouttes d'huile sur les deux premiers doigts de sa main droite. Il oint le front du mort. Il remouille ses doigts et oint le torse de l'homme. L'odeur est douceâtre et poisseuse, elle s'accorde mal avec l'encens. Térébenthine et cardamome. Il rebouche le flacon et on l'aide à se relever.

L'homme est ensuite revêtu d'une toge propre. L'opération pourrait se faire maladroitement et prêter à rire, mais les esclaves ont accompli cette tâche si souvent qu'elle tient vaguement du spectacle. Ils ménagent une courte pause quand ils ont terminé, comme s'ils attendaient des applaudissements. L'homme est paré d'une couronne de fleurs, un ingénieux arrangement de fils de fer glissé sous sa tête brièvement soulevée pour que la parure reste solidement en place.

Le prêtre s'agenouille à nouveau. Le mort aura besoin d'une obole pour payer son passage s'il ne veut pas rester sur la grève jusqu'à la fin des temps à regarder les légions de morts transportés vers leur dernière demeure. Mais la mâchoire de l'homme refuse de s'ouvrir. Le prêtre se penche pour faire levier, en vain. Le cadavre est aussi intransigeant que l'homme vivant. En d'autres circonstances, il aurait pu écarter les dents avec un couteau pour y glisser la pièce comme si la tête était une tirelire, mais il ne peut se risquer à faire subir cet outrage au roi. Il faut qu'il trouve une idée, vite. Il écarte la toge pour dénuder le torse de l'homme. Un mouvement gêné parcourt la foule derrière lui. Il pose l'obole sur le sternum, le film poisseux d'huile l'empêchant de glisser. Il recouvre ensuite la pièce de monnaie de la toge qu'il lisse, puis, l'une après l'autre, il pose les mains du cadavre dessus, espérant avoir accompli ces gestes avec suffisamment d'aplomb pour suggérer qu'il s'agit d'une variante autorisée de la procédure habituelle.

Il se redresse, croise ses deux mains devant lui et attend que la salle lui prête attention, puis il dit «*Rex mortuus est*».

Juste au large de Tyr, le *Serpent* est intercepté par un cotre qui bat pavillon royal. Si le fonctionnaire replet est ému par la transformation de Périclès, son attitude n'en trahit rien. L'homme lui présente ses condoléances pour le décès de son épouse. Périclès ressent une fois de plus le léger haut-le-cœur qui accompagne toute mention de Chloë, confirmation réitérée que tout cela est bien arrivé. «J'ai bien peur de devoir vous annoncer une autre mauvaise nouvelle.» Périclès est arrivé trop tard. Son père a rendu l'âme la veille seulement. «Les citoyens n'en ont pas encore été informés. Ils savent seulement que le roi est gravement malade. Le secret peut probablement être gardé jusqu'à demain, mais pas au-delà. »

Périclès contemple la ville encadrée par les mâchoires du port. L'architecture de son enfance – le temple d'Athéna, le long mur de soutènement de la digue, le dôme de la tour est, où il se cachait avec Kremnobatès. Il est maintenant roi de cette ville. Fut un temps où il aurait accepté cet honneur sans sourciller. L'idée qu'il puisse être supérieur à tous les autres habitants de Tyr lui paraît aujourd'hui grotesque. Le conseiller replet se trompe. C'est avec plusieurs années de retard qu'il arrive. Avant même que Périclès ne prenne la mer, son père avait entrepris de dresser un homme contre l'autre. Il est peu probable qu'il ait cherché à guérir les plaies dans l'intervalle. Seuls les dieux savent ce qui est sur le point de se déchaîner. Périclès s'apprête à poser le pied sur un champ de bataille. Il a besoin de conseillers, il a besoin de personnel, de troupes loyales, de connaissances. Il n'est absolument pas préparé à la tâche la plus ardue de sa vie. Pourquoi n'a-t-il pas prévu cela ? Il doit faire preuve de la plus grande vigilance. S'il commet des erreurs, il y aura des morts et ce sera sa faute, une fois encore.

« Je vous recommande de rejoindre le palais incognito. Les rumeurs concernant la grave maladie de votre père ont attisé les passions. Votre sécurité est mon premier souci. Je crains que la dignité ne doive passer après. »

Périclès est conduit à terre à la rame et on le fait monter promptement dans un attelage fermé. Une foule est massée sur l'agora. Des soldats encerclent le temple de Proserpine. La populace a incendié une boutique. Poissonniers, boulangers, charretiers. Deux corps gisent, affalés contre une auge tels des mendiants assoupis. L'air crépite, comme avant un orage. Une statue de son grand-père a été renversée et couverte de boue ou d'excréments. Le fantôme de Chloë effectue tout le trajet à côté de lui. Il parlera à ses sœurs. Il ne peut plus compter désormais que sur le sang. Elles lui diront à qui il peut se fier. *Imagine la cité comme un navire. Imagine qu'une mutinerie couve.*

Ils passent rapidement devant un rassemblement bruyant de gens qui attendent des nouvelles, massés devant le palais, et entrent par une petite porte percée à l'arrière du mur principal, qui sert généralement aux livraisons, aux esclaves et à l'évacuation des ordures. Suivant le conseiller replet et flanqué de deux gardes, Périclès traverse les cuisines. Quelques têtes sont baissées, mais il observe surtout de la perplexité et des regards vides. Peut-être ne voient-ils qu'un dignitaire anonyme accompagné d'une escorte militaire, peut-être reconnaissent-ils le jeune homme mais le méprisent-ils du fait de sa longue absence, peut-être prennent-ils le temps de choisir soigneusement leur allégeance.

L'édifice résonne d'un faible grondement océanique dont il n'a pas le souvenir et qui le déroute. Il ne comprend qu'à l'instant où, arrivés au deuxième étage, ils passent devant une fenêtre donnant sur la cour centrale, dont le quatrième côté s'ouvre sur les pelouses ornementales entre les bâtiments principaux et le mur nord. L'endroit a été transformé en camp militaire. Ils sont mille, deux mille hommes armés. Il dénombre sept rangées de tentes, il voit des chevaux et des chariots, et des tours de barriques d'eau ; un champ de lances fichées dans la terre par leurs hampes étincelle comme l'herbe après la pluie. Il sent une odeur de crottin et de cuir. Des hennissements, des hurlements et le cliquetis du métal sur le métal se fondent en un vacarme général. Il s'arrête. Les soldats qui l'accompagnent s'arrêtent. Il ne veut pas paraître idiot en demandant ce qui se trame.

« Il vaudrait mieux poursuivre notre route », observe le conseiller.

Ils traversent la salle des Écus et longent le couloir sur le sol de marbre bleu tourbillonnant où il s'allongeait, enfant, imaginant qu'il nageait comme un poisson dans les profondeurs océaniques. Ils l'invitent à monter la dernière volée de marches et à entrer dans la salle du conseil par la grande double porte aux charnières de laiton courbées et aux sculptures tarabiscotées représentant des serpents lovés et des faucons qui planent. Et à l'instant suivant, un instant qui s'étire, il est simultanément sauvé et humilié. Ses sœurs sont assises l'une à côté de l'autre à l'extrémité de la table, là où son père fulminait et tapait du poing. Noyer ciré, incrustation de nacre en zigzag sur le pourtour. Personne ne se met debout, personne ne lui donne le titre de roi, personne ne lui présente de condoléances. Est-il en danger ? Il ne s'attendait pas à cela.

Ennia se lève et s'approche. Ses sœurs sont devenues des femmes. Pourquoi devrait-il s'en étonner ? Le temps aurait-il dû interrompre son cours en son absence ? « Frère, sois le bienvenu. » Sa voix est sèche et officielle. « Nous sommes tous profondément navrés d'apprendre la terrible nouvelle que tu nous apportes et nous pourrons consacrer ultérieurement à ton histoire l'attention qu'elle mérite mais pour le moment, il nous faudra la mettre de côté. »

Il aimerait qu'on lui dise ce qui se passe exactement, mais quand il s'imagine formuler cette demande courroucée, il entend la voix de son père la prononcer et cela le déstabilise. *Inspire profondément. Procède prudemment. Sois aimable.*

— Je vous prie d'excuser cette arrivée tardive.

— En réalité, elle serait plutôt prématurée. C'est Corinna. « Ta présence est une complication dont nous nous serions volontiers passées. »

Ennia lui effleure l'épaule. « Tu dois être épuisé par ton voyage. Peut-être préférerais-tu… »

Corinna l'interrompt. « Sa place est ici. » Elle lui jette un regard dur, pour mieux analyser sa réaction. « Je suppose que la mort de notre père te soulage. »

Il a soudain envie de défendre le vieil homme. Il parcourt la pièce du regard. Son escorte armée est à la porte.

« Nous n'avons pas de temps à perdre en subtilités diplomatiques. » Corinna ne détourne pas le regard.

— Des gens meurent.

— Je suis parti pour échapper à notre père. J'aurais cru que cela se passerait de commentaire.

— D'autres que toi n'ont pas eu ce luxe.

Il est dominé. Il a été dominé avant de savoir que la partie avait commencé.

« Assieds-toi », dit Ennia.

Diodore se lève et offre son siège à Périclès. Ou est-ce Pleuron ? Un des généraux de son père. Il ne se rappelle pas leurs noms, et pourtant il avait prévu d'être leur commandant. La place est proche du bout de table, sans être en bout de table. Il rassemble ses esprits avant de s'asseoir. « Quelqu'un pourrait-il m'expliquer ce qui se passe ? »

Corinna attend un instant, retournant dans sa tête une question inexprimée. « Lykomède rassemble des troupes en prévision d'un coup d'État. » Périclès ne reconnaît pas ce nom. « Le tiers de l'armée le soutiendra, un autre tiers est stationné ici au palais, le dernier tiers ira là où le vent dominant le portera. Des émeutes éclatent. Certains tirent prétexte de l'agitation générale pour régler de vieux comptes. La situation ne va pas tarder à s'aggraver si rien n'est fait. Ma sœur et moi nous présenterons aujourd'hui devant le peuple pour lui annoncer la mort de notre père et lui proposer une autre solution qu'une dictature militaire. Il nous serait très utile que tu fasses profil bas et que tu évites de faire des vagues. Des rumeurs t'ont précédé et ton apparence ne fait rien pour les démentir. »

Il comprend à présent que le conseiller n'attendait pas son arrivée dans le cotre pour l'accueillir, mais pour le cacher. Quatorze hommes au visage de marbre le regardent. Ils sont impatients et leur compassion n'est pas à vendre. Fut un temps où il aurait pu entrer dans cette salle et en prendre le contrôle. Fut un temps où il aurait pu entrer dans n'importe quelle salle et en prendre le contrôle. Il n'a jamais cru aux Parques. C'est vous qui décidez de votre propre vie, vous qui voyez les avenirs possibles exposés devant vous et choisissez le plus avantageux. Il se rend compte à présent que c'est une illusion dont on est victime tant que le chemin que d'autres ont choisi pour vous est avantageux. Quand ce chemin dévie vers un terrain plus sombre, plus difficile, on comprend que ce que qu'on a pris pour de la faiblesse chez autrui n'en est pas du tout ; c'est simplement la structure du monde.

Périclès s'assied. Une carte est étalée au centre de la table. Des petites pierres disposées dessus indiquent probablement l'emplacement des garnisons – dans les casernes, l'hippodrome, le port. Il y a deux miches de pain, des olives et du halva, intacts.

Un autre général de son père dont il a oublié le nom dit à Corinna : « Promettre de réduire les impôts donne une image de faiblesse. De surcroît, ils ne vous croiront pas. Ils y verront une promesse en l'air. »

Diodore prend la parole.

— Lykomède n'a rien à offrir que des idées nébuleuses de gloire et de patriotisme.

— Et le fait qu'il est un homme.

— Offrez-leur le commerce et la stabilité. Tous ceux qui comptent comprendront. La gloire et le patriotisme sont des luxes qui passent après la nécessité de nourrir vos enfants et d'avoir un toit au-dessus de votre tête.

C'est une méthode qu'il n'aurait jamais envisagée. Il constate avec embarras que s'il était à la place de ses sœurs, il se serait contenté de faire comme son père, en moins assuré, en moins compétent. Il se lève et annonce qu'il se retire. L'atmosphère dans la pièce se tend légèrement. Deux gardes s'avancent. Corinna dit : « Laissez-le sortir. »

Le conseiller replet surgit à son côté. « On vous a préparé votre ancienne suite. »

On l'escorte hors de la pièce. La conversation reprend aussitôt qu'il a franchi le seuil.

Il est debout à la fenêtre de ses appartements. Il est né dans une chambre, au fond de ce couloir. La nurserie est à un jet de pierre. Sur la table, des moitiés de limettes flottent dans une jatte de verre remplie d'eau. Il y a de la saucisse, il y a de l'encens, il y a deux girafes sculptées dans l'ivoire. Il sent encore la panique étouffante qui l'a fait fuir, mais il n'a plus l'énergie de la combattre. Il a envie de se cacher dans le cellier derrière la cuisine pour manger des loukoums et boire du salep. Mais Mustafa le cuisinier est mort depuis des années, et son père a fait étrangler Kremnobatès quand il a arraché une bouchée de la main d'Ennia. Il est presque certain que les soldats ne le laisseront pas aller jusqu'au dôme de la tour est. Il est tellement abattu qu'il n'a plus la force d'en être outré. Une fresque couvre le mur, en face de la table. La capture de Briséis. L'incendie de la flotte. Le suicide d'Ajax.

Un minuscule scorpion détale sur le bord de fenêtre brûlant. Sa suite est située à l'arrière du palais. Il n'entend rien, il ne voit pas de rassemblement de troupes, pas de panaches de fumée, pas de signes d'insurrection, il ne voit que les maisons bourgeoises pompeuses des riches marchands qui s'élèvent et cèdent la place aux collines.

On vous apprend que la royauté est naturelle et éternelle, que la lignée royale est une vaste courbe qui dessine un arc reliant le passé oublié à l'avenir inconnu, assurant à une cité protection et objectif. Mais ce n'est en réalité que du grand théâtre, une coutume, rien de plus, comme l'argent, comme l'honneur, et si la majorité refuse de continuer à raconter la vieille histoire, elle s'effondre. Il n'y a plus alors de retour en arrière possible. Une fois le voile déchiré, on ne peut plus y croire.

Il y a des nids de cigognes sur les cheminées les plus hautes, des éclaboussures de fiente blanche sur les tuiles des toits alentour.

Que tout brûle. Plus rien n'a d'importance. Si cette cité n'existait pas, s'il n'y avait que des touffes de schinus, des pins parasols, des araignées de mer, des goélands et le dénombrement perpétuel et sans témoin des vagues, le monde en serait-il plus riche ou plus pauvre ?

À l'autre bout du palais, ses sœurs se lèvent avec leurs généraux et leurs conseillers pour aller parler au peuple.

Angelica dort un peu plus longtemps chaque jour, elle quitte rarement son lit. De temps en temps, elle s'assied dans le fauteuil près du feu. On ne la voit plus ni à la cuisine ni à la salle à manger. Elle ne parle toujours pas. Elle ne lit plus, elle ne dessine plus, elle ne regarde plus de vidéos. Au début, s'enfoncer toujours plus profondément dans cet étrange pays a exigé du travail. C'est plus facile maintenant. Peut-être est-ce parce qu'elle sait qu'elle est allée trop loin et que désormais, il sera plus ardu de rebrousser chemin que de poursuivre sa route. Peut-être est-ce parce que la pesanteur de l'intérieur sombre l'entraîne avec une force grandissante au fur et à mesure que la distance se réduit et que ses propres forces l'abandonnent.

Philippe s'obstine à penser qu'elle va abdiquer devant la faim de plus en plus vive au bout de deux jours, au bout de quatre jours, au bout d'une semaine, mais lui-même ne peut ignorer le fait qu'Angelica a besoin de soins médicaux. Y faire appel l'obligerait cependant à courir le risque qu'on emmène sa fille quelque part où elle pourrait dire des choses qu'ils regretteraient tous les deux. Il s'occupera d'elle chez eux, ainsi qu'il l'a toujours fait. Il se consacrera entièrement à cette tâche. Ils surmonteront cette tempête comme ils en ont surmonté d'autres.

Il lui dit qu'il lui donnera tout ce qu'elle voudra pourvu qu'elle cesse de se mortifier ainsi, pourvu qu'elle cesse de mortifier tout le monde. Il demande à Dottie de préparer les plats préférés d'Angelica quand elle était petite – des bagels au saumon fumé, du tiramisu, de la petite friture, des poires cuites à la vapeur dans de la crème anglaise. Il lui apporte tout cela dans sa chambre et le dépose sur la petite table, près de la fenêtre. L'odeur suffit à donner la nausée à Angelica, le sucré, le gras, la réalité physique. C'est la même nausée que celle qu'elle éprouvait quand ils voyageaient à l'étranger et qu'elle voyait des égouts remplis d'eaux usées ou des estropiés qui mendiaient au bord des rues, leurs moignons exposés aux regards. Une trop grande présence du monde.

Philippe demande à Dottie de parler à sa fille. Dottie s'assied à côté du lit. Une nouvelle fois, Angelica sourit et lui tient la main et une fois de plus, il est difficile de ne pas penser que, malgré sa santé déclinante, c'est elle la plus forte des deux.

Dottie va voir Nikki. Si elles n'avertissent personne d'extérieur à la famille, elles se rendent complices, légalement et moralement. Quant à savoir pourquoi Angelica a cessé de parler et de manger, la question reste en suspens, inexprimée. La poser maintenant reviendrait à admettre qu'elles auraient dû la poser depuis longtemps. Nikki dit qu'elle va faire quelque chose, ne serait-ce que pour mettre fin à une conversation qui lui inspire un profond malaise, et pendant une demi-heure peut-être, elle se persuade sincèrement qu'elle va effectivement faire quelque chose ; mais cela fait trop longtemps qu'elle travaille pour Philippe et qu'elle s'est approprié une vision du monde dans laquelle on se décharge des problèmes difficiles sur quelqu'un que l'on paye pour cela, la différence étant que Nikki n'a pas d'argent pour payer quelqu'un qui puisse résoudre ce problème à sa place.

Elle ne dort pas pendant deux nuits. Chaque fois qu'elle s'assoupit, elle est hantée par les images qu'elle tient enfermées derrière une porte close depuis de longues années, et ce sont moins les images elles-mêmes qui lui font horreur que le fait de les voir et de ne rien faire. Elle prend son téléphone plusieurs fois, elle laisse la tonalité nasiller. Qui pourrait-elle appeler ? Un hôpital ? La police ? Un généraliste local dont Angelica n'a jamais été la patiente ? Elle rédige une lettre de démission invoquant une maladie grave dans sa famille. Elle laisse la lettre pour Hervé et dérobe mille livres en petite monnaie, une somme tellement insignifiante qu'elle passera, espère-t-elle, inaperçue dans l'agitation de son départ. Elle monte dans sa voiture et se rend à Manchester où elle sonne à la porte d'un frère qui ne l'a pas vue depuis cinq ans. Elle vend sa voiture, prend un emploi temporaire de réceptionniste dans un hôpital et n'entend plus parler de Philippe ni d'Angelica jusqu'à ce qu'ils fassent la une de la presse nationale.

En d'autres circonstances, Hervé trouverait une remplaçante pour Nikki et n'en parlerait à Philippe qu'une fois le problème réglé. Mais il ne pourra pas remplacer Nikki et ne pourra pas régler ce problème. C'est le début de la fin et il est curieux de savoir comment tout cela va finir, comme s'il regardait le dernier épisode d'une série télé.

Angelica a perdu douze kilos. Elle n'avait pas beaucoup de réserves au départ. Elle ne quitte plus son lit sauf pour faire lentement l'aller-retour jusqu'aux toilettes. Elle a mauvaise haleine. Ses articulations sont douloureuses. Son entourage a l'impression qu'elle devient de plus en plus confuse, mais dans sa tête, elle sait avec une clarté grandissante que Darius reviendra dès qu'il aura compris le sens de l'amour et de la perte.

Hervé appelle un médecin privé dont un riche ami de Philippe lui a donné jadis les coordonnées. Ses honoraires sont astronomiques mais quand il arrive à la maison, le médecin aborde la situation avec sang-froid. Il s'appelle Kellaway. Rasé de près, c'est un petit homme sans intérêt, à lunettes, qui sent vaguement la cire à meubles d'autrefois. Il examine Angelica pendant qu'Hervé reste assis dans un coin de la chambre et que Philippe se tient à la fenêtre, les yeux baissés sur trois pies qui sautillent entre la pelouse et les arbres. Une pie tant pis. Deux tant mieux. Et trois ?

Angelica fait comme si le médecin n'existait pas. Impossible de savoir si c'est du cinéma ou un symptôme de l'aggravation de son état. Le médecin dit, sur un ton impénétrable : « Il a été décidé que la patiente ne peut être transférée à l'hôpital», comme si cette décision avait été prise par Dieu lui-même. Il tortille sa main gauche pour la glisser dans un gant de fin caoutchouc bleu.

«Dites-moi ce qu'on peut faire», intime Philippe, mais Kellaway n'est pas un employé, quelle que soit la somme qu'il a touchée.

«Pas de conclusions hâtives.» Il prend le pouls d'Angelica. Il ausculte son cœur. Il tapote sa poitrine. Il dirige un faisceau lumineux dans ses yeux. «Catabolisme. L'organisme puise dans les muscles et les tissus pour protéger le cœur et le système nerveux. Elle est par ailleurs gravement déshydratée.» Il touche la peau sèche, craquelée de son coude gauche. «Elle est atteinte de candidose buccale.» Philippe tressaille. Kellaway repousse les draps. «Éruption cutanée, mais pas d'œdème. J'aurais tendance à soupçonner une certaine opiniâtreté qui rend difficile l'évaluation précise de son niveau de conscience.» Il claque des doigts devant le visage d'Angelica, puis au-dessus de sa tête. «Elle réagit aux bruits et aux voix.» Il lui pince le bras comme si elle était une pièce de viande. «Et aux stimuli douloureux. Je ne suis pas trop inquiet pour le moment. Cela n'empêche pas qu'elle risque d'être bientôt vraiment très malade, ma principale préoccupation étant une défaillance cardiaque. Je vais vous envoyer une infirmière. Nous allons la mettre sous perfusion pour la réhydrater. Faudra-t-il user de contrainte?» Il se tourne vers Philippe qui se contente de hausser les épaules. Il est à la fois rassuré et effrayé par l'autorité avec laquelle cet homme a pris la situation en main.

« Au besoin, nous lui poserons une sonde nasogastrique pour pouvoir lui administrer des aliments liquides. » Il retire son gant et le laisse tomber à côté du stéthoscope dans une mallette noire de comptable.

Par la fenêtre, Philippe regarde Hervé qui raccompagne le médecin jusqu'à la Volvo verte garée discrètement dans l'angle le plus reculé du rectangle de gravier. Lorsque la voiture est partie, il se retourne vers Angelica et ressent ce douloureux conflit entre amour et haine. Et si elle meurt ? Derrière cette question, sa jumelle noire, inexprimée – et si elle vit ?

Kérimon est un hôte généreux. Il a échoué, lui aussi, dans cette bourgade littorale, après que ses collègues sénateurs ont péri dans un coup d'État à Samarie. Il est privé de la compagnie de ses pairs depuis de longues années et à l'exception de cet unique épisode sanglant, dont il ne parle pas et dont Emilia apprendra plus tard les détails par Drusilla, l'aînée des esclaves domestiques, il raconte tout le temps des histoires, sur son enfance et sur les nouvelles de la ville qu'il apprend par les documents qu'on lui demande d'écrire et de déchiffrer pour les illettrés ou ceux qui ne savent pas compter. Il lui parle de la mort précoce de ses parents et de l'oncle paternel qui le frappait tous les jours jusqu'à ce que sa tante maternelle l'enlève en pleine nuit, il raconte qu'il a grandi ensuite dans la famille de son oncle maternel sur tout le pourtour du golfe Persique, au gré des affectations d'Allectus dans la fonction publique. Il lui parle des petits prodiges de leur propre bourgade – le fils du marin sans orteils qui pouvait voir l'avenir, la femme veuve depuis sept ans qui s'est remariée un mois avant que son mari naufragé ne regagne enfin le logis, l'homme qui avait légué sa petite fortune à un cheval…

Kérimon approche de la soixantaine, c'est un homme flasque, au visage de chien battu, qui a tendance à lâcher les objets et à se heurter aux meubles. Il n'éprouve pour elle aucun intérêt sexuel. Mais il est follement épris d'une kyrielle de jeunes gens successifs, dont les attentions ne sont jamais entièrement dénuées de raillerie. Il a une grande bibliothèque – « une malheureuse fraction de ce que j'ai possédé un jour » – et se consacre avec passion au jardin aménagé le long d'une série de terrasses descendant vers le fleuve qui se jette dans le port. De temps en temps, un voyageur grisonnant se présente à la porte de la villa, porteur d'un jeune plant venu du bout du monde et en est récompensé par une somme que d'autres pourraient dépenser en cornalines ou en grenats – oseille alpestre, rince-bouteille, magnolia à grandes fleurs, cactus orange armé de redoutables épines… Il lui arrive même, au lieu de surveiller ses esclaves, de se mettre à genoux et de creuser la terre de ses propres mains.

Elle songe, parfois, au jour où elle a été sauvée. Il y avait de l'argent dans un sac. Si les pêcheurs l'ont pris, ils en auront fait meilleur usage qu'elle ne l'aurait pu. L'un d'eux a voulu la faire passer par-dessus bord. Ses compagnons l'ont alors jeté à l'eau. Il se sera noyé, sûrement. Elle a du mal à penser à ces actes en termes de bien et de mal. Que sait-elle des histoires à l'origine de leurs agissements ? Que connaît-on jamais des histoires qui mènent au moment présent ? Elle est sortie de la vie. Elle n'a plus d'engagements. Elle le voit clairement maintenant. Chacun habite un monde différent.

Comme elle a besoin d'être utile, de faire quelque chose de ses mains, Drusilla lui apprend à tisser. Elle trouve le calme dans la facilité avec laquelle le corps se met à fonctionner sans intervention de l'esprit dès que le tour de main est pris. Elle se montre bonne élève cette fois, elle est plus soigneuse, elle est plus patiente. Elle tisse un couvre-lit à motifs en diagonales orange et bleu. Elle commence à apprendre à tisser des figures, des paysages, des histoires.

Kérimon la découvre parfois en larmes. Il a l'air gêné. Il va chercher un plaid et le pose sur elle comme si c'était du froid qu'elle souffrait. Il s'assied à côté d'elle et ne dit rien. Elle le regarde parfois et voit qu'il est en larmes lui aussi, mais elle ne lui demande jamais s'il pleure pour elle ou pour lui-même.

Quatre ou cinq semaines après son arrivée, un des jeunes garçons frappe Kérimon à la tête avant de dérober un collier de rubis et deux coupes d'argent. Emilia le trouve dans sa chambre, assis par terre, une entaille sanguinolente à travers ses cheveux clairsemés, l'œil gauche enflé et bleu. Elle nettoie la plaie puis conduit Kérimon sur un banc de pierre dans le coin du jardin où les plantes grimpantes créent un triangle d'ombre pommelée. Elle pose le même plaid inutile sur ses genoux, s'assied à côté de lui et lui lit des extraits des *Argonautiques*.

Ἀρχόμενοός σέο, Φοῖβε, παλαιγενέων φώτῶν μνήσομαι…

Après avoir commencé par t'invoquer, Phoibos, je raconterai les exploits des héros d'autrefois qui, sur l'ordre du roi Pélias, firent voguer vers le détroit qui ouvre le Pont et à travers les roches Cyanées à la conquête de la Toison d'or[1]...

L'automne cède la place à l'hiver. Cela fait trois mois qu'elle a été sauvée et elle commence à s'agiter. Elle a besoin de mouvement, d'objectifs, de responsabilités, elle a besoin de s'engager dans une activité quelconque avec d'autres. Mais aucune de ses compétences n'a beaucoup de valeur au bout de cette route où toutes les femmes tissent, et Kérimon a monopolisé le marché de l'interprétation des documents juridiques et de la rédaction de lettres. Et puis où irait-elle, et pourquoi ? Elle aime bien Kérimon. Il l'a accueillie sous son toit quand elle n'avait rien. Et autant elle a eu grand besoin de lui à ce moment-là, autant il a grand besoin d'elle maintenant. Depuis qu'il a été roué de coups, il se déplace comme un homme plus âgé qui a peur de tomber. Elle n'aime pas l'idée qu'il vive seul.

Un de ses plaisirs est de se promener derrière la ville dans les collines qui ne semblent pas inspirer grande curiosité à ce peuple maritime. Elle apprécie le calme et sa propre compagnie, elle se plaît à penser qu'il lui suffirait de poursuivre son chemin dans n'importe quelle direction et que rien ne pourrait l'arrêter, la liberté absolue qui est la sienne. Un après-midi, elle regagne la villa par une route sinueuse qu'elle n'a encore jamais empruntée quand elle tombe par hasard sur un petit temple désert qui a été dédié à Diane mais

1. *Les Argonautiques*, livre 1, trad. G. Gounouilhou, 1892.

est désormais à l'abandon. Quatre colonnes sous le portique et une unique chambre derrière le mur du fond. L'ancienne prêtresse est morte depuis des années, lui dit Kérimon, et les gens d'ici sont des adeptes de Neptune, sceptiques au demeurant, trop habitués à la versatilité du temps pour accorder à la prière davantage qu'une confiance superficielle.

Ses promenades ne cessent de la conduire en ce lieu. Il n'est pas particulièrement beau, situé à l'intersection entre cinq sentiers de charrettes assez fréquentés pour brasser la boue mais pas suffisamment pour décourager les mauvaises herbes, deux étables en bois qu'on laisse pourrir, des arbres et des broussailles tout autour, une vue, si l'on peut dire, sur l'extrémité la plus miteuse d'une bourgade miteuse, d'autres collines ordinaires au-delà. Il y a une rangée de nids d'hirondelle derrière le fronton. Le temple a dû commencer à se délabrer avant même le départ de la dernière prêtresse. Les fresques sont décolorées par le soleil et la peinture s'écaille, la mousse a fait des incursions tenaces, les initiales d'enfants et de couples d'amoureux sont gravées dans le plâtre et des maçons ont commencé à dérober les pierres les plus faciles à dégager. Mais elle se sent à sa place ici d'une manière qu'elle ne saurait exprimer. Peut-être est-ce la nature tout à fait banale de l'endroit qui résonne en elle.

Kérimon n'a plus personne à qui faire plaisir, et ce projet assure qu'Emilia restera à la villa pendant encore un an au moins. Aussi est-il prêt à financer les travaux. Deux hommes assument les rôles de tailleurs de pierre, de maçons, de couvreurs et de plâtriers. Ce ne sont pas des artisans, mais l'un d'eux est travailleur et l'ivrogne est finalement remplacé par le fils du travailleur. Les fresques sont restaurées par un peintre de figures de proue et d'enseignes. Ces œuvres n'ont rien de remarquable, mais elles possèdent une vigueur brute et, indéniablement, elles attirent le regard. Ici, Diane chasse avec ses compagnes, un gros chien à son côté. Là, Diana préside à un accouchement. Ici, Diane est dans une forêt, entourée par un groupe de bêtes sauvages pas tout à fait crédibles, dont l'une semble être le produit d'un blaireau et d'un cheval. Là, Diane confère le pouvoir à un vague roi antique.

Emilia ne devient jamais officiellement prêtresse. En fait, elle comprend avec un temps de retard que les habitants la considéraient déjà comme une sorte de prêtresse bien avant qu'elle ne découvre le temple. Depuis son arrivée, elle est entourée d'une aura surnaturelle, la femme repêchée dans la mer, morte puis pas morte, dont on ne sait rien et qui ne sait rien sur elle-même, la femme qui se promène seule dans les collines et vit dans la villa du sage, les tenant tous sous son regard.

Elle croit qu'ils viennent voir les résultats de la restauration ou apercevoir la folle qui s'est lancée dans cette tâche ridicule. Elle ne se rend pas compte que les conversations qu'engagent ces gens sortent de la sphère ordinaire, et c'est peut-être ce qui leur confère une partie de leur pouvoir. Ils parlent d'enfants morts de fièvre, de jeunes gens disparus en mer. Ils parlent de grossesses et d'héritages, de maris violents et de femmes malheureuses, d'enfants obstinés, de blessures au corps et au cœur. Elle écoute. Et d'être écoutés par quelqu'un qui jouit d'une telle estime, par quelqu'un qui n'est pas tout à fait d'ici-bas, leur permet de se sentir un peu plus forts, un peu plus en harmonie avec un monde discordant, un peu plus capables de résoudre leurs propres problèmes sans intercession divine. La plupart repartent convaincus d'avoir reçu de sages conseils qu'en vérité nul autre qu'eux-mêmes ne leur a donnés. Peut-être après tout la prière n'est-elle pas autre chose, une fois dépouillée de la cérémonie et de la théologie, une tranquillité grave dans laquelle on parle silencieusement à son Moi le meilleur.

Des mariages sont célébrés. Des funérailles accomplies. De petits sacrifices sont rendus sur le modeste autel à l'arrière du portique. Chloë n'avait pas eu beaucoup d'égards pour les dieux. Ils constituaient une grande famille agitée régnant sur un royaume voisin qui exigeait un tribut régulier et réclamait une conduite diplomatique circonspecte. Même dans son cercueil flottant, elle n'en avait prié aucun d'intervenir. Et maintenant ? Devenue Emilia, elle imagine Diane dans les bois derrière le temple, arc à la main, entourée de chiens. De plus en plus souvent, au crépuscule, il lui arrive de distinguer de mystérieux éclairs entre les arbres et, tout en sachant que c'est certainement la queue d'un cerf qui s'enfuit, elle se sent… accompagnée, surveillée.

Elle repense à l'histoire d'Actéon qui l'avait atterrée quand elle était petite – le petit-fils de Cadmus chasse dans la vallée de Gargaphie quand il surprend Diane prenant son bain dans une mare limpide et ombragée, au milieu d'un bosquet sacré. Ses nymphes poussent les hauts cris, mais sont incapables de dissimuler la déesse en raison de sa haute taille. N'ayant pas d'arme à la main, elle jette de l'eau à Actéon et s'écrie : « Va raconter, si tu le peux, que tu m'as vue nue. » Des cornes jaillissent de son front, son cou s'étire, ses oreilles s'allongent en pointes, ses mains se transforment en sabots, sa peau en fourrure tachetée. Ses chiens ne voient plus leur maître, ils ne voient plus qu'un cerf effarouché. Ils le prennent en chasse et le font tomber. Formant un cercle autour de l'animal à terre afin que chacun ait sa part du festin, les chiens enfoncent leurs crocs au plus profond de sa chair. Terrifié et en proie à une insupportable douleur, Actéon emplit la vallée de hurlements qui ne sont ni humains ni animaux. Puis il ne hurle plus.

L'histoire reste cruelle et injuste, mais elle sait maintenant que la vie peut être cruelle et injuste. Peut-être y a-t-il une petite justice dans le fait que pour une fois, un homme innocent soit victime de la colère capricieuse d'une femme. Mais ce mythe suggère autre chose, les dangers de sonder le cœur du mystère. Les questions mènent toujours à d'autres questions qui mènent elles aussi à d'autres questions. Ne cherchez pas le bosquet sacré. Mieux vaut courir avec la meute. Elle pense trop à ces chiens. Avaient-ils été humains un jour, comme Actéon ? Ovide n'a-t-il tout simplement pas eu le temps ou l'encre nécessaires pour raconter leurs histoires ? Elle les imagine, repus et ensanglantés, regardant autour d'eux à la recherche de leur maître, se découvrant abandonnés, leurs niches tièdes si loin, et la nuit qui tombe.

Elle ne prononce jamais le nom de *Périclès*, même dans l'intimité de son esprit. Il s'insinue parfois tout près de son champ de vision. Elle le repousse doucement.

Elle ne sait pas le nom de l'enfant de Chloë. C'est peut-être aussi bien.

L'hiver cède la place au printemps. Les collines embaument de nouveau le thym et la sauge. Il y a de la camomille et de la fraxinelle. Il y a des héliotropes et des glaïeuls. Elle aperçoit des martins-pêcheurs et, parfois, une huppe. Deux bateaux font naufrage au cours d'une tempête exceptionnellement violente. Neuf hommes sont portés disparus. Une épouse reste borgne après que son mari ivre lui a flanqué un coup de poing à la tête. Une maison est détruite par la foudre. Neuf couples sont mariés. Treize personnes meurent, dont cinq bébés. On retrouve le corps d'un adolescent très haut dans les bois un mois après sa disparition. On pêche un poisson monstrueux, d'un poids qui défie toutes les estimations. Il faut le remorquer jusqu'au port où un groupe d'hommes le hissent jusqu'en haut de la plage en le faisant rouler sur des rondins. Il a l'air grincheux, une gueule à l'intérieur de laquelle un enfant peut grimper et une peau grise si lisse et si brillante qu'on peut y voir son propre portrait brouillé. Les opinions sont divisées, on ne sait si c'est une bénédiction ou un mauvais présage, mais tout le monde s'accorde à trouver sa chair délicieuse. On ne peut cependant en consommer qu'une petite partie avant que la carcasse ne se mette à pourrir et à répandre une puanteur si forte qu'on la sent à plusieurs lieues sous le vent. À ce moment-là, le poisson est plus substance qu'objet et il faut le rejeter à la mer, un travail de plusieurs semaines, une pelletée grasse et nauséabonde après l'autre.

Le printemps cède la place à l'été. Kérimon est plus fragile, il se fatigue plus vite. Il continue à s'intéresser au jardin comme toujours, mais il ne taille, ne désherbe, ne plante plus lui-même. Les ignorants des lettres et des chiffres viennent tout aussi fréquemment à la villa, mais après avoir débrouillé un testament mal rédigé ou une longue facture de chargement, il lui arrive de s'assoupir sur la terrasse pendant une heure. Leur différence d'âge pourrait les faire père et fille, pourtant, aux yeux d'Emilia, ils sont plutôt deux oiseaux assis sur un mur, deux chevaux devant une barrière, avec ce don qu'ont les animaux de se tenir paisiblement compagnie, sans bruit, sans histoires, sans explications. Elle lui demande s'il ne serait pas bon de demander conseil à un médecin d'une autre ville, plus grande. Il pense que les médecins sont des charlatans et que c'est la qualité des années qui compte, pas leur nombre.

L'automne et l'hiver, aussi doux soient-ils, réclament leur dû. Il respire de plus en plus difficilement et est parfois déchiré par une toux que les concoctions de miel, de gentiane et de réglisse de Drusilla n'apaisent qu'un moment. Il lui arrive de s'assoupir pendant qu'Emilia lui fait la lecture. Il ne peut plus s'allonger la nuit et doit dormir adossé à une montagne d'oreillers.

Emilia se charge d'une grande partie de la paperasserie qui continue d'arriver sur leur seuil. Cette tâche se fond sans heurt avec son rôle au temple. Tant de tristesse découle de promesses brisées et d'argent non versé, tant de tragédies laissent un chaos administratif dans leur sillage.

Kérimon comme Emilia savent, sans en parler, qu'il mourra au printemps. Il ne peut plus lui apporter qu'un réconfort de plus en plus faible quand les souvenirs la prennent en embuscade pendant la journée, mais s'occuper de lui allège son propre fardeau. Il ne peut plus lire. Sa vision est laiteuse et il ne voit plus une grande partie du jardin. Sa vie se trouve réduite à peu de chose.

Dans le courant du dernier mois, il lui parle du coup d'État à Samarie, il lui raconte qu'il a vu d'une fenêtre du grenier un des autres sénateurs dépecé par la foule, que lui-même a réussi à s'échapper en s'enfouissant dans un tas de fumier à l'arrière d'une charrette tirée par un ami marchand et qu'il porte encore la marque d'une fourche inquisitrice enfoncée dans le fumier aux portes de la ville. Elle lui parle à son tour de Chloë et de Périclès et aussi de l'enfant dont elle ne saura jamais ni le nom ni le sexe. Elle lui parle du concours de lutte, du mariage, de la naissance en mer et du moment où elle s'est réveillée à la dérive dans une caisse scellée.

Dans le courant des deux dernières semaines, la confusion de Kérimon grandit. Il se croit à Talmène. Il croit qu'il navigue sur la mer d'Azov. Il voit des éléphants. Réveillée par des bruits aux petites heures, la maisonnée le surprend en pleine crise de somnambulisme, se déplaçant avec une aisance et une énergie qui l'ont déserté depuis des années. On le ramène à sa chambre avec douceur. Au matin, il est à nouveau cloué au lit. Il s'enquiert maintes fois d'un oiseau échappé qui s'appelle Autonoë et pleure, demandant à son oncle d'arrêter de le frapper. Il a des instants de lucidité. À certains moments, il est effrayé. À d'autres, il paraît tout à fait en paix avec le monde. Un après-midi, il dit : « J'ai l'impression de faire un sacré cirque de mon départ. Vous devez être épuisés. »

Il meurt la nuit dans le jardin. Elles le trouvent au matin, enroulé autour d'un acacia. Drusilla suppose qu'il a perdu ses repères, qu'il est sorti, n'a pas trouvé le chemin pour rentrer et est mort de froid, mais Emilia découvre une clé dans le bol de céramique dans lequel elle mange tous les matins son pain trempé dans du vin. Sans doute savait-il que son heure était venue. Elle aime à penser que ce n'est pas la mort qui l'a pris, mais que c'est lui qui s'est porté à sa rencontre.

Elle trouve la cassette fermée qu'ouvre la clé. Elle contient des documents qui lui transfèrent la propriété de son domaine et de sa fortune. *En admettant que pareilles choses aient de l'importance ici, à Ultima Thulé,* a écrit Kérimon dans sa lettre d'accompagnement. *Tu as été ma seule vraie amie. Je te souhaite une belle vie.*

Son corps est incinéré devant le temple. Les spectateurs s'étirent dans toutes les directions sous les ombres des arbres, si bien que la forêt semble naître d'un champ d'humains. Un par un, les hommes et les femmes gravissent les marches du portique pour s'échanger des récits de sa générosité. Elle ne voit aucun des jeunes garçons qui traînaient dans la villa aux premiers temps de son séjour. Elle attend jusqu'à une heure avancée de la soirée que la foule se disperse. L'obscurité descend et les dernières braises rougeoient encore à l'intérieur du bûcher cendreux quand une femme s'approche d'elle et lui dit que sa mère est morte depuis un an, mais qu'elle se réveille encore la nuit et voit la vieille femme debout au pied de son lit. Emilia écoute. La vie a déjà repris son cours.

Elle offre un généreux cadeau de départ aux esclaves de maison qui souhaitent s'en aller. Drusilla et Hamda, l'une des plus jeunes femmes, décident de rester.

Le printemps laisse place à l'été. La chaleur est brutale. Un feu de forêt s'approche suffisamment du temple pour noircir la face sud de toutes les colonnes. De nombreuses plantes meurent dans le jardin. Une nuit, quelqu'un s'introduit dans la villa et vole un petit buste d'Eurynome et une lampe à huile en forme de lion. Le buste réapparaît dans le jardin dix jours plus tard, légèrement ébréché. Le même jour, elle apprend qu'un jeune homme a fait une chute mortelle d'un toit. Il est vain de se demander si les deux événements sont liés.

L'été laisse place à l'automne. Elle lit plusieurs traités sur les plantes qu'elle a sortis de la bibliothèque. Elle commence à remettre le jardin en état. Elle n'a jamais fait de travail physique de cette nature. Elle constate avec étonnement qu'elle aime avoir sous les ongles de la terre qu'elle n'arrive jamais à retirer complètement. Elle se rend tous les jours au temple. Elle est rarement seule. Elle prie Diane. Elle rédige des contrats et cherche de toutes ses forces à adoucir l'effet des lettres qui contiennent de mauvaises nouvelles.

L'automne laisse place à l'hiver. Les jours raccourcissent. Elles ferment les volets au coucher du soleil et mettent des bûches dans le feu.

C'est sa vie. Elle est simple. Elle est pleine.

L'or est contenu dans un étroit creuset suspendu au-dessus d'un petit feu ardent qui brûle à blanc dans un tube de pierres empilées. Il commence à bouillonner et à crachoter. Il est assez chaud. Équipé d'épais gants de cuir, Hazhmek glisse le moule d'argile entre les mâchoires des pinces de fer noirci et le tient au-dessus du feu. Le moule ressemble à une grande coquille Saint-Jacques recouverte d'une épaisse croûte. Il y a un orifice sur le haut, pas plus gros que l'extrémité d'un petit doigt d'enfant. Hazhmek fredonne tout bas pour chronométrer le processus. Le moule noircit. La chanson est finie. Il retire le moule, le retourne et verse la cire liquide dans le pot posé sur un autre feu plus petit, moins ardent. Le liquide translucide devient nacré en s'incorporant au mélange mère. Il remet le moule sur le feu plus chaud et attrape le creuset d'or fondu par un de ses longs manches. Il expire longuement, lentement, parce que l'or est précieux et qu'il est difficile de récupérer ce qu'on renverse. Il tourne lentement le manche et une mince langue de métal en fusion s'écoule de l'étroit bec dans l'orifice plus étroit encore. Il continue à verser jusqu'à ce qu'un bouton lumineux de métal brûlant s'élève dans le trou. Il redresse le creuset et le remet sur le feu. Il attend que le bouton brûlant forme une croûte et s'assombrisse, puis il laisse tomber le moule dans un chaudron d'eau posé à côté de lui.

Il retire ses gants, se chante tout bas un couplet de plus puis retire le moule de l'eau. Il le brise contre une pierre, dégage le métal refroidi, le débarrasse à la brosse des miettes d'argile restantes, frotte l'objet sur un coin de son pourpoint et le tend à Périclès. C'est une boucle. Un arbre emblématique occupe l'arrière-plan. Sur l'avant, un chasseur a tiré une flèche. Elle s'est arrêtée à mi-vol au centre de la boucle. De l'autre côté, un sanglier en fuite tord le cou, gueule ouverte, yeux écarquillés. C'est un motif que Périclès n'a encore jamais vu. Le plus bref des instants arraché au temps et transformé en métal.

— C'est bien ?

— Très bien. Tu n'en as encore jamais fait de meilleur. Il tapote l'épaule de l'homme accroupi.

Hazhmek reprend la boucle. Il choisit une lime dans la caisse à outils et entreprend d'aplanir le petit bouchon d'or qui s'est élevé dans la gueule du moule, et qui devient ainsi la base du carquois du chasseur.

Périclès longe le mur de chariots jusqu'à l'extrémité du campement. Ils resteront tous là jusqu'à ce que la chaleur croissante attire les taons et les moucherons, les obligeant à conduire leurs troupeaux plus haut dans les vallées. La fumée s'élève comme des queues de cheval du trou d'évacuation des autres tentes. Il sent une odeur de mouton bouilli. Il entend les cris et les rires d'enfants, le hennissement et le tintement de chevaux harnachés, le grattement des hommes qui affûtent des lames. Des femmes chantent en recousant du feutre et du cuir. Il atteint la petite tente qu'ils lui ont prêtée, ce dont il leur est très reconnaissant. Ce n'est que le début du printemps, les nuits sont encore glaciales et son voyage a été long et froid. Son dromadaire se repose, ses pattes osseuses repliées sous son ventre sur un lit de mousse, à l'abri du petit bosquet de pins. Les trois chevaux de bât broutent. Il s'assied sur un rondin coupé et regarde la vallée en contrebas. Sur sa droite, les montagnes sont encore blanches au-dessus du vert sombre de la limite des arbres. Les cimes les plus élevées resteront blanches tout l'été. Les premières fleurs des champs pointent le nez dans l'herbe haute, de l'autre côté de la rivière. Les roses et les jaunes sont celles qui l'émeuvent toujours le plus, des couleurs qu'il n'a pas vues depuis l'année précédente et auxquelles il a encore peine à croire. La rivière est en crue. L'été venu, on pourra la franchir à pied en sautant de rocher en rocher, mais pour le moment, c'est une fureur d'eau de fonte. Parfois, de bonne heure le matin, il voit des blocs de glace dévaler le cours d'eau. Juste en face de lui, le petit plateau descend vers un océan d'herbe printanière éclatante qui se poursuit sans interruption jusqu'à l'horizon. Un gypaète barbu tournoie. Il défait le couvercle du pot de fer posé à côté du rondin et en sort du fromage de jument séché et un morceau de saucisse de chèvre sèche.

S'il n'est pas coiffé du chapeau pointu, il a tout de même adopté la cape de fourrure de belette, le caleçon de feutre et les hautes bottes. Ses cheveux sont coupés court mais il porte une barbe fournie. Son visage est tanné par le soleil et sillonné de fines rides. Le gel lui a pris deux doigts de la main droite. Sous son pourpoint, ses bras, sa poitrine et ses omoplates sont couverts de tatouages, récit déroulant de scènes de chasse – des lions qui tuent des béliers, un élan terrassé par deux chiens, un vautour qui fond sur un petit monstre fantastique. La couturière Azahna les a réalisés au cours d'une longue cérémonie dont la signification lui est restée opaque, les détails obscurs encore assombris par la douleur et par le chanvre qu'il a fumé pour l'atténuer. Noir de fumée, urine et une aiguille en os, le plus raffiné des ouvrages. Le voilà à demi barbare, à présent.

Cela fait quatorze ans qu'il voyage et fait du commerce. L'océan l'ayant trahi, il s'est tourné vers la terre.

Il a pris deux esclaves, onze chevaux, des rouleaux d'étoffe brodée, des fruits séchés, des sacs de cuir doublés remplis de cannelle, de noix de muscade, d'anis étoilé… Un de ses esclaves s'est fait tuer et cinq chevaux lui ont été volés en même temps que la plupart de ses marchandises les plus faciles à écouler lors d'une brève et brutale rencontre sur les rives de la mer Noire. Le second esclave a filé en douce dans les ruelles de Trébizonde. Il a envisagé brièvement de regagner Tyr, mais a refusé d'échouer dans l'activité simple du commerce, qui permet à d'innombrables hommes insignifiants de se faire une place dans le monde. Alors il a utilisé les pièces cousues sous sa selle pour investir dans d'autres marchandises et a poursuivi sa route vers le nord-est.

C'était plus facile seul. Il pouvait se déplacer plus rapidement, et plus discrètement. Il ne devait compter que sur lui-même quand il arrivait dans une nouvelle ville ou croisait des voyageurs inconnus en chemin. Il parlait trois langues. À chaque nouvelle rencontre, il pouvait être qui il avait besoin d'être. Il s'est rendu dans les colonies hellénophones d'Odessus et d'Apollonia à l'ouest. Il est allé à Samarcande et a poursuivi vers l'est, traversant l'Hindou Kouch et le désert du Taklamakan jusqu'à Dunhuang. Il a voyagé vers le sud dans les déserts où l'Empire perse se réduit à néant et vers le nord en bateau jusque dans la grande forêt gelée où il n'y pas d'été. Il est épuisé. Il a délibérément choisi une vie qui lui accorde rarement de repos, où il doit être constamment sur ses gardes, et elle l'a usé au point qu'il a l'impression et l'air d'être beaucoup plus âgé qu'il n'est. Ces temps-ci, il s'en tient à un itinéraire familier, faisant l'aller-retour une fois par an entre la Paphlagonie sur les rives méridionales de la mer Noire en hiver et les contreforts des monts Altaï à l'est pendant l'été, séjournant et négociant avec les mêmes familles et les mêmes villages chaque année.

Il a acheté des chapeaux de feutre et des bas de soie. Il a vendu des peaux de tigres et des boucles d'oreilles. Il a acheté de l'ambre séché, de la cornaline, des grains de poivre et des cure-dents en or. Il a vendu des onguents et des poudres contre les tumeurs, l'impuissance, les migraines, la diarrhée. Il a acheté de minuscules figurines d'hommes et de femmes sculptées dans des bois de cerfs auxquelles on peut donner le nom de son ennemi et que l'on n'a qu'à jeter dans le feu pour que la malchance le terrasse. Il en a fait l'essai lui-même, donnant au petit bonhomme son propre nom avant de le brûler, sans effet funeste notable, à moins que la poursuite de son existence actuelle ne soit déjà une damnation suffisante. Il a échangé des cartes célestes de Chang-yeh et des traités mathématiques athéniens. Dans son ivresse solitaire, il a payé pour coucher avec des femmes, mais est rarement allé jusqu'au bout, leur visage laissant place soudainement aux traits de Chloë gravés dans sa mémoire ou, pire, aux traits imaginaires de Marina.

Il a vu des trous percés dans des crânes d'hommes pour libérer des esprits malins. Il a vu éviscérer l'épouse défunte d'un chef que l'on a remplie de foin, de camomille et de persil pour conserver son corps jusqu'à ce que le sol soit suffisamment dégelé pour qu'on puisse l'inhumer en un lieu sacré. Il a vu des pillards s'introduire dans un camp la nuit, jeter des torches embrasées sur les tentes, attacher des hommes derrière leurs chevaux et chevaucher en rond sur un sol rocheux pendant une heure jusqu'à ce que nul ne puisse plus dire si la viande qu'ils traînaient derrière eux était humaine ou animale. S'étant mépris de sept façons différentes lors d'un voyage, il a dormi dans une grotte creusée dans une congère et, après avoir allumé un petit feu, a constaté que ce n'était pas désagréable, mais quand il en est sorti le lendemain matin, il a découvert que deux de ses quatre chevaux étaient morts. Il a vu des hommes qui tout en chevauchant au triple galop étaient capables de tirer deux flèches simultanément avec un seul arc et de tuer deux biches en pleine course. Il a fumé de l'opium et a éprouvé une sérénité béate surpassant toutes celles qu'il avait jamais pu ressentir, et il aurait recommencé à fumer si des démons n'étaient venus le hanter durant les heures suivantes.

Il entend parler, de temps à autre, d'une cité gouvernée par deux sœurs. Certains affirment que c'est pure invention. Comment des femmes pourraient-elles régner sur une ville ? D'autres y voient un funeste présage annonçant quelque catastrophe plus grave. Il entend parler de leur cruauté et de leur magnanimité, et n'attache guère foi ni à l'une ni à l'autre de ces rumeurs. Surtout, il n'entend parler d'aucune menace contre leur pouvoir, que ce soit de l'intérieur du royaume ou de ses frontières extérieures. Il entend parfois parler de leur frère, Périclès de Tyr, le prince héritier qui a perdu l'esprit et s'est fait mendiant, ou peut-être disciple du Bouddha, ou qui est mort d'une morsure de serpent, ou qui se nourrit de poissons et de neige fondue dans la grande forêt du nord.

Tantôt l'histoire est racontée sous forme de tragédie, tantôt sous forme de mise en garde. Il écoute assez longtemps pour ne pas éveiller de soupçons, puis il s'écarte du feu de camp pour faire un tour dans le noir.

Les premières années, il est quotidiennement hanté par la pensée de l'enfant qu'il a abandonnée, se reprochant constamment sa désertion, sa lâcheté, cherchant à atténuer le supplice en se rappelant qu'il aurait fait un père effroyable. Il lui arrive de se persuader qu'il a agi par altruisme, qu'il s'est sacrifié pour lui offrir une vie meilleure, mais ces instants sont rares. Au cours des deux ou trois dernières années, cependant, il s'est surpris à penser de moins en moins à elle. Il n'a plus l'impression de contrôler sa vie. Celle-ci n'est que l'enchaînement d'événements qui arrivent à son corps. Il ne peut pas plus se reprocher ce qu'il a fait que reprocher à un chien de tuer un lapin ou à un vieux cheval d'être incapable de gravir un éboulis escarpé.

Mais aujourd'hui, tout va changer.

Le soir se fait, ces longs moments où la clarté de la vallée est à la fois tamisée et lumineuse, les couleurs étincelant avant de disparaître. Il finit sa saucisse et son fromage et a retiré sa botte gauche pour couper ses ongles de pied avec le petit couteau qu'il transporte à sa ceinture dans une gaine d'étain. Il entend un battement de tambour derrière les chariots et le bourdonnement des guimbardes. Ses chevaux s'installent enfin. Il n'y a pas de vent. C'est alors qu'il l'aperçoit, un objet sombre dans l'écume blanc pur de l'eau agitée.

C'est une des filles du village, il en est sûr. Elle aura joué avec des amies en amont et aura perdu pied. Il se lève et se met à courir, cherchant à rester au niveau du corps qui dévale. Il voit ses bras levés. Elle est vivante. « Hoï ! » crie-t-il, mais, sûrement, le rugissement de l'eau l'empêche de l'entendre. « Hoï ! » Il n'a qu'une botte. Le courant l'emporte trop vite. Il se cogne les orteils contre une pierre cachée dans l'herbe. Il ne constatera que plus tard que deux sont cassés, si bien que plusieurs semaines durant, il pourra monter à cheval, mais ne pourra pas marcher. Elle reste accrochée à un rocher et sa descente s'interrompt momentanément. C'est l'occasion ou jamais. S'il attend plus longtemps, elle sera emportée jusqu'aux chutes et il devra emprunter un itinéraire plus long pour rejoindre la plaine depuis l'escarpement rocheux. Et au moment où il retrouvera le cours d'eau, si elle ne s'est pas ouvert le crâne sur un rocher, elle aura été emportée trop loin et plus personne ne pourra l'aider. Il pense à Marina. Cette petite est la fille de quelqu'un. Il se précipite dans les bas-fonds, au bord de la rivière. L'eau est spectaculairement froide. Les pierres sous ses pieds sont glissantes et bien que l'eau ne lui monte qu'aux genoux, le courant est puissant et implacable. Les parents de cette fille se sont détournés un instant et ils l'ont perdue. Il s'est détourné de sa propre fille pendant quatorze ans. Elle est peut-être morte. Il a réussi à tenir cette idée à distance tout ce temps. Il s'enfonce plus profondément dans l'eau furieuse. La fille est presque à son niveau. Il ne dispose que de quelques instants pour allonger le bras et l'attraper. Ses jambes sont emportées par la rivière. Il est sous l'eau, battant des bras dans le noir et le froid pour reprendre pied. La fille qui se noie est sa fille. Il en est convaincu. Il doit la sauver.

S'il arrive à la sauver, il pourra réparer les torts de toutes ces années.

Quelque chose de dur le heurte en travers des épaules. Il se retourne et l'attrape. La force du courant a coincé un tronc de mélèze mort contre les rochers. Il s'y accroche et se hisse. Son pourpoint s'accroche au moignon d'une branche cassée. Il est toujours sous l'eau. Il se débarrasse de son pourpoint. Il n'a plus d'air. Il perce la surface et regarde sur sa gauche, s'attendant à voir la rivière vide et Marina emportée, mais le mélèze doit traverser la moitié du cours d'eau parce qu'elle en est prisonnière comme lui. « Hoï ! » Si seulement elle pouvait tenir assez longtemps, si seulement il pouvait la rejoindre. Tendre le bras, s'accrocher, se hisser. Tendre le bras, s'accrocher, se hisser. L'eau aspire et vrille le bas de son corps. Il attrape l'avant-bras de la fille. L'heure n'est pas aux mondanités. Il faut qu'il regagne la berge avec elle avant que la température de l'eau n'achève l'œuvre que le courant n'a pu accomplir. Il va lui faire mal. Il lui demandera pardon plus tard. Il faut qu'il la traîne le long du tronc, qu'il l'arrache aux moignons de branches brisées comme il a dû arracher son pourpoint. Le tiers du chemin. La moitié. Il sent des rochers sous ses pieds. Il a maintenant une double prise. Encore dix pas. Il les compte. Il est obligé de s'arrêter pour respirer et reprendre des forces entre chaque pas. Trois. Deux.

Il serre les doigts autour d'une tige de roseau et se hisse sur la rive, hâlant Marina derrière lui. Quand les pieds de la fille sont sortis de l'eau, quand il la sait saine et sauve, il perd connaissance et s'écroule, le visage dans l'herbe. Il est un oiseau, il voit le monde d'en haut. C'est la nuit et la forêt infinie qui s'étend au-dessous de lui est coupée d'un horizon à l'autre par une ligne de feu irrégulière qui consume obstinément le monde. Il entend l'écho des cris de Dorkas, sa vieille nourrice, qui lui dit de venir manger avec ses sœurs. Il ouvre les yeux. Il est allongé sur le dos, les yeux levés vers un ciel de velours bleu sombre, ses vêtements sont trempés et il grelotte. Des silhouettes se tiennent au-dessus de lui. Vingt-cinq années en un instant. Sa fille était en train de se noyer et il l'a sortie de la rivière. Il roule sur lui-même et tend le bras pour lui caresser les cheveux. Elle lui jette un regard absent. Il y a quelque chose d'étrange. Elle ne bouge pas. « Marina ? » Ses orbites sont vides. Il lui manque un bras. Sa fille a été remplacée par le cadavre d'un cerf, fracassé, à moitié pourri. « Marina ? »

On le soulève, les bras sur les épaules de deux hommes robustes. Une bande d'enfants attrape le cerf, le balance une fois, deux fois, puis le rejette à la rivière. Il voudrait crier, leur dire qu'en réalité, ce n'est pas un cerf, mais il n'a pas la force d'intervenir. Sa fille vogue dans le noir. Une éclaboussure et elle est entraînée au loin.

On le porte jusqu'au camp. Des sommets enneigés flottent à mi-chemin du ciel. Les silhouettes de chariots. Les tentes sont éclairées par la lumière des feux qui brûlent à l'intérieur. Tout le monde regarde. Il ne comprend pas leur langue. Puis il comprend leur langue. L'étranger a perdu la tête. On le déshabille. « Conduisez-le à l'intérieur. » C'est Berlan, à qui il achète les chevaux. On le fait asseoir sur un tabouret bas devant un feu de tourbe et d'os. La fumée monte dans le cône élevé de la tente. On lui entoure les épaules d'une fourrure. C'est la peau de sa fille morte. La femme de Berlan, Madya, lui tend une tasse en terre cuite remplie de lait chaud. Ce n'est pas la peau de sa fille. Il doit s'accrocher à ces gens pragmatiques, fidèles. Il observe le motif en zigzag du tapis tissé sous ses pieds, la lueur des flammes reflétée sur les minuscules carrés d'argent brodés sur la poitrine de la blouse de Madya, son jeune fils et sa fille qui, réfugiés dans l'ombre, regardent, tout à la fois terrifiés et fascinés. Il sait à présent ce qu'il cherchait, et le seul mystère est la raison pour laquelle il a dû parcourir tous ces milliers de kilomètres pour comprendre ce dont n'importe quel imbécile aurait pris conscience sur ce quai pluvieux de Tarse.

« Buvez », lui dit Madya.

Il boit et il frissonne. Au centre du feu, les os brûlants craquent et crachent. Il lui reste un dernier voyage à faire.

LA CHASSE

Elle ne prononce jamais le mot « meurtre », même dans le confessionnal de son esprit. Ce n'est pas un acte qu'elle rumine, il ne vient pas d'elle. Il se passe dans le monde quelque chose de contrariant qui l'oblige à réagir. C'est comme le mauvais temps, elle n'exerce aucun contrôle dessus. Surtout, elle n'anticipe pas, elle ne se demande jamais où tout cela va aboutir. Elle ne prend aucune décision. Tout s'enchaîne lentement, mais inéluctablement, tel un cours d'eau qui descend vers la mer. Elle ne déteste pas l'enfant, personne ne peut détester un enfant ; simplement, l'enfant est agaçante, l'enfant l'énerve. Elle n'attise pas cette irritation et ne la partage pas non plus avec autrui. Elle la laisse plutôt fermenter comme la pourriture qui s'étend dans un silo étanche. Elle commence à comprendre ce qui lui a échappé jusqu'alors. La manière dont l'enfant agit, ce que fait l'enfant, ne doit rien au hasard. L'enfant n'est pas plus intelligente que sa propre fille, elle n'est pas plus belle, elle ne réussit pas mieux ; mais elle est mue par le besoin irrépressible de donner à sa fille l'air et l'impression d'être inférieure. En d'autres circonstances, il serait possible de remédier à cette situation ;

le problème est que l'enfant a séduit tout le monde par son charme prétendu. Si elle cherche à séparer les deux petites, on la détestera, même si c'est dans l'intérêt de sa propre fille.

Elle prend grand soin de ne pas se mettre à la place de l'enfant. Elle ne veut pas risquer de considérer les choses de son point de vue. Mieux vaut ne pas penser du tout à l'enfant comme à une enfant.

Elle imagine un accident dans lequel l'enfant mourrait. Tout le monde fait ce genre de chose. L'imagination se promène à sa guise. Cela se fait sans intention, sans culpabilité. Nous nous figurons que nous volons, nous entendons les animaux parler avec des voix que nous reconnaissons, nous ramenons les morts à la vie pour un bref instant. La porte de corne et la porte d'ivoire. Mais le soulagement qu'elle éprouve en envisageant cet accident est pure félicité. Peut-être ce qu'elle envisage n'est-il pas un accident, en réalité. Peut-être ce qu'elle évoque ressemble-t-il seulement à un accident, à un terrible accident.

Elle commence à jouer avec des idées qui lui auraient fait horreur quelques mois auparavant. Elles lui font toujours horreur, mais elle invente une conversation dans laquelle elle justifie ces actes, une scène hypothétique située dans un avenir brumeux, dans l'enceinte d'un tribunal, par exemple. Elle est contrite. Elle verse quelques larmes parce que quand elle pense à ce qui est arrivé à la fille qu'elle peut enfin considérer comme « cette pauvre enfant », sa tristesse est sincère. Elle se défend, elle s'exprime clairement, elle est convaincante. Son public est étrangement ému par la description qu'elle fait de la situation où elle s'est trouvée et par le terrible dilemme qu'elle a dû affronter. Elle a eu, à vrai dire, le courage de régler le problème alors que d'autres se seraient effondrés. Elle est absoute, elle est pardonnée.

Il lui vient à l'esprit qu'elle pourrait confier ce travail à autrui. *Travail* est un bon mot. C'est celui qu'elle emploiera désormais. Cette personne pourrait conduire l'enfant ailleurs et faire le travail à l'abri des regards. Tout ce que les gens sauraient, c'est que l'enfant a disparu. Ce serait triste, mais le mystère serait insoluble. C'est ainsi qu'elle le considérerait, elle aussi. L'enfant aurait simplement disparu. Les gens qui l'avaient aimée pourraient espérer qu'elle vit encore quelque part ou que sa mort a été rapide et indolore.

Elle y voit un bon compromis, un généreux retour en arrière par rapport aux pires scénarios qu'elle a entrevus. Il faudra évidemment que la personne chargée de ce travail soit un individu exceptionnel, un individu qui ait l'habitude de ce genre de choses – un soldat peut-être, ou bien un boucher –, un individu d'une loyauté sans faille, qui obéira à ses ordres sans poser de question, sans éprouver de remords. Elle pourrait renforcer cette loyauté par une somme d'argent. Le mieux serait d'étaler ce versement dans le temps, une avance sur salaire jusqu'à la fin de ses jours, à condition qu'il se taise. La personne choisie devra être pauvre. Elle est riche. Le coût serait négligeable. L'ingéniosité du plan la satisfait et cette satisfaction lui suffit pour le moment. Inutile de se précipiter.

En cet instant précis, cependant, elle est à la fenêtre de la bibliothèque qui donne sur la deuxième cour, où Mésomède, le précepteur, est assis devant les deux filles. Il trace un cercle sur une grande ardoise avec un stylet métallique. « Pythagore pensait que la terre est ronde parce que le cercle était, à ses yeux et à ceux de ses disciples, la forme la plus parfaite. » Phoebe se gratte le nez. Une volute de nuage blanc en forme d'hippocampe est suspendue au-dessus de l'épaule du précepteur. Dans une cour voisine, on bat un tapis. « Mais Aristote a été le premier penseur à en proposer des explications logiques. La première étant que lors d'une éclipse, la terre projette une ombre circulaire sur la lune, la seconde que lorsque des navires franchissent la ligne d'horizon, leur coque disparaît en premier, et la troisième qu'il est possible de voir différentes constellations depuis différentes positions sur la terre à la même période de l'année. » Mésomède est un petit homme sec à la barbe blanche soignée qui se frotte les mains quand il réfléchit, comme si les idées étaient un festin étalé devant lui. Sa colonne vertébrale est légèrement déviée sur la droite et il a mauvaise haleine. « Mais c'est Ératosthène qui a eu l'intelligence nécessaire pour mesurer les dimensions de l'immense sphère sur laquelle nous vivons. » Il gratte deux points sur le cercle de son ardoise. Il en étiquette un Alexandrie, l'autre Syène. Le nuage disparaît derrière sa tête. « Il avait entendu dire qu'à Syène, lors du solstice d'été, les rayons du soleil entraient directement dans un puits, éclairant l'eau qui se trouvait au fond sans créer la moindre ombre. Or ce n'était pas le cas à Alexandrie… »

Les filles ont quatorze ans. Phoebe n'a pas encore perdu les rondeurs qui fondront au cours des deux prochaines années, mais elle est athlétique comme sa mère l'était avant d'avoir atteint l'âge où être athlétique a été déclaré inconvenant. Ses cheveux dessinent l'orbe compact de frisottis noirs qu'arborait son père avant que la peste ne l'ait fait vieillir de deux décennies en un an. Elle est amusante, effacée, et se livre à des imitations incroyablement réussies de presque tous les personnages de la Cour, des parodies que l'on pourrait trouver cruelles si elle était plus âgée.

Marina est la plus grande des deux, une fille-faon, encore encombrée de ses longs membres. Faon de tempérament aussi, agitée, éclatant d'un rire qui paraît plus nerveux qu'amusé, évitant souvent le regard d'autrui et ne se détendant que lorsqu'elle est seule avec sa sœur adoptive. Elle a le teint brun, une peau sans défauts et des cheveux acajou, mais ce sont ses yeux que tout le monde remarque, presque noirs sous certains éclairages, prêtant toujours à sa beauté comme un soupçon de l'au-delà.

« L'angle de l'ombre à Alexandrie mesurait un cinquième de cercle. Or Ératosthène savait que la distance entre les deux cités était de cinq mille stades… »

Elles ont grandi comme des jumelles, passant toutes leurs journées ensemble à l'exception d'une unique quinzaine durant laquelle Phoebe a souffert d'un cas de variole bénin qui lui a légèrement grêlé le visage, ce qui ne la dérangerait pas sans les silences qui se font lorsque des étrangers ignorants des règles tacites de la famille louent par inadvertance la beauté de Marina.

Comme beaucoup de vrais jumeaux, elles se sont créé un univers auquel elles sont seules à avoir accès, un monde doté de sa propre mythologie, de ses propres histoires, de son propre langage. La mère de Phoebe a passé son enfance à Bagdad où elle parlait araméen.

Par égards pour son mari, elle n'emploie jamais cette langue sauf quand elle est en colère ou qu'elle veut parler en confidence aux esclaves qui l'ont accompagnée depuis sa ville natale. Aussi les filles connaissent-elles une poignée de mots, fragile fondement sur lequel elles ont construit un langage imaginaire qu'on ne parle que sur l'île imaginaire de Panchaïa où vivent des cyclopes, des centaures et des loups, et aussi des oiseaux assez gros pour s'emparer de chèvres adultes. Les filles ont des pouvoirs magiques qui leur permettent de converser avec ces créatures. Des tunnels souterrains courent sous l'île, et il y a tant de chambres communicantes qu'elles n'en ont exploré qu'une fraction. Chacune contient quelque chose de magique, d'extraordinaire ou de terrifiant – une flamme qui ne brûle pas et peut être transportée au creux de la paume pour éclairer les tunnels obscurs devant soi, toute une chambre tapissée de corneilles mortes, une femme mécanique en laiton, une forêt souterraine qui semble s'étendre à l'infini et dans laquelle elles s'égarent complètement avant d'être sauvées par la femme de laiton.

Elles sont intelligentes, l'une comme l'autre, et si Marina est un peu plus vive, un peu plus éveillée, un peu plus apte à ces bonds intuitifs qui précèdent la pensée rationnelle, la différence est minime et sans grandes conséquences. Elles sont trop proches pour être hostiles. Phoebe est fière de son amie et il arrive à Marina de s'abstenir de répondre pour que les éloges soient plus équitablement distribués.

Seules leurs origines les séparent. Phoebe sait qu'elle doit s'estimer heureuse. Si elle n'est pas toujours d'accord avec sa mère et son père, au moins, ils sont vivants et veillent sur elle. D'un autre côté, tout ce qui lui est arrivé dans la vie a eu lieu dans cette cité et, pour l'essentiel, entre ces murs. Elle envie sans le dire la tristesse qui fait de son amie quelqu'un de spécial, de plus profond, de plus sérieux. Elle ne peut pas s'imaginer au cœur d'une histoire. Marina est une histoire en soi.

En ce moment, par exemple, la leçon achevée et Mésomède congédié, elles sont assises sur le bord cannelé du bassin au milieu du péristyle, chacune avec un petit bol, et elles jettent de minces lamelles de poulet cru aux grosses carpes orange de la fontaine, les petits O de leurs bouches affamées brisant la surface pour attraper les friandises. L'eau ruisselle depuis les conques renversées que tiennent les nymphes marines de pierre, des paons crient faiblement dans le jardin clos et soudain, Marina est ailleurs, une main sur le genou, le bol incliné dans l'autre, le regard vide, l'esprit envolé vers un lieu où sa mère est encore vivante et où son père ne l'a pas abandonnée. C'est ce que suppose Phoebe du moins, mais comme Marina se dérobe systématiquement à ses questions, il paraît cruel d'insister. L'envie insensée de Phoebe est alors balayée par une vision de la réalité – cette cabine ensanglantée, les mains sales d'un médecin de bord maladroit cherchant désespérément à extraire le petit corps visqueux avant qu'il ne soit scellé à jamais à l'intérieur d'un cadavre, le cercueil s'abîmant dans les ténèbres glaciales. Accepterait-elle cela en échange de la sensation palpitante d'être spéciale, d'être plus profonde, plus sérieuse ?

En vérité, bien qu'il arrive à Marina d'être mélancolique, elle pense rarement à ses parents. Ce sont des personnages de roman. Sa mère est morte en couches, son père a sauvé la cité avant de perdre l'esprit et de se transformer en une poignée d'histoires à dormir debout et de récits suspects. Quel lien avec cette monotone répétition de journées identiques où l'on dort, on se baigne, on mange, on s'habille et on étudie ? Phoebe, Dionyza et Cléon sont la seule vraie famille qu'elle ait jamais connue. Lychorida lui a raconté ces histoires, mais Lychorida racontait des histoires sur tant de choses, et toutes semblaient pareillement imaginaires. De plus, cela fait quatre ans que Lychorida est morte d'une tumeur, et elle a emporté avec elle le dernier fil ténu qui rattachait la vie de Marina à Tarse et à cette prétendue préhistoire extravagante.

De toute façon, elle n'est pas encline à regretter le passé ni à s'inquiéter de l'avenir. Elle a l'ingéniosité de son père et l'assurance de sa mère, et aussi autre chose que ni l'un ni l'autre ne possédait et qui constitue peut-être le principal héritage de sa calamiteuse entrée dans le monde. Elle comprend les autres, elle observe, elle analyse. Elle sait, sans en être jamais pleinement consciente, qu'elle n'est pas à sa place ici, qu'elle n'est à sa place nulle part, qu'elle ne doit rien tenir pour acquis, qu'elle doit toujours être à l'affût des crises durant lesquelles les gens ne s'occupent que d'eux-mêmes.

Elle n'a qu'un gros souci. Dionyza ne l'aime pas. Ce n'est qu'au cours de ces dernières années qu'elle en a pris conscience. Cette aversion n'est pas déclarée. En fait, Dionyza est toujours aimable et veille à traiter les filles en égales. Mais quand elle se retourne, il arrive à Marina de surprendre sa belle-mère qui la regarde et elle décèle dans ses yeux une dureté inattendue qui s'efface immédiatement. Elle tente d'aborder le sujet avec Phoebe. Elles ne vont pas tarder à devenir des jeunes femmes et les propres relations de Phoebe avec sa mère sont parfois épineuses et houleuses. Marina pense donc pouvoir compter sur sa compréhension. En réalité, Phoebe reste étrangement sur la défensive. Commenceraient-elles à s'éloigner l'une de l'autre ? Ou Marina a-t-elle simplement enfreint la règle universelle qui veut que l'on puisse dénigrer ses propres parents autant qu'on le veut, mais que malheur à qui renchérira ? Quoi qu'il en soit, Marina comprend qu'elle devra affronter ce problème seule.

Mais voilà que ce n'est plus un problème. À l'approche des seize ans de Marina et de Phoebe, Dionyza s'adoucit. Son amabilité paraît à nouveau sincère, le traitement équitable à la fois naturel et spontané. Sa voix a pris des inflexions plus affectueuses et ses regards ont perdu leur dureté. Marina se sent maintenant plus à l'aise en compagnie de sa mère adoptive. Peut-être Phoebe a-t-elle intercédé en sa faveur. Peut-être le ressentiment de Dionyza était-il dû à un délicat problème d'adulte qui s'est résolu secrètement.

Un délicat problème d'adulte s'est effectivement résolu. Dionyza a trouvé un homme disposé à tuer sa fille adoptive, ce qui lui permet d'être enfin plus détendue en présence de ce coucou qui l'a ulcérée si longtemps. Elle peut se permettre d'être compatissante, d'écouter, de faire preuve de sollicitude, car elle sait que cela ne durera plus très longtemps. Et même, il est diplomatiquement raisonnable de se comporter d'une manière qui ne donne prise à aucune ombre de soupçon.

Lucius fait partie de la garde du palais. Elle ne lui avait jamais prêté grande attention, pas plus qu'à n'importe quel membre de la garde du palais. Mais un jour, elle entre silencieusement dans la cour des Cinq-Lièvres et aperçoit une hirondelle de fenêtre qui gît, une aile blessée, tout au fond du cloître. Lucius surgit quelques instants plus tard et sans la moindre hésitation, il pose le pied sur l'oiseau et l'écrase lentement, tournant sa sandale à gauche puis à droite jusqu'à ce que sa semelle soit au même niveau que le sol. On pourrait croire que les Parques ont organisé ce petit drame à son seul bénéfice ; Lucius soulève son talon pour vérifier ce qu'il a fait puis repousse la bouillie de plumes humide dans la petite rigole d'eau de pluie qui court au pied des colonnes. Dionyza a beau avoir le cœur dur quand la nécessité l'impose, ce qu'il vient de faire la glace. Elle a trouvé l'homme qu'il lui faut. Elle lui donnera ses ordres et organisera le versement de son salaire, et ensuite, elle sera délivrée pour toujours d'une souffrance qui la torture depuis trop longtemps.

Lucius est peut-être cruel, mais il n'est pas idiot. Il réclame la moitié du paiement d'avance et l'autre moitié aussitôt que la fille sera morte. La reine s'inquiètera bien assez rapidement et s'arrangera pour le faire éliminer par un autre. C'est ce qu'il ferait à sa place. Aussi doit-il avoir mis suffisamment de distance entre eux avant qu'elle prenne cette décision. La mission est simple et les cochons en sont la clé. Cinq ou six porcs viendront à bout d'un corps humain en un rien de temps – os, dents, cheveux, tout. Il paiera son imbécile de frère pour qu'il aille passer quelques jours sur la côte. Il emportera les vêtements de la fille, ses souliers et sa cape de voyage pour donner l'impression qu'elle s'est enfuie. Il la conduira dans les collines, ligotée et bâillonnée, il lui défoncera la tête avec une pierre, la balancera dans l'enclos à cochons et brûlera la corde en même temps que tous ses effets. Dès qu'il aura touché le solde de l'argent, il embarquera pour Thèbes ou Alexandrie, et commencera une nouvelle vie.

Six nuits d'affilée, il fait le trajet entre sa chambre et le quai de chargement pour vérifier que c'est faisable sans se faire voir. Il chronomètre les écarts entre les patrouilles, il graisse les gonds. La septième nuit, l'épaisse couverture nuageuse est propice. Il arrose les chandeliers du couloir. Heureusement, les filles n'ont pas d'esclaves qui dorment avec elles dans leurs chambres. Il éteint la lampe à huile posée à côté du lit et appuie avec force le bâillon sur la bouche de Marina en lui disant tout bas qu'elle aura la vie sauve pourvu qu'elle se taise. Il lui bande les yeux pour qu'elle ne garde pas le souvenir de ses traits s'il est obligé de la relâcher avant d'avoir atteint son but. Elle est étonnamment vigoureuse pour une fille aussi mince, mais il ne lui faut pas longtemps pour lui ligoter les mains et les pieds. Il l'enroule dans le carré de toile raide qu'il a plié dans son sac de voyage et la ficelle comme un tapis pour qu'elle soit plus facile à transporter. Il fouille le grand coffre au pied du lit et remplit le sac vide des vêtements qu'une jeune fille pourrait emporter pour une escapade nocturne. Il utilise d'autres vêtements pour confectionner un simulacre de corps qu'il glisse sous les couvertures. Il referme la malle et hisse la fille sur ses épaules.

Personne ne les voit parcourir le sentier sinueux qui traverse les bâtiments du palais. Seul un grand-duc les observe du haut d'un laurier au moment où ils se coulent dans les ombres profondes qui longent le jardin Hexagonal, tête pivotant lentement, grands yeux fixes. Est-ce ici que le message entreprend son voyage ? Ou le monde non humain sait-il tout simplement ces choses, l'information située au-delà du spectre passant d'une créature à l'autre, à la manière dont les décisions se communiquent à tout un vol d'étourneaux en une fraction de seconde ?

En haut, dans les collines, une source coule à l'abri d'un bosquet de chênes. À côté de la source s'ouvre une grotte de calcaire et de pierre ponce. Il n'y a pas de lune, mais la chair des bras et des jambes, des cous et des visages, rayonne de sa propre lumière. La putréfaction douceâtre de la terre et le musc des corps endormis, l'eau qui tombe dans l'eau goutte à goutte. Vingt jeunes femmes émergent du sommeil, elles se lèvent, s'étirent. Certaines s'éloignent pour se soulager, d'autres se penchent pour remplir d'eau leurs paumes en coupe. Elles enfilent des tuniques et des bottes de chasse. Elles attachent leurs cheveux et bouclent sur leurs épaules les lanières de cuir de carquois remplis de flèches. Elles ramassent arcs et javelots. Dans les ombres entre les arbres se tiennent vingt cerfs élaphes, toison mouchetée de blanc, torses en barrique et pattes tendues, puissantes, nerveuses comme des fils de détente. Compagnons, familiers. À l'avant du bassin, la vingt et unième femme se lève. Elle les dépasse toutes d'une tête, longs bras musclés, longues jambes musclées, la vierge elle-même, fille de Jupiter et de Latona, sœur d'Apollon, la déesse de la Chasse, la déesse des Arbres et des Animaux, la déesse des Cerfs et des Chênes, et des lieux d'altitude. Elle conduit les femmes hors du bosquet et dans les collines ouvertes, granitées et monochromes dans cette lumière de presque rien. Les hautes herbes abondent en animaux, l'air est tout vivant d'ailes. Sangliers et renards, lynx et léopards. Faucons crécerelle et corneilles, oreillards roux. Elle se met en marche et le monde sauvage lui emboîte le pas.

Est-ce ce qui donne de la force à Marina, la connaissance de ce qu'il y a là-bas, des messages revenant en sens inverse ? Ou les événements qui s'y déroulent sont-ils des manifestations de sa propre force ? Elle a grandi en femme. On lui a appris à flatter, à plaire, à dépendre, à céder, à se faire petite et discrète. On lui a dit qu'elle devait être douce, pour que les hommes aient toujours un moyen de lui faire du mal et de la contrôler, cet anneau dans le nez qu'ils appellent féminité. Mais elle a refusé silencieusement ces leçons.

Elle est ligotée à l'intérieur d'un tuyau de matière rêche qui sent le goudron et l'humidité. Elle a du mal à respirer. Le bâillon collé contre sa bouche pue la sueur et le poisson pourri. Une corde s'enfonce, serrée, dans ses poignets et ses chevilles, contrariant la circulation du sang, moins douloureuse quand, sous les jantes, les pavés sont remplacés par de la terre, mais plus douloureuse lorsque les minutes s'étirent en une heure, lorsqu'une heure s'étire en deux. Elle ne se débat pas, elle ne fait aucun bruit. Il faut qu'elle conserve son énergie pour le moment où elle pourra en faire l'usage le plus profitable. Elle sera furieuse, elle sera laide. Elle s'en sortira et se vengera de ceux qui le lui ont fait.

Ils approchent de la ferme quand cela arrive. Les chevaux sont les premiers à le sentir, ils deviennent nerveux et rétifs. Peut-être y a-t-il un loup contre le vent, ou de l'orage dans l'air. Lucius les cravache avec les rênes et les pousse, alors que la route sinueuse monte et s'enfonce plus profondément dans les collines. Ils ne sont plus qu'à une lieue environ. L'obscurité est presque impénétrable, mais c'est tant mieux. Voilà pourtant qu'il commence à le percevoir, lui aussi. Rien de véritablement menaçant, nulle autre lumière sur ce chemin solitaire. Il n'est pas superstitieux, le divin ne lui inspire que scepticisme, il éprouve rarement des émotions fortes, et jamais sans raison. Pourtant, une peur inexplicable s'empare de lui, tout son corps se préparant à réagir à une agression sans qu'il puisse en prévoir la forme. Il se retourne régulièrement pour scruter l'obscurité qu'ils ont laissée derrière eux, mais il ne voit rien, il n'entend rien. Il camoufle sa lanterne. Il transpire, ses mains tremblent, son ventre se crispe et se tord comme un chien agité. Il voudrait revenir sur ses pas. Il ne peut pas revenir sur ses pas. Et s'il s'arrêtait ici, qu'il la transportait dans le noir et creusait une tombe ? Il n'a pas de pelle, et les animaux affamés ne manquent jamais de trouver la viande enterrée dans un trou qui ne s'enfonce pas jusqu'à la taille. Quelle importance, après tout ? Et s'il l'étranglait tout bonnement, qu'il abandonnait la charrette et poursuivait sa route ? Il aurait deux chevaux. Il aurait la moitié de l'argent. Il a du mal à réfléchir rationnellement.

Soudain, la lumière surgit. Les vents d'altitude balayent le nuage qui masquait la pleine lune et un éclat d'un bleu dur tombe sur la terre. Il devrait être soulagé. Il n'a plus besoin de lanterne, il voit où il va, il peut voir tous ceux qui risqueraient d'approcher. Mais la vastitude du paysage lui fait regretter la petite tente de lumière dans laquelle il a voyagé jusqu'à présent. Les chevaux sont toujours effarouchés. Il les fouette.

La route tourne brusquement en épingle à cheveux, un bloc rocheux grand comme une maison sur la droite, des buissons épineux qui dévalent une pente si raide à gauche qu'il entend sans la voir l'eau qui court sur les pierres au pied du versant. Il y a quelque chose au-dessus de sa tête. Levant les yeux, il aperçoit une multitude de chauves-souris, tels des flocons de cendre envolés d'un brasier mais plus denses, plus rapides et plus nombreuses, certaines l'effleurant de si près qu'il sent les minuscules courants d'air que déplacent leurs fragiles ailes veinées.

Les chevaux se cabrent et hennissent, ils cherchent à s'arracher à leurs traces, mais ce ne sont pas les chauves-souris qui les effraient. Un unique cerf obstrue le passage, à dix pas seulement, les yeux fixes, implacable. Par toute autre nuit, il se dirait que le cerf est malade ou aveugle, mais cette bête-là n'est pas malade. Il en est certain sans être capable de dire pourquoi.

Les chevaux effarouchés se tranquillisent. Le cerf les a étrangement calmés. Le cerf n'est pas un cerf. Ou pas seulement un cerf. Lucius pourrait bondir hors de la charrette et prendre ses jambes à son cou, mais il n'irait pas loin. Il le comprend aussi. Il ne veut pas mourir. C'est une pensée qu'il n'a encore jamais eue.

D'autres cerfs sortent de l'ombre. Quinze? Vingt? Tout aussi indifférents, tout aussi impavides. Puis, derrière les cerfs, il voit les femmes. Si on lui avait demandé ce qui l'effraie le plus la nuit dans les collines, il aurait répondu un ours affamé, ou une bande d'hommes en armes, peut-être. Or cette image-là le terrifie au-delà de toute imagination. Tuniques, javelots. Le monde à l'envers, les faibles à qui l'on donne la puissance. La vengeance qu'ils pourraient justifier s'ils en avaient les moyens. Une vie ne serait pas assez longue pour rembourser la dette.

Au milieu du groupe, une femme dépasse toutes les autres d'une tête. Il la connaît depuis toujours, il en est sûr, mais il ne sait pas qui c'est. Il voudrait qu'elle tire une flèche de son carquois, la décoche et que le trait s'enfonce profondément dans sa poitrine afin qu'il parte promptement.

Cela n'advient pas.

Les cerfs se dispersent, bondissant avec une grâce surnaturelle sur la face rocheuse, vers le fond du ravin et autour de la charrette. Puis les femmes courent, hululent, brandissent leurs arcs et leurs javelots, des lynx, des loups et des sangliers courent à leurs côtés, les chevaux sortent de leur transe et recommencent à se cabrer, plus violemment cette fois, si bien que la roue droite de la charrette se soulève et que plusieurs rayons de la roue opposée se brisent sous la charge accrue. La roue cède entièrement, le côté gauche de la charrette s'enfonce soudain et tout le véhicule bascule vers le bord de l'étroite chaussée. Les chevaux essaient de se redresser, leurs sabots cherchent désespérément à s'accrocher à la terre sablonneuse, mais ils ne trouvent pas de prise et le cheval de tête se renverse sur le flanc de son voisin. Lucius a beau se cramponner à son siège, il ne peut éviter de glisser latéralement et de culbuter dans le noir. En chutant, il se retourne sur le dos et voit la charrette qui tombe lentement derrière lui avec la princesse dans son rouleau de toile. Puis les chevaux jetés à terre se retournent eux aussi sur le dos, entraînés hors de la chaussée par la charrette qui dégringole, véhicule et bêtes indissociablement accouplés.

Il est allongé sur le dos dans l'eau peu profonde. Il dispose d'un long moment pour comprendre qu'il n'est pas mort avant que la charrette et les chevaux ne touchent le fond du ravin. La jante de fer d'une roue lui écrase la cheville gauche, la clouant au sol. Un cheval atterrit à côté de lui, le lit du ruisseau tremblant sous l'impact de son corps. La grosse tête éclairée par la lune est à côté de la sienne, lèvres retroussées, dents jaunes brisées, narines dilatées, yeux noirs terrifiés, souffle brûlant. Un sabot le frappe violemment à la hanche, le frappe encore. Sa cheville prisonnière l'empêche de s'écarter. Le cheval ne peut pas se relever. Un troisième coup de sabot. L'autre cheval est mort, un rayon enfoncé dans le cou. La roue intacte tourne lentement en ombre chinoise. Les femmes et leurs compagnons animaux descendent la berge.

Protégée par trois couches de toile et par l'épaisse végétation qui a freiné sa descente, Marina est allongée sur une bande d'herbe rêche, légèrement en aval. Trois boucles de corde assujettissaient fermement la toile. Celle du haut a cédé pendant sa chute. Son bandeau a disparu lui aussi, au prix d'une égratignure sanglante sur le côté de sa tête.

La suite des événements n'est pas claire. Non, ce n'est pas exact. La suite des événements est le souvenir le plus clair de toute cette nuit, mais il n'a aucun sens. Une femme est accroupie près de Marina – tunique et bottes, lance et arc. La femme tranche les deux dernières cordes qui entourent la toile et la déroule. Elle tient un petit couteau. Elle coupe le bâillon de Marina puis la tourne sur le côté et lui libère les mains et les pieds. Il est difficile de distinguer quoi que ce soit dans cette pénombre, et Marina n'a aperçu son propre reflet que dans des miroirs grossiers et à la surface d'eaux paisibles, mais cette femme lui ressemble. Elle est exactement comme elle. Elle prend le visage de Marina entre ses deux mains et la regarde dans les yeux. L'étrangeté de cette rencontre donne le vertige à Marina. La femme repose doucement la tête de Marina dans l'herbe et se relève. Marina entend les grognements et les jappements d'animaux et les voix d'autres femmes. Sa jumelle d'un autre monde se détourne et s'éloigne.

Il y a un cours d'eau, il y a une ravine profonde, il y a des collines. Des chauves-souris vont et viennent, griffant la lune allumée dans le ciel. Est-ce la réalité, ou l'esprit perd-il pied au moment de franchir la frontière entre la vie et la mort ? Elle a été arrachée à son lit en pleine nuit. Elle a été conduite hors de la ville, dans les collines. Elle roule sur elle-même, elle se met à quatre pattes et regarde derrière elle, en amont. La femme est partie. Toutes les femmes sont parties. S'il y a vraiment eu d'autres femmes. Elle se sent très vivante, les brûlures de la corde autour de ses poignets et de ses chevilles, une douleur lancinante sur le côté de la tête. Plus loin en amont, la charrette qui la transportait gît dans le lit du ruisseau, brisée et gauchie. À côté d'elle, un cheval qui est certainement mort. Elle distingue alors un mouvement de l'autre côté de l'épave, elle entend les bruits d'un homme ou d'une bête qui souffre. Il serait certainement plus raisonnable de s'éloigner, mais elle aperçoit une grosse sacoche de cuir à côté de la charrette. La nuit est glaciale et elle a besoin de tout ce qu'elle pourra trouver d'utile.

Elle se faufile à travers les rochers glissants. Elle entend à présent deux sons distincts. Un homme gémit et le second cheval émet un bruit désespéré qu'elle ne sait comment nommer. Elle contourne avec prudence la charrette pour voir ce qui se passe. Le cheval est encore vivant, tout juste, mais il n'en a plus pour longtemps. Trois loups ont le museau enfoui dans son abdomen, les organes arrachés luisant sous les reflets de la lune. L'homme gît à côté du cheval, la jambe coincée sous une roue fracassée. Son visage lui est familier. Quelqu'un du palais. À chaque respiration, il exhale un sifflement plein de tristesse, comme s'il avait couvert une très longue distance à la course.

Il se retourne vers Marina. Il n'est pas surpris qu'elle soit en vie. Plus rien ne le surprend. Il ne souffre pas, pas encore, malgré sa blessure. Il ne peut pas implorer du secours. Ce n'est pas dans sa nature. De toute manière, il est au-delà de tout secours. Pourtant, même en cet instant ultime, il veut prouver qu'il lui reste du pouvoir. Il dit : « C'est la reine qui l'a ordonné. Elle voulait votre mort. »

Au plus profond d'elle-même, Marina le savait déjà. Cette révélation n'a aucune importance. C'était sa vie d'avant. Un loup interrompt son festin et la regarde, la gueule ourlée de fourrure sanglante. Le cheval ne bouge plus. Le loup retourne à son repas comme pour dire *Une petite maigrichonne comme toi ne nous intéresse pas*. Elle s'agenouille à côté du sac de cuir et défait la lanière. Son ravisseur y a mis des vêtements à elle, comme s'il l'emmenait en vacances. Il y a du pain aussi, et de la saucisse. Elle enfile ses sandales et sa cape de voyage et jette le sac sur son épaule.

L'homme dit : « J'allais vous jeter aux cochons, dans la ferme de mon frère. J'allais vous fracasser le crâne puis vous jeter aux cochons. »

Elle le contourne et entreprend de remonter le ruisseau en longeant le fond de la petite vallée empierrée. Elle ne sait pas où elle va, tout ce qu'elle sait, c'est que le voyage sera long.

L'infirmière arrive le jour même, si bien informée de la situation qu'on pourrait croire qu'elle fait ce travail depuis un mois. Elle s'appelle Deborah. Elle ne donne pas son nom de famille. Elle vient de Cardiff et est vêtue d'un uniforme bleu marine avec des parements blancs et de chaussures masculines, brun chocolat. Elle porte une valise remplie de matériel médical et un sac de plus petites dimensions qui contient une Thermos de café et un Tupperware de sandwichs pour limiter le plus possible ses échanges avec la famille.

Elle fait la toilette d'Angelica et enduit délicatement de crème ses plaies et ses rougeurs. Angelica se laisse fourrer l'œuf brouillé de Dottie dans la bouche mais elle refuse de mâcher, ce qui oblige Deborah à se pencher sur elle et à lui faire recracher la nourriture dans un bol. Quand Deborah lui verse un tout petit peu de lait dans la bouche, elle s'étrangle et tousse. Un lit est préparé dans la chambre voisine. Deborah se réveille toutes les deux heures pendant la nuit pour surveiller sa protégée.

Le docteur Kellaway revient de bonne heure le lendemain matin et pose une sonde nasogastrique. Philippe ne supporte pas de voir ça. Angelica se débat mais une fois qu'elle est en place, elle ne cherche pas à l'arracher. Une poche d'aliments liquides est connectée à l'autre extrémité du tube et accrochée à une potence, à côté du lit. Elle est rose comme de la pommade Germolène et rebondie comme un estomac. Le médecin dit qu'il ne peut rien promettre mais qu'il espère au moins que son état se stabilisera. Il promet de revenir le lendemain.

Une deuxième infirmière arrive en milieu de matinée pour remplacer Deborah, et une troisième vient le soir. Les trois femmes se relaieront au chevet d'Angelica, exactement comme trois nourrices avaient été payées pour s'occuper d'elle aux premiers temps de sa vie. Deborah, Joyce et Gillian. Ce ne sont peut-être pas leurs vrais noms. Elles sont d'une politesse irréprochable mais n'encouragent pas les questions personnelles. Elles sont déposées à la villa par une Polo Volkswagen vert foncé conduite alternativement par deux hommes taciturnes en costume qui ont l'air turcs et sont certainement frères. Ils ne sortent pas une seule fois de la voiture.

Le médecin revient le lendemain comme convenu, et le surlendemain aussi. Il se montre d'une confiance prudente. On fait prendre régulièrement des bains à Angelica. La poche est remplacée toutes les douze heures. La maisonnée tout entière s'enfonce dans un état qui reflète la dérive immobile d'Angelica. Hervé lui-même, généralement insensible aux émotions de son entourage, a l'impression de se mouvoir sous l'eau.

Dotti met presque une semaine à prendre conscience que Nikki les a abandonnés. Elle décide de passer à l'action, elle aussi. Elle appelle le cabinet médical de Winchester où consulte son médecin traitant pour demander de l'aide, mais Hervé surgit dans la cuisine au moment où elle est en ligne. Elle fait semblant d'avoir appelé Skates pour un sèche-linge en panne. Hervé lui fait peur. Elle ne rappelle pas.

Philippe déambule à pas lents à travers la maison et le jardin tel le fantôme des lieux, à moitié présent seulement, incapable de se poser, incapable de lire, incapable de regarder la télévision ou d'écouter la radio, incapable de dormir.

Et Angelica ?

Elle n'entend plus les voix autour d'elle. Et si les propriétaires de ces voix pouvaient entendre ses pensées, les comprendraient-ils ? Elle vague en profondeur, à des brasses au-dessous du monde, fonctionnant au ralenti dans un état qui n'est ni sommeil ni veille.

Août laisse place à septembre. Septembre laisse place à octobre. Des nuits anormalement tièdes amènent plus de sucre dans les feuilles et la colline est balayée de nouvelles couleurs. Les arbres les plus secs, exposés au vent, sont les premiers à changer de teinte. Orange et brun, rouille, acajou, bronze. Arcturus a disparu, Pégase se lève. Les branches n'ont plus de feuilles à présent, chœurs nus et en ruine. Ne restent que les rouges-gorges, les pinsons, les merles et les mésanges bleues, le tournoiement occasionnel d'une buse. La température chute. Des vents âpres, des gelées précoces et les Pléiades visibles les nuits sans nuages.

Une seule histoire l'attache au monde.

Tachkent, Zadracarta, Ecbatane, Ninive…

Deux mille cinq cents lieues et quatre mois à cheval. En chemin, il a vendu cinq chevaux et deux dromadaires, ne conservant qu'un cheval à son propre usage, et un autre par sécurité. Il s'en est défait à vil prix, de surcroît, désireux de conclure une vente rapide et de se procurer des provisions suffisantes pour l'étape suivante de son voyage. À l'exception d'un accès de fièvre qui l'a immobilisé juste après la traversée de l'Oxus, il n'a pas passé deux nuits au même endroit. Il a senti, à tout instant, dans le tréfonds de son esprit, le grondement grave de la peur, craignant d'être parti trop tard pour épargner quelque chose de terrible à sa fille. S'il se lève tôt, s'il mange et boit en selle, il réussit à distancer l'angoisse pendant une demi-journée ou plus, mais elle le rattrape toujours avant le soir. Lorsque l'année avance, il est heureux que les jours rallongent, ce qui lui permet de parcourir plus de chemin et de dormir plus profondément ensuite.

Il ne lui reste plus beaucoup d'argent. Il est épuisé. Il est incapable d'imaginer sa vie au-delà des retrouvailles avec sa fille, ou de son rejet. Il sait que Cléon et Dionyza sont toujours au pouvoir. Ces réalités font partie du socle sur lequel s'appuie le commerce, mais les informations sur les filles adoptives n'ont guère de valeur marchande et il n'a pas entendu parler de Marina.

Dès son arrivée à Tarse, il enverra un message à Cléon et à Dionyza pour leur annoncer qu'il a des nouvelles du prince disparu. Il prouvera la véracité de ses dires en leur remettant un petit sac de graines de tournesol et de noix de macadamia avec cette précision : « Elles sont pour les trois perroquets du roi », bien que les perroquets soient certainement morts à présent. Les événements échappent ensuite à son contrôle. Et si, apercevant sa main mutilée, Marina était prise de dégoût ? Et si Cléon et Dionyza estimaient qu'il n'a plus le droit de revendiquer sa paternité ? Aurait-il le pouvoir de les contredire ?

Il passe l'avant-dernière nuit dans un relais de poste, juste au nord des Portes ciliciennes. Marchands, messagers et fonctionnaires. Il retire ses vêtements de voyage et les offre à un des esclaves domestiques. Il prend un bain, il se coupe les cheveux et se rase la barbe. Il enduit son corps d'huile et enfile les vêtements qu'il a achetés à Nicomédie – un chiton de lin fauve, une cape de laine crème ornée d'une bordure à motifs rouges, des bottes neuves en peau de faon. Il se sent avachi, citadin.

Il apporte des présents pour Marina dans un sac de voyage – une minuscule boîte en noyer noir au couvercle décoré d'un dauphin en marqueterie qui a l'air, à première vue, faite d'un bloc de bois compact avant qu'on ne l'incline et qu'on ne la secoue comme il convient pour libérer les verrous cachés ; un bouvreuil sculpté aux détails tellement exquis et peint de couleurs si vives que chaque fois qu'il le déballe, il a l'impression, toujours renouvelée, que c'est un oiseau vivant qui dort ; et une peinture à l'encre sur un rouleau de papier, représentant un ours noir et blanc en train de grimper sur un arbre noueux dans la neige de Yang Kuan, qui est maintenant légèrement froissée mais qui l'a frappé sur le moment, et le frappe toujours, comme le présent idéal pour une jeune fille. Il espère que ces objets ne sont pas de qualité si ordinaire qu'ils paraîtront insultants à quelqu'un qui peut certainement obtenir tout ce qu'elle veut. Mais peut-être la modestie est-elle une bonne chose. Il ne veut pas qu'elle imagine qu'il essaie d'acheter le pardon qu'il devra implorer et qu'en vérité, il ne mérite pas. Il a perdu depuis longtemps les droits qu'il pouvait avoir en tant que père. Si elle le rejette, ce ne sera ni mal ni cruel, mais sa vie à lui n'aura plus ni sens ni but. Il repousse ces pensées au fond de son esprit comme il a repoussé tant de pensées comparables au fond de son esprit depuis seize ans.

Il dort par à-coups et se lève de bonne heure. Pendant qu'il selle le rouan et charge le pie, il voit un jeune homme que deux soldats de Tarse traînent hors du bâtiment. Assassinat ? Fraude ? Règlement de comptes ? Les soldats sont plus brutaux que nécessaire et le jeune homme pleure. Il est ivre peut-être, ou faible d'esprit. Il est ligoté, déposé sans cérémonie en travers de la croupe d'un petit cheval et emmené.

Périclès lutte contre l'envie de rebrousser chemin. L'appel facile d'un voyage perpétuel où il peut abandonner noms et obligations à chaque frontière. Une pie barbote et boit à petites gorgées à l'extrémité la moins profonde de l'abreuvoir. Déjà, la route miroite sous la chaleur. Il serre la boucle du rouan et cale le pied dans l'étrier.

Il entre dans Tarse comme il est entré dans toutes les villes au cours de ses pérégrinations, sans faire confiance à personne et recueillant des informations avant d'en donner. Il a vu des hommes poignardés à mort pour avoir employé le mauvais dialecte. Il a regagné des cités au bout d'un an pour découvrir que toute la classe dirigeante avait été massacrée. Il met ses chevaux à l'écurie dans une taverne sans prétention à l'ouest du pont de la Vierge, vérifie que ses affaires sont rangées dans la cave fermée à clé et attache à sa ceinture l'étiquette de laiton portant un numéro. La boîte de noyer noir, le bouvreuil et le rouleau peint, il les garde dans la sacoche de cuir qu'il porte en bandoulière. Il a un poignard à côté de l'étiquette de laiton, au cas où quelqu'un aurait l'intention de la lui prendre.

Il est debout sur le pont. La foule va et vient dans son dos. La marée s'écoule à ses pieds. Des tardones et des garrots à œil d'or barbotent dans les tourbillons au bord de l'eau, où les joncs et les détritus peignent des boucles dans le courant. Il a les jambes molles. On distingue des fragments du toit du palais par les arcades les plus hautes de l'amphithéâtre. Les appartements de la famille, à vue de nez, avec leurs hauts plafonds et leurs fenêtres remplies d'océan. Sa fille est là, quelque part. *Pauvre oiseau, pourquoi chantes-tu dans les ombres de cette heure tardive ?* Il voudrait de l'opium, il voudrait des arbres. Il voudrait un feu brûlant, le souffle embué des chevaux et la musique des brides.

Il faut qu'il se remette en marche s'il veut y arriver. Il s'écarte de la balustrade et laisse la foule le porter vers le centre de la cité. Il s'engage dans le dédale du vieux marché qui s'accroche au flanc du palais comme des moules sur un rocher. Il devrait se sentir chez lui ici, mais il y a trop de monde, trop de bruit. Des tuniques de soie pêche, des salwars de lin rayé d'or et de bleu ciel, des simlahs, des keffiehs. La mode des chapeaux grotesques semble s'être imposée depuis son dernier passage dans cette région du monde, aucun n'ayant d'autre fonction évidente que d'attirer l'attention sur celui qui le porte. Les ruelles sont défoncées. Le son d'un psaltérion, le son d'une flûte. Plusieurs singes dressés transportent de l'argent jusqu'aux fenêtres des étages supérieurs. Cardamome, curcuma, graines d'anis. Sappho et Hérodote sur papyrus. Deux vieillards absorbés dans une partie de go. Il y a des écureuils, queue coupée, dépecés, éviscérés et fumés en grandes étoiles coriaces. Il y a des rideaux entiers de saucisses suspendues. Il y a des fourrures tachetées et des peaux rayées. Une cornemuse médiocrement jouée sonne comme un élan à l'agonie. Il y a des rouleaux et des rouleaux de soie à des prix tellement extravagants qu'il regrette de ne pas avoir chargé un troisième cheval. Des petits dieux en stéatite ivoire, en andouiller et en chêne. Une femme lit dans des entrailles. Des faucons en cage, des colombes en cage, des perroquets en cage, un aigle en cage. Deux bébés léopards sont vendus par un homme qui semble ignorer ce qu'ils deviendront. Suspendu à un crochet, un thon entier est débité en steaks ovales à partir de la queue. Sur des étals, on vend du salep, du lait sucré et épicé et du thé noir d'Hastināpur. Commérages et marchandages en grec, en latin, en hébreu, en phénicien, en persan, en araméen. Une odeur de myrrhe, de bois de santal, de sueur, de feu de bois et de sucre brûlé parvient à ses narines. Il caresse des étoffes du bout des doigts, il goûte un peu de paprika et de sumac, demande les prix par réflexe, secoue la tête et s'éloigne. Il achète une tourte bon marché farcie de viande filandreuse qui n'a certainement rien du pigeon promis.

« Titus… ! » Il met un moment à comprendre que c'est à lui qu'on s'adresse et un moment encore à établir le lien entre cette voix grave et le petit homme, qui lui arrive à la taille tout au plus, assis sur un tonneau pour pouvoir marchander les yeux dans les yeux avec les acheteurs potentiels des teintures dont les cônes criards et poudreux sont posés au sommet de petits sacs rangés sur la table à tréteaux devant lui.

Périclès se rappelle avoir utilisé ce nom, mais il ne sait plus où. L'homme rit doucement, comprenant peut-être le dilemme de Périclès. « Ça ne fait rien, mon ami. » Il pose la main sur sa poitrine et Périclès imite son geste. « Que les dieux te protègent », disent-ils presque simultanément.

— Quelles sont les nouvelles ? demande Périclès. Je ne suis là que depuis ce matin.

— Trois caravanes d'ânes sont arrivées hier, répond l'homme. Sel, épices, viandes séchées. Quelques esclaves pris à Mélitène. Forts, en bonne santé, un caractère de cochon.

L'épouse de l'homme surgit d'une arche obscure derrière lui. Il se souvient de ce couple maintenant. Talub et Amira. Elle ne peut pas parler, à la suite d'un événement terrible auquel Talub n'a fait qu'une rapide allusion. Il a fait leur connaissance à un comptoir commercial dans les monts du Caucase. Cloches de vaches et pluie battante. Pas même un village, fermé pendant l'hiver. Non content d'être petit, Talub boite. Périclès avait été profondément ému par la sollicitude qu'ils se témoignaient, chacun accomplissant les tâches impossibles à l'autre, avec une synchronisation aisée qui n'exigeait ni demande ni remerciements. Amira sourit. Main sur la poitrine. Le reconnaît-elle ? Il lui rend son sourire.

— … mais le marché aux chevaux est vide, ajoute Talub.

— Et là-haut ? Périclès tend la main vers le palais dont l'enceinte extérieure masque le soleil au bout de la ruelle.

— Il y avait deux filles, l'une de sang, l'autre adoptée.

— Si j'étais toi, je viserais un peu moins haut, mon ami. Talub rit, puis s'interrompt devant le sérieux qui s'inscrit sur les traits de cet étranger qui n'en est pas tout à fait un.

— On ne t'a pas dit ?

— Dit quoi ? Il a le cœur qui bat.

Talub fait un signe de tête vers l'alcôve voûtée devant laquelle leur étal est dressé. Amira prête une oreille attentive à un marchand éthiopien loquace. Sans jeter un regard à son mari, elle tend le bras, il lui prend la main et elle l'aide à descendre du tonneau. Périclès sent, au coin de l'œil, le très léger chatouillis d'une larme.

— Suis-moi, dit Talub.

Ils s'enfoncent dans l'obscurité. Voûte de brique en berceau, sacs de jute et caisses fermées. Un canard blanc sommeille dans une cage de bambou en forme de cloche. Talub monte sur un autre tonneau à l'aide d'un escalier de fortune fait de deux troncs.

— Ça va te plaire.

— Quoi donc ?

— Les ennuis de nos soi-disant supérieurs.

Périclès est nauséeux.

— Il ne reste qu'une fille. Talub se frotte les mains et écarte les doigts comme s'il les réchauffait devant un feu.

— Laquelle… ? Les mots restent coincés dans sa gorge.

— La fille de sang. L'autre a disparu dans la nuit. Talub dessine de ses mains un geste d'explosion. *Boum. Partie.* Puis il se penche en avant sur le tonneau et jette un regard de conspirateur d'un côté puis de l'autre, bien qu'à l'évidence, personne ne puisse se dissimuler dans ce recoin encombré. « La version officielle est qu'elle s'est enfuie. Il y a deux semaines. »

Rien de tout cela n'est réel. Talub et lui, marionnettes d'un petit théâtre. Les sacs, le boulier, le canard blanc, tous sont en bois peint.

« La version officieuse… ? » Talub se délecte. « Un garde du palais a disparu la même nuit. On a retrouvé une charrette accidentée dans les collines. Au pied d'un ravin. Les squelettes de deux chevaux et des restes humains, tous parfaitement nettoyés. Une broche en or grosse comme une pomme dans la poche d'une cape de voyage. »

Périclès se calme. « Elle s'est peut-être enfuie. »

Talub rit. « Dans les collines ? Seule ? La nuit ? Pendant deux semaines ? Les filles de ce genre ne peuvent pas survivre sans oreiller. »

C'est Dionyza. Périclès le sait immédiatement. Un souvenir de leur première rencontre, sur le quai qui se trouve à une lieue seulement de ce marché. Des yeux qui refusaient de se détourner. Son mari avait mis genou à terre, pas elle.

— On dit – mais il s'agit évidemment d'une fable calomnieuse à laquelle je ne crois pas un instant – que la reine…

Périclès lève la main pour empêcher Talub de parler. Il faut qu'il parte avant de blesser quelqu'un, avant que le monde ne s'embrase. Il est de retour dans la ruelle. Une aveugle fait des tours de prestidigitation, des galets colorés apparaissant et disparaissant dans ses mains qui dansent. Il tourne à un angle. Un garçon a volé une miche de pain. Le boulanger le maudit mais ne le poursuit pas. Le garçon est un lapin qui s'évanouit dans les ronciers. Il tourne encore. Un âne lève la queue et éclabousse de crottin mouillé la toge blanche d'un homme à l'étal voisin. La foule applaudit. Périclès quitte le marché par la triple arcade de la porte est et descend jusqu'à l'agora en trébuchant sur les pavés en zigzag.

Un soleil brûlant chante sur la pierre blanche. Quatorze cyprès découpent un ciel d'un bleu immaculé. Une équipe d'ouvriers construit un monument quelconque, deux blocs de marbre fraîchement débités posés sur des rondins. Une petite grue pyramidale est accroupie sur le fronton à moitié terminé. Un ciseau chante. *Ting… ting…*

A-t-elle été tuée puis emmenée dans les collines ou était-elle encore vivante quand la charrette a basculé ? Et si les loups l'ont trouvée, gisant dans le noir, incapable de se défendre ? Il a confié sa fille à des étrangers. Il tombe à genoux et vomit dans un caniveau. Cléon était-il complice ? Il n'y a rien qu'il puisse faire à présent. S'ils ont une once de bon sens, ils ne le laisseront pas entrer au palais.

Sa femme est morte en couches parce qu'il a refusé de suivre les conseils de ses parents. Leur fille est morte parce qu'il n'a pas eu la force de s'en occuper lui-même. Un royaume lui a été retiré des mains comme on retire un objet précieux des mains d'un enfant maladroit. Il a gâché tout ce qui avait de la valeur dans sa vie.

Il essuie les traces de vomi de ses lèvres du dos de la main. Un petit garçon le regarde fixement. Une nourrice écarte l'enfant. Il se relève lentement. Il faut qu'il aille quelque part. Il n'a nulle part où aller. Il n'a plus l'énergie qu'il faut pour les cols d'altitude, pour les nuits sous la toile et pour les marchandages acharnés dans une cinquième langue. Ses pieds suivent la pente de la cité inclinée en direction du port.

Un convoi d'esclaves attelés chargés de seaux d'eau monte péniblement la côte, le regard vide, dans la chaleur. Un vieil Africain joue une mélodie triste sur une kora au bord de la chaussée. Si seulement il pouvait se coucher et se laisser glisser hors du monde comme un vieux chien. Il veut absolument savoir comment Marina est morte. Il ne veut surtout pas le savoir. Il veut savoir ce que le garde du palais lui a fait d'autre. Il ne veut rien en savoir.

Marina. Prononcer ce nom, c'est sortir un tison du feu de forge et l'appuyer sur sa poitrine. *Marina.* Il ne saura jamais à quoi ressemblait sa fille. Savait-elle qui était son père ? Que lui ont dit Cléon et Dionyza ?

Est-il possible qu'elle soit morte sans savoir qu'il existait ? Cette idée ne lui a encore jamais traversé l'esprit. Il y a tant d'idées qui ne lui ont encore jamais traversé l'esprit…

Il imagine l'enchevêtrement confus – chevaux, charrette, cavalier et chargement déséquilibrés dans le noir. Les hennissements terrifiés, tout qui dévale dans le lit du cours d'eau au milieu d'un fracas de craquements tonitruants. Un sabot s'abat violemment sur le visage d'une jeune fille.

Il s'appuie à un mur et se penche en avant pour faire revenir le sang dans sa tête. L'obscurité vacillante s'approche, mais s'arrête juste avant de l'aspirer. Pendant une infime fraction de seconde, le voile s'amenuise. Il voit, de l'autre côté, les images de vies qu'il n'a pas vécues – une tranche de lumière liquide qui se balance dans le noir, la vision plongeante d'îles qui émaillent un estuaire que frôle le soleil, une voix de femme qui dit *Car au premier éclat de la gloire de Dieu à l'Orient, il fait ses dévotions à sa manière*[1]…

Il est assis dans le port, adossé à un mur, en nage sous cette chaleur implacable. Devant lui, on décharge un bateau – sardines, merlu, mulet, une raie tachetée de la taille d'un grand tapis. Une rangée de poulpes embrochée sur un pieu est transportée à terre. Quand toute la prise est à quai, le bateau est conduit à la rame à son mouillage et un autre prend sa place sur la jetée. Un troisième attend à l'ancre. Sur sa gauche, de nouveaux bateaux sont en construction, leurs coques reposent sur des pilotis comme des araignées de bois

1. Poème de Christopher Smart pour son chat Jeoffrey.

tandis que des hommes mettent en place les superstructures qu'ils clouent et assemblent en onglet. Un bateau plus vieux, retourné, est décapé puis recalfaté. Un aileron déchire l'eau à l'entrée du port.

Il ne fait rien. C'est un art qu'il a appris en montagne, être un cheval, une pierre. Les heures passent. Le soleil dessine lentement un arc descendant vers l'ouest et l'air commence à fraîchir. L'obscurité s'épaissit sous les arbres. L'ombre oscillante de la colline escarpée qui s'élève au-dessus de l'extrémité est du port traverse doucement l'eau, avalant les bateaux l'un après l'autre. En haut, des mouettes parées du rouge du soleil mourant volent sur le bleu profond. C'est une des plus belles choses qu'il ait jamais vues. Vénus se lève. Il a le ventre creux. Il n'a rien bu de la journée. Il a les tempes qui battent. Il ne voit aucune raison de rester en vie. Sa simple présence sur terre est un outrage.

Le soleil a disparu. Débardeurs et pêcheurs s'en vont avec lui, marins et constructeurs de navires, percepteurs, gardes. Persée se lève. Une idée commence à prendre forme. Il retournera à l'océan. Il rejoindra Chloë. Cela n'a aucun sens et en même temps, cette idée est la plus sensée de toutes celles qu'il a pu avoir depuis fort longtemps.

Pendant plusieurs heures, il n'y a que des ivrognes et des prostituées dans le port. Une femme chante tout haut pour elle-même. Elle doit être folle. Deux hommes se disputent bruyamment dans une langue qu'il ne reconnaît pas. Ils s'éloignent en titubant et le port est désert. Seules une lune rebondie et sa jumelle évanescente dodelinent, un peu pompettes, derrière la digue.

Il ne croit plus aux dieux. Il a entendu trop d'histoires contradictoires au cours de ses voyages. Que tout le monde soit dupe vaut sûrement mieux qu'une révélation aussi parcimonieusement dispensée. S'il a une religion, c'est celle de l'herbe et des rivières, des montagnes et des ciels qui se prolongent par-delà la fin de nos plus longs voyages eux-mêmes. Il s'abîmera parmi les requins-marteaux et les homards, il sera mangé, il sera repris.

Il le fera lorsque l'ombre de la lune projetée par la statue délabrée de la déesse Galène touchera le montoir de calcaire. Il a choisi le bateau, un tout petit rafiot bordé à clin, deux avirons rangés, mouillé pas trop loin. Il nagera dans ces eaux pour la deuxième fois. Pour la dernière fois. C'est là que Marlénus s'est noyé. Une autre mort dont il est responsable. Il n'aura plus à supporter très longtemps le tourment de ces souvenirs.

L'ombre touche le montoir. Il se lève. Il a les genoux ankylosés. Il n'a pas bougé depuis sept, huit heures. Une pulsation nouée, dure, à l'arrière de la tête. Il traverse les pavés jusqu'au quai. Il retire ses bottes. Il garde le sac de cuir en bandoulière. Il donnera les cadeaux à Marina quand il la verra, quand ils seront tous réunis. Il a pris sa décision. Il est dans l'élan. Il descend les marches de pierre. Des entraves d'eau glaciale se referment autour de ses chevilles. Plus loin. Jusqu'à la taille. Marlénus encore. Kallios. La lampe qui oscille dans le noir. Si seulement une des lances avait touché sa cible dans le tonneau sanglant de sa propre poitrine. Plus loin, les entraves montent, deviennent une ceinture, un maillot de corps. Il confie son poids à l'eau, il pousse, barbote comme un chien tout en se cramponnant au sac, espérant que personne n'entendra les éclaboussures, que personne n'interviendra. Il dénoue une nappe d'algues huileuses enroulée autour de son cou. Comme il se sent bas ici, à la surface de l'eau, tout le surplombe – lune, ville, coques de bateaux. Il nage. Une flottille de cormorans assoupis criaille, ronchonne et bat des ailes. Il se repose un instant à mi-chemin, agrippé à une chaîne d'ancre, il reprend son souffle. Il a vite froid. Il nage. De l'eau dans la bouche. Goudron et égouts. Le rouleau est dans un tube de métal. Pourvu qu'il soit étanche.

Il a du mal à grimper dans le bateau. Il n'est plus aussi vigoureux qu'autrefois et la journée a érodé son énergie. Il jette le sac en premier, pose le pied sur le gouvernail et se hisse au-dessus de la traverse. Le bateau est petit, lui-même est lourd et la proue est perchée si haut au-dessus de l'eau qu'il a peur que toute l'embarcation bascule cul par-dessus tête et retombe sur lui. Quatre essais et il est à bord. N'ayant pas la place de s'allonger dans le bateau, il s'assied sur l'unique banc, la tête entre les mains, reprenant son souffle, laissant l'eau dégouliner de ses vêtements, attendant que la douleur de sa tête reflue suffisamment pour qu'il puisse ramer.

Des voix sur le quai. On ne peut sûrement pas le voir à cette distance. Il défait le cordage qui attache le bateau à la bouée la plus proche. Précautionneusement, il glisse les rames dans leurs encoches rudimentaires. Le bois mouillé grince doucement contre le bois mouillé. Il se penche en avant, plonge les avirons dans l'eau noire, cherche une prise correcte puis tire. Soulève, tend, plonge, tire. Il avance le long du chenal qui s'élargit entre les bateaux au mouillage. La douce gifle du sisal sur le pin lorsqu'ils se balancent à l'ancre. Une silhouette apparaît en ombre chinoise quand il passe devant un des gros navires de pêche. Y a-t-il des gens dehors toute la nuit ? Il continue à ramer. La silhouette ne dit rien, ne fait rien. Peut-être est-ce un spectre invoqué par sa propre imagination. Elle est avalée par l'ombre plus grande des collines.

Il est épuisé. *Tend, plonge, tire.* Prononcer les mots pour lui-même, comme on encouragerait un enfant. La distance s'élargissant à mesure qu'il s'y enfonce. *Tend, plonge, tire.* S'il pouvait arriver juste au-delà de l'entrée du port, il trouverait un courant qui se dirige vers le sud, pas très puissant mais suffisant pour le porter sans qu'il ait d'efforts à faire. Il faut qu'il se repose. Il rentre les rames. Il s'assied et respire. La coque se balance, première évocation des grandes vagues, là-bas. Par-dessus son épaule, il regarde un petit arc d'horizon ininterrompu. Mais le bateau commence à dériver obliquement et il ne veut pas finir sur les rochers. Il reprend les rames. *Tend, plonge, tire.* Il compte chaque cycle. Cent, cent cinquante. Il est maintenant dans le petit goulet. Il regarde à nouveau par-dessus son épaule vers le vide grandissant. Encore cinquante coups de rames, cent. Il rentre les avirons, s'assied, regarde, attend. Il distingue le contour précis, déchiqueté de la côte qui bouge faiblement, l'entrée du port qui se ferme lentement. Il est sorti. Il soulève l'aviron gauche pour le sortir de son encoche, le brandit au-dessus de sa tête et le jette aussi loin qu'il peut. Il retombe dans une gerbe d'eau, le bateau oscille, se stabilise. Il jette l'autre rame dans la direction opposée. Le bateau oscille avant de se stabiliser. Ses vêtements sont trempés. Il ne fait plus d'effort physique et il a vraiment très froid. Il voit Chloë dans l'ombre d'un store écarlate. *Les hommes accusent les femmes d'être inconstantes*... Le creux de ses reins nus rayé par le jour des persiennes. Des petits garçons de pierre qui urinent. Un cheval de bronze magique. *Beau miroir de lumière, je vous aimais et vous aimerais encore.* Un artiste chinois peint une grotte, y pénètre et disparaît...

Il rétrécit à nouveau son esprit. Immobilité de cheval, immobilité de pierre. Le temps s'écoule. Il s'enfonce brièvement dans une sorte de sommeil, mais les frissons et sa tête douloureuse ne lui laissent aucun répit. Le moment est venu. S'il attend plus longtemps, il mourra dans le bateau, et Chloë et lui ne seront jamais réunis. Il va se lever et basculer tout simplement par-dessus bord. Il ne pourra pas remonter dans le bateau. Une brève lutte du corps qui se cramponne à la vie, et tout sera fini. Il essaie de se mettre debout. Il est incapable de se mettre debout. Il a trop froid, il est trop faible. Ça ne fait rien. Pas besoin d'être debout. Il suffit de se mettre à genoux et de se laisser rouler au-dessus du plat-bord. Il n'a pas le courage. Il ne veut pas mourir. Il est terrifié. Il est un petit garçon. Il est perdu, il est affreusement seul. Il se met à pleurer.

Elle vient de voir un cheval se faire dévorer vivant. Les loups doivent être en train de manger l'homme, maintenant. La haine dans ses yeux. Il avait l'intention de la tuer. Son crime et son châtiment devraient se neutraliser. En réalité, ils se combinent pour constituer quelque chose de nouveau et d'horrible.

Elle continue dans la direction qu'ils avaient prise. Derrière elle, il y a la femme qui a donné ses ordres à l'homme. Étrangement, elle n'en est pas surprise. Phoebe le savait-elle ? Son malaise quand Marina a eu l'audace de douter de sa mère. Cléon le savait-il ? Dionyza voudra s'assurer que le travail a été accompli. De combien de temps Marina dispose-t-elle avant que la chasse commence ? Un jour ? Deux jours ? Si on la trouve, elle ne restera pas en vie. Elle en sait trop. Elle serre la cape de voyage autour d'elle. La nuit est vaste. Colline après colline après colline, chacune plus floue que la précédente tandis qu'elles reculent dans les ténèbres. C'est comme quand on se penche au-dessus d'une haute rambarde, ce même fourmillement nauséeux dans la plante des pieds, la même crainte de céder à la tentation d'abandonner la terre et de basculer dans le vide. Elle n'a jamais regardé la lune avec attention jusqu'à présent, elle ne s'en est jamais sentie aussi proche. Les poètes se trompent. Elle n'est ni bleue ni argentée. Elle est du blanc que prend le fer au cœur d'un feu. La Voie lactée est si vive que, par endroits, on la croirait formée d'une substance unique plutôt que d'une multitude d'étoiles distinctes. Ces étoiles distinctes, elle le remarque pour la première fois, sont de couleurs différentes. L'or de Capella, le rouge d'Aldebaran, le bleu d'Elnath.

Près du ruisseau, il y avait une femme qui lui ressemblait – tunique, lance, arc. Elle a tranché la corde qui liait les mains et les pieds de Marina. L'image est aussi claire et incompréhensible que celles d'un rêve qui persistent au réveil. Mais contrairement à ces images, celle-ci ne s'estompe pas. Les mains de la femme se posent sur sa joue. Et si, dans une situation extrême, la voix dont vous vous servez pour vous encourager et vous soutenir se faisait chair et entrait dans le monde de son plein gré ? Elle a entendu d'autres femmes aussi. Sont-elles toutes là en ce moment, quelque part dans le noir ?

Elle a perdu sa meilleure amie, son alter ego, et pourtant, elle se sent plus grande, plus forte, plus complète. Est-ce une vérité révélée ou une défense temporaire de l'esprit ?

Le glissement, l'effritement des cailloux sous ses sandales, le froid qui mord ses orteils nus. Par moments, elle est convaincue qu'une créature tapie dans une des ombres à côté de la route l'observe. Peut-être l'imagination crée-t-elle des fantômes pour que le corps reste à l'affût. Elle a passé toutes les heures de sa vie sous un toit. Elle est hors du palais, mais elle est hors de quelque chose de plus vague qui l'enfermait plus efficacement que des murs. La peur elle-même est bonne. De l'eau froide qui lessive un sol sale.

Elle sort la saucisse du sac, en arrache l'extrémité avec les dents et range le reste. C'est la nourriture la moins chère, la plus ordinaire qu'elle ait jamais mangée, et la plus satisfaisante.

La route monte et sinue. Pas à pas, elle laisse derrière elle tout ce qu'elle a jadis considéré comme le monde.

L'aube vient. Elle est fatiguée. Elle croit d'abord que quelque chose brûle derrière les collines. L'herbe ? Non, une forêt, certainement. La perspective est terrifiante. Puis elle comprend. Elle regarde longuement. Elle n'a jamais vu l'arc plein d'un lever de soleil, jamais vu un ciel noir s'éclairer jusqu'à une luminosité complète. Elle s'en remplit. Aucune peinture ne s'est approchée de cela. Dans le jour croissant, elle distingue maintenant la route devant elle, le ruban pâle, sale, avalé par les ondulations du terrain, qui réapparaît, qui disparaît. Une herbe courte, grillée par le soleil, des buissons épineux çà et là, les rides de ruisselets qui se fraient un chemin vers le bas. Il y a deux petits bâtiments au loin. Des étables ? Des granges ?

Bientôt, il y aura des hommes sur la route. Elle est une jeune femme seule. Les cachettes ne sont pas nombreuses et elle a certainement consommé l'essentiel de la chance qui lui a été impartie. Ou peut-être n'y aura-t-il personne sur la route. Elle ne sait pas ce qui est pire. Elle plonge ses mains en coupe dans un des cours d'eau. L'eau a un goût… bizarre. Elle n'en boit qu'un peu, de peur qu'elle ne la rende malade. Elle préfère boire à la précieuse bouteille de son sac. C'est une sorte de sirop. Pomme ? Poire ? Deux gorgées, juste pour tenir. Il faut qu'elle trouve un lieu où dormir si elle veut rester éveillée et marcher de nuit. Quand son regard a brièvement croisé celui du loup, quelque chose est passé entre eux, constat plus qu'accord. *Voilà où nous en sommes.* Ce sera peut-être différent à leur prochaine rencontre.

Le soleil est complètement levé et la chaleur monte rapidement. Elle regarde une bondrée apivore tourner sur des ailes raides avant d'abandonner l'air et de tomber comme une pierre dans un sac noir, ralentissant au tout dernier moment, serres ouvertes. Elle reste invisible pendant quelques secondes, puis elle gonfle ses ailes d'air par deux fois et se hisse vers le ciel, tenant dans ses serres un rat qui se débat. Un véhicule indistinct se dirige vers elle, forme sombre tremblant dans l'air chaud. Elle quitte la route et oblique vers une irrégularité du terrain sec, où un des ruisseaux à moitié enfoncés esquive un gros rocher, courant à travers l'herbe courte et coupante, levant haut les genoux pour protéger ses orteils des épines. Si elle s'assied dans l'eau peu profonde, dos contre la pierre, jambes repliées, elle est presque certaine d'être invisible depuis la route. Elle met une main en coupe et boit un peu. Ou bien l'eau a meilleur goût, ou bien sa soif est plus grande.

Un scorpion jaillit d'une petite forêt de tiges sèches, si près de sa jambe qu'elle pourrait le toucher en tendant la main. Depuis qu'elle est petite, l'apparition d'un scorpion a toujours été une raison de se précipiter hors d'une pièce et d'appeler un esclave. La petite bête se tapit, immobile hormis un infime tremblement de sa queue incurvée. La regarde-t-elle ? Les scorpions ont-ils des yeux ? Elle recueille une autre paume d'eau et la jette. La créature détale et se réfugie dans l'ombre et dans la sécurité de l'herbe. Elle sent une odeur de lavande, elle entend la douce stridulation de grillons.

Enfin, un grincement d'essieux et le crissement de la route inégale sous des jantes, l'ébrouement maussade d'un âne, une conversation dans une langue qu'elle ne reconnaît pas. Un chien jappe. La charrette passe, bruissant, cliquetant. Précautionneusement, elle pivote sur elle-même et se penche, pour voir, sur le côté du rocher. La charrette transporte cinq gros sacs de céréales, de riz ou de haricots secs. La vieille est sur l'âne, le vieux à pied. Le chien s'arrête, se tourne et regarde Marina droit dans les yeux. Elle se tapit derrière le rocher, le cœur battant. Puis le vieux siffle fort, et quand elle regarde à nouveau, le chien a repris sa place assignée et tout le convoi entreprend la lente descente de la côte suivante sur la route vallonnée.

Elle esquive encore deux groupes avant que le soleil n'atteigne son zénith – deux soldats et quatre marchands persans traînant un pitoyable convoi d'esclaves enchaînés à un chariot. Certains sont des enfants. Elle boit le restant du sirop et remplit la bouteille à un cours d'eau. Elle mange la fin de la saucisse. Elle est mince, elle peut se contenter de peu, mais elle n'a jamais parcouru une telle distance à pied en un seul jour et elle a vraiment très faim. Elle cueille cinq fruits brunâtres à un vilain petit buisson, en mange un tout de suite et garde les autres pour plus tard, attendant de voir quels seront les effets du premier. L'écorce est épaisse, la chair coriace et amère. C'est, et d'assez loin, ce qu'elle a mangé de plus mauvais dans sa vie. Cela lui inspire une satisfaction perverse. Elle a un peu mal au ventre, mais le fruit reste dans son estomac. Au bout d'environ une heure, elle en mange un autre.

Elle aperçoit devant elle un ensemble de minuscules bâtiments – une maison rudimentaire, une grange basse, un enclos en pierre. Elle devrait poursuivre sa route. Chaque être humain qui la voit se transforme en indice pour ses poursuivants. Mais ses pensées se font moins claires ; il lui semble que les gens qui sont dans leurs maisons doivent être moins dangereux que les étrangers qu'on rencontre fortuitement en chemin, et alors que son énergie reflue, elle se surprend à tabler sur la présomption de respect qui a étayé toute son existence antérieure.

Elle remonte le chemin caillouteux qui s'écarte de la route principale. L'odeur est effroyable, version plus puissante de la puanteur qui s'attarde dans certaines parties du palais au cours des premières semaines de chaleur, à la fin du printemps, avant que la maisonnée se réfugie dans la villa d'été pendant que l'on vidange les toilettes extérieures et le puisard. En s'approchant, elle entend les grognements et les couinements de porcs. Ce n'est qu'à l'instant où elle s'appuie au mur, rassurée par la bousculade crasseuse des porcelets affairés, qu'elle commence à s'interroger. Était-ce ici qu'il avait l'intention de la conduire ? Quelle sotte elle fait ! Si telle était sa destination, il était sûrement de mèche avec la personne qui est derrière ce mur, là, en ce moment même. Il faut partir le plus vite possible, et sans se faire voir.

À moins que… Défilement arrière. Les volets étaient fermés quand elle a suivi le sentier caillouteux, elle en est certaine. Elle fait prudemment le tour du bâtiment, prête à prendre ses jambes à son cou au moindre bruit. La porte est verrouillée de l'extérieur. Les battements de son cœur s'apaisent. Elle pousse un soupir.

Un minuscule ovale noir flotte au-dessus de l'horizon. Des voyageurs. Il faut qu'elle entre. Il y aura de l'ombre, elle pourra dormir. Elle colle son visage contre la fissure entre le cadre et le battant de la porte pour s'assurer que la voie est libre. Sa vision met quelques instants à s'accoutumer à l'obscurité qui règne à l'intérieur. Un tabouret rudimentaire sur un sol de terre battue, une amphore bouchée, la poussière qui se transforme en tranchées de lumière blanche. Une face surgit soudain – yeux, dents, salive. Un grand fracas et la porte la frappe violemment au front. Elle tombe en arrière. On tambourine contre la porte de l'intérieur, le verrou et les charnières cliquettent.

Un chien. C'est un chien. Le souffle court, elle se relève. Sa main gauche, qui a retenu sa chute, saigne. Elle retire les plus gros morceaux de terre de la plaie. Elle la nettoiera plus tard. Elle s'approche du seuil malgré sa peur des chiens. La conviction que le chien et elle sont dans le même camp, qu'ils peuvent se parler. Une nuit en plein air l'a rapprochée du monde naturel, à moins qu'elle ne soit en train de perdre la raison.

Elle pose la paume de sa main indemne sur le flanc chaud de la porte. « Je suis ton amie. » Le chien cesse d'aboyer, il écoute, renifle, puis émet un nouvel aboiement, un seul, plus bas. Elle fait tourner et tire le verrou coincé. La porte s'ouvre toute seule. C'est un énorme Kangal, une femelle, de l'espèce que les bergers utilisent pour tenir les loups à distance, son garrot est plus haut que la taille de Marina. Elle lui tend sa main ensanglantée. Le geste paraît à la fois inconscient et pertinent. La chienne lèche la plaie. Marina tressaille. La chienne incline très légèrement la tête, comme si elle réfléchissait, puis regagne le fond de la pièce où elle s'enroule en un grand tore de fourrure et de muscles sur la terre battue. Marina ferme la porte et pousse le verrou rouillé qui fait écho à celui de dehors.

La poussière la prend à la gorge. Le bruit assourdi des porcs qui furètent et se bousculent de l'autre côté du mur. L'odeur d'urine de chien se mêle à celle des cochons en une mixture particulièrement âcre.

Quatre lapins dépecés sont accrochés au plafond, tendineux, roses et secs comme du cuir. Un gros morceau de viande est posé devant la chienne, l'os presque à nu maintenant. Un couteau est enfoncé dans la poutre verticale du milieu de la pièce et il y a une bassine d'eau nauséabonde. Elle s'accroupit et en recueille un peu dans ses mains. Le liquide est trouble et contient des lambeaux de matière qui remuent peut-être. Le goût n'est pas tout à fait aussi épouvantable que l'odeur qui règne dans la pièce.

Elle jette un coup d'œil par la fissure entre les volets. Quand les voyageurs atteignent le sommet du coteau le plus proche, elle distingue une petite caravane de dromadaires, cinq bêtes pesamment chargées, dont la première est montée par un marchand vêtu d'extravagantes soieries arc-en-ciel. Un capuchon pointu lui prête une allure sinistre tout en le faisant ressembler à un jouet. Il est flanqué de deux gardes lourdement armés sur de petits chevaux. Elle attend qu'ils aient disparu puis retire le couteau de la poutre et s'allonge sur le sol de terre battue, sa cape enroulée en guise d'oreiller.

Elle s'enfonce rapidement dans un profond sommeil où elle court avec une bande de femmes à travers des herbages vallonnés, sur du sable dur, tassé, à travers de fines colonnes de lumière végétale entre des arbres. Elles se transforment en biches et elle devient une biche qui court avec elles. Leur vitesse est grisante, la terre est un tourbillon flou sous leurs sabots. Puis elles deviennent un millier de flèches qui s'abattent d'un ciel clair, dans l'écorce, dans l'herbe, dans le pelage, dans la chair. Elles sont femmes, biches et flèches et ce n'est pas contradictoire. Puis elles sont les loups qui déchirent la chair du cheval mourant, qui arrachent le foie et les reins visqueux de l'homme qui l'a enlevée, et c'est à la fois terrifiant et parfaitement normal, comme un éclair est à la fois terrifiant et parfaitement normal. Ils brisent les côtes blanches de leurs puissantes mâchoires, ils arrachent les poumons et elle sait, sans l'ombre d'un doute, que c'est exactement ainsi qu'il est mort.

Quand elle se réveille, elle est une autre. Elle a été initiée. Elle est un animal, maintenant. Elle a toujours été un animal. Elle le comprend pour la première fois. On le lui avait caché. On avait peur de ce qu'elle serait capable de faire.

La chienne est debout à côté de la porte. Elle l'ouvre et la laisse sortir. Le soleil vient de se coucher, la ligne noire des collines à l'ouest se découpe contre le dernier vestige de rose vespéral. Quelque chose de doux flotte dans l'air, mi-lavande, mi-citron, mais tout sentirait bon après la puanteur dans laquelle elle a dormi. La chienne s'accroupit et défèque. Marina détache deux des animaux dépecés pendus au plafond. Elle en jette un à la chienne, essuie le couteau contre son chiton de lin et s'en découpe une tranche, qui n'a pas un goût de nourriture, mais comble un besoin.

Elle boit encore à la bassine et met la couple d'animaux dépecés restante dans son sac, avec le couteau. La chienne attend dehors. Elle voyagera avec elle. Elle pousse le verrou de la porte de la cabane, la laissant telle qu'elle l'a trouvée. Des lambeaux de nuage ce soir, voilant la lune, l'obscurité plus épaisse qu'auparavant, mais les pierres blanches de la chaussée absorbent et renvoient le peu de lumière qu'il y a. L'air est frais, ce qui rend la marche plus facile. Le dernier fil qui la retenait en arrière a été tranché et quelque chose l'entraîne en avant, sans qu'elle sache ce que c'est. Arrivée à un carrefour, elle choisit la route qui lui paraît la plus escarpée. La chienne suit. À un deuxième embranchement, elle fait le même choix, espérant trouver une couverture plus dense lorsque la végétation s'épaissira avec l'altitude. Elle vide la bouteille et la remplit d'une eau plus pure à un ruisseau.

La chienne s'arrête et incline sa grosse tête, narines dilatées. Soudain elle bondit dans les ténèbres. Bref instant de panique. Y a-t-il dans l'ombre quelque chose qui les guettait ? Marina entend qu'on se débat, puis un couinement trop aigu pour être humain. La chienne revient avec un marcassin qui pend entre ses mâchoires. Elle s'assied au bord de la route pour manger l'animal. Marina pose son sac et s'assied tout près pour manger sa propre nourriture. Elles se remettent en marche ensemble.

La chienne la quitte juste avant l'aube. Cela fait quelques minutes qu'elle sait que cela va arriver. Elles s'arrêtent toutes les deux, chienne et femme, l'une à côté de l'autre. Marina ne saurait mettre des mots dessus, mais quelque chose d'important passe entre elles. La chienne fait lentement demi-tour et rebrousse chemin. Elle éprouve une tristesse que rend supportable la compréhension qu'il doit en être ainsi. Elle reste là jusqu'à ce que la chienne et l'obscurité soient devenues indiscernables, puis elle reprend sa marche.

La route monte régulièrement depuis des heures, les prairies sèches et ondulantes ont laissé la place à des bois clairsemés. La température baisse et les ténèbres s'épaississent, troncs et feuillages masquant de plus en plus la lune. Peut-être est-ce le froid croissant, ou bien la difficulté de distinguer ceux qui pourraient approcher, mais Marina commence à sentir une présence qui n'est pas entièrement bienveillante. Elle regrette de ne plus avoir la chienne avec elle. Comme elle n'aperçoit aucun bâtiment où elle pourrait s'abriter pour dormir pendant le jour à venir, elle doit continuer à marcher jusqu'à ce que la lumière de l'aube pénètre la canopée et qu'elle puisse trouver plus facilement une cachette invisible depuis la route.

Il se lève enfin, le soleil faible, rose pêche, révélant l'étendue réelle de la forêt qu'elle a traversée, des troncs de part et d'autre, s'éloignant vers des profondeurs qui paraissent aussi mystérieuses et lointaines que l'obscurité entre les étoiles. Mais quand le soleil se réchauffe et monte dans le ciel, son environnement devient plus humain et moins fantasmagorique. Elle aperçoit, sur la pente boisée à droite de la route, une ruine basse, à peine plus qu'un contour de pierres, abandonnée depuis si longtemps que la végétation a reconquis de longue date tout chemin qui aurait pu la relier au passage principal.

Elle se fraie un chemin à travers les fourrés de ronces qui poussent entre les vieux troncs pour examiner de plus près son refuge potentiel. Des épines égratignent ses jambes nues et ses pieds en sandales. Elle se sert de son sac de cuir pour les écarter de son chemin. À demi ensevelie dans la végétation et s'élevant à peine à hauteur de genoux, la ruine était jadis un bâtiment d'une seule pièce, un entrepôt pour du matériel de bûcheron peut-être, ou un abri où dormir pendant qu'ils coupaient du bois dans les collines.

Elle sort le couteau et débroussaille un coin de ce fantôme de chambre, piétinant les branches sous ses sandales, coupant les troncs à la base et les jetant. Quelque chose file. Des branches souples se détachent, flagellant ses cuisses, son torse, son visage. Ses mains sont vite en sang. Elle finit par dégager une surface de terre nue sur laquelle elle pourra s'allonger. Sa forme ressemble de façon troublante à celle d'un cercueil. Elle dispose une rangée embroussaillée de feuillages coupés le long du mur entre la route et elle. Elle est fière de son travail et enfin assez fatiguée pour s'assoupir.

L'air est chaud pendant la journée, mais le vent, les chants d'oiseaux et des bruits d'animaux, ou peut-être pas d'animaux, à proximité rendent son sommeil léger et elle se réveille au milieu de l'après-midi, imparfaitement reposée. Elle reste allongée, observant les dessins changeants de la lumière et des feuilles, jetant régulièrement des regards vers la route obstinément déserte, se demandant si elle ne ferait pas mieux de se remettre en chemin tant qu'il fait clair et se répétant chaque fois que ce serait courir un risque inutile. C'est alors que les soldats la trouvent.

Elle entend d'abord le *chlac... chlac... chlac...* rythmé, puis l'écho assourdi des cris qu'échangent des hommes. Pire, quand elle lève la tête au-dessus du bord protecteur de la maçonnerie et regarde à travers les feuilles et les tiges enchevêtrées, elle aperçoit déjà les soldats – un à cheval sur la route, six autres en ligne droite de part et d'autre, frappant résolument les broussailles de leurs épées à courte lame – ce qui veut dire qu'elle sera visible, elle aussi, si elle essaie de se sauver. Elle a une cape mais les jambes nues au-dessous du genou, et elle est en sandales. Elle devra courir à travers des buissons épineux et grimper sur des troncs abattus. Ce sont des hommes adultes vêtus de solides pantalons de jute et de jambières métalliques.

Elle serre la main autour du couteau et s'allonge à nouveau, tirant doucement sur elle une partie des feuillages qu'elle a coupés pour se couvrir au moins en partie. Elle est une bête acculée, la moindre fibre de son être concentrée sur la nécessité de demeurer immobile jusqu'à ce qu'elle doive se battre. Quand le soldat se penchera, elle le frappera au cou. Peu importe qu'il y en ait six autres. Peu importerait qu'il y en ait cinquante autres. Elle refuse d'admettre leur supériorité.

Piétinements, craquements, coups et cris d'homme à homme. L'un en a assez, un autre lui dit de cesser de se plaindre, un troisième annonce qu'il s'arrête pour pisser. Ses muscles sont des cordes tendues à se rompre. La nourrice leur chantait une chanson quand elle était toute petite. *Mon cœur chante comme un moineau parmi les aunes*. La mélodie montait et descendait, imitant le chant d'un oiseau. En ce moment, elle ne se rappelle que le premier vers. Elle le chante encore et encore dans le silence de son esprit.

La lumière s'estompe imperceptiblement. Une forme masque le soleil sur sa gauche. *Chlac... chlac...* L'épée s'arrête. Elle distingue la silhouette de l'homme sur le plafond lumineux de la forêt. Il fait deux pas vers elle. Elle ne le regarde pas directement. Elle ne remue pas les yeux. Il faut qu'il s'accroupisse pour vérifier si elle respire, pour vérifier si son pouls bat.

L'extrémité de son épée écarte doucement un enchevêtrement de buissons. Il sait maintenant ce qu'il a trouvé.

Il se passe quelque chose de bizarre. Il ne s'accroupit pas, il n'appelle pas les autres. Ils se regardent, les yeux dans les yeux. Il doit avoir dix-neuf ans, pas plus, le duvet d'une barbe qui n'en est pas encore une, une peau sombre que des boutons ont grêlée, des bras musclés. L'expression de son visage – est-ce de la cruauté ou de la peur ? Sa vie serait la première qu'il prendrait. Elle le sait. Mais ce n'est pas ce qui advient. Elle se dira plus tard qu'il y a une raison évidente. Il ne veut pas tuer une fille, ou ne veut pas être la raison pour laquelle elle est tuée. S'il se remet en marche et que la fille se tient coite, il pourra faire comme s'il n'avait rien vu. Mais au moment même où cela se passe, Marina sait que la vérité est tout autre. Elle lui parle sans employer de mots, de la même manière qu'elle a parlé à la chienne, de la même manière que la chienne lui a parlé. Elle ne saurait dire exactement comment, mais le jeune homme *est* la chienne. Elle fait naître une averse de flèches imaginaires qui s'abattent sur lui depuis un ciel gris de pierre, leurs pointes comme des rasoirs, leurs hampes fléchissant et bourdonnant comme des cordes de harpe. Il prend une décision silencieuse. Il ne dira rien et continuera à marcher. Les flèches deviennent pluie, la pluie devient brume, la brume devient néant.

Il crie « Rien par ici », et il est parti, le *chlac… chlac…* de son épée s'atténuant progressivement tandis que les cris des autres s'affaiblissent. Lentement, la forêt redevient silencieuse, il n'y a plus que le doux susurrement du vent, les trilles et les gazouillis des chants d'oiseaux.

Elle se redresse et ramasse son sac. Il faut qu'elle s'éloigne de la route, à présent. Alors, avec le couteau, elle se fabrique un solide bâton à partir d'une branche cassée afin de se dégager un chemin devant elle, imitant les soldats avec leurs épées. Sa progression est lente et difficile. Au bout de deux heures environ, elle arrive à une ravine où un cours d'eau a entaillé une profonde rainure dans la forêt. La nuit tombe. Elle n'est pas fatiguée, mais elle ne peut pas marcher de nuit. Sans le soleil pour la maintenir sur le droit chemin, elle risquerait de tourner en rond et de se retrouver sur la route. Elle s'assied au bord du ravin. Le bruit de l'eau qui coule est réconfortant, et elle aperçoit au-dessus d'elle une bande de ciel noir clouté d'étoiles qui dispense un peu de clarté. Elle mange le reste de sa viande séchée, jette les os dans l'eau, elle lave le couteau et se lave pour ne pas attirer d'animaux nocturnes en quête d'un repas facile. Elle gravit la pente opposée du ravin, et peut-être est-elle fatiguée après tout, à moins qu'elle ne se sente suffisamment en sécurité pour s'avouer qu'elle l'est. À l'aide de son bâton, elle écarte les broussailles et dégage un creux en forme de fille.

Son sommeil est agité. Elle entend des piétinements et des reniflements, le craquement de brindilles sous des sabots. Elle sent une odeur de musc et de fumier. Peut-être imagine-t-elle tout cela. Peut-être n'y a-t-il guère de différence. Elle se réveille plus reposée qu'elle ne l'aurait cru. Elle frotte de terre tous les plis de son chiton pour éviter qu'un éclair lointain d'étoffe blanche ne la trahisse.

Gardant le soleil à sa gauche, elle s'efforce de rester à la même altitude pour éviter le froid et les nuages qui règnent plus haut, sans descendre non plus vers une route. Après plusieurs heures de marche, elle suit des sentes de cerfs et de sangliers, étroits sillons creusés dans la végétation par le passage régulier d'animaux. Elle trouve des mûres, en mange plusieurs poignées et en met dans son sac. Elle aperçoit deux oursons et aimerait bien rester à les regarder, mais elle ne voit pas leur mère et elle sait qu'il peut être fatal de se trouver entre elle et ses petits.

Elle marche pendant des jours. Elle ne se rappelle pas combien. Plus tard seulement, en y repensant, elle se rendra compte qu'un de ces jours a été celui de ses seize ans. Elle dort dans des creux de terre qu'elle creuse elle-même. Plusieurs écorchures d'épines sur ses jambes s'infectent, la peau tendue et rose autour de l'entaille initiale. Elle trouve un lièvre mort mais il est trop faisandé pour être mangé. Elle trouve des noisettes. Elle a plus froid la nuit. L'atmosphère plus humide l'empêche d'allumer le feu qui aurait pu la réchauffer dans les prairies sèches. Elle effraie un oiseau qui jaillit des broussailles devant elle. S'approchant, elle découvre un nid profondément enfoncé dans les ronces, contenant trois petits œufs qu'elle mange crus. Elle était très mince au départ. Elle est maintenant décharnée. Auparavant, une entité sans nom marchait à son côté, lui tenait la main, veillait sur elle. Elle le sait parce que cette présence l'a abandonnée et qu'elle éprouve le frisson anxieux de son absence.

La perte de Phoebe commence à la chagriner. Pourquoi n'en a-t-elle pas été peinée plus tôt ? Sa meilleure, sa seule amie. Parfois, elle ne peut que s'agenouiller et se couvrir la tête de ses bras, comme si sa tristesse était une grêle battante ou une nuée d'oiseaux furieux qui la becquetaient. Elle se demande pour la première fois ce qu'a ressenti Phoebe quand Marina a disparu. Que sait Phoebe ? Que lui a-t-on dit ? Sous toutes ces questions se tapit une vérité troublante : si elles devaient se revoir, Marina serait dégoûtée par Phoebe – son besoin de confort et de luxe, son envie d'être aimée, sa faiblesse affétée.

De temps en temps, elle perçoit une clarté dans les arbres sur sa gauche, là où la forêt descend. Elle se demande d'abord, inquiète, si elle a un problème aux yeux, ou pire, au cerveau. La clarté se transforme en balafres de lumière verticale entre les troncs. Elle est près de la côte. Est-il possible qu'elle ait dessiné un immense cercle et soit en train de revenir vers Tarse ? Elle escalade un gros rocher pour mieux voir et distingue entre les arbres, à une demi-lieue de la côte, une petite île en forme d'haltère qu'elle ne reconnaît pas. Elle devrait être soulagée, mais cette confirmation de la distance qu'elle a mise entre elle-même et ce qu'elle a appelé autrefois chez elle la désarçonne. Elle ne reviendra jamais en arrière. Aucun retour n'est plus possible désormais.

Elle descend doucement à travers les arbres. Sa fatigue est si profonde. Cela fait longtemps que ce n'est plus une aventure. Il lui reste très peu d'énergie. Elle arrive sur une route. Le soleil a durci des ornières de boue et des traces de sabots laissées par un temps plus humide. Une pie est posée sur une borne de pierre trop piquée de mousse pour qu'on puisse déchiffrer l'inscription. Elle ne se soucie plus des soldats. Dans son esprit, elle a parcouru mille lieues depuis qu'elle a quitté la ville. Il lui paraît impossible de croiser quelqu'un qui aurait des liens avec Tarse. Elle ne se cachera plus. Si elle voit passer un véhicule, quel qu'il soit, elle demandera qu'on veuille bien l'emmener. Elle a besoin de murs, d'un toit, de compagnie humaine. Elle a besoin d'une histoire, aussi, pour susciter la sympathie sans éveiller les soupçons. Elle est incapable de trouver une histoire.

Elle longe la route pendant une heure, deux heures, trois. Il n'y a pas de véhicules, pas de voyageurs. La chaussée, parallèle à la côte, descend lentement. La nuit tombe. Elle essaie de dormir, enfoncée sous un tronc d'arbre tombé, légèrement à l'écart de la route, mais elle a trop froid, sa faim est une douleur opiniâtre et elle a peur de ne plus se réveiller si elle s'assoupit. Elle regagne la chaussée et continue à marcher très lentement pour éviter de se tordre la cheville dans les ornières.

Elle trouve l'endroit en milieu de matinée. Un embranchement s'ouvre un peu plus loin, cinq sentes qui se rejoignent dans une clairière. Elle n'aperçoit la construction qu'après le dernier virage. Elle la prend tout d'abord pour une sorte de bâtiment agricole en raison de son emplacement, mais quand elle en fait le tour jusque sur l'avant, elle découvre un fronton reposant sur quatre colonnes. Elle gravit les marches menant au portique. Une fresque occupe le mur du fond. Au centre de la fresque se tient la déesse Diane, arc dans une main, javelot dans l'autre, carquois en bandoulière. Le grand chien mal peint à son côté présente une ressemblance troublante avec la chienne qui l'a brièvement accompagnée dans son voyage.

Une bande de femmes entoure la déesse. Tuniques, bottes, lances, arcs. Marina est prise de vertige. Est-elle vraiment ici ? Elle tend la main et effleure le mur du bout des doigts pour en éprouver la solidité. Il y a des bêtes sauvages – cerfs, loups, sangliers, quelque chose qui pourrait être un blaireau ou un cheval pie si l'artiste avait maîtrisé la perspective assez bien pour donner une idée de sa taille.

Une porte est percée dans le mur. De l'autre côté de l'embrasure, une petite Diane peinte couronne un petit roi peint. Marina est de plus en plus désorientée. Elle a l'impression que la porte ne donne pas sur la pièce du fond, derrière le mur, mais sur le monde de la peinture elle-même et que si elle la franchit, elle pénétrera dans un monde meilleur, moins cruel, plus fantastique. Elle hésite. C'est un voyage de deux ou trois pas, mais elle n'est pas certaine qu'il soit possible de le parcourir à l'envers. Elle s'avance.

S'il y a un autre monde de l'autre côté de la porte, il ressemble étrangement à celui qu'elle vient de quitter. Il n'y a pas de forêt enchantée, pas d'oiseaux de proie, pas de rois miniatures, juste une petite pièce sans fenêtre, blanchie à la chaux et entourée d'une mince frise de nœuds de Salomon. Un banc de pierre court le long du mur du fond. Ses genoux flageolent. Elle se débarrasse de son sac et le jette à une extrémité du banc en guise d'oreiller. Elle s'assied lourdement, se laisse tomber sur le côté, ferme les yeux, et cette fois, elle s'enfonce pour de bon dans un autre monde.

Il y a une pluie de lumière. Il y a des arbres d'un vert plus profond, plus luxuriant qu'elle n'en a jamais vu. Une corneille solitaire se pavane et sautille dans l'herbe mouillée. Il y a un bâtiment de pierre pâle aux hautes fenêtres arquées, avec une tour carrée à une extrémité d'où une grande flèche couverte de tuiles s'élance vers le ciel. Une minuscule croix de métal en orne le sommet. De grosses cloches carillonnent, quatre ou cinq notes différentes cascadant l'une sur l'autre à plusieurs reprises comme le chant de grands oiseaux métalliques. Cinq hommes se tiennent entre l'édifice et les arbres. Ils portent des vêtements noirs d'un style qu'elle ne reconnaît pas. Quatre d'entre eux font descendre une longue caisse noire dans une tranchée découpée proprement dans le sol. Un gros monticule de terre humide s'élève sur un côté. Le cinquième homme est vêtu d'une robe et lit des extraits d'un livre. Ils ont l'air insensibles tous les cinq à la pluie qui trempe leurs vêtements, mouille leurs cheveux et couvre les pages du petit livre de taches sombres.

Marina est dans la caisse. Elle en est sûre. C'est une cérémonie qui marque sa propre mort. Ces hommes vont l'enfouir dans le sol et jeter de la terre sur elle. Ce n'est pas sa mort qui rend cette scène aussi désespérément triste, c'est la modicité de l'assistance, l'absence de famille, l'absence d'amis, le fait que cet événement confus se déroule en un lieu lointain, dans une langue qu'elle ne comprend pas.

Puis la vérité lui apparaît. Elle n'est pas morte. Elle est vivante et elle est prisonnière de la caisse. Ces hommes le savent. Ils veillent à ce que sa mort soit longue, soit lente, et à ce que les seules preuves de leur crime soient à jamais dissimulées aux yeux du monde – des ongles cassés, sanglants, des égratignures sur la face interne du couvercle. *«Je devins muet, et n'ouvris pas la bouche*, dit l'homme en robe, *car c'était ton œuvre. Écarte de moi ce fléau : je suis également consumé par ta lourde main*[1]. » Le cercueil heurte le fond du trou. Les cordes sont retirées et un des hommes enfonce une bêche dans le tas de terre.

Elle crie, elle tambourine contre le couvercle du cercueil et se réveille dans une petite chambre aux simples murs plâtrés. Par la porte ouverte, elle aperçoit des colonnes de pierre et, au-delà, des arbres. Odeur d'écorce pourrie et chants d'oiseaux. Une femme est assise à côté d'elle. Elle a les cheveux blonds et des yeux bleus, bleus. Une toute petite cicatrice sur la joue. Elle dit : « Tu n'as plus rien à craindre à présent. »

Ils le trouvent en début d'après-midi. Ils portent des sacs et des cordes jusqu'aux petits bassins de pêche aux crabes. L'homme est allongé dans une barque qui a dérivé dans un étroit chenal et s'est coincée en biais. L'éventualité qu'il soit mort les titille. Certains ont déjà vu des corps morts, mais c'étaient ceux de membres de leur famille et il fallait par conséquent les traiter avec bienséance. Ils ont tous entendu parler de cadavres gonflés après être restés plusieurs jours dans l'eau et qui explosent quand on leur enfonce une pointe dans le ventre. Peut-être pourront-ils faire exploser celui-ci. D'un autre côté, si l'homme est vivant, cela devient plus compliqué et, possiblement, plus émoustillant encore. Ils descendent tant bien que mal le versant rocheux. Le soleil a séché des algues en touffes d'un vert citron éclatant. Leurs sandales s'accrochent aux

1. Saint Augustin.

bernaches et dérapent sur les varechs vésiculeux qui éclatent. Il y a quatre voiles sur la mer.

L'homme est sur le ventre, à cheval sur le banc du milieu, comme s'il priait ou vomissait. Il est mort, cela paraît évident. La peau sur l'arrière de ses jambes est couverte de cloques dues à des coups de soleil. Ils connaissent tous les bateaux du port et tous les bateaux des ports voisins. Cet homme vient d'ailleurs, un chien errant, un cadeau de la mer. Ils peuvent faire de lui ce qu'ils veulent, en toute impunité.

Ils voudraient bien regarder la mort dans les yeux, mais ils font un peu les dégoûtés, c'est à qui osera le toucher en premier, à qui aura le courage de le retourner. Ils se mettent au défi, se traitent réciproquement de poules mouillées. Un garçon qui s'est éloigné revient avec une petite pierre et sort tout le monde de l'impasse en la jetant sur la tête de l'homme. L'impact est aussi sonore que la claque d'une main sur le flanc d'un cheval. Sous le choc, la tête de l'homme se tourne. Il gémit, et se laisse rouler sur le côté pour s'asseoir. Il est vivant. Plusieurs garçons poussent un cri de surprise. L'homme leur jette un coup d'œil. Il ne dit rien. Il a une barbe. Sa blessure à la tête saigne déjà abondamment. Il lève la main droite. Il lui manque deux doigts, l'auriculaire et son voisin, les moignons comme des chandelles fondues là où ils ont été tranchés sous la première articulation.

Ils vont lui faire quelque chose, c'est sûr. Certains sont excités, certains apeurés, mais les apeurés ont tout aussi peur de se désolidariser de leurs camarades. Un des plus grands saute dans le bateau. Il a l'intention de flanquer à l'homme un coup de pied ou de poing.

Mais l'homme le regarde en face et ne bronche pas. Une corde profonde vibre dans la poitrine du garçon. Respect ? Autoprotection ? L'homme a l'âge de son père, il est maigre et musclé ; il a été vigoureux autrefois, peut-être il y a quelques jours seulement. Le garçon regrette que ce ne soit pas un autre qui ait sauté dans la barque, mais il s'est engagé et il doit faire ses preuves, maintenant. Il attrape la tunique de lin souillée de l'homme par le col et la tire si brutalement qu'elle se déchire, exposant son torse. C'est le mauvais geste, maladroit, pas assez violent, preuve évidente de son manque de courage. Mais personne ne pense au geste, parce qu'il a révélé les tatouages qui couvrent la poitrine de l'homme – ailes, serres, branches entrelacées. Entre ses tétons, deux chiens tuent un élan. L'un serre une patte postérieure entre ses mâchoires, l'autre a les dents plantées dans le cou de l'animal. Tous les garçons retiennent leur souffle. Ils savaient que c'était un étranger, mais ils ne se doutaient pas qu'il venait d'aussi loin. La situation en est-elle plus dangereuse ? Ou en sont-ils plus autorisés encore à le traiter comme un animal pris au piège ?

La tunique déchirée a révélé autre chose aussi, un couteau, accroché à la ceinture de l'homme dans un fourreau de cuir décoré de spirales métalliques brillantes. Le garçon tend la main, attrape le manche et le tire de la gaine. Une barre de pierre à aiguiser à extrémité de laiton est suspendue à côté du fourreau. Elle a beaucoup servi. Un rayon de soleil fait scintiller le tranchant de la lame. Le garçon aime ce couteau. Il est plus raffiné qu'un poing, il peut causer plus de dégâts avec moins d'efforts et lui évite d'avoir à toucher l'homme de ses mains.

Maintenant. Avant de trop réfléchir. Il balafre le visage de l'homme. Ils halètent. Brièvement, entre l'oreille et la lèvre, une mince ligne rouge apparaît, comme une unique mèche de laine teinte. Puis les deux lèvres de la plaie s'écartent et le sang se fait plus abondant encore.

Le garçon recule pour admirer son ouvrage. Il pousse un hululement. C'est un cri affecté, qui cherche à donner la mesure du plaisir que le geste lui a procuré, de la facilité avec laquelle il l'a accompli. Mais ce premier cri éveille quelque chose d'animal et d'ancestral et le second est authentiquement extatique. Il faut qu'il taillade encore. Il envisage de faire une estafilade au milieu du tatouage. Il s'interrompt. Ne pourrait-il pas découper le tatouage ? L'idée l'enflamme et le terrifie également. Ce serait un butin extraordinaire.

Mais il est distrait. Un plus jeune, un rouquin, a aperçu un sac de cuir sous le banc. Il le traîne hors du bateau et en vide le contenu sur les rochers, soulagé de s'être trouvé un rôle qui pourrait lui éviter d'avoir à participer à ce que les autres ont l'intention de faire à l'homme lui-même. Il contient deux pains sans levain, une bouteille vide, débouchée, et quatre sacs de plus petites dimensions. Il ouvre le plus petit. Des graines et des noix rebondissent et roulent sur les rochers avant de s'enfoncer dans une flaque d'eau claire envahie par les herbes. Un deuxième garçon dénoue la corde d'un sac plus allongé. C'est un ouvrage d'une facture remarquable, des chevrons de cuir fin de trois couleurs assemblés par une couture invisible. Tous regardent.

Il est trop léger pour contenir des pièces de monnaie, c'est évident. Peut-être s'agit-il d'une carte, d'une carte du monde sauvage d'où est venu cet homme. Un tube de métal terni est extrait du sac ouvert, et le couvercle solidement fermé est dévissé. Le garçon déroule une feuille de parchemin. Ce n'est pas une carte, c'est une peinture représentant un ours noir et blanc qui grimpe à un arbre. Une inscription dans une écriture qu'aucun d'eux ne reconnaît court dans la marge latérale du rouleau. Les autres expriment leur déception avec éloquence, mais le garçon aux cheveux roux trouve que c'est une belle image. Il n'ose pas le dire. Le deuxième garçon déchire la peinture en deux. La transgression est à la mesure de la balafre qui défigure l'homme. Le parchemin est précieux et les documents, quels qu'ils soient, sont sacro-saints. Le rouquin est au bord des larmes. Il avait tellement envie d'emporter cette image chez lui. Dans le bateau, l'homme gémit. Quelqu'un lui dit de se taire s'il ne veut pas qu'ils le tailladent encore. Un troisième garçon attrape le sac suivant. C'est un objet admirable, lui aussi. Le garçon qui est dans le bateau tend à son camarade le couteau ensanglanté pour qu'il coupe le cuir sans perdre de temps à défaire les liens qui le ferment. L'intérieur du sac est doublé de fourrure, afin de mieux protéger un objet qui les intrigue tous, un petit cube de bois sombre, poli, pas plus gros qu'une pomme, avec un dauphin en marqueterie sur le dessus. Le garçon le tourne et le retourne dans ses mains. Une ligne très fine fait le tour de sa circonférence. C'est sûrement une sorte de boîte, mais il est incapable de l'ouvrir. Plusieurs garçons la prennent et essaient tour à tour. Aucun n'y arrive. Certains sont convaincus qu'elle ne peut rien contenir de précieux. D'autres ne veulent pas qu'on la jette car elle pourrait recéler un objet petit, mais de grande valeur.

Pendant ce temps, un garçon a ouvert le quatrième sac et y a trouvé un tout petit oiseau – poitrine rose, ailes grises, queue bleu noir. Il le manipule et tous peuvent constater qu'il est massif. Bois ? Os ? Un murmure maussade s'élève, unanime. Il ne reste qu'une chose à faire avant que la violence n'éclate. Un garçon reprend la pierre qu'un autre avait jetée à la tête de l'homme, il pose la petite boîte de bois par terre et se met à taper dessus. La boîte craque et s'éventre au cinquième coup. Elle est vide.

Ils se tournent comme un seul homme vers le passager du bateau. L'aîné lui demande pourquoi il leur a apporté ces objets ridicules. Ils voulaient mieux que ça. Ils voulaient quelque chose de plus cher, de plus captivant. Ne l'a-t-il pas compris ? Comment peut-il être aussi bête ? Comment peut-il être aussi irrespectueux ?

Le rouquin, qui aimait l'image de l'ours, prend sa voix la plus bourrue et demande tout bas à celui qui tient l'oiseau s'il peut l'avoir. Il est aussi beau que la peinture de l'ours, sinon plus. Le garçon qui tient l'oiseau regarde le rouquin, flairant la faiblesse et le désir. Il se retourne et de toutes ses forces, il jette l'oiseau dans la mer. Le rouquin hoche la tête, se mord la lèvre et retient ses larmes.

L'aîné des garçons attrape l'homme par les cheveux et exige une réponse. Pourquoi les a-t-il insultés avec ces présents bons pour une vieille ? L'homme gémit. Le garçon lui dit de parler distinctement, mais l'homme est au-delà de toute parole. Sa bouche est cerclée d'une croûte blanche et sèche. Son œil gauche est couvert de sang coagulé. La plaie béante sur sa joue saigne encore. Le garçon prend le couteau. « Parle, dit-il, ou nous te ferons parler. »

Un rugissement s'élève derrière eux. Ils vont volte-face. C'est un des pères qui les regarde depuis le sentier qui les surplombe. « Au nom des dieux, que faites-vous là ? » Ils atterrissent brutalement dans le monde quotidien. Ils redeviennent des enfants. Ils ne peuvent pas prétendre avoir trouvé l'étranger dans cet état. Les plaies sont fraîches et si l'homme survit, il les dénoncera tous. S'il meurt, ils seront des assassins. Alors ils prennent leurs jambes à leur cou. Les meilleurs nageurs dévalent jusqu'au pied des rochers et plongent. Les plus agiles s'éparpillent et empruntent des itinéraires à eux pour gravir le versant qu'ils connaissent mieux que tous les adultes de la ville. Seul le rouquin ne court pas. Rien ne sert jamais de courir. Il l'a appris depuis longtemps. Il n'a jamais rien fait de mal. Il n'a fait que regarder les autres faire le mal. Mais il se fera toujours prendre et il se fera toujours punir.

L'homme s'approche et regarde à l'intérieur du bateau.

— Qui est-ce ?

— Je ne sais pas. Le garçon se penche. Les deux moitiés de l'image de l'ours sont tombées dans une des flaques peu profondes. Il les secoue pour faire tomber l'eau et les déroule.

« Qu'est-ce que vous lui avez fait ? »

L'encre est soluble, et l'eau salée a déjà commencé à faire son œuvre. Il n'y a pas d'ours. Il n'y a pas d'arbre. Il n'y a qu'une infime suggestion de branches et le spectre d'une créature qui se dilue et se dissipe comme du brouillard.

Emilia prend son petit déjeuner, olives et pain d'orge trempé dans du vin, assise sur la terrasse à l'arrière de la villa, regardant les renardeaux qui vivent sous le mur effondré au bout du jardin en pente jouer à se battre jusqu'à ce que leur mère les houspille pour leur faire regagner leur tanière. Emilia rentre dans la maison. On l'a chargée de régler une querelle de propriété à propos d'une grande maison qui appartenait au plus vieil habitant de la ville, lequel vient de mourir. Il existe quatre vagues parents supposés, perdus de vue depuis longtemps, et trois testaments plus ou moins convaincants. Elle consacre donc l'heure qui suit à écrire une lettre détaillée à un notaire de Latakia, où le vieil homme a grandi. Pendant ce temps, trois ouvriers arrivent pour réparer le réservoir qui contenait tout un hiver de pluie avant qu'un séisme par ailleurs inoffensif survenu la semaine précédente ne provoque une fissure fine comme un cheveu qui court tout du long. Puis elle fend une quarantaine des bûches d'un vieux pin abattu qui attendent depuis huit jours à côté de la villa. Drusilla pousse de hauts cris, mais Emilia a constaté qu'elle a de plus en plus de mal à rester assise à lire le soir si elle n'a pas accompli un travail physique dans la journée.

Après le déjeuner, elle va au temple. La promenade en soi est plus spirituelle, à dire vrai, que tout ce qui peut se passer dans le temple lui-même, une transition entre le quotidien et un univers plus vaste, plus désintéressé, qui dépasse l'humain. Elle se sent rétrécir en gravissant les sentes escarpées, l'effort apaise son esprit.

C'est la fin du printemps. Arbousiers, lauriers, genêts. Deux chèvres sauvages bêlent et filent d'un bond entre les broussailles. Un ibis chauve la regarde du haut d'une niche creusée dans la face d'un rocher, sans peur, sachant qu'Emilia n'est pas un animal grimpeur. Au fil de son ascension, le craquètement des cigales laisse place au bourdonnement de la forêt. Une ombre plus profonde, davantage d'humidité dans l'air. Il n'y a personne au temple. Elle est soulagée et silencieusement embarrassée par sa petitesse, bien que les gens aient l'habitude de surgir à la fin d'une heure tranquille, au moment précis où elle a décidé de rentrer chez elle. Lorsqu'elle gravit les marches, une hirondelle de fenêtre passe entre les colonnes et les cavités, regagnant son nid dans l'angle opposé. Elle jette un coup d'œil dans la petite chambre du fond. Une fille est allongée sur le banc. Étrange. Elle aurait juré que la pièce était vide. Pas la moindre prémonition d'une présence humaine. Chiton sale, visage sale, maigre comme un clou. Le cœur d'Emilia se serre. La petite a dû perdre l'esprit, ou a été rejetée par sa famille. Aucune de ces deux situations ne se règle aisément. Au moins, elle respire et ne paraît pas enceinte.

Elle s'assied sur le banc. L'odeur de la fille évoque celle d'un animal de ferme. Quatorze, quinze ans ? Elle est plongée dans un rêve de lutte, ses bras et ses jambes se contractent, se débattent. Sous la crasse, la peau est brune et douce, ses cheveux ont la couleur de l'acajou. Bien nourrie, avant qu'elle ne cesse de s'alimenter, sans doute. Des dents blanches. Une enfance confortable, une bonne famille. Elle a dû faire un long chemin, autrement Emilia aurait certainement entendu parler de sa disparition. Ses deux chevilles sont à vif, enflées et couvertes d'égratignures de ronces. Une sangsue est accrochée à son cou. Une semaine dans les bois ? Quinze jours ? Plus endurante qu'elle n'en a l'air, dans ce cas. Emilia soulève l'ourlet du chiton, se lèche le pouce et frotte l'étoffe. Elle n'y connaît pas grand-chose, mais il lui semble que de minces fils d'or sont tissés dans la bordure verte à motifs.

« Non ! dit la fille. Non ! » Elle ouvre les yeux, haletante. Ces yeux sont presque noirs. Emilia sent le frémissement de quelque chose qui n'est pas de ce monde. Elle se retourne brièvement pour jeter un coup d'œil vers la porte et s'assurer qu'elles sont seules. Elle regarde la fille. « Tu n'as plus rien à craindre à présent. » Elle écarte une mèche de cheveux gras du visage de la fille. Il faut impérativement lui donner à boire et à manger et lui faire prendre un bain, mais elle ne paraît pas en état de marcher, même en descente. Emilia pose la tête de la fille sur sa cuisse et ouvre la sacoche de cuir qui lui servait d'oreiller. Un couteau, quelques baies ridées, une unique noisette.

« Comment t'appelles-tu ? »

La fille marmonne. Emilia se penche vers elle.

« Marina. »

La mer, pas la forêt. Ce frémissement, encore. Il y a quelque chose qui ne lui plaît pas dans tout cela, quelque divinité tutélaire lui conseille d'avancer prudemment. « Tu crois que tu peux tenir debout ? »

La fille est encore plus légère qu'elle n'en a l'air. Elle titube, s'effondre, titube. Son bras sur l'épaule d'Emilia, elles suivent le sentier qui s'enfonce dans les arbres. Plusieurs pics forent les troncs en quête d'insectes. Le bruit fait penser à des hommes qui construiraient une maison de bois. Après deux virages, Emilia et la fille passent devant le rocher que les enfants du coin appellent la Tortue. À cette allure, il va leur falloir deux heures et Emilia ne veut surtout pas qu'elle meure en route, alors elle l'allonge sur une banquette d'herbe au bord du chemin. La fille est encore assez près du temple, espère-t-elle, pour être protégée par le droit d'asile. Elle courra. Avec un peu de chance, les hommes n'auront pas fini de réparer le réservoir. Elle n'a pas encore fait cent pas, cependant, quand elle voit Hespéros le forestier s'avancer vers elle. En d'autres circonstances, elle déclinerait poliment son aide parce qu'il a grande envie qu'Emilia l'épouse et qu'il semble prendre ses refus pour des dérobades enjôleuses. Elle présente sa requête formellement, comme un geste qui se fait, pas comme un geste dont elle a besoin.

Ils remontent le versant au pas de course. C'est un homme robuste et pendant quelques instants, la délicatesse avec laquelle il soulève la fille, comme un père qui tient un bébé, l'émeut sincèrement, mais ils doivent faire vite et il a surtout envie de parler, si bien que la pauvre petite ne tarde pas à être ballottée comme un sac d'orge. Avec l'enthousiasme maladroit dont il est coutumier, il se lance dans une diatribe sur le thème de ces jeunes égoïstes qui donnent du travail aux autres, ne commençant à faire preuve d'un peu plus de sympathie que lorsqu'il prend conscience qu'Emilia est franchement inquiète.

Le sentier descend en serpentant. Ils franchissent le petit cours d'eau par le gué et sortent de la forêt. L'océan surgit au loin, suivi d'une lamelle de ville, par-delà la crête de la colline. Elle distingue la villa elle-même, posée sur l'arête, là où le terrain dévale vers le fleuve. Une biche traverse le flanc du coteau, s'arrête sur le sentier et reste immobile, à les regarder. Mauvais endroit, mauvaise heure du jour. Elle en voit rarement après l'aube ou avant le crépuscule, et elles ne s'arrêtent jamais aussi longtemps en un lieu aussi exposé. Cette bête n'est sans doute pas dans son état normal.

«Quelle idiote», lance Hespéros affectueusement, et elle déguerpit.

Il porte la fille à l'intérieur de la villa et l'étend sur le long divan vert du salon. Drusilla se mord les lèvres pour ne pas lui rappeler qu'on ne doit rien poser de sale sur ce meuble et elle chasse Hespéros en battant des mains comme s'il était un poulet entré par mégarde depuis la basse-cour. Emilia sort pour le remercier. «Et n'en parle à personne.» Elle lui touche doucement le bras. Ce n'est peut-être rien, mais les filles peuvent avoir de bonnes ou de mauvaises raisons de s'enfuir, et quand une rumeur est lancée, on ne peut pas la retenir.

«Je n'ai rien vu.» Il s'incline théâtralement, recule de deux pas, esquisse un demi-tour grandiose et s'éloigne avec un grand sourire.

Drusilla et Emilia donnent à la fille une tasse d'eau et de la soupe de lentilles. Drusilla propose de lui faire prendre un bain et de lui faire enfiler des vêtements propres. Emilia insiste pour l'aider. C'est le dernier chapitre d'une empoignade sempiternelle mais cette fois, Emilia ne cédera pas. Il se passe quelque chose d'étrange ici et elle ne peut en être exclue. Le temps se répète, ou rime, cette fille qui arrive de nulle part comme elle-même est arrivée, sans nom, presque inconsciente. Elle se surprend à imaginer un avenir où elle meurt et où cette jeune femme devient prêtresse et accueille une autre jeune femme en détresse et la fille meurt et la jeune femme devient prêtresse… C'est un fantasme grotesque. Emilia a trouvé la fille il y a moins de deux heures. Elle ne sait rien d'elle.

Elles la font asseoir dans la bassine et la frottent avec de l'eau chaude et un linge chacune. La fille ne résiste pas plus qu'elle ne collabore. Elle a les côtes saillantes, les hanches saillantes. Les seins plats, de profondes salières. Quand elles touchent ses jambes enflées, elle tressaille. Emilia n'a encore jamais pris soin de personne, pas même de Kérimon, de façon aussi intime. Elle a tenu la main de deux vieilles femmes et d'un petit garçon quand ils ont rendu l'âme, mais la mort du garçon elle-même ne l'avait pas émue comme elle l'est maintenant. La fille lui jette-t-elle un mauvais sort contre lequel elle devrait se prémunir ? Drusilla prend une brosse pour récurer les ongles des mains et des pieds de la fille, avec un peu plus de brutalité qu'il ne serait vraiment nécessaire. Elle protège Emilia et ne cesse de critiquer l'altruisme de sa maîtresse. Elle veut que la fille comprenne qu'elle n'est que tolérée ici. Ou y aurait-il aussi un peu de jalousie ? Est-ce possible ?

Elles font asseoir la fille sur un tabouret bas, elles la sèchent et lui enduisent les cheveux d'huile avant d'en gratter l'excès. Elles l'enveloppent dans deux couvertures de laine et la reconduisent sur le divan. Pendant qu'Emilia fait du feu, Drusilla va chercher de la sauge au jardin et prépare un cataplasme de feuilles et de fleurs qu'elle applique sur les jambes enflées de la fille avant de les bander. Dehors, les deux hommes qui réparaient le réservoir rechargent bruyamment leur charrette tirée par un âne.

— Pourquoi crois-tu qu'elle s'est enfuie ? demande Drusilla.

— Une seule de nous connaît la réponse. Emilia plonge le regard dans les yeux noirs de la fille. « Nous ferions peut-être mieux d'attendre qu'elle nous le dise. Si elle le souhaite. » Parce que Emilia n'a jamais raconté sa propre histoire à personne. Sauf à Kérimon, et seulement quand elle a su qu'il l'emporterait dans la tombe.

— Tu peux y aller. Je resterai avec elle.

— Fais attention, dit Drusilla.

La fille dort, serrant étroitement les couvertures autour d'elle, la tête posée sur l'extrémité surélevée du divan. Emilia allume le feu et quand les flammes s'élèvent, elle prend place à côté de la fille. Et si Drusilla avait raison ? Et si elles étaient toutes en danger ? Les filles ont des secrets. Elle en a trop entendu au cours de ces dernières années. Et beaucoup d'hommes considèrent que leur réputation est plus précieuse que la vie d'une fille. Mais quelle est la solution ? Des gardes armés ? Dépendre d'hommes encore plus nombreux fait à ses yeux partie du problème. Mieux vaut compter sur leur propre invisibilité. Un souvenir de la biche, debout sur le sentier et filant d'un bond. La fraternité de créatures idiotes, la sagesse qui vient lorsqu'on sait qu'on peut être une proie.

Les cheveux de la fille sont secs à présent. Ils sont, à leur manière, aussi extraordinaires que ses yeux.

On dirait la crinière d'un cheval alezan bien pansé, une couleur profonde qui change sous la caresse. Tant de lumière absorbée, tant de lumière restituée. Maintenant que les os affamés sont dissimulés sous la couverture, Emilia prend conscience de la beauté du visage de la fille, même quand ses yeux noirs magnétiques sont clos. Elle murmure : « D'où viens-tu ? » Elle parle pour elle-même, surtout.

La fille chuchote, comme si elle partageait un secret en rêve. « Tarse. »

La cité que Périclès a sauvée. Les flammes dans la cheminée s'aplatissent et se redressent comme elles font quand quelqu'un passe, vêtu d'un grand manteau. Est-ce une fille-esprit ? Pour se rassurer, Emilia pose les doigts sur la face interne du poignet de la fille et sent la pulsation presque imperceptible du sang humain.

Elles l'installent dans l'ancienne chambre de Kérimon ; la servante Hamda dormira sur un mince matelas dans un coin de la pièce, au cas où la fille se réveillerait et s'affolerait. Emilia se couche tard mais elle est inquiète et a du mal à trouver le sommeil. Elle doit vérifier que la fille est en sécurité, alors elle sort de son lit, traverse l'obscurité embaumée d'oranges de la colonnade, soulève le lourd loquet de pin et entre dans la chambre de Kérimon. Hamda ressemble à un gisant, couchée sur le dos, les jambes droites, les doigts croisés sur sa poitrine. Deux souris filent depuis l'assiette vide posée sur la table de chevet et se font avaler par une fissure du plâtre. Emilia traverse la chambre sur la pointe des pieds. La fille est enroulée tel un haricot dans sa gousse, genoux remontés, coudes rentrés, tête baissée. Ses longs cheveux sont étalés derrière elle comme si elle volait à travers un ciel nocturne de sa propre création.

C'est bien la raison du malaise d'Emilia, n'est-ce pas ? Tout son cœur qui se tend vers elle, une faim qu'elle est parvenue à ignorer depuis des années, l'incomplétude soudaine de sa vie, la crainte non pas que quelqu'un cherche cette fille pour lui faire du mal, mais que quelqu'un d'autre l'aime, l'ait perdue et vienne pour la ramener chez elle. Elle est gênée par sa propre détresse. Marina murmure quelque chose dans son sommeil et se retourne. Craignant de l'effrayer, Emilia revient sur ses pas et sort discrètement de la chambre.

Le lendemain matin, la fille est assise à la table de la cuisine devant une assiette d'huîtres, d'œufs durs et de pain. Elle se balance doucement d'avant en arrière et tient sa tête entre ses mains. Elle acquiesce quand on lui demande si elle a mal. Drusilla lui sert une petite tasse de tisane d'écorce de bouleau et de fenouil. La fille en avale la moitié, s'interrompt, elle a un haut-le-cœur, vide la tasse et frissonne. Emilia, qui a déjà bu cette mixture à l'instigation de Drusilla, sait qu'elle est à peine moins déplaisante qu'une migraine.

« Merci, dit la fille, merci pour tout. »

Quatre mots, pas davantage, mais qui révèlent immédiatement à Emilia et à Drusilla que la fille a reçu une bonne éducation au sein d'une famille aisée. « Je suis heureuse de t'avoir trouvée », dit Emilia.

La fille mange un des œufs, peut-être pour effacer le goût de la concoction de Drusilla.

— Eh bien, ma jeune demoiselle, intervient Drusilla. Il va falloir que vous nous racontiez d'où vous venez et ce que vous venez faire ici.

— Tu n'es pas obligée de nous dire quoi que ce soit, réplique Emilia.

Drusilla lui jette un regard sévère. Comment Emilia pourrait-elle lui expliquer qu'il y a des choses qu'elle n'a pas envie d'entendre ? Elle a déjà assez de mal à se l'expliquer à elle-même.

— Où sommes-nous ? demande la fille.

Drusilla le lui dit. Le nom ne dit rien à la fille.

« C'est loin de Tarse », ajoute Emilia, espérant que cette précision rassurera la fille, qui au contraire a l'air paniquée. « Tu as prononcé ce nom dans ton sommeil. Juste le nom. Rien de plus. » La fille hoche la tête lentement.

— J'imagine qu'être loin de Tarse est une bonne chose, remarque Emilia.

— Je vous en prie, je vous en prie, ne dites à personne que je suis ici.

— Pourquoi ? interroge Drusilla.

Emilia la réprimande doucement. « Ça suffit. » Elle se retourne vers Marina.

— Nous ne le dirons à personne.

— Vous vous inquiétez de votre propre sécurité, observe la fille. C'est normal. Son assurance les prend par surprise. « Vous me faites l'effet d'être de bonnes personnes, mais il arrive que les gens ne soient pas ce dont ils ont l'air et il arrive aussi qu'il ne suffise pas d'être bon. Je ne puis avoir confiance qu'en moi-même. » Elle s'interrompt pour rassembler ses pensées. Cela fait deux semaines qu'elle n'a pas parlé.

— Je cours un grand danger, sans y être pour rien. Je vous suis très reconnaissante de ce que vous avez fait pour moi…

— Nous avons fait bien peu.

— … et je voudrais pouvoir vous rembourser mais je n'ai rien. Elle retient ses larmes et s'en veut d'avoir à le faire.

— Tu ne nous dois rien, répond Emilia.

— Il faut que je poursuive ma route, il faut que j'aille quelque part où personne ne saura qui je suis, où personne ne connaîtra ceux qui me cherchent. Pour cela, j'ai besoin d'argent. Il faut que je travaille. Je sais lire et écrire. En latin, et aussi en hébreu. Je connais les mathématiques, l'astronomie. Je sais jouer… Elle s'arrête. En a-t-elle révélé plus qu'il n'est raisonnable? Je pourrais donner des leçons. Je pourrais copier des textes. Je peux être appliquée et consciencieuse. Je pourrais faire le ménage, ajoute-elle, désireuse de se présenter sous un jour moins exceptionnel. Je pourrais faire la cuisine. Elle n'a jamais fait le ménage ni la cuisine de sa vie.

— Tu es encore une enfant, remarque Drusilla, mais il est plus qu'évident que son expérience dépasse le nombre de ses années et sa constitution fragile.

— Mange, dit Emilia. Bois. La fille n'est visiblement pas du genre à se laisser facilement convaincre de changer d'avis. Il faut que tu récupères avant de pouvoir entreprendre quoi que ce soit.

Marina avale une huître et boit un grand gobelet d'eau. Emilia lui dit qu'elle a du travail mais qu'elle n'hésite pas à venir la déranger si elle le souhaite. Puis elle se retire dans son bureau. L'écorce de bouleau et le fenouil transforment lentement la douleur de Marina en un mince brouillard et un léger vertige. Drusilla l'observe et tient à ce qu'elle sache qu'elle est observée.

Occuper une position inférieure à celle d'une esclave est une expérience nouvelle pour Marina, mais il est rassurant de savoir exactement ce que cette femme pense d'elle. L'autre, la prêtresse… il y a des choses qu'elle ne dit pas et les choses qui ne sont pas dites sont dangereuses. Marina finit de manger et fait le tour de la villa. Elle s'assied dans la bibliothèque pour feuilleter quelques livres. Un Tanakh, une Septante, Archimède sur les polyèdres et la fabrication d'une sphère, Aristote, Callisthène… Il y a un planétaire sur la table du milieu devant lequel Mésomède se serait pâmé. Le Soleil est un globe doré central et quand Marina actionne la petite poignée, la Terre et les cinq autres planètes tournent autour de lui.

Sur l'arrière de la villa, un jardin couvre le flanc de la colline qui descend vers le fleuve. Les jardins parmi lesquels elle a grandi étaient extraordinaires par leur étendue, leur opulence, leur raffinement et grâce au travail accordé à leur entretien. Ce jardin-là est moins ordonné et moins riche en ornements, mais il contient des végétaux qui semblent sortis des pages d'un livre d'affabulations d'un voyageur – des plantes aux mâchoires épineuses qui avalent les araignées et les mouches, des plantes qui ressemblent à des galets aux couleurs vives, qui sont douces au toucher et appartiennent sans doute à la famille des cactées. Les plus grands cactus ressemblent à des leçons de géométrie méchamment armées – sphères, triangles, ovales. Le tronc d'un arbre a la forme d'une grosse aubergine verticale. Un petit buisson est chargé de bananes orange vif.

Elle s'assied sur un banc ombragé de plantes grimpantes. Tout près, un chaton miaule et réclame de l'attention. Elle le chasse. Elle ne veut pas échapper à un assassin pour mourir du tétanos ou de la rage.

Elle se plaît ici. Le jardin, la maison, la bonté et, tout simplement, la chaleur et la propreté. Elle aimerait pouvoir rester. La femme accepterait, Marina le lit dans ses yeux. Mais elle y décèle aussi une faiblesse. Et puis la chaleur et la bonté ne remplacent pas le fait d'être ailleurs au moment où le pire arrive. Elle a regardé la carte. Tarse est à quatre bonnes journées de cheval. Il n'est pas exclu que les soldats soient déjà arrivés jusqu'ici, qu'il y ait des gens en ville à qui ils aient transmis son signalement et promis une récompense. Elle ne peut pas rester. C'est trop risqué. Prendre la mer l'obligerait à verser de l'argent, à faire confiance à des inconnus et à être prisonnière d'un bateau. Il est préférable de continuer à pied, mais mieux équipée cette fois. La femme l'aidera. La femme ne demande que ça. Des vêtements plus chauds, des provisions, une arme, une carte. Combien de jours lui faudra-t-il pour reprendre suffisamment de forces pour pouvoir se remettre en route ? Deux ? Trois ?

Elle entend un faible tintement de cloches de vaches qu'apporte le vent et regarde au loin, de l'autre côté de la vallée où un troupeau de bovins pâles traverse un étroit portillon avant de s'éparpiller sur l'herbe sèche du coteau comme des graines soufflées. Drusilla sort sur la terrasse pour voir comment va leur invitée importune. Elle s'essuie les mains à son tablier, hoche la tête d'un air maussade avant de se replier dans la cuisine.

L'avenir est terrifiant. Marina doit trouver un monde où il n'y ait que des inconnus, puis s'inventer une vie à partir de rien. C'est une jeune fille. Elle a suffisamment lu pour savoir ce qui arrive aux jeunes filles qui ne bénéficient pas de la protection d'hommes plus âgés, plus forts. Mais c'est la vie. Elle le comprend maintenant. Chacune de ces vaches aura la gorge tranchée. Le faucon mettra le pigeon en pièces. Des femmes enchaînées seront traînées à l'extérieur de villes prises par l'ennemi. *Sed omnes una manet nox*[1]. Jattes en or et livres à reliure de cuir ne sont que palliatifs et distractions. Les plus chanceux sont ceux qui meurent jeunes, vite, et dans l'ignorance.

Elle est accablée d'une si profonde fatigue. Elle se lève et rentre en passant par la cuisine pour éviter à Drusilla d'avoir à la chercher. Elle demande si elle peut prendre un des petits pains au levain et au pavot, regagne la chambre et tombe endormie sur le lit, la main toujours serrée autour de la poignée de pain intact.

Elle fait des rêves intriqués, entêtants, sans soleil. Elle est ligotée à l'arrière de la charrette, et la charrette tombe dans un puits à Alexandrie. Elle se noie dans un océan de ronces. La chienne Kangal a le visage de Drusilla, puis celui de sa belle-mère, puis celui de Phoebe. La chienne dit « Sous la rigueur de ta main je succombe[2] », et les étoiles sont des morceaux de craie qui crissent en griffant l'ardoise du ciel. Elle dort tout l'après-midi et toute la nuit, ne se réveillant qu'une fois pour se soulager, la villa déserte aussi troublante que les fantasmes changeants de son sommeil. Elle regagne son lit en titubant et est reprise par l'implacable tourbillon nauséeux d'images.

---

1. Horace, ode 28, « Mais la même nuit nous attend tous ».
2. Psaume 39 : 11.

Elle reprend conscience le lendemain matin, malheureuse et fourbue. Elle enjambe Hamda endormie, soulève le loquet et se dirige vers le jardin. Emilia est déjà assise à l'ombre des figuiers qui s'enroulent autour des étroites poutres de la véranda. Marina a envie de faire demi-tour et de regagner l'intérieur de la maison, mais elle ne peut pas se permettre de contrarier celle dont elle dépendra forcément pour la prochaine étape de son voyage. Emilia pose son livre et lui dit bonjour. Marina s'assied.

« Sers-toi. »

Il y a sur la table des abricots secs, de la bouillie d'amidonnier et du mulet. Marina mange deux abricots pour rendre le silence moins pesant. La première bouchée lui fait prendre conscience qu'elle meurt de faim. Elle remplit un des petits bols de bouillie. Le monde commence à paraître un peu plus réel, ses rêves un peu moins. Emilia retourne à son livre. La nuit a nettoyé et rafraîchi la vallée, l'air est frais et transparent. Marina hume une odeur de thym et de noix de coco. Rien ne bouge. Les seuls bruits sont celui des pages de papyrus que tourne Emilia et la crécelle sèche d'un oiseau plaintif. La promesse d'une journée torride. Elles restent longtemps assises en silence.

« Il faut que je parte, dit enfin Marina. Demain, après-demain… Plus je reste, plus ils ont de chances de me trouver. »

Emilia ne répond pas. C'est comme un oiseau qui se pose sur votre bras au jardin. On ne peut que rester immobile et espérer vainement que le temps fasse de même.

« Aidez-moi et je vous promets que si j'en ai les moyens un jour, je vous rembourserai au quintuple. »

Pourquoi Emilia tient-elle autant à ce qu'elle reste ? La fille n'est pas chaleureuse, la fille n'est pas facile. Elle est reconnaissante, mais pas plus que la bienséance ne l'impose. Elle ne pose pas de questions, elle ne raconte pas d'histoires. « Je t'aiderai parce que tu es une jeune femme, que tu es seule et que tu es en danger. Si tu veux me rembourser, aide quelqu'un d'autre qui est dans le besoin le jour où tu le pourras. » Est-il possible que la fille ait fait quelque chose de mal ? Est-il possible que si Emilia connaissait toute l'histoire, elle n'éprouverait pas pareille compassion ?

« Je peux faire cela, approuve la fille. Je ferai cela. »

La seule chose qu'elles aient en commun, songe Emilia, est leur refus de parler d'elles-mêmes à quiconque. Et c'est précisément cette prise de conscience qui ouvre une porte. « J'ai un secret, moi aussi. » Pourquoi fait-elle ça ? Croit-elle que céder son bien le plus précieux persuadera la fille de rester ? « Personne ici ne sait qui je suis réellement. Pas même Drusilla. Ni Hamda. » Ce n'est pas raisonnable. Elle ne sait rien de cette fille. Il faut qu'elle arrête.

D'ailleurs, la fille a l'air sur ses gardes, ce qui n'a rien de surprenant. Elle a déjà suffisamment de soucis comme cela. Pourquoi aurait-elle envie de s'encombrer de l'histoire de la vie d'une femme d'âge mûr ? Un unique nuage blanc est posé sur la colline au loin, comme un arbre blanchi de neige. Tout est en suspens. Tant de choses pourraient advenir maintenant, tant de choses qui ne peuvent se défaire. Mère et fille, entièrement étrangères l'une à l'autre. Et si Emilia raconte son histoire ? Et si Marina apprend que sa mère savait qu'elle existait, mais ne s'est jamais mise à sa recherche ? Et si Emilia découvre que son mari a abandonné leur fille ? Pareille blessure peut-elle jamais guérir ? Et si Marina poursuit son voyage et qu'elles ne découvrent jamais rien de tout cela ?

Et si elles gardent leurs secrets, l'une comme l'autre, que Marina reste pour la nuit, puis pour une autre nuit, qu'elle commence à faire confiance à cette femme et décide de courir le risque de se créer une vie nouvelle ici ? Et si les deux femmes font connaissance jour après jour, sans attentes, sans regard en arrière ? Et si elles saisissaient cette chance, la plus rare des chances, de reléguer le passé dans l'oubli et de recommencer une vie de zéro ? Et si elles deviennent amies ?

Rien de tout cela n'advient.

On entend frapper depuis l'intérieur de la villa. Marina sursaute.

« Il y a quelqu'un à la porte », dit Emilia. Elle pose la main sur celle de la fille. « Ça fait toujours ce bruit-là. Drusilla va aller voir. Tu n'as aucune raison de t'inquiéter. » La fille n'a pas l'air très convaincue. « Drusilla ne t'aime pas beaucoup, mais elle déteste encore plus les étrangers qui posent des questions. »

On frappe encore à la porte, puis une troisième fois. Emilia se lève. « Reste ici. Ne bouge pas. »

Marina a mal au cœur, elle est sur les nerfs. Que peut-elle faire si ce sont les soldats ? Le temps passé à rassembler des vêtements et de la nourriture est du temps perdu. Il y a un couteau sur la table. Elle le prend. La lame est courte mais acérée. Elle descend en trottinant le sentier pentu couvert de pavés de calcaire entre les grands cactus, puis prend sur la droite en direction du mur effondré et du tas de compost. Elle se retourne. Elle ne voit personne. Elle s'accroupit et se glisse dans l'interstice entre les pierres tombées et le grand coin de déchets de jardin chauds, nauséabonds. Elle serre la main autour du couteau. Elle attend.

Dans la villa, Emilia repousse le petit volet et voit deux hommes debout dans l'ombre du portique. Ils sont trop négligés pour être des soldats. Elle est presque sûre de reconnaître le dégingandé à la grande crinière. Elle referme le guichet, tire le loquet et ouvre tout grand la lourde porte grinçante.

« Venez », dit le dégingandé. Elle reconnaît le zézaiement. Un pêcheur. Son fils est épileptique. Il la presse de sortir. « Venez vite. »

Elle voit à présent qu'une charrette est rangée dans l'allée, le cheval épuisé essaie de brouter les petites succulentes qui poussent dans les fentes du mur de pierre.

« Qu'est-ce que c'est ? » Elle marche à côté de l'homme qui zézaie. Sa sueur sent le poisson chaud.

« Périmos l'a trouvé dans un bateau. » Il désigne son compagnon d'un signe de tête. « En très mauvais état. »

L'homme est allongé sur le dos sur le plancher de la petite charrette, ses chevilles et ses pieds dépassant de l'extrémité. Une longue plaie ouverte lui barre le visage. Sa peau brûlée par le soleil, sale, et sa barbe noire sont parsemées de caillots de sang séchés. Il lui manque deux doigts à la main droite, qui retombe entre les rayons de la roue. Mais ce n'est pas ce qu'il a de plus frappant. Le vêtement qu'il portait pour protéger le haut de son corps a été déchiré, révélant un torse couvert de tatouages – des chiens qui attaquent un cerf, des lions, un bélier, un grand oiseau de proie… Elle n'a jamais rien vu de pareil. C'est probablement un Scythe, ou un de ces autres marchands de chevaux du nord de la mer Caspienne et de la mer d'Aral. Elle fait quelques pas en avant. Elle voit sa cage thoracique se soulever. Son cœur se serre un peu. Elle est lasse de tout cela. Les hommes entreprennent de soulever l'homme de la charrette. Ils supposent qu'elle va s'en occuper. On suppose toujours qu'elle résoudra tous les problèmes difficiles. Mais elle est fatiguée de ces suppositions, elle est fatiguée d'être l'escale incontournable, elle est fatiguée des autres gens. La fille doit être assise sur la terrasse, terrifiée sans doute. Il faut qu'Emilia la rejoigne.

L'homme tatoué est à moitié sur la charrette, à moitié en dehors. Elle ne peut rien faire pour lui qu'ils ne puissent faire eux aussi – nettoyer la plaie, lui donner à boire, lui donner à manger, le laisser se reposer. L'idée d'introduire un barbare dans la villa ne lui plaît pas. Drusilla appréciera encore moins qu'elle. Elles sont quatre femmes et elles vivent seules. Ces hommes ne comprennent-ils pas cela ? Croient-ils vraiment que savoir lire et écrire met une femme en sécurité ?

L'homme est lourd. Périmos et son compagnon le posent par terre pour se reposer les bras.

Si elle leur permet de porter l'homme dans la villa, la fille partira. Elle n'en doute pas un instant. Et si, pour une fois, juste cette fois, elle réglait le problème avec de l'argent ? Elle peut payer le pêcheur pour qu'il trouve une chambre à cet étranger, une garde-malade pour quelques jours, à manger et à boire, des vêtements propres. Le résultat final sera le même. Drusilla sera plus contente. Elle pourrait peut-être même persuader la fille de rester. Et puis l'étranger sera sûrement plus à l'aise sous le toit d'un ouvrier.

L'homme qui zézaie inspire profondément, s'apprêtant à faire un aveu. « Ce sont les enfants qui l'ont trouvé. » Il s'interrompt. « Ils l'ont trouvé dans une barque échouée près des bassins aux crabes. C'est eux qui lui ont fait ça. » Il s'arrête à nouveau. C'est difficile. « Mon fils était l'un d'entre eux. » Il regarde par terre. « Si je ne les avais pas surpris à temps… »

L'homme tatoué allongé sur le sol fait rouler sa tête vers Emilia. Il ouvre l'œil gauche. Le droit est tellement tuméfié et couvert de sang que la paupière refuse de se soulever. Il la regarde. Il souffre. Les enfants de la ville ont cherché à le tuer. Tatouages ou non, il a une âme. Et il est abîmé, comme la fille, comme elle. Elle le voit à présent. Il leur manque à tous quelque chose. Elle ne peut pas le renvoyer.

« Portez-le à l'intérieur », dit-elle.

L'ORAGE

Il prend naissance au milieu de la Manche, deux vents puissants qui se rejoignent pour provoquer un immense courant ascendant. Cinq cent mille tonnes de vapeur d'eau qui remontent, se condensant au fur et à mesure qu'elles s'élèvent pour former un cumulus de cinq kilomètres de haut, une montagne qui glisse à la surface de la mer. La lumière du jour décline lentement, les pétroliers et les chalutiers se figent sur le jusant en silhouettes noires précises, cloutées de lumières vert houx et rouge cerise. À douze mille mètres, le sommet du nuage de tempête s'évase latéralement pour constituer une enclume grise au firmament. *Cumulonimbus incus.* Seules ses strates supérieures sont éclairées par les ultimes rayons du soleil qui s'éloigne dans sa courbe autour de la terre. Traversant Portland Bill et Weymouth, cette masse gigantesque se dirige vers l'intérieur des terres. À plusieurs kilomètres d'altitude, l'eau se rassemble en gouttes qui se transforment en glace dans leur chute, s'arrachant à la base du nuage sous forme de billes de grêle qui crépitent contre les fenêtres, tambourinent sur les toits des voitures et déchiquettent les feuilles des aulnes, des chênes et des bouleaux de la New Forest.

L'éclair se forme dans la cime du nuage, le cœur de l'enclume s'éclairant momentanément. Puis, sous la base, des canaux d'air ionisé s'écartent et se ramifient en descendant vers le sol jusqu'à ce que la terre les sente et envoie ses propres canaux d'air ionisé vers le ciel que déchirent de grands craquements de plasma. Quatre millions de kilomètres à l'heure, cinquante mille degrés centigrades. Le rugissement sonique se disperse en un anneau de crépitements et de grondements qui vont s'estompant. L'odeur caractéristique de l'ozone se mêle au parfum de la terre détrempée dans l'humidité de l'air nocturne.

Il est maintenant juste au-dessus de la maison. En toute logique, il devrait frapper un des innombrables grands arbres du jardin ou des bois environnants, mais l'éclair est rebelle et le parapet rénové qui borde le toit contient un fer à béton. Ces canaux d'air ionisé relient l'angle nord-est du toit aux tonnes de vapeur chargées négativement qui se trouvent en altitude et le feu aveuglant descend en longeant le côté de la maison, séparant le béton du béton.

Un fracas effroyable réveille Philippe. L'a-t-il réellement entendu, ou ne l'a-t-il qu'imaginé ? Il se redresse dans son lit. À première vue, rien n'a bougé. Le faible contour bleuâtre du fauteuil, un mince rai de lumière entre les rideaux. La pluie tambourine contre la vitre. Un cauchemar. Il se rallonge mais il est agité, mal à l'aise, il n'arrive pas à retrouver le sommeil. Quelque chose ne va pas. Il s'assied. Une odeur de brûlé. Il sent une odeur de brûlé.

Il se précipite vers la porte et l'ouvre. Le palier est un four. Des spirales de fumée envahissent l'air et une lueur dansante monte du rez-de-chaussée. Se protégeant le visage, il fouille la cage d'escalier du regard. Il voit des flammes. Il n'est plus question de descendre. La chaleur est intolérable, même à cette distance. Si l'infirmière ne la sauve pas, Angelica mourra. Une panique nauséeuse l'étreint. Comment vivra-t-il s'il n'a rien fait pour sauver sa fille ? Mais au milieu de cette horreur, il voit une chance d'échapper à un terrible dilemme. Si Angelica meurt, elle emportera son histoire dans la tombe. Elle ne pourra plus les détruire, elle et lui. L'un d'eux, au moins, survivra et aura la possibilité de se créer une sorte de vie. Elle est inconsciente. Elle ne sentira rien, elle ne saura rien. Ce sera une bénédiction.

Il est pris d'une violente quinte de toux. L'air est rempli de suie et de flocons noirs. Il a la tête qui tourne. Ce n'est qu'en cet instant qu'il comprend qu'il lui faut agir vite s'il veut s'en sortir. Il fait volte-face et monte jusqu'au demi-palier, il ouvre la porte et passe sur le toit-terrasse, tirant fermement le battant derrière lui. Les secours vont arriver. Les secours sont toujours arrivés. Il s'approche de la façade du bâtiment et se penche un peu. Il ne voit personne. Puis un rideau ascendant de fumée et d'air ondulant de chaleur le contraint à s'éloigner du bord du toit. Il passe de l'autre côté et porte son regard vers la vallée en contrebas, là où la route monte en serpentant depuis Braishfield. Il n'entend pas de sirène. Il ne voit pas de gyrophare. Le toit commence à être chaud sous ses pieds et il sent la puanteur grisante du bitume qui ramollit. Il est au troisième étage. Au-dessous de lui s'étend une bande de béton de quatre mètres de large qui sépare la maison de la pelouse. Si quelqu'un est en route, il n'arrivera pas à temps. Il doit sauter s'il veut avoir la moindre chance d'en réchapper. Il n'arrive pas à se convaincre de sauter.

En bas, Angelica est allongée au centre de la toile d'araignée de tubes et de câbles qui la connectent au monde. Canules, moniteur, perfusion, bonbonne d'oxygène. Un amoncellement d'oreillers derrière elle pour maintenir sa tête surélevée. Elle porte une blouse bleu ciel assez élégante pour un cocktail. Un plaid en mohair est posé sur ses genoux et sur ses jambes, taches arc-en-ciel sur fond vert printemps.

Personne ne reverra plus cette chambre. Personne ne reverra les deux dessins d'Edward Ardizzone représentant des enfants qui jouent sur une plage. Personne ne reverra André, le lapin en peluche d'Angelica, maintenant un peu élimé par endroits, avachi contre le lecteur de CD. Personne ne reverra le bracelet à breloques qui a appartenu autrefois à la mère d'Angelica. Personne ne reverra le bol en porcelaine dont la base représente un marsouin en plein bond, au-dessus d'un fouillis de vagues enchevêtrées.

L'air est brûlant et vicié, mais pour le moment, la porte de la chambre retient la fournaise qui fait rage dans la cage d'escalier. Une fumée grise filtre par l'interstice au pied de la porte, avant d'être entraînée vers le haut et de s'amasser au plafond. Le milieu de la porte noircit, se boursoufle et se courbe vers l'intérieur. Émaciée, pâle comme l'ivoire, Angelica rêve de bouillie et d'abricots, d'ifs et de pierres claires, de renardeaux qui cabriolent dans un coin du jardin.

Philippe saute. Il évite le béton et atterrit dans l'herbe, mais l'impact lui brise les deux jambes. Mobilisant ce qui lui reste d'énergie, il s'écarte de l'enfer en rampant pour rejoindre la fraîcheur relative des arbres au bord de la pelouse, mais les fractures sont ouvertes, et durant le quart d'heure qui suit, il se vide de son sang parmi les aiguilles de pin et les branches mortes. Les pompiers supposeront que son corps est resté dans la maison et a été intégralement calciné, et son cadavre ne sera découvert que trois jours plus tard, quand Hervé fera faire le tour de la propriété dévastée à l'agent de la compagnie d'assurance.

Dans la chambre d'Angelica, la couche de fumée accumulée au plafond s'épaissit et s'abaisse régulièrement. Les fenêtres sont désormais couvertes de suie et la seule lueur est celle du moniteur au-dessus du lit. L'air empeste le bois brûlé et le plastique fondu. Angelica n'a plus aucune raison de rester en vie. L'existence est un fardeau dont elle préférerait se débarrasser. Mais le corps animal n'abdique pas aussi facilement. De sa main droite, elle arrache la canule de son bras, agrippe le rail d'acier inoxydable qui court le long du matelas et se hisse, se redressant comme si elle pouvait se mettre debout et s'en aller, tout simplement. Ce n'est pas possible. Cela fait des mois que ce n'est pas possible. Ses doigts se desserrent, elle lâche prise et retombe sur les oreillers. Le zigzag vert qui traverse le moniteur s'aplatit. Une lumière rouge clignote, mais le gémissement de l'alarme est inaudible au-dessus du rugissement croissant. À l'autre bout de la chambre, la porte est arrachée à son cadre comme une carte à jouer et les flammes se déversent depuis le palier.

Une femme est à côté du lit. Tunique, bottes, carquois. Angelica a l'impression de la connaître mais elle ne sait plus quand ni où elles se sont vues pour la dernière fois. La femme lui tend la main. « Viens. Suis-moi. »

NOTE DE L'AUTEUR

L'histoire d'Appolinus/Apollonius existait depuis au moins huit cents ans lorsque Gower a entrepris d'en refaire le récit. La plus ancienne version qui nous soit parvenue a été écrite par Venance Fortunat, évêque et poète de la cour mérovingienne à la fin du VIe siècle, mais il semblerait que son texte ait été adapté d'une source grecque plus ancienne, aujourd'hui perdue. Si de nombreuses nouvelles narrations ont suivi celle de Fortunat, la plupart en latin, un nombre croissant ont employé les langues européennes vernaculaires. La version en anglo-saxon en prose peut à juste titre prétendre au titre de premier roman anglais.

An Antiocha Þare ceastre wæs sum cyningc Antiochus gehaten…

Cette histoire est restée populaire depuis Gower. Wilkins et Shakespeare n'ont pas ressuscité un récit perdu quand ils ont collaboré à la rédaction de la pièce *Périclès, prince de Tyr*, ils n'ont fait que renouveler un thème bien connu. De fait, un des textes qu'ils auront certainement consultés était la version en prose de cette histoire rédigée par Lawrence Twine, *The Pattern of*

Painful Adventures, publiée pour la première fois en 1576 puis rééditée en 1607 à peu près au moment de la première représentation de *Périclès* au Globe. L'adaptation romanesque qu'en fit Wilkins, *The Painful Adventures of Pericles*, a été publiée en 1608.

Au fil d'un millénaire, les noms des personnages changent et les détails de l'intrigue évoluent, mais le canevas reste le même, et la fille du roi d'Antioche est rarement davantage qu'un dispositif narratif destiné à faire entreprendre à Périclès/Appolinus/Apollonius le voyage durant lequel il vivra ses vraies aventures.

Il en existe pourtant une version différente, si différente qu'on pourrait peut-être y voir un hybride entre l'histoire de Périclès/Appolinus/Apollonius et l'un de ses antécédents perdus. Il s'agit d'un lai breton écrit en moyen anglais et datant du début du XIVᵉ siècle. L'*Emaré* éponyme est la fille de l'empereur Artyus et de dame Erayne. À la mort de dame Erayne, Artyus tombe amoureux de sa fille. Souhaitant ardemment l'épouser, il s'adresse au pape qui autorise cette union. Emaré refuse de s'y plier et à l'issue d'une violente dispute avec son père, celui-ci l'envoie seule sur la mer dans un frêle esquif dans l'espoir qu'elle mourra loin des regards. Il regrette promptement sa décision, mais les émissaires qu'il envoie à la recherche de sa fille reviennent bredouilles. Sur ces entrefaites, Emaré échoue au pays de Galles, affamée et amaigrie. L'intendant du roi, sir Kadore, est apitoyé par cette *brillante… dame de la mer* et lui donne une chambre au château. Elle épouse le roi de Galles et ils ont un fils. Malheureusement, la belle-mère d'Emaré est d'une jalousie meurtrière et Emaré est remise à la mer, seule, dans un petit bateau. Elle finit par débarquer à Rome où elle retrouve son mari et son fils dans la joie. Aucun prétendant ne figure dans cette histoire ; le père est l'élément déclencheur et c'est la princesse qui parcourt la Méditerranée en collectionnant les aventures.

Emaré est tisserande. Quand elle était petite, une nourrice lui a appris *golde and sylke for to sewe*, à coudre l'or et la soie. Plus tard, elle enseigne aux femmes de la maisonnée de sir Kadore l'art de *sewe and marke all maner of sylkyn werke*, de coudre et de marquer toutes sortes d'ouvrages de soie.

Le tissage constitue aussi un curieux épisode au début de l'histoire, lorsque le roi de Sicile apporte à Artyus, le père d'Emaré, une tapisserie incrustée de topazes et de rubis, de crapaudines et d'agates. Artyus, émerveillé, se demande si cet objet ne vient pas d'un autre monde. Le roi de Sicile lui explique que la fille de l'émir des païens a mis sept ans à réaliser cet ouvrage. Un angle de la tapisserie est occupé par la représentation de l'histoire des amants Ydoyne et Amadas, le deuxième par celle des amants Tristan et Isolde, tandis qu'on reconnaît dans le troisième les amants Floire et Blancheflor. La fille de l'émir était amoureuse du fils du sultan de Babylone et espérait qu'il s'éprendrait d'elle après avoir vu ce chef-d'œuvre. Aussi a-t-elle réservé le quatrième angle à une figuration de leur couple. Elle tisse son avenir.

SOURCES

Les œuvres de Venance Fortunat, éditées et traduites par Michael Roberts, ont été publiées dans la série des Dumbarton Oaks Medieval Library par Harvard University Press (2017).

La version en prose anglo-saxonne de l'histoire d'Appolonius, remontant au milieu du XIe siècle, se trouve dans *Old and Middle English c.890–c.1450: an Anthology*, éd. Elaine Treharne, 3e éd., Oxford, Blackwell, 2010.

Confessio Amantis de John Gower, commencé vers 1386 et achevé en 1390, et *Emaré*, qui date de la fin du XIVe siècle, peuvent être lus en ligne dans la série « Middle English Text », qui fait partie de la Robbins Library Digital Projects Series de l'université de Rochester.

Th*e Miseries of Enforced Marriage* de George Wilkins, dont la première représentation date de 1607, peut être lu sur un certain nombre de sites Internet.

The Pattern of Painful Adveentures de Lawrence Twine, inscrit au Stationer's Register en 1576, une version modernisée de *The Painful Adventures of Pericles Prince of Tyre* de George Wilkins, représentée sur scène pour la première fois en 1606 et publiée en 1608, peut être lu en ligne dans le cadre des Shakespeare Internet Editions, qui font aussi partie des Robbins Library Digital Projects Series.

Pericles de William Shakespeare et George Wilkins a été représenté pour la première fois en 1608. Je recommande l'édition d'Arden Shakespeare, éditée et préfacée par Suzanne Gossett (Bloomsbury, 2004). Les citations en français sont empruntées à la traduction de François-Victor Hugo, in *Périclès* qui figure dans *Shakespeare, Œuvres complètes*, vol. II, Paris, Gallimard (La Pléïade), 1959.

Les ouvrages suivants ont également été des sources d'information et d'inspiration :

Peter Ackroyd, *London: the Biography* (Chatto & Windus, 2000) [*Londres : la biographie*, trad. Bernard Turle, Paris, Stock, 2003].

Peter Ackroyd, *Thames: Sacred River*, Chatto & Windus, 2007.

Jonathan Bate et Dora Thornton, *Shakespeare: Staging the World* (British Museum Press, 2012).

Neil MacGregor, *Shakespeare's Restless World* (British Museum/Allen Lane, 2012).

Zachary Mason, *The Lost Books of the Odyssey*, Jonathan Cape, 2010 [*Les Chants perdus de l'Odyssée*, trad. Bernard Hoepffner, Paris, J. Chambon, 2010].

Ian Mortimer, *The Time-Traveller's Guide to Elizabethan England*, Vintage, 2012.

Joe Moshenska, *A Stain in the Blood: The Remarkable Voyage of Sir Kenelm Digby,* William Heinemann, 2016.
Charles Nicholl, *The Lodger: Shakespeare's Life on Silver Street* (Allen Lane, 2007) – qui n'est pas seulement un livre captivant en soi, mais aussi la meilleure source d'informations sur Wilkins.
James Shapiro, *1599 : A Year in the Life of William Shakespeare,* Faber & Faber, 2005.
James Shapiro, *1606: William Shakespeare and the Year of Lear,* Faber & Faber, 2015.
St John Simpson, *Scythians: Warriors of Ancient Siberia*, British Museum / Thames & Hudson, 2017.
John Smith, *A Sea Grammar* (1627).
Kanishk Tharoor, *Swimmer Among the Stars*; Aleph Book Company, 2016, [*Nager dans les étoiles*, trad. Francis Kerline, Paris, Seuil, 2017.]?

Wikipédia est un des miracles du monde moderne qu'il est trop facile de considérer comme acquis. Je m'en sers tout le temps.

Je ne peux rien écrire sans une image visuelle détaillée du lieu de l'action, l'idéal étant une carte aérienne. Google Maps et Google Street View offrent les deux.

Cependant, ma source favorite de cartes sur Internet pour tous les lieux du Royaume-Uni est *Bing Maps* qui offre un accès illimité aux cartes de l'Ordnance Survey (Landranger *et* Explorer), une de mes publications préférées de toute nature.

L'*Agas Map of Early Modern London* est très précieuse pour tous ceux qui souhaitent se promener dans le

Londres élisabéthain ou jacobéen. Aucun exemplaire de la gravure sur bois originale de 1561 n'a apparemment survécu, mais une version légèrement différente a été publiée en 1633. Celle-ci a été maintenant numérisée et mise en ligne sous une forme annotée, interrogeable et zoomable par l'université de Victoria au Canada. C'est une merveille.

Jordskott est une série télévisée suédoise diffusée pour la première fois par STV en 2015 avec Moa Gammel et Göran Ragnerstam dans les rôles principaux. Elle a servi de modèle à *Skogen / La Forêt*. Ce n'est que lorsque je l'ai regardée une nouvelle fois au moment de mettre la dernière main à ce roman que j'ai pris conscience de tous les motifs que je lui ai empruntés.

REMERCIEMENTS

Le roman vit dans un monde où les temps, les lieux, les langues et les cultures se superposent avec un mépris cavalier de la réalité historique et géographique, à l'image de la pièce de Shakespeare et Wilkins. Il y a pourtant erreurs et erreurs. Je souhaite remercier les personnes suivantes, qui m'ont aidé à extirper celles qui étaient gênantes et à donner forme à ce livre dans son ensemble : Carole Bourne-Taylor, Adam Brown, Clare Brown, Apostolos Doxiades, Oskar Moschenska, Liv Robinson, Duncan Rourke, Emma Smith et Bille Toolitt.

Mille mercis à vous, David Cass (illustration) et Suzanne Dean (maquette), pour cette superbe couverture.

Mes éditeurs, Clara Farmer chez Chatto et Bill Thomas chez Doubleday, sont sagaces, consciencieux et d'excellente compagnie.

Je dois à mon agente, Clare Alexander, plus que je ne saurais le dire.

Comme tout ce que j'ai écrit d'autre au cours des vingt-cinq dernières années, ce roman n'aurait pas vu le jour sans l'aide de Sos Eltis, ma femme, ma meilleure amie et ma correctrice la plus impitoyable.

La photocomposition de cet ouvrage
a été réalisée par
GRAPHIC HAINAUT
30, rue Pierre Mathieu
59410 Anzin

MIXTE
Papier issu de
sources responsables
FSC® C003309
FSC
www.fsc.org

L'éditeur de cet ouvrage s'engage
dans une démarche de certification FSC®
qui contribue à la préservation des forêts pour les générations futures.

Cet ouvrage a été achevé d'imprimer en décembre 2020
dans les ateliers de Normandie Roto Impression s.a.s.
61250 Lonrai (Orne)
N° d'impression : 2004705
N° éditeur : 60994/01 – N° imprimeur : 2004705

Imprimé en France